우리의 옛 문화와 소통하기

우리의 옛 문화와 소통하기

홍순석, 하성란 편

채륜
CHAE RYUN

　최근 들어와 우리 전통문화에 대한 반성과 새로운 방법론의 모색이 왕성해졌다. 참으로 우리 전통문화의 자각과 전망을 위하여 미더운 일이요, 또 마땅히 있어야 한 일이다. 이제는 우리의 전통문화에 대한 이해를 넘어 '소통'을 요구한다. 소통되지 않는 것이라면 전통문화의 전달에 지체현상을 초래할 뿐이다. 작은 것이라도 소통해서 공유하자는 것이 이 책을 엮는 주된 이유이다.

　우리의 전통문화를 두고 어떤 이는 인습과 구별하지 못하여 "낙후된 전통사회를 하루바삐 벗어나가기 위하여~"라고 운운하며 부정적인 태도를 보이기도 하지만, 이는 전통을 잘못 이해한 탓이다. 인습은 역사의 대사 기능에 있어 부패한 것으로 마땅히 버려야 할 것이다. 그러나 전통이란 역사적으로 생성된 살아 있는 과거이며, 새로운 생명의 원천으로서 이어받아야 할 문화유산이다. 반면 일부 논자는 우리의 옛것에 대한 복고적인 향수에 젖어 무조건 우상처럼 생각한다. 그리고 옛것을 그대로 모방함을 전통의 계승으로 생각하고 있다. 전통의 계승은 모방에서가 아니라 새로운 해석과 정당한 저항으로만 가능하다. 시대가 바뀌었는데 옛것만을 고집한다는 것은 각주구검刻舟求劍의 모순을 반복하는 것이다.

우리의 전통문화에 대한 이러한 태도는 마땅히 고쳐져야 한다. 그러기 위해서는 무엇보다도 전통문화의 본질에 대해 관심을 가져야 한다. 우선, 전통은 문화적 개념이다. 문화는 복합 생성을 그 본질로 한다. 유사한 것끼리는 쉽게 동화되지만, 이질적인 것은 오랜 충돌과 시련 극복 과정을 통해 수용 습합되어 새로운 문화로 정착한다. 따라서 전통문화는 가변적인 것이지 고정불변의 것이 아니다. 전통문화의 습합 과정에서 혼미한 상태를 보이는 경우가 많지만 그것은 주체의식의 혼미에 지나지 않는다.

흔히 전통 단절을 운운하지만, 그것은 외래문화에 익숙한 이들의 우려스러운 발언이며, 전통을 피상적으로 이해한 결과이다. 전통문화는 역사적 산물이다. 역사에 단절이 있지 않은 이상, 전통문화의 단절이란 있을 수 없다. 외적인 요소에 의해 그것이 변형될 수는 있어도 전통의 본질적 요소는 항상 내재해 있는 것이다. 우리의 전통문화는 우리 민족 집단의 공동적 사고방식인 문화와 융합·변성됨으로써 새로운 전통이 될 수 있다. 진실로 우리 전통문화의 이해는 이러한 전제를 바탕으로 접근하고 체득하였을 때, 본질에 접근할 수 있다. 그리고 새로운 시각에서 우리의 전통문화를 해석하고 정당한 저항을 통해 검토되었을 때 부단히

창조되고 계승될 것이다.

　몇몇 동학들의 글을 모아 『우리의 옛 문화와 소통하기』를 펴내는 이유도 바로 여기에 있다. 우리는 단지 우리 민족의 전통문화유산을 감상하고 무조건 자찬하려는 데 머물지 않는다. 우리 옛 문화에 대한 자긍심을 고양하되 항상 새롭게 조명하고 이해시켜, '소통'하자는 것이 이 책에 글을 담아준 모두의 뜻일 것이다.

　이 작은 책자를 엮는 데도 여러 사람의 도움과 수고가 있었다. 우선, 선학자들의 업적에 힘입었음을 밝히며 감사의 예를 드린다. 예전의 글을 다시 거둘 수 있게 배려해준 동학들과 갑작스러운 부탁으로 이 책을 꾸미는 데 수고한 하성란 양에게 감사의 뜻을 전한다. 난삽한 원고를 마다 않고 가져다가 번듯한 책자로 꾸며준 채륜에게도 감사드린다.

2010년 8월 입추일
처인재에서 홍순석 적다.

| 차례 |

01

영원한 이름과
뿌리의 기록

송재용

우리는 살아오면서 누구나 한번쯤은 성씨와 족보라는 말을 들었거나, 이와 관련된 질문을 받은 경험이 있다. 그런데 현실적으로는 성명이나 본관, 족보 등에 관해 정확하고 체계적으로 파악하는 것은 고사하고, 기본적인 사항조차 모르고 있다. 자기의 시조가 누구이고 몇 대손인지 정확하게 대답하는 사람은 과반수에도 못 미치는 실정이다. 우리 모두 반성할 필요가 있다. 자신의 근원을 알 수 있는 본관이나 족보 등을 모른다면 말이 되겠는가?

1. 성씨姓氏

1) 성씨란 무엇인가?

성씨란 출생의 혈통을 나타내거나 한 혈통을 잇는 겨레붙이의 칭호를 말한다. 일정한 인물을 시조로 하여 대대로 이어져 내려오는 단계혈연집단單系血緣集團의 한 명칭이며 족적관념族的觀念의 표현이라고 보기도 한다. 그리고 후대의 성씨는 한자식 표기로서 이름 앞에 붙어 족계族系를 나타내는 동계혈족집단의 명칭을 가리키는 의미로 쓰였다.

성과 씨는 역사적으로 볼 때 함께 붙어서 또는 독립적으로 각각 사용되기도 하였는데, 본관과 함께 사용하여 혈연관계가 없는 동일한 성과는 구별된다. 성씨는 발생한 이래로 계속 분화하여 같은 조상이면서 성을 달리하기도 하였으며, 동성이면서 조상을 달리하기도 하였다. 그런가 하면 아버지의 성이나 어머니의 성을 따르거나, 혈연적인 관계가 전혀 없는 모성冒姓을 취하거나 변성變姓, 자칭성自稱姓, 사성賜姓을 쓰기도 하였다.

중국의 경우 삼대夏·殷·周 이전에는 남자는 씨, 여자는 성을 호칭하였다. 그러다가 후대에 내려와서 성씨로 합해졌다. 고대 중국에서는 씨로 신분의 귀천을 분별하였다. 그렇기 때문에 존귀한 자는 씨가 있지만, 미천한 자는 이름만 있고 씨가 없었다. 『설문해자說文解字』에는 성을 출생의 계통을 표시하는 의미로 보고 있다. 『좌전』에서는 씨가 동일한 혈통의 지역에 분산된 일파를 표시하는 것으로, 지명에 의하여 명명된다는 의미로 보았다.

이를 좀 더 부연설명하면, 성은 천자만이 내릴 수 있었다. 제후의 경우 출생지에 연유하여 내린 것이 성이고, 봉지封地에 연유해서 내린 것이 씨였다. 그리고 제후는 사성賜姓을 내릴 수 없기 때문에 그 지족支族인 공손公孫들은 그 왕부王父의 자字로 씨를 삼았다. 또 관리들은 공이 있을 때 관직명이나 다스린 고을 이름으로 씨를 삼게 하였다. 따라서 초기에 성씨를 내릴 때에는 국왕의 지배를 전제로 그 영역 내의 백성을 출생의 지연관계에 따라 성별로 나누되, 다시 일족을 이룰 만한 지배세력에게는 씨를 명함으로써 그 족계族系를 분명히 하였던 것이다.

이상에서 보듯 씨의 본원적 의미는 성의 분파를 뜻한다. 그러므로 고대 중국에서 말하는 성은 우리의 성에, 씨는 존칭적 의미도 잠재해 있지만 우리의 본관에 해당된다고 하겠다. 그리고 명名은 개인의 이름을 표시한다.

중국의 성씨제도를 수용한 우리나라에서는 고려초기부터 지배계층에게 성이 보급되면서 성은 부계혈통을 표시하고, 명은 개인의 이름을 표시하게 되었다. 그 결과 성은 개인의 혈연관계를 분류하는 기준이 되며, 이름은 그 성과 결합하여 사회성원으로서의 개인을 남과 구별하는 역할을 하고, 성을 보조하는 기능을 가진다.

한국에서는 성은 혈통을 상징하는 것이기 때문에 영원히 바꿀 수 없다고 인식하고 있다. 이는 생물학적 사고에 기초하고 있는 듯하다. 반면 서양이나 일본의 경우 성을 바꿀 수 있다는 생각은 혈통이나 생물학적 관계보다는 다른 요인이 우선할 수 있다는 의식구조 때문인 것 같다. 그러니까 우리나라는 부계혈통주의를 철저히 지키고 있지만, 서양이나 일본은 이러한 부계혈통주의가 약화되어 있다고 하겠다.

2) 성씨의 유래와 보급

동양에서 처음으로 성을 사용한 것은 중국이었다. 중국인들은 처음에는 그들이 거주하고 있는 지명이나 강, 산 등의 이름으로 성을 삼았다. 우리나라에서 사용하고 있는 성은 모두 한자를 사용하고 있는데 중국의 문화가 수입된 이후에 사용된 것이다.『삼국사기』·『삼국유사』에 의하면 고구려는 시조 주몽이 건국하여 국호를 고구려라고 하였으므로 고씨, 백제는 시조 온조가 부여계통 출신이라 하여 성을 부여씨라고 하였으며, 신라는 박·석·김 3성의 전설이 있고, 제3대 유리왕 때 6부(촌)에 이·최·정·손·설·배씨 6성을 주었다고 하며, 금관가야의 시조 수로왕도 황금알에서 태어났으므로 성을 김씨로 했다는 전설이 있다. 삼국이 고대 부족국가시대부터 성을 쓴 것처럼 기록되어 있으나, 이것은 모두 중국의 문화를 수용한 뒤에 지어낸 것이다. 삼국의 성을 간단히 예시하면 다음과 같다.

고구려 : 해解·을乙·송松·주周·마馬·창倉·동董·연淵·을지乙支 등

백 제 : 사沙·연燕·협協·진眞·국國·목木·백苩 등

신　라 : 박朴·석昔·김金·이李·최崔·손孫·정鄭·배裵·설薛 등

우리나라의 경우 중국식 한자 성은 왕실→귀족→관료→양민→천민 순으로 보급되었다.

고대국가 체제 정비시기의 사성賜姓은 왕 중심의 정치적 편성의 한 방법으로 볼 수 있다. 신라의 경우 박·석·김 등 왕실 지배계층의 성씨 취득, 삼국통일 전후 6부 사성 및 견당사신·견당유학생·입당수도승들의 성씨 취득으로 나눌 수 있다. 『신당서』의 신라 관계 기사를 보면, 왕의 성은 김씨, 귀인의 성은 박씨, 백성들은 씨가 없고 이름만 있다고 하였다. 한편 신라와 당나라 간의 교류가 빈번해짐에 따라 한성화漢姓化하면서, 한편으로는 9주 5소경을 중심으로 이미 한성화한 중앙의 귀족, 관료와 더불어 확산되어 갔다.

후삼국시대에 이르면 지방호족의 성씨 취득이 이루어지고 있는데, 이는 지방사회 자체 내에서의 성장과 신라 중앙문화의 지방으로의 확산이라는 두 가지 사회적 배경과 신라 하대 중앙 통제력의 점진적인 약화라는 정치적 배경 때문이다.

고려의 경우 태조 왕건은 후삼국을 통일한 후, 전국 군현의 개편 작업과 함께 군현에 토성을 분정하였다. 이중환은 『택리지』에서 우리나라 성씨의 보급시기를 고려 초로 잡고 있다. 이중환은 성씨의 보급과정을 설명하면서 ①고려 초 사성 이전의 성씨(삼국 및 가락국의 왕실 등), ②중국에서 동래東來한 성, ③고려 초 사성 등 셋으로 구분하였는데, ①·②를 제외하면 나머지는 모두 ③에 해당된다고 하였다. 확실한 근거자료는 발견되지 않고 있지만, 태조 23년(940)경을 전후해 전국의 군현에 성씨가 분정되었다는 사실에서 어느 정도 설득력이 있다고 하겠다. 또 태조 왕건

은 즉위 이후 개국공신이나 관료, 귀순한 호족들에게 사성을 내렸다는 점, 신라 3성·6성 등 고려 건국 이전의 기존 한성漢姓과 중국에서 도래한 외래 성을 제외하면, 나머지 각 성의 시작을 대부분 고려 초기로 잡고 있다는 사실, 그리고 『고려사』 「태조세가」에 등장하는 인물들을 살펴보면 태조 23년을 전후해 그 이전에는 고유명이 주류를 이루다가 이후부터 한자식 성명이 일반화되었다는 점 등으로 보아 알 수 있다.

고려 초에 확립된 성씨체계는 조선 이후 고려 말까지 끊임없이 분관, 분파 등을 통해 성의 분화와 발전이 계속되었다. 그러나 조선왕조의 성립과 함께 성씨 제도는 다시 정비되기 시작하였다.

15세기에 편찬된 『세종실록』 「지리지」 소재의 성종姓種은 대략 다음과 같다.

① 본관本貫에 의한 구분 : 주성州姓·부성府姓·군성郡姓·현성縣姓·촌성村姓·향성鄕姓·역성驛姓 등

② 출자出自에 의한 구분 : 천강성天降姓·토성土姓·차성次姓·인사성人吏姓·백성성百姓姓·입주후성立州後姓 등

③ 소멸·이동에 의한 구분 : 망성亡姓·망촌락성亡村落姓·경래성京來姓·래성來姓·입성入姓·속성屬姓·망래성亡來姓·망입성亡入姓 등

④ 사성 및 귀화성에 의한 구분 : 사성賜姓·당래성唐來姓·향국입성向國入姓·투하성投化姓 등

성씨가 보급된 뒤에도 무성無姓 계층으로 남아 있던 공사노비, 화척, 향·소·부곡민, 역민 등 천민계층은 개별적인 신분해방과 신분상승으로 극히 일부만 성씨를 획득했다. 이들에게 성씨가 획기적으로 보급된

시기는 조선 후기였다. 특히 갑오경장(1894년)을 계기로 종래의 신분·계급이 타파되면서 성姓의 대중화를 촉진시켰다. 그리고 1910년 새로운 민적법이 시행되면서 누구나 성과 본을 가지게끔 법제화되었다. 이때 성이 없는 사람이 새 성을 갖게 되는 과정에서 갖가지 일들이 벌어졌다. 어떤 지방에서는 본인의 희망에 따라 호적 담당 서기나 경찰이 마음대로 성을 지어 주었는가 하면, 노비의 경우 상전의 성을 따르기도 하였고, 주변에 김·이·박씨 성이 많은 것에 착안하여 대성을 모방하여 성을 정하기도 하였다. 그리고 오늘날의 희귀한 성 가운데는 당시 경찰이 호구 조사를 할 때나 호적 담당 서기가 호적을 기재하면서 한자의 획을 잘못 적은 데서 비롯된 성도 적지 않다.

3) 성씨의 종류와 본관

성씨의 형태를 살펴볼 때 토착 성, 귀화 성, 사 성의 세 유형으로 크게 분류할 수 있다. 토착성은 박·석·김씨 등이 그것인데, 그 성씨의 수효는 전체 성씨에 비해 그리 많지 않다. 귀화성은 중국이나 다른 나라에 살던 사람이 우리나라에 귀화해 살면서 본래 자기가 살던 나라에서 사용하던 성씨를 그대로 사용한 것이다. 사성이란 우리나라의 경우 대부분 토착성이나 귀화성을 가진 사람 중에 나라에 공을 세워 공신의 녹훈에 수록된 사람이나 귀화해 온 사람에게 포상의 표시로써 국왕이 본관이나 성씨 또는 이름을 하사한 것을 말하는데, 다시 이를 사관賜貫·사성賜姓·사명賜名이라 하기도 한다.

한편, 우리나라 성의 수를 살펴보면 성씨 관계 문헌에 따라 일정하지 않다. 우리나라 최초의 전국적인 성씨 관계 자료인 『세종실록』「지리지」에는 전체 250여 성 가운데 이미 소멸된 망성이 포함되어 있으며, 성종 17년(1486)에 편찬한 『동국여지승람』에는 세종 이후에 귀화한 성과 『세종실록』「지리지」소재 성씨를 망라해 277성이나 되었다. 영조 때 이의현이 편찬한 『도곡총설』에는 298성, 고종 때 발간한 『증보문헌비고』에는 삼국시대부터 조선시대까지 존재했던 고문헌의 것을 거의 망라해 498성이 수록되었다. 그런데 위의 소개 자료에 나타난 성의 수는 한성화_{漢姓化} 이전의 고유 명자_{名字}와 이미 소멸된 역대의 망성을 모두 포함한 것이었다. 그러므로 고려에서 조선 후기까지 존속된 성의 수는 대략 250성 내외였다. 이 같은 사실은 1930년 국세조사 때 250성, 1980년 국세조사 때 250성 내외로 나타나는 데서 확인할 수 있다. 현재 대략 250~300성이 있는 것으로 추산된다.

씨성_{氏姓} 또는 토성_{土姓}이라고 할 때 '씨'와 '토'는 그 성의 출자지_{出自地}인 본관을 의미한다. 이처럼 성과 본관은 불가분의 관계에 있다. 우리의 성씨체계 가운데 한 특징을 이루는 것이 본관제도이다. 성은 같아도 본관이 다르면 이족_{異族}이고, 반드시 성과 본관이 같아야만 동족_{同族}이 된다. 그러나 이것은 원칙론일 뿐 실제로는 예외가 많아 상당히 복잡하다. 씨족의 연원을 같이하면서도 성 또는 본관을 달리하는 성씨가 있는가 하면, 이족이면서도 성과 본관을 같이하는 경우가 있다. 편의상 성과 본관을 종합해 보면 다음과 같은 유형으로 분류할 수 있다.

첫째, 동족의 동성동본·동성이본·이성동본·이성이본과 이족의 동성동본·동성이본·이성동본·이성이본의 8가지의 경우, 둘째 동족의 동성이본·이성동본·동성동본과 이족의 동성이본·이성동본·동성동본의 6가지의 경우로 나눌 수 있는데 다소 중복되는 면도 있다.

원래 본은 본관, 본적, 향관_{鄕貫} 등으로 부른다. 본관을 개인이 마음대로 바꿀 수는 없으나 임금이 사관賜貫할 때는 가능하였다. 본관의 연원을 추적해 보면, 첫째, 성을 사용하기 전인 7세기 이전에는 그 사람의 출신지(거주지)가 신분의 표시로써 성의 구실을 하였다. 둘째, 본관이란 시조의 출신지 또는 그 씨족이 대대로 살아온 고장을 가리킨다. 셋째, 신라 말 고려 초 이후 성이 일반화하는 과정에서 혈족계통을 전혀 달리하는 동성이 많이 생겨나면서 이족의 동성과 구별하기 위하여 동족임을 표시하기 위해 널리 쓰이게 되었다. 성의 분화과정에서 성만으로는 동족을 구별할 수가 없으므로 조상의 출신지 또는 씨족의 거주지를 성 앞에 붙여서 사용하게 되었다. 처음에는 본관이 신분의 표시이기도 했으므로 주로 지배층에서 사용되었다가, 후대로 내려오면서 성이 널리 보급됨에 따라 신분질서의 유지와 효과적인 징세 조역의 필요상 일반 백성들에게까지도 호적에 본관을 기재하게 되었다. 그런데 본관도 성의 분화와 마찬가지로 후대에 내려올수록 분관, 분적이 늘어 시조의 발생지 외에 봉군지封君地, 사관지賜貫地 또는 그 후손의 일파가 이주한 곳이 새 본관이 되기도 하였다. 그리하여 많은 성씨들이 대개 본관이 수십이 되는가 하면, 본관이 하나인 성씨도 수십에 달한다.

본관제계가 죄초로 확정된 시기는 고려 초이다. 이 시기부터 15세기 초까지 본관의 모습을 구체적으로 기록한 자료는 『세종실록』「지리지」의 〈성씨조〉이다. 이 책에는 모든 성을 본관별로 구분하고 있다. 즉 주·부·군·현·진·촌·향·역 등 시조의 출신지나 거주지별로 각기 본관이 구분되어 있다. 그러다가 조선 초기 신분제도의 재편성과 행정구획이 개편됨에 따라 현 이상의 군현을 본관으로 한 것만 남고, 진·촌·향·소 등과 특수지역을 본관으로 한 것은 그 구역의 직촌화와 함께 대부분 소멸되었다.

조선시대 양반 사회가 발전함에 따라 기존의 대성과 명문들의 본관은 우월시되고, 무명의 본관은 희성, 벽성과 함께 천시하는 관념이 만연되어 갔다. 그리하여 기성 사족이 된 본관은 그 성씨가 계속 증가한 반면, 관인이나 현조를 내지 못한 본관은 개관改貫하는 추세가 흔하였다.

16세기부터 성을 바꾸는 경우는 극히 드문 반면, 본관을 개변하는 경우는 비일비재하였다. 그것은 본관이 성보다 성씨의 우열이나 가문의 등급을 정하는 데 결정적 역할을 하였기 때문이다. 특히 지방의 행정실무를 장악하고 있던 군현 향리의 사족화士族化에 따라 본관의 개변이 자행되었다. 그리고 임병양란 이후 모화사상의 영향을 받아 주씨朱氏는 신안新安, 공씨孔氏는 곡부曲阜 등으로 바꾸는 경우가 있었다.

4) 이름의 역사와 종류

『삼국사기』·『삼국유사』의 혁거세·알지·수로의 전설은 이름에 대한 내력을 설명하는 것으로 시작된다. 이들의 이름에는 박혁거세나 김알지처럼 성씨를 함께 준 것으로 알려져 있지만, 그것은 후대의 관념일 뿐 모두 그들의 이름이다. 박에서 출생했기 때문에 박朴을 성으로 삼았다든지, 금궤에서 탄생했기 때문에 김金을 성으로 삼았다는 것은 모두 성씨에 대한 관념이 정착된 후대의 해석에 불과하다. 이는 특정한 사람을 지칭하는 고유명사이다. 김알지의 자손으로 알려진 말구末仇·아도阿道·사다함斯多含 등을 이름만 부를 뿐, 김말구·김아도 등으로 부른 예가 없는 것을 보면, 고대에는 성이 없었을 뿐만 아니라 그것이 씨족의 이름으로 세습되지도 않았음을 짐작할 수 있다.

『한서』를 비롯한 중국의 역사서를 보더라도 삼국시대 이전의 시기에는 왕이나 관리 가운데 성을 가진 사람은 나타나지 않는다. 그러던 것이 남북조시대의 『송서』에 장수왕을 고연高璉으로 기록하여 고구려 왕실의 성으로 적고 있다. 백제의 경우 온조를 비롯한 초기의 왕들은 성이 없었는데, 13대 근초고왕부터 성을 쓰기 시작하였다. 여구餘句(근초고왕), 여명餘明(성왕) 등으로 적다가 29대 무왕 때부터 부여씨로 기록하고 있다. 신라의 경우 초기의 왕들은 모두 이름만 적다가 23대 법흥왕을 모명진募名秦이라 하여 성을 모씨라 하였으며, 『북제서』에서는 진흥왕을 김진흥이라 기록하여 신라 왕가의 성씨를 밝히고 있다. 왕의 경우가 이런 것을 보면 삼국시대 이전의 평민들은 성씨에 대한 관념이 없었다고 보아야 한다. 그것을 방증할 수 있는 자료로 진흥왕 때에 건립된 순수비와 적성비, 진지왕 때로 추정되는 무술오작비 등에 나타난 관리들의 이름에 성씨가 전혀 없다는 것을 들 수 있다.

통일신라시대에 이르러 사람의 이름도 중국식으로 짓는 것이 점차 보편화되기에 이른다. 중국식 인명이란 이름의 형태뿐만 아니라 성씨를 함께 적는 것을 뜻한다. 이것은 당나라와의 문화교류의 결과로써 일부 지배계층에만 국한되는 것으로, 대부분의 사람들은 성은 없고 고유어식 이름을 가졌던 것으로 여겨진다. 김춘추·김유신 등은 당시 지배계급의 이름이다. 그러나 궁예·삼능산·복사귀 등은 순 우리말식 이름인 바, 우리말식 이름이 이때까지도 존재했음을 알 수 있다. 이 가운데 삼능산·복사귀는 고려 태조 왕건을 추대한 공으로 신숭겸申崇謙·복지겸卜智謙 등의 성과 이름을 얻게 된다.

고려 때부터 중국식 성과 이름이 성행·정착됐다. 특히 태조 왕건은 개국공신이나 투항자들에게 대대적으로 사성을 내림으로써 이후 귀족이나 관료계급치고 성을 쓰지 않는 사람이 없게 되었다. 그러나 문종 9

년(1055)에 성을 사용하지 않는 사람에게 과거에 급제할 자격을 주지 않는 법령을 내린 것을 보면, 그때까지도 지식층 가운데에도 성을 쓰지 않은 사람들이 많았음을 짐작할 수 있다. 이로써 미루어 보건대 당시의 일반 백성들은 여전히 고유어식으로 이름을 짓고, 대부분은 성이 무엇인지 모르거나 없는 상태였음을 짐작할 수 있다.

조선시대에 이르러 건국과 함께 문물제도 전반을 중국식으로 확립함으로써, 성씨는 물론이거니와 이름을 짓는 방법도 한자식으로 더욱 정착된다. 그러나 이것도 공식적인 차원일 뿐이다. 대부분의 평민들이나 노비들의 이름은 철저히 고유어식으로 지었다. 김수온이 엮은 내불당 낙성기인『사리영응기』에는 총 47명의 인명이 한자로 된 성씨와 함께 쓰여 있는데, 특히 고유어 인명을 훈민정음으로 적고 있어 당시인들의 이름들을 정확하게 알 수 있다.

우리나라에서는 전통적으로 특수한 경우를 제외하고는 여자에게 아명兒名 이외의 이름을 주지 않았다. 김수온이 엮은 기록을 보더라도 내불당 참례자의 이름들을 보면, 박시다네·김시향이·됴시뎡네 등으로 여자는 모두 고유어식 아명을 썼으며, 성씨를 적음으로써 자신들의 신분을 표시하였다.

노비의 이름들은 모두 고유어로 지었는데, 강아지江阿之·개야지介也之·가마귀加馬貴 등과 같이 동물의 이름을 따서 짓거나 곱단이古邑丹伊·이쁜이入分伊·꼬맹이古孟伊 등과 같이 용모의 특징 등을 잡아서 지었다.

누구나 성명을 가지게 된 것은 근대에 와서의 일이다. 1910년 5월에 완성된 민적부民籍簿를 작성할 때만 해도 성씨가 없는 사람이 있는 사람의 1.3배에 이르렀다고 하니 당시까지 성명제도가 얼마나 소홀했는지를 알 수 있다. 성씨와 함께 한자식 이름을 가졌다는 것 자체가 신분을 보장해 줄 정도로 성씨와 관명은 소중하고 얻기 어려운 것이었다. 노예는 물론이거니와 여자들에게도 관명이 없었기 때문에 민적 정리를 하는 호적계원의 붓끝에서 즉흥적인 이름이 지어지는 경우가 많았다.

간난이·아기·언년(어린년)·서운 등의 이름이 많은 것이나, 복이·선이·영이·홍이처럼 '이伊'자로 끝나는 이름이 많은 것은 고유어식 아명이 여자 이름에 그대로 붙여졌던 것이다. 여자는 혼인과 함께 새로운 관명이라 할 수 있는 택호宅號(예를 들어 용인에 사는 여자가 시집을 오면 '용인댁'이라고 부른다)나 남편의 관직명이나 성을 취해 '~부인'으로 불렸기 때문에 새로운 이름이 필요치 않았다. 일제 강점기에 여자의 이름은 일본식 작명법의 영향을 상당히 많이 받았다. 영자·춘자·화자·순자 등 '자'자 이름이 다수 등장하는 것이 그 예이다.

이름에는 실로 다양한 내용들이 포함된다. 정식 이름이라고 할 수 있는 관명(호적명)을 포함해서 아명·필명·예명·법명·세례명·가명·별명 등이 있고, 이 밖에도 자字·호號·별호別號·시호諡號·택호宅號·당호堂號 등도 있다.

전통사회에서 한국인에게는 누구나 관명과 아명이 있으며, 성인이 됨에 따라 자호와 택호를 가졌다. 아명은 나면서부터 집안에서 불려지는 이름으로 대개는 고유어로 짓는데, 천한 이름일수록 역신疫神의 시기를 받지 않아 오래 산다는 천명 장수賤名長壽의 믿음에서 '개똥이' 등과 같이 천박하게 짓는 것이 보통이다. 아명은 애칭이기 때문에 가족뿐만 아니라 이웃 사람들이 부담 없이 부른다. 그러다가 홍역을 치를 나이가 지나면 이름이 족보에 오르고 서당에 다니게 되면서 정식 이름을 얻게 된다. 정식 이름인 관명을 얻게 되면 아명은 쓰지 않는다. 그런데 이렇게 해서 얻은 이름은 평생 동안 소중한 것이기 때문에 아무에게나 함부로 불리는 것을 원치 않았다. 이름에 대한 또 다른 표현인 '휘諱'의 말뜻에서 엿볼 수 있듯이 관명이란 숨겨야 할 대상tabooed name이기 때문에 부모의 이름을 쓰는 자리, 예컨대 과거급제시나 벼슬을 하는 경우 등에만 주로 사용하였다. 이에 따라 여러 가지 피휘법避諱法이 생겨나게 되었다.

첫째, 임금의 휘를 같은 뜻의 다른 글자로 바꾸는 경우(무武→호虎, 민民→인人)

둘째, 글자의 한 획을 빼서 일부로 파자로 만드는 경우(현玄→요幺)

셋째, 책에 나오는 휘자에 종이를 붙여서 가려 놓은 경우

넷째, 그 휘자를 검게 먹칠하여 보이지 않게 하는 경우

한 사람이 여러 이름을 가지게 된 것은 이름 부르기를 꺼렸던 '실명경피속實名敬避俗' 때문이다. 이러한 습속으로 인해 옛날에는 손윗사람의 실명을 부르면 예의에 어긋나는 것으로 여겼다. 지금도 60이 넘은 분들은 당사자 앞에서는 실명 부르는 것을 피하고 있다. 말하는 측에서도 윗사람에 대해서는 자신의 실명을 말하지만, 동년배나 아랫사람에게는 자字를 불렀다. 다른 사람을 부를 때에도 손윗사람에게는 호號를, 손아랫사람으로 관례를 행한 사람은 자를, 관례를 행하지 않은 사람은 이름을 불렀다.

5) 한국인의 작명법과 좋은 이름·나쁜 이름

예로부터 부모가 아이를 낳으면 이름을 함부로 짓지 않고 이것저것 가리고 따져서 짓는다. 부모라면 누구나 그러하듯이 자식이 태어나면

부귀공명과 무병장수를 기원한다. 그래서 자식이 잘되게 하기 위한 일념으로 부모는 자식에게 좋은 이름을 지어주려고 한다. 이름은 자식의 몸과 영혼이 이 세상에 존재한다는 것을 뜻할 뿐 아니라, 좋은 이름을 부를 때마다 잘 되라는 축복이며, 나쁜 이름은 망하라는 욕이 된다는 생각에서이다.

또한 예로부터 '호랑이는 죽어서 가죽을 남기고, 사람은 죽어서 이름을 남긴다'는 말이 있다. 예나 지금이나 이름을 빛내고자 혼신의 노력을 다하는 사람은 이름의 중요성을 깨달아 좋은 이름을 짓고자 노력해 왔다. 그것을 체계적·종합적으로 연구한 것이 '성명학'이다. 성명학에 이름의 철리를 연구하여 철학적 의미를 부여하고자 한 이론이 성명철학이다. 다시 말해 성명철학은 인간의 이름을 천문학적인 논리로써 인간과 우주와의 교감작용을 체계적으로 다룬 학문이라 할 수 있다. 성명학은 우리 인간이 타고난 운명에 대하여 후천적으로 가공加工되는 성명의 유도력으로 운명을 호전 선도하는 데 그 목적이 있다.

그런데 좋은 이름만 지으면 고관대작 또는 큰 부자가 될 수 있을까? 반문하는 사람도 간혹 있다. 이런 반문은 참으로 어리석은 질문이다. 인간의 행복이 반드시 큰 벼슬이나 큰 부자가 되어야만 얻어지는 것은 아니다. 제아무리 고관대작이나 큰 부자라 할지라도 그 환경에 파란곡절이 많으면 불행하고, 의식주가 풍족하지 못한 사람이라도 그 환경이 단란하면 행복한 것이다. 그리고 개명한 후 일약 고관이나 부자가 되는 경우도 간혹 있다. 그러나 이는 본인의 선천명운에 관운과 재물운이 있기는 하나 성명유도력(그 개성의 선천명(사주팔자)의 정해진 범위 내에서 소장消長의 운화작용運化作用을 하는 것)이 막혀 있던 것을 개명유도력으로 막힌 것을 제거했기 때문이다. 그러므로 이름을 택할 때에는 그 선천명운의 본질에서 벗어나지 않는 범위 내에서 최선을 다해 조정 유도해야 한다.

우리나라 사람은 선천적으로 타고난 사주팔자, 관상과 함께 후천적으로 주어지는 이름이 그 사람의 운세를 결정하는 데 중요한 구실을 한다고 믿어왔다. 명칭이 의미를 결정한다는 점에서 볼 때, 사람의 이름이 그 사람에 대한 이미지를 형성해 주는 것은 부인할 수 없다. 뿐만 아니라 작명이야말로 새로운 한 사람의 탄생을 뜻하기 때문에 결코 소홀히 할 수 없다. 그러나 동양의 전통적인 작명관을 전적으로 맹신하는 것은 문제가 있다. 그것은 서양인이나 고유어로 이름을 지은 사람들도 얼마든지 자신의 능력에 따라 운명을 개척해 나가고 있기 때문이다.

우리나라 사람의 성명은 대체로 성씨 한 자에 이름 두 자를 기본으로 한다. 성씨는 날 때부터 주어지는 씨족의 공통적인 이름이기 때문에 선택의 여지가 없다. 그러므로 이름을 짓는다는 것은 성을 제외한 두 글자를 선택하는 것이다. 그런데 두 글자 가운데 한 자는 그 종족에서의 세대 수를 표시하는 이른바 항렬자로서, 출생 이전부터 미리 정해져 있고 또 그 위치까지 규정되어 있다. 그러므로 개인이 선택할 수 있는 고유의 이름자는 주어진 위치에 놓을 수 있는 한 글자뿐이다. 물론 항렬자는 성씨와는 달리 따르지 않아도 무방하다. 그러나 전통적으로 혈통을 존중해 온 우리나라 사람들은 어떤 혈통의 어느 세대에 속한다는 것을 밝히는 것을 영광으로 여겼기 때문에 억지로 그것을 벗어나려고 하지 않았다. 항렬자는 같은 씨족을 두고도 분파에 따라 다른 글자를 쓰는 것이 보통이나, 그 일족들끼리는 세대수를 짐작할 수 있다. 항렬자는 역학 사상易學思想에 바탕으로 오행(금, 목, 수, 화, 토) 순환의 이치를 따르는 것이 보통이지만, 때로는 원형이정元亨利貞이나 오상五常(인의예지신仁義禮智信), 숫자를 쓰기도 하고, 간지干支(10干12支)를 배합하기도 한다. 그러면 항렬을 중심으로 살펴보기로 하자.

항렬은 친족 집단 내에서의 계보상의 종적인 세대관계를 나타낸다. 종적인 세대에서 형제관계에 있을 때에 같은 항렬이라는 의미에서 동행同行이라 하고, 위로 아버지와 같은 세대에 있을 때 숙행叔行, 조부와 같은 세대에 있을 때 조행祖行, 또 아래로 아들과 같은 세대에 있을 때 질행姪行, 손자와 같은 세대에 있을 때 손행孫行이라 한다.

전통적인 친족제도에서는 항렬을 특히 강조하고 각 세대마다 일정한 순서에 따라 이름 두 글자(한 자, 즉 외자인 경우도 있다) 가운데 한 자를 공통적으로 사용함으로써 상호간의 세대관계를 쉽게 확인할 수 있도록 했다.

항렬은 고려 말부터 사용하였는데, 흔히 항렬의 원칙이라 하면 '오행법'을 생각하게 되지만, 이것은 친족의식이 강화되고 대동항렬이 보편화될 무렵의 일이다. 그런데 일정한 원리에 의한 것이 아니었을 뿐 아니라 그 사용범위도 제한적이고 일시적이었다. 여기에 항렬 제정에 나름의 원리를 도입하면서 좀 더 발전된 형태로 나타나게 된다. 항렬 반복의 기준의 경우가 그것이다. 항렬 반복의 기준은 ①이단위반복법(고령 신씨의 경우 고려 때 항렬자를 사용하였으나 1650년부터 水-木자를 반복하였다), ②삼단위반복법(한산 이씨의 경우 고려 말에 항렬자를 사용하였고 1700년대부터 火-水-木자를 반복하였다), ③사단위반복법(면천 복씨의 경우 4대 간격으로 자의字意의 풀이가 같은 자끼리 모아서 항렬자를 만들었다(水水水水-土土土土-火火火火 등)), ④오단위반복법(오행법, 상생의 원리, 즉 金生水-水生木-木生火-火生土-土生金의 순서에 따라 항렬자를 정하는 방법이다. 대부분의 성씨가 이를 따르고 있다. 종적으로 오행을 반복하면서 횡적으로 해당 오행자의 변이나 체가 들어 있는 글자를 넣어서 이름을 짓도록 하는 방법이다), ⑤십단위반복법(天干의 순서에 따라 항렬자를 정하는 방법으로 구체적인 방법은 오행법과 같다. 한양 조씨 경파는 천간법을 사용하고, 연안 이씨 태사공파는 천간법을 사용하다가 32대부터 십이지지법을 사용하였다), ⑥십단위반복법(숫자, 123…의 내용이 담긴 한자로써 항렬자를 사용하는 방법으로 10까지 끝나면 다시 1부터 시작하여 반복한다. 안동 권씨의 경우 그러했다), ⑦기타 반복법(오행의 원리를 따르되 뜻을 중복시키는 쌍오행법雙五行法, 인의예지신의 순서에 따르는 오상법五常法, 십이지지의 순서에 의거한 지지법地支法) 등이 있다.

그러면 좋은 이름·나쁜 이름에 대해 알아보기로 하자. 한국·중국·일본 등 동양에서 옛날부터 전해온 작명법은 주로 글자의 뜻에 치중하였다. 이후 학문이 발달됨에 따라 성명학에도 약간의 진전이 있었다. 중국에서는 제갈공명 작명법을 비롯하여 역리법易理法·음양법·파자작명법破字作名法 등 무수한 성명학이 있었으며, 우리나라에서도 자의字意 선택식의 작명법 외에 88제지수除之數의 수리법·주자 작명법·황극책정수법皇極策定數法 등 각종의 작명법을 사용해 왔다.

운명적인 작명관을 떠나서 부르기 좋고 뜻이 좋은 이름을 짓는 것이 필요하다. 성명학을 미신이라고 얘기하는 사람도 자기 자식의 이름을 함부로 짓지는 않을 것이다. 성명학을 토대로 작명할 때 기본적인 몇 가지 원칙을 염두에 둘 필요가 있다.

첫째, 사주팔자를 보좌해야 한다는 원칙이다. 이것은 사주팔자에 맞추어 이름을 보완시켜 주기 때문이다.

둘째, 이름은 부르기가 쉽고 쓰기 쉬워야 한다. 이름은 성격학이라고 했듯이, 부르기 쉬운 이름은 부르기 쉬운 만큼 원만한 성격을 형성시켜 줄 수 있다. 이는 심리상태와도 연관이 있다. 당사자나 타인 할 것 없이 쓰기 어려운 이름을 쓰게 되면 짜증이 나기 쉽고 이로 인해 성격도 까다로워질 수 있다. 궁벽한 글자 역시 부담을 준다.

　셋째, 음양오행의 원칙과 맞추어야 한다. 이는 음양의 조화와 연관이 있다. 다음은 천지인天地人·삼재三才·오행과 음양오행을 정하게 되는데, 이것은 천체 운행의 원리와 같은 입장에서 성명에 적용되는 기본이 되기 때문에 한평생 성명의 환경을 조성해준다. 그다음에는 수리를 정하는데, 수리는 후천적인 운명의 시간적 변화에 운로를 좌지우지하는 요건이 된다. 마지막으로 원형이정의 4대 운격을 정한다.

　넷째, 이름을 지을 때 쓸 수 있는 글자만 써야 한다. 예를 들어 함부로 쓸 수 없는 글자 '춘하추동春夏秋冬'처럼 사계절이 담긴 글자(한글도 마찬가지임), '일월성신日月星辰'이나 방향을 가리키는 '동서남북東西南北(東字는 장남에게만 쓰는 자이다)'의 글자는 피하는 것이 좋다. 또 '십간 십이지(甲乙丙丁戊己庚辛壬癸, 子丑寅卯辰巳午未申酉戌亥)'나 '오행(金木水火土)', 그리고 '충·효·인·의·예·지(忠·孝·仁·義·禮·智)'와 실체가 없는 형상 글자 '허·공·행·인·지(虛·空·行·人·芝)', 여자인 경우는 '복·덕·용·동·종·자·애·길·옥·순·사·구·만·선(福·德·龍·童·終·子·愛·吉·玉·順·四·九·萬·仙)'자 등은 가급적 피하는 것이 좋다. 위에서 제시한 글자를 썼다고 해서 반드시 나쁜 것은 아니다. 성명학 상으로 볼 때 될 수 있으면 쓰지 않는 것이 좋다는 의미이다. 반면 '두·정·병·수·철·환·승·상·훈(斗·正·秉·秀(洙)·哲·煥·承·相·勳)'자 등은 길한 글자에 속한다.

　이 밖에 소리가 부드럽고 분명하며(지나치게 딱딱한 소리는 인상까지 거칠게 심을 염려가 있다), 음성상징적 가치에 유의하고(지나치게 밝은 소리들만 모으면 가볍고 경망하게 들릴 우려가 있고, 지나치게 어두운 소리들만 모으면 둔중하고 침울하게 들릴 염려가 있다. 성씨와의 균형과 조화를 생각할 필요가 있다), 한자로 쓸 경우 지나치게 뜻이 드러나는 것은 피해야 하며(만복萬福, 천수

千壽, 미향美香 등은 그 뜻이 강렬해 비천하게 들릴 염려가 있으므로 되도록 은근하고 중립적인 뜻을 모은 것이 좋다), 글자의 시각적 균형 등을 고려할 필요가 있다.

한편, 작명할 때 윗대 조상의 이름자를 피하는 것은 당연하며, 특히 성현이나 왕의 이름은 함부로 쓰지 않는다.

작명을 하기 위해서는 사주학四柱學을 먼저 터득한 후, 이를 토대로 성명조직의 일곱 가지, 즉 수리운로數理運路·음양배열·음령오행音靈五行·자의字意·선천명합국先天命合局·역리대상易理大象·오행역상五行易象 등을 알고, 제반 법칙인 성명의 수리 조직 방법·81수의 영동력靈動力·성명의 수리 배치 및 작용법·음령오행의 원리와 표출법·음령오행의 육친과 육수법六獸法·음양과 음령오행 배열의 길흉관계·이름자의 선택법 등을 숙지해야 되며, 이 밖에 음향오행·획수·격국·호명법 등의 세부사항을 알아야 한다. 그리하여 이를 종합 판단한다.

좋은 이름은 당사자에게는 원만한 성격 형성이나 심리적 안정에 도움을 줄 수 있으며, 상대방에게도 호감을 줄 수 있다. 반면 나쁜 이름, 예컨대 고만두高萬斗·강도범姜道範·김병균金炳均·안부자安富子·주길수朱吉洙 등은 오히려 자신에게 해를 끼칠 수 있는 이름이다. 또 이푸름·이해님 등의 한글 이름도 좋은 이름이 아니다.

2. 족보族譜

1) 족보란 무엇인가?

족보는 씨족인의 계보를 작성한 것으로, 동일 씨족의 관향貫鄕을 중심으로 시조 이하 세계世系의 계통을 수록한다. 여기에는 동족의 발원에 대한 사적史蹟과 선조들의 휘諱·자字·호號 등 사략史略이 포함된다. 그런데 원시조부터 구체적인 시조까지는 대부분의 족보에 이름만 있고, 그분들의 묘소가 없는 성씨가 대부분이다.

족보는 원래 왕실에서 비롯되어 이후 사가私家에서 어느 정도 체계화하여 편찬하게 되었는데 그 종류도 여러 가지이다. 우리나라의 경우 일부 성씨를 제외한 대부분의 성씨들은 그 시조가 고려 말기나 조선 초기의 인물들이다. 다시 말하면 삼국시대나 고려시대에는 특수계층을 빼놓고는 족보가 없었다.

자손의 수가 늘어남에 따라 선조들의 사적·사략·세계 등을 기록으로 남겨야 한다는 의식과 동성일족同姓一族에 대한 관념, 친족관념이나 친근감이 멀어지는 것에 대한 결속력, 조상의 근원을 밝게 하고 종족을 순화시키기 위한다는 관념, 숭조돈목崇祖敦睦·숭조상문崇祖尙門 의식, 문벌우월 의식 등의 요인들이 작용하여 각 성씨마다 족보를 만들었다.

2) 족보의 유래와 기원

족보는 고대 중국 왕실 계통의 제왕연표帝王年表를 기술한 것에서 비롯됐다. 한나라 때 관직등용을 위한 현량과 제도를 새로 설치하고 후보 인물의 내력과 그 선대의 업적 등을 기록하여 비치한 것이 사가史家에서 족보를 갖게 된 시초이다. 그 후 위나라와 진나라를 거쳐 남북조시대에 이르러 비로소 학문으로서 보학을 연구하게 되었다. 특히 북송에서 소순·소식·소철에 의해 만들어진 족보는 그 편제와 규모가 우수하여 이후 이를 표본으로 족보를 편찬하였기 때문에 '소보蘇譜'라는 말까지 전해졌다.

우리나라에서는 고려시대 왕실의 계통을 기록한 것에서 시작되어 대체로 고려중엽 의종 때 김관의가 지은 『왕대종록王代宗錄』이 그 효시라 할 수 있다. 고려조에는 역대 왕실의 세보世譜만 있을 뿐, 사대부에는 소규모의 필사된 가승家乘 정도만이 있었던 것으로 보인다. 조선 성종 초에 비로소 한 씨족 또는 한 분파 전체를 포함하는 족보를 체계화하게 되었다. 이러한 족보의 발생은 벌족閥族의 세력이 대치하고, 동성일족의 관념도 매우 현저하게 된 이후의 일이며, 계급적 의식과 당파관념이 치열해짐에 따라 문벌의 우열을 명백히 하려 한 사회적 정세에 주로 기인한다. 또 간행을 촉진시킨 주요인으로는 ①동성불혼과 계급내혼제의 강화 ②소목질서昭穆秩序 ③적서의 구분 ④친소의 구분 ⑤색목色目(즉 당파)의 명화화 등을 들 수 있다.

최초의 족보는 세종 5년(1423)에 간행된 『문화류씨영락보』인데 서문만 전할 뿐 현존하지 않는다. 그 후 성종 7년(1476)에 간행된 『안동권씨성화보』는 현재 서울대 규장각에서 희귀 고본으로 소장하고 있다. 명종 17년(1562)에 간행된 『문화류씨가정보』에는 내외자손이 상세하게 기록되어 있다. 조선 초기에 출현한 족보의 발간 경위는 『남양홍씨세보』의 서문을 보면 알 수 있다.

이처럼 우리나라 족보의 간행은 15세기부터 시작된 것으로 보인다. 그리고 16세기 중엽부터 간행이 활발했으며, 17세기를 전후하여 크게 변화되었다. 15세기 이후로 내려오면서 여러 문중에서 차례로 족보 간행에 참여하였다. 각 문중들이 시간본始刊本을 낸 시기는 ①조선 초기(15~16세기) ②조선 중기(17세기) ③조선 후기(18~19세기)로 구분할 수 있는데, 시간본과 재간본 사이의 간격을 서로 대조해 보면 '①~②~③'의 순서로 그 시간 간격이 짧아지고 있다. 이것은 ①에서는 아직 동족집단이 형성되지 않았거나 형성되었다고 하더라도 동족의식이 약했던 것이, ②·③으로 갈수록 그러한 의식이 강화되면서 수보修譜 간격이 좁아진 결과로 보인다. 동일 문중 내에서도 수보를 거듭할수록 그 간격이 좁아지는 것을 확인할 수 있다. 평균 30~40년 정도의 간격으로 간행되었다.

3) 족보의 종류와 일반적 체제

(1) 족보의 종류

족보는 크게 대동보大同譜와 파보波譜 두 종류로 나눌 수 있는데, 대동보·파보 이외에도 세보世譜·가승보家乘譜·계보系譜·만성보萬姓譜 등이 있다.

◑ 대동보大同譜

득성조得姓祖 또는 비조鼻祖의 후계 중시조中始祖마다 분관分貫하여 각관 시조各貫始祖로 한 씨족 간에 대동하여 합보合譜한 족보이거나, 한 성씨의 시조 이하 동계혈족의 동족 간에 분파된 파계派系를 한데 모아 대동하여 집대성한 것을 말한다. 각 파의 분파조分派祖는 시조로부터 몇 세손이며, 어느 대에서 분파되어 파조派祖가 되었는가를 한눈에 볼 수 있도록 계통을 수록하였다. 동족이면 누구나 전체가 수록되어야 하며, 자손이 번성한 성씨의 경우 수십의 계통으로 분파되는 예도 많다. 대동보는 동성동본의 한 씨족의 시조에서 그 지손支孫까지의 계통을 표시한 것으로 대개 1책으로 되어 있다.

● 파보波譜

파보는 한 씨족에서 갈린 각 파의 계통으로 지손이 번성한 경우에는 여러 책이 되기도 하는데, 우리가 흔히 족보라 함은 대개 이 파보를 말하는 것이다. 파보는 동일선계同一先系의 시조 이하 분파된 해당 파계派系만을 수록하여 편수한 족보이다. 대동보가 각파 문중의 후손의 손록孫錄을 상세히 수록할 수 없는 반면, 파보는 사祠·제齋·여閭·비문碑文 등과 같은 현조顯祖에 대한 행적도 상세히 수록한다. 파보는 동일 파계의 동족은 모두 빠짐없이 납단納單하여 보사譜事에 참여하므로, 해당 파손派孫에게는 대동보보다 소중하다.

그런데 파는 대개 씨족 내에서 유명한 고관·유명한 학자나 문인이 나왔을 때 생겨나는데, 이 파는 다시 파를 낳아 수십·수백여 파를 이루기도 한다(전주 이씨는 200여 파, 은진 송씨는 37개 파가 있다). 이렇게 각 파는 유명 선조를 중심으로 일파一派를 형성하는데, 이때의 시조를 파시조라 하고, 파시조를 중심으로 조직된 집단이 문중門中 또는 종중宗中이다.

● 세보世譜

각 파계를 동보同譜로 하는 것으로 내용상 파보와 동일하다. 동일 계파의 계통만을 수록하는 경우라도 상계上系에서 각 분파조分派祖를 밝혀 몇 대조 세대에서 각 파가 분리되었는지와 분파조의 사략史略 등을 명기하며 세지世誌라고도 한다.

◌ 가승보家乘譜

시조 이하 중시조, 파시조를 거쳐 본인에 이르기까지 직계 존속만을 수록한 가첩家牒을 말한다. 본래 '승乘'이란 글자에는 '역사'라는 뜻이 있으므로, '가승'이란 말은 즉 '집의 역사'를 의미하는 것이다. 본인의 고조부 이하를 수록하여 삼종·재종·형제자매까지 알아볼 수 있도록 한 것이다. 고조부 이상은 직계 선조만을 수록한다. 이는 형제가 많을 때 경제적인 부담 때문에 족보를 각기 모실 수 없으므로, 종가에서 족보를 모시며 지손은 가승, 즉 가보만을 모시는 옛 풍속에서 나온 것이다.

대동보나 파보 등은 분계파分系派의 존속이 전부 수록되어 있으므로 시조나 파시조 본인에 이르기까지 찾아보기가 쉽지 않다. 따라서 가첩은 자기 직계만을 간략하고도 계통적으로 수록하여 보계譜系를 자녀교육용 또는 생일과 기일 참고용으로 사용했다.

◌ 계보系譜

다른 가첩류와는 달리 시조 이하 동족간의 계통과 소목昭穆을 밝히기 위하여 휘諱·자字·호號만을 수록한 계열도를 말한다. 시조 이하 분파된 각 파시조까지 수록한 분파계열도와 파시조 이하 본인까지 수록한 계열도가 있다. 요즈음은 족보를 수록 편수함에 있어 거의가 분파계열도를 족보 수편首編에 등재하여 세대의 소목을 알리는 데 참고가 되도록 하고 있다.

◌ 만성보萬姓譜

만성대동보라고도 하며 각 성씨의 관향별 시조·중시조·파시조 등을 주로 요약하여 수록한 것이다. 시조 및 각 파계 인물의 휘·혼인·관직·

문집 유무 등을 간략히 기록한 것으로 각 성씨의 시조나 중시조·현조 등을 알고자 할 때, 각 성씨별로 일일이 해당 족보를 찾아보기 어렵기 때문에 이것을 보면 참고가 된다. 널리 알려진 만성보로는 『청구씨보靑丘氏譜』·『조선씨족통보朝鮮氏族統譜』·『만성대동보萬姓大同譜』 등이 있는데, 일반적 의미의 족보라기보다는 일종의 족보사전이라 할 수 있다.

(2) 족보의 체제

족보의 조직이나 내용은 족보의 종류와 크기에 따라 일정하지 않다. 다만 그 편집은 일정한 원칙과 방법에 의하여 이루어지므로 구성요소들을 추출할 수 있다. 기록의 순서에 따라 일반적인 사항만 설명하겠다.

● 서序와 발跋

서는 족보의 권두에 실린 서문이다. 여기에는 족보 일반의 의의·동족의 연원·내력·족보 편성의 차례 등을 기술한다. 발은 서와 거의 다름이 없으나 편찬의 경위가 좀 더 자세하게 기록되어 있다. 다른 문중의 저명인이 쓰는 경우도 있으나, 대개는 직계 후손 가운데 학식이 있는 사람이 기술한다. 시간이 지나 증보, 수정할 때에는 일반적으로 구보舊譜의 서와 발도 수록한다. 또 파보 등의 지보支譜에는 종보宗譜의 것을 그대로 재록한다.

● 기記 또는 지誌

시조 또는 중시조의 사전史傳을 기재한 것으로 현존의 전기·묘지·제문·행장·언행록·연보 등을 기록한다. 또한 시조에 대한 전설·득성사적得姓事蹟·향관鄕貫·지명의 연혁·분파의 내력 등을 자세히 기록하기도

한다. 간혹 그 조상에게 조정에서 내린 조칙이나 서문書文이 있으면 명예
롭게 여겨서 이를 수록한 것도 있다.

○ 도표圖表

시조의 분묘도墳墓圖, 시조 발상지에 해당하는 향리의 지도, 종사宗祠
의 약도 등이다. 시조의 화상 같은 것은 별로 없다.

○ 편수자 명기編修者 名記

대개는 족보의 편수를 담당한 사람들의 이름을 열거한다. 어떤 파보
에서는 거기에 참여한 다른 파의 유사有司도 기록하고 있다. 그것은 그
명예를 표창하는 동시에 기록의 정확성을 기하려는 데 목적이 있다.

○ 범례凡例

일반 서적의 범례와 같이 편수 기록의 차례를 명시한 것인데, 기록의
내용을 아는 데는 대단히 중요한 자료이다. 그 가운데에는 가규家規 또는
가헌家憲과 같은 범례 이상의 것이 포함된 것도 간혹 있다.

○ 계보표系譜表

족보의 중심을 이루는 부분으로 전질全帙의 대부분을 차지한다. 서
문·기·도표·편수자 명기·범례 등은 첫째 권의 한 부분을 차지할 뿐이
고, 나머지 전부는 계보표로 이루어졌다. 기록양식은 조선 초기의 족보
를 비롯하여 명明·청淸의 족보 기록양식을 모방한 것 같다. 우선 시조부
터 시작하여 세대순으로 종계를 이루고, 그 지면이 끝나면 다음 면으로
옮아간다. 이때 매 면마다 표시(예를 들어 천자문의 한 자씩을 차례로 기입)

를 하여 대조에 편리하게 한다. 각각의 인물에 대하여는 그 이름·자호·시호·생졸生卒연월일·관직·봉호封號·과방科榜·훈업勳業·덕행·충효·정표旌表·문장·저술 등 일체의 신분관계를 기입한다. 특히 이름은 반드시 관명을 기입하는데 그 세계世系와 배행排行에는 종횡으로 일정한 원칙에 의한다. 자녀에 관해서는 ㉠후계의 유무(후사가 확실치 않으면 '후부전后不傳', 단자가 보소에 들어오지 않으면 '단불입單不入'이라 적음) ㉡출계出系·입양여부(친생자는 '子○○', 양자는 '계繼○○'라고 적음) ㉢적서의 구별(서자는 수록하지 않는데 승적承嫡하면 '입적入嫡'을 밝힘) ㉣남녀의 구별(여자는 이름을 적지 않고 사위의 성명을 기입함) 등을 명백히 한다. 또 왕후 또는 부마가 되면 특히 이를 명기한다. 분묘의 표시·그 소재지·묘지·비문 등을 표시한다.

이상에서 대략적인 계보표의 내용을 설명하였는데, 물론 종족 또는 시대에 따라 내용이 다른 경우도 있다. 또한 한 족보에서도 각각의 가족 상황을 기입한 단자單子의 내용에 따라 내용이 자세하기도 하고 그렇지 못하기도 한다.

4) 족보의 간행절차와 변천

족보는 흔히 30년(20년, 40년, 50년 단위로도 함)마다 수정·증보하여 간행하는데, 이를 보사譜事라고 한다. 보사를 벌일 때 먼저 종중宗中 또는 종회宗會에서 회의를 열어 간행을 의결하면 대부분 별도의 편수위원회가 조직된다. 종중 또는 종회나 편수위원회에서 각 파로 작보作譜의 사실을 통지하면, 각 파에서는 지손支孫들에게 이를 알린다. 요즈음은 신문 지상에 공고하기도 한다. 다음으로 각 지손들이 보낸 단자單子를 수집,

정리하여 검토한 후 족보를 작성한다. 또 지방유사地方有司를 각 지파별로 결정하여 단자를 거두어들이는 수단收單 작업을 하는 곳도 있는데, 이를 유사에게 보내는 일을 납단納單이라고 한다. 마지막으로 보소譜所에서 이들을 취합하여 정리 검토한 후 작성하기도 한다. 단자의 내용은 종중이나 종회마다 약간씩 차이를 보이는데, 대개 자손의 파계나 족계, 생몰(또는 졸)연월일·관직 또는 직업·학력·혼인·여서女婿·외손 등을 기록한다. 족보 간행 경비는 종중 또는 종회에서 일부를 부담하기도 하지만, 각 집마다 관(冠, 성인) 얼마, 동(童, 미성년) 얼마라는 식으로 일정한 수단료를 분담하는 것이 보통이다. 이때 그 선대가 분명하지 않은 사람들은 종중이나 종회의 심의·의결을 거쳐 상당량의 돈을 내고 절손된 집안으로 들어오는 경우도 간혹 있는데, 이는 보사 경비 마련책의 일환인 듯하다.

족보의 일반적인 성격, 즉 개념·종류·명칭·연원·발간·체제 등이 족보가 처음 출연한 조선 초기부터 현재까지 항상 같지는 않았다. 동일 종족이 간행한 족보라 하더라도 구보와 신보의 기재 내용은 많은 점에서 서로 다르다. 족보의 이러한 기재 내용의 변화는 동족의식 내지 동족의 조직성을 반영하는 것이라고 할 때, 시대의 변천에 따라 동족 자체의 성격이 변화하였음을 말해주는 것이나. 족보는 조선 중기 17세기를 전후하여 크게 변화하였다. 조선시대에 국한하여 기재된 내용의 변화를 중심으로 살펴보면 다음과 같다.

첫째, 수록收錄 자손의 범위가 변화되고 있다. 초기의 족보는 친손과 외손을 차별하지 않고 모두 자세하게 기재하였다. 이러한 사실은 안동 권씨·문화 류씨·전의 이씨 등의 족보뿐만 아니라 『청풍 김씨 세보』·『안동 김씨 을축보』·『한양 조씨 파보』 등의 범례에서도 확인된다.

조선 후기의 족보에는 이성자異姓者는 보통 사위만 기재하고 있다. 그런데 조선 초기의 족보가 외손(이성자)을 모두 기재하였다면, 후기로 오면서 외손의 범위가 축소된다. 이로써 15·16세기까지는 대체로 외손도 친손과 똑같이 한정하지 않고 모두 기재하다가, 17세기에 들어와서 일부가 외손의 범위를 3대로 한정하였고, 18세기에 들어오면 많은 동족이 외손 3대로 한정하여 기록하게 되었음을 알 수 있다.

그러나 조선 중기에 족보를 시간始刊한 동족은 대체로 처음부터 외손 3대 내지 2대만 기재하다가 사위만 기재하게 되었고(1702, 대구 서씨), 조선 후기 내지 그 이후에 족보를 시간한 동족은 처음부터 사위만을 기재하는 경향을 보이고 있다(1821, 철원 제씨). 그 이유는 '본말本末'이나 '주객主客' 또는 '내외지별內外之別'을 밝히기 위함 때문이다. 즉 동족=부계친의 의식이 강화되어 외손보다는 친손을 더욱 존중한 데서 비롯된 것이다. 또한 외손만 성을 기록하게 된 것도 동성자손과 이성자손을 구별하기 위한 것이라 하겠다.

둘째, 남녀 서열이 변화되고 있다. 조선 초기에는 아들, 딸(사위)을 출생 순위로 기재하였으나 중·후기로 내려오면서 아들을 먼저 기재하고 딸(사위)을 나중에 기록하는 선남후녀先男後女의 방식으로 바뀌었다. 17세기에는 출생순위가 지배적이고, 18세기에는 출생순위와 선남후녀의 두 가지 방식이 공존하고 있으며, 18세기 후반부터는 선남후녀의 방식이 지배적이었다. 이러한 현상은 윤서倫序보다는 동족의 질서를 우위에 두게 되었음을 의미한다.

셋째, 양자 입양에 변화를 보이고 있다. 16세기까지는 형에게 친생자가 없다고 해서 동생의 장남이나 독자를 입양시키는 경우는 보기 드물고 대부분 동생의 차·삼남 등 지차를 입양시켰다. 17세기부터는 동생의 장남 또는 독자라도 입양시키는 경우와 동생의 차·삼남 등 지차를 입양시키는 두 가지 경우가 공존하였다. 그러다가 18세기부터는 거의 동생의 장자나 독자라도 입양시키는 경향으로 굳어진다. 자기 독자를 형에게 입양시킨 동생은 다시 다른 근친자를 자신의 양자로 입양하기도 하지만, 입양이 불가능하여 절가絕家·절손絕孫되기도 하였다. 이는 종가사상의 유무와 밀접한 관련이 있는 것으로 보인다.

5) 족보 찾는 법

족보는 시조로부터 차례로 한 세대에 한 칸씩 아래로 내려쓰며, 동항렬同行列은 같은 난에 쓴다. 내용은 족보의 종류에 따라 차이가 있지만, 파보의 경우 대개 명·자·호·시호를 쓰고 생졸의 왕조 간지 월일을 쓴다. 또한 관직·봉호封號·과방科榜·저술 등 요즘 말하는 개인의 인적사항을 쓰고, 부인의 본관·성·부父 조부 증조부의 관명, 생졸연월일까지도 포함된다. 이외에 분묘墳墓의 소재지·좌향·형태 등에까지 한 개인의 일생과 그의 배우자 또는 고조까지의 일대를 약술해 놓는다. 그러나 이 또한 각 성씨나 각 파에 따라 약간씩 다르다.

족보를 보기 위해서는 우선 찾고자 하는 대상이 '~파 ~대손'인지를 알아야 하며, 휘諱까지 알면 더욱 좋다. 이렇게 '~파 ~대손'을 알았다면 족보의 계보표 앞에 있는 분파계열도나 파세계도派世系圖(약칭 파계도)를 보고 해당 파명 아래에 표시된 권수와 페이지를 찾아가면 된다. 최종적으로 찾고자 하는 사람이 그 파시조의 몇째 아들 몇째의 몇째로 파악되어 있을 것이므로 줄곧 그 차례를 따라가 확인함으로써 마무리할 수 있다. 한 페이지 안에서 끝이 나지 않았을 경우에는 마지막 이름 아래 몇 페이지로 찾아가라는 표시가 또 되어 있으므로 이를 따르면 문제가 없다. 페이지 표시는 옛날에는 '천지현황…'의 순서가 대부분이었고, 요즈음에는 아라비아 숫자를 주로 쓴다.

만약 파보에서 자신과 직계 선대 조상을 찾고자 하면 ~대손, 이름 등을 반드시 알아야만 한다. 이를 숙지한 상태에서 앞의 파계도를 보면 파시조부터 자기 이름까지 나오는데, 자기 이름 밑의 권수와 페이지를 보고 찾아가면 된다. 거기서 자신과 관련된 내용을 보면 된다. 그리고 찾고자 하는 분이 만약 7대조라면 자신과 관련된 내용이 쓰여 있는 페이지의 위로 올라가 찾으면 된다. 거기에서 없으면 6대조란을 보면 대개 '견상見上 페이지(또는 見上 권수 페이지, 아래일 때는 見下)'가 나온다. 이를 찾아가면 된다.

02

출산의례에 나타난 상징

홍순석

출산의례는 한 개인의 생이 시작되는 의례로서 통과의례의 첫 번째 과정이다. 아이의 출생과 관련하여 산속産俗이라고도 한다. 잉태하기를 빈손하는 일부터 아이가 태어나 만 일 년滿一年 되는 돌까지의 과정에 나타나는 기원祈願·금기禁忌·의례儀禮·주술呪術 등을 포괄하는 민속을 말한다.

우리 전통사회에서는 혼인을 자녀 출산의 수단으로 여겼던 까닭에 혼인한 여성은 아이를 낳는 일을 가장 큰 의무인 동시에 소망으로 생각하였다. 또 이 일은 당사자뿐만 아니라 온 가족과 문중이 바라는 일이기도 하였다. 특히 가계를 계승할 수 있는 아들을 낳는 것이 중요한 효도의 한 가지였다. 조선조에서는 아들을 낳아야만 후손의 도리를 다하는 것으로 알았다. 심지어 아들을 낳지 못하는 여인은 이른바 칠거지악七去之惡의 한 가지를 어긴 것이 되어 시집에서 쫓겨나기 일쑤였다. 그렇지 않은 경우 남편이 첩을 두는 것을 당연한 일로 받아들였다. 따라서 신부를 고를 때 성품이나 외모 외에 아이, 특히 아들을 많이 낳을 수 있는가를 미리 알아보기도 하였다. 여성은 잉태할 수 있는 기간을 헤아리는 교육을 미리 받았고, 혼인 후에도 이를 신랑에게 알려서 합방이 이루어지도록 하였다. 그만큼 출산은 중요한 일이었다.

이러한 출산의례는 산전産前 풍속과 산후産後 풍속으로 크게 구분한다. 산전 풍속으로 기자祈子신앙·삼신신앙·태몽胎夢과 태교胎敎를 들 수 있으며, 산후 풍속으로는 출산出産·태胎의 처리·금줄·백일·돌을 들 수 있다.

1. 산전 풍속產前風俗

1) 기자신앙

기자신앙은 자식을 낳기 위하여 벌이는 여러 형태의 신앙을 말한다. 자식 가운데서도 특히 아들을 얻고 그 아들이 무병장수하여 부귀영화를 누리게 되기를 기원하는 신앙을 말한다. 아들이 대를 계승해야 한다는 생각이 지배적이었던 전통사회에서 자녀를 낳지 못한 여인들은 각종의 가능한 모든 수단을 동원하여 기자祈子를 하였다.

기자신앙의 형태는 지역 또는 집안에 따라 다양한 양상을 보인다. 자식 얻기를 기원하는 주체자의 행위에 따라 크게 다음과 같이 분류된다.

첫째, 초월적인 존재나 영험이 있다고 믿는 자연물에 치성을 드리는 유형이다. 산신·용신·삼신·칠성·부처(또는 미륵)와 같은 신적 존재와 암석·나무(당나무) 등 자연물이 그 대상이다. 치성을 드리기 전에는 목욕재계하여 몸과 마음을 깨끗이 한 다음 부정한 것을 가린다. 보통 촛불을 켜 놓고 정성을 기울인 제수나 정화수를 떠놓고 빈손을 한다. 불공이나 굿을 드리기도 한다. 3일·7일·21일·100일간 비는데, 남이 모르게 빌어야 효험이 있다고 하여 보통 밤이나 새벽에 빈다.

둘째, 특정한 약물이나 음식을 취하는 행위이다. 남성을 상징하는 생식기나 물건, 또는 주로 아들과 관련된 열매 음식 등을 먹음으로써 주력呪力을 옮겨 받을 수 있다고 믿는다. 구체적인 사례로 아들 낳은 집의 금줄에 달린 고추를 훔쳐다 달여 먹거나, 동쪽으로 뻗은 뽕나무 가지의 오디를 먹거나, 누런 수탉의 고환을 생으로 입에 넣고 꿀꺽 삼키거나 황소의 고환을 삶아서 먹으면 아들을 낳는다고 믿었다. 이는 유감주술類感呪

術로 수탉·황소의 남성성이 곧바로 아들로 연결된다는 사고에서 나온 풍습이다. 석불(미륵·망부석)의 코를 갈아 마시기도 한다. 이 가루는 비고산鼻高散이라는 이름으로 밀매되었다. 비고산은 남자들에게 강신제強腎劑 구실을 하고 여성에게는 보음補陰의 효과가 크다고 여겼다. 이 돌가루를 마시는 풍속은 전형적인 유감주술로서 석불의 코를 남성기男性器의 상징으로 여긴 데에서 왔다. 전국의 석불 및 마애불상의 콧날이 온전한 것이 별로 없는 것은 이러한 기자신앙 때문이다. 비석 가운데 남성과 관계가 깊은 글자를 파서 먹으면 아들을 낳을 수 있다 하여, 자子·남男·문文·무武·인仁·인人·예禮·지智·용勇·검劍·필筆 등의 글자가 마모된 경우도 흔히 볼 수 있다.

기자의 대상인 미륵

셋째, 특정한 물건을 몸에 지니고 다니거나 은밀한 장소에 숨겨두는 유형이다. 특정한 물건은 대개 남성을 상징하는 것들이다. 구체적인 사례로 부적을 소지하거나 베개 속에 넣어 두거나, 친정어머니가 해준 은 장도를 지니거나, 아들을 많이 낳은 집의 식칼을 훔쳐다가 작은 도끼를 만들어 여자의 베개 밑에 놓거나 속옷에 차고 다닌다. 때로는 '한 탯줄에 아들 삼형제'라 하여 도끼 모형 3개를 한 줄에 꿰어 맨살에 닿도록 차는 경우도 있었다. 칼·도끼는 남성이 사용하는 연장인 동시에 남성 그 자체를 나타내는 물건인 까닭이다. 『세종실록』에 불임녀不姙女가 도끼 부작을 지니면 사기邪氣를 쫓아내 임신할 수 있다고 하여 신하들에게 하사한 기록이 보이는데, 도끼 부작을 쓴 이유는 도끼의 남성 상징성 때문이 아닌가 한다. 경우에 따라서는 수저를 훔쳐가기도 하는데 이것도 수저가 남성의 상징으로 쓰인 예이다. 이밖에 다산多産한 여인의 속옷이나 월경대를 얻어다가 몸에 두르고 다니거나, 작두의 고르재기나 호랑이 발톱, 수탉의 생식기를 지니고 다닌다.

넷째, 남녀 성기 모양의 바위나 돌 또는 나무에 잉태와 출산의 모의 행위模擬行爲를 재현한다. 흔히 좆바위·자지바위·아들바위 등으로 불리는 남근석男根石이나 공알바위·보지바위·붙임바위로 불리는 여근석女根石이나 여근 형국女根形局에서 행하여지는 암석 숭배 신앙이 전국적으로 분포되어 있다. 암석은 생명력·견고성·불변성·생산력·창조력·신성성·장수·남성 등의 상징성을 지닌다. 묘소의 각종 석물石物·경계석境界石·공물供物로 던져진 돌·탑·석불石佛·비碑·기자암祈子巖도 모두 이와 관련이 있다.

남근석·여근목(전라북도 민속자료 제13호)

특히 기자암은 기자 신앙에서 제일 중시된다. 기자암은 생김새가 성기 모양을 한 것이나 성교性交 형상을 한 것, 말馬 모양이나 거북龜 모양을 한 것이 있다. 이 방법은 유사한 것과의 접촉을 통하여 똑같은 결과를 초래하려는 적극적인 표현의 유감주술 행위에 속한다. 전북 순창군 팔덕면 산동리의 남근석은 자식이 없는 여자가 한밤중에 찾아와 이 남근석을 껴안으면 틀림없이 아들을 낳는 신통력이 있다고 하여 남몰래 찾는 여자가 많았다고 한다. 강원도 고성 해금강 만물상 끝에 있는 기자암은 바위와 바위가 겹쳐서 마치 여음女陰의 형국을 이루었다. 그 오목한 곳에 구멍이 패어 있는데, 밥과 함께 백지로 싼 봉석奉石 곧 길쭉한 돌을 공양하고 기도를 하면 효험이 있다고 한다. 그곳에 빌어 낳은 아들에게는 "너의 아버지는 돌아버지다"라고 놀린다고 한다. 충북 제천시 송학면 무도리에 있는 공알바위 속에 돌을 던져 들어가면 아이를 낳는다고 한다. 이는 성교의 상징이다. 그리고 올라가서 돌을 던지도록 되어 있는 논밑의 바위가 있는데 이는 남근의 상징임이 틀림없다. 성교 형상을 한 것으로는 부산 남구 감만동의 제왕바위 등이 있고, 말 모양으로는 종로구 부암동의 붙임바위 등이 있다. 강력한 남성을 상징하는 말바위에 여자가 올라타고 엎드려 성교 동작을 취하면 잉태할 수 있다고 한다. 부암동의 부암附巖(붙임바위)이란 바위 표면을 둥근 돌로 문질러서 표면의 움푹 파인 부분과 돌을 밀착시킨다는 말로 이는 모의적 성행위의 상징이다. 돌이 밀착되면 잉태할 수 있다고 한다.

　이상의 기자암이나 남근석은 모두 암석의 제상징성 위에 남근의 생식과 풍요의 상징성이 결합된 예라 하겠다. 기자암에서 행해지는 성행위의 유감주술에는 흔히 치성致誠과 함께 이루어진다. 경북 울진 지방의 암석기자巖石祈子의 제례 과정을 보면 다음과 같다. 날을 받아 놓은 밤, 골짜기의 맑은 물에 목욕재계한 뒤 목면삼척木綿三尺(돈이 많은 집이면 7·9·27 등 기수만큼의 척수로 늘인다), 마른명태를 놓고 맑은 물로 7번이나 9번 씻은 흰쌀 한 되로 밥을 짓는다. 또 실 한 타래를 그 밥 위에 얹고 그 한쪽 끝을 기자 대상이 되는 기자암에 맺는다. 다음 그 실 가닥을 끌어 기자하는 부인의 하복부에 둘러매고 정좌正坐하여 기도를 한다. 하복부를 찌르는 듯한 영감靈感이 들 때까지 며칠간이고 밤을 새워 계속해야 한다. 여기서 기수의 무명척수나 건명태는 남아男兒를 상징한다. 일반적으로 건명태는 벽사수호僻邪守護의 상징이지만 여기서는 건명태의 모양에서 유추된 남아 상징이라 생각된다.

한편, 두 나뭇가지가 엉켜 있는 연리지목連理枝木이나 사람의 다리모양처럼 생긴 Y자형의 나뭇가지 근처의 방에서 동침하면 아들을 낳을 수 있다고 한다. 또는 Y자형의 나뭇가지에 돌을 꽂아 놓고 기원한다. 달걀 껍데기에 꼬챙이를 꿰어 출입문 위에 걸고 아들 낳기를 빌기도 한다. 이는 사내아이의 고환을 염두에 둔 유감주술이다. 또는 우물가에 토란을 심고 마당에 대추나무나 석류나무를 심어 자식 낳기를 기원했다. 여기서 우물과 마당은 여근女根을 상징하고 토란·대추나무·석류나무는 남근男根을 상징한다. 이 역시 모의적 성행위의 상징이다.

다섯째, 공덕을 많이 쌓음으로써 소원 성취할 수 있다고 믿는데, 이는 불교의 인과응보설에 기인한 것이다.

2) 삼신신앙

오래전부터 우리나라에서는 삼신할멈이 아기 낳는 일을 맡고 있다고 믿었다. 갓 태어난 아기의 엉덩이에 파란 멍이 있는 것도 삼신할멈이 얼른 세상에 나가라고 엉덩이를 밀어내서 그렇다고 믿었다. 해산 때는 우선 아기를 낳기 전에 짚을 깔고 아기의 안전한 탄생을 빌며 삼신할멈을 위한 삼신상을 차려 놓는다. 삼신은 삼신단지·삼신바가지·삼신할멈 등으로 불리며, 안방·부엌·마루에 모셔지나 안방 윗목에 모셔지는 것이 일반적이다. 삼신상에는 미역·쌀·정화수를 떠놓는다. 한지를 깔고 쌀·미역·정화수·가위·실·돈을 놓는 지방도 있다. 아기를 낳은 후에는 고마움의 표시로 흰쌀밥과 미역국을 먼저 올리는 습속이 있는데, 3일째와 초이레(7일)·두이레(14일)·세이레(21일)에도 삼신상을 차려 올린 다음, 그 상의 밥과 국을 산모가 먹는다. 아이를 낳은 지 사흘째 되는 날에는 정화수에 숯을 넣어 아이가 잘 자라게 해달라고 빈다. 숯을 넣는 것은 제독이나 정화의 의미가 있다. 이러한 행위에는 상징적 의미 외에 실제 과학적인 효험도 있다.

삼신에게 빈손할 때 대문에는 황토를 뿌려 놓아 젊은 아낙네의 출입을 금지시킨다. 그가 삼신을 데리고 간다고 보기 때문이다. 아이의 출생 이후에도 산모의 젖이 모자라면 삼신에게 빈다. 아이가 아플 때도 대문에 황토를 놓거나 미역국·정화수·밥(수저는 놓지 않는다)을 아이 머리 쪽에 차려놓고 삼신에게 빈손한다. 이러한 습속은 인간의 능력으로는 어렵다고 생각되는 불행을 절대적 존재에 귀의해서 미리 막을 수 있다는 자기 암시의 효과가 있다.

삼신상에는 미역·쌀·정화수를 차린다.

한편, 일부 지역에서는 삼신상 외에 삼신바가지(산바가지)를 마련하여 대신하기도 한다. 두 가지를 모두 준비하는 경우도 확인된다. 경기도 이천시 백사면 지역의 기자 풍습을 조사할 때 "아이, 특히 아들을 낳기 위해서 어디에서, 무엇에게, 어떻게 기원하는가?"라고 질문하였더니, 대부분이 "삼신에게 바가지를 걸고, 미역국·밥·물 등을 차린 밥상을 엄마 속옷 위에 올려놓고 빈손을 하는데, 삼신 할머니 ○○네 아들 하나 점지해 주십시오"라고 한다고 응답하였다. 임신을 하면 삼신바가지를 시렁 위에 미역·짚 등과 함께 얹어 둔다. 그리고 아이를 낳으면 1~3주, 혹은 7주까지 단골네가 와서 자배기에 물을 퍼놓고 그 위에 바가지를 엎어놓고 막대기로 두드리면서 복을 빌어준다.

3) 태몽과 태교

○ 태몽

남아선호의 경향이 짙었던 전통사회에서 임산부의 최대 관심사는 태아의 성별이다. 대부분의 사람들이 태몽으로 아이의 성별뿐만 아니라 미래의 운명까지 좌우한다고 믿었다. 태몽은 임신 중이나 출생 직후에 많이 꾸며, 이를 꾸는 사람은 임산부를 비롯하여 남편이나 시집, 친정 식구에 이르기까지 다양하다.

태몽에는 해·달·별과 같은 천체적인 것, 호랑이·뱀·꽃·열매와 같은 동식물, 부처·산·신·조상과 같은 신인神人, 놋대야·젓가락 같은 사물 등이 등장한다. 태몽이 좋으면 득남하고, 나쁘면 딸을 낳거나 난산한다고 한다.

일반적으로 해나 달을 삼키거나 몸에 지니는 꿈, 그리고 용·범 구렁이·소·돼지·장끼·학·황소·도끼·수탉 등의 동물과 호박·가지·무·고추·호두·송이버섯·밤 등 식물에 관한 꿈을 꾸면 아들을 낳을 것으로 기대하였다. 한편, 암소·고양이·말·암탉·뱀 등과 감·참외·수박·꽃 등의 꿈을 꾸면 딸을 낳는다고 한다. 이와 같은 동식물은 남녀의 성격은 물론, 성기와 관련된 상징물이기도 하다.

한편, 태점胎占 또는 태아예지법이라 해서 임산부의 외형이나 태아의 움직임을 보고 태아의 성별을 예지하기도 한다. 가령, 배가 뾰족하게 부르거나 입덧이 심하면 딸이고, 배가 높지 않고 펑퍼짐하고 입덧이 거의 없으면 아들이다. 산모 엉덩이가 둥글둥글하면 아들이다. 배꼽이 따리처럼 둥글고 물렁하면 아들이고, 배꼽이 나오면 딸이다. 딸은 배에서 놀때 팔짝팔짝 뛰고, 아들은 꿈틀거린다. 또 부부의 나이를 더해서 홀수가되면 아들이고, 짝수이면 딸이다. 임산부를 남쪽으로 걷도록 하고 뒤에서 갑자기 이름을 불렀을 때 고개를 왼쪽으로 돌리면 아들, 오른쪽으로 돌리면 딸이다. 아들의 태아는 왼쪽에 자리 잡기 때문이라고 한다. 남좌여우男左女右라는 음양오행 사상에 영향을 받았기 때문이기도 하다.

○ 태교

임산부가 태아에게 좋은 영향을 주기 위하여 말과 행동, 마음가짐을 조심하는 것을 태교라고 한다. 태교에 관한 기록은 이미 고려말 정몽주의 어머니 이씨가 남긴 『태중훈문胎中訓文』을 비롯하여 조선조에서도 『규합총서閨閣叢書』, 『태교신기胎敎新記』 등 여러 책이 있다. 태교는 산모에게만 행해지던 것이 아니다. 『동의보감東醫寶鑑』에는 장차 태어날 아이의 성품은 물론 한 가정의 길흉화복조차도 아버지의 마음가짐에 좌우된다고 하였다. 민간에서도 부인이 임신하면 남편은 살생을 금할 뿐만 아니라, 산이나 들의 나무줄기조차 꺾지 않았다. 땔감을 마련할 때도 낫이나 도끼를 대지 않았다. 그리고 어려운 사람을 도와 선행을 베풀었다.

임산부는 음식을 가려먹는 것을 원칙으로 삼았다. 예컨대, 자라 고기는 안 먹는다. 아이의 목이 길어지기 때문이다. 비둘기 고기는 먹지 않는다. 먹으면 아이를 남매만 낳는다. 닭고기를 먹으면 아이가 닭살이 된다. 감주나 두부를 안 먹는다. 감주나 두부처럼 물렁해서 힘이 없어진다. 오리고기를 먹으면 아이의 손과 다리가 오리발처럼 붙는다. 토끼고기를 먹으면 눈이 토끼의 눈처럼 붉으며, 상어 고기는 피부를 거칠게 만든다고 여겨서 절대로 먹지 않았다. 또 돼지고기는 부스럼을 자주 일으키며, 달걀은 종기의 원인이 되고, 쇠뼈는 광대뼈를 튀어나오게 한다고 믿었다.

반면, 임산부에게 적극 권장한 식품도 적지 않았다. 잉어를 먹으면 아이가 단정한 모습으로 태어나고, 황소 콩팥과 보리밥은 힘이 세고 슬기롭게 만들며, 가물치는 총명이 깃들게 한다고 여겼다. 음식에 대한 이와 같은 관념을 과학적으로 입증하기는 어렵지만 음식을 함부로 들지 않음으로써 임산부와 태중의 아이가 건강을 유지하며, 무엇보다도 정서적인 안정을 얻어 아이의 성품 형성에 좋은 영향을 끼쳤던 것이다.

임산부가 소심해야 할 약도 수십 가지에 이르며, 보거나 들어서는 안 되는 일과 삼가거나 금해야 할 일은 이루 헤아릴 수 없다. 몸가짐을 바르게 가지라는 교훈도 적지 않다. 말고삐·체·부삽·도마 따위를 넘지 말고, 시루나 독을 들지 말며, 빗자루를 깔고 앉지 말라는 따위이다. 이밖에 산달에 아궁이를 고치면 언청이로 태어나고, 문구멍을 바르면 아이의 콧구멍이 막히며, 빨래를 삶으면 피부가 나빠진다고 여긴다. 이와 같은 습속은 임산부의 건강을 유지시키려는 목적 외에 유감주술적인 배려에서 나온 것이다.

출산의례에 나타난 상징 |

2. 산후 풍속 産後風俗

1) 산바라지

출산일이 가까워지면 안정된 상태에서 출산할 수 있도록 친정이나 시집 중에 하나를 출산처로 정한다. 출산처가 정해지면 방을 치장하는 한편, 포대기·기저귀·배내옷·솜 따위를 마련한다. 아기의 살에 직접 닿는 물품들은 습기를 잘 빨아들이고 부드러운 면직물로 한다. 흔히 첫 아기의 포대기는 친정에서 해준다. 아기 물품을 살 때는 값을 깎지 않는다. 값을 깎으면 아기의 복을 깎는 것이라 여겼기 때문이다. 배내옷은 바늘로 꿰매며 단추를 달지 않고 긴 끈을 붙여 가슴에 한 바퀴 돌려 맨다. 단추 대신 긴 끈을 쓰는 것은 아기의 수명이 그만큼 길기를 바라서다. 많은 좁쌀처럼 오래 살라는 의미에서 좁쌀을 속으로 한 베개를 만들어 준다.

해산일이 임박하면 산바라지도 정해둔다. 산바라지는 주로 친정이나 시집의 어머니가 맡으나, 해산 경험이 많고 아이들을 모두 무사히 키운 복 많은 노인에게 부탁하기도 한다. 복 많은 할머니는 여기저기 불려다니며 해산을 돕는다. 그 대가로 속옷이나 버선을 주는데, 옷을 해주는 것은 노인의 장수를 기원하는 뜻이 있다. 아들을 낳은 집은 형편에 따라 별도의 후한 사례를 한다.

아기를 낳기 전에 산실의 윗목에는 삼신상을 마련한다. 삼신상은 깨끗한 짚을 깔고 그 위에 쌀·물·미역 따위를 놓은 것인데, 지역에 따라 소반에 올려놓고 순산을 빌기도 한다. 삼신은 한 집에 한 분뿐이므로 시어머니와 며느리의 산달이 같으면 며느리는 반드시 친정에 가서 아이를 낳는다.

출산시 짚을 바닥에 깔고 그 위에서 출산하는 것이 일반적이다. 어떤 지방에서는 짚을 까는 대신에 짚 한 단을 산실産室에 세워둔다. 짚을 깔고 아기를 낳은 이유는 아기를 낳을 때 나오는 피를 처리하기 위한 것도 있지만, "짚자리를 낳았다"는 소리를 하려고 깔았다고 한다. 이는 짚에서 벼가 무르익는 것과 아이의 출생을 결실이라는 차원에서 같게 보아 알찬 아이의 탄생을 바라는 마음에서 해 온 습속이다. 이처럼 짚은 곡령穀靈(corn sprit)신앙의 일종으로 안산安産을 돕는 조산신助産神의 상징이다.

삼신상에 차려진 물·미역·쌀은 아기를 낳은 후에 첫국밥을 끓여서 삼신상에 올렸다가 산모가 먹는다. 지역에 따라서는 산모에게 달걀이나 메밀수제비를 먹인다. 닭은 알을 잘 낳기 때문이며, 메밀수제비처럼 미끄러워서 순산하리라는 기대 때문이다.

한편, 남편은 아내의 산달이 다가오면 삼으로 왼새끼를 꼬아 둔다. 산실에 밧줄처럼 매어 놓으면 임산부가 이를 잡고 힘을 쓴다. 이 줄을 '삼신끈'이라고 한다. 황소 오줌에 적셔두면 주력呪力이 생긴다고 한다. 조선조의 왕실이나 상류층에서는 문고리에 걸어둔 은제 말굽쇠를 잡고 힘을 썼다. 그리고 아이의 돌에 이르러 이 말굽쇠를 녹여 말굽 모양의 노리개를 만들어 채워준다. 아이를 낳을 때 잡았던 삼신끈은 아이를 못 낳았거나 아들을 바라는 여인에게 인기가 높아서 비싼 값에 팔리기도 한다.

출산시에는 집안에 잠겨 있는 모든 문을 열어두는데 이는 아이가 산모의 하문下門을 잘 열고 나오라는 뜻이다. 대문과 장롱문을 열고, 때로는 지붕의 기와를 떼어놓는 것도 열쇠의 개봉開封 상징을 취한 것이다. 이는 동물에도 적용되어 돼지나 소가 난산일 때 대문을 열어둔다.

난산難産일 때는 삼신끈 대신 남편의 상투를 잡고 힘을 쓰는 습속도 있다. 이렇게 함으로써 아이를 쉽게 낳고, 분만을 방해하는 잡귀가 남편쪽으로 옮겨져 산모와 아이가 안전을 누리게 된다. 남편이 아버지로서의 의무를 깨닫게 되는 계기도 된다.

난산이 계속될 때는 여러 가지 주술을 베푼다. 가령, 남편의 아래 속옷이나 띠를 부인의 배에 감아주거나, 아이를 많이 낳은 부인의 치마 덮어주기, 털어낸 참깨대 묶음을 방 네 구석에 세우기, 우물에 가서 동이에 물을 가득 채운 다음 쏟아버리기, 대문 빗장에 톱질을 하여 그 가루를 먹이기, 불 지핀 아궁이에 부채질을 해서 연기를 빨리 빼기, 쥐구멍 터주기 등이 있다. 남편의 속옷이나 띠는 남성의 힘을 상징한다. 남성의 힘을 산부에게 전한다는 의미를 지니고 있다. 남편의 상투를 잡고 분만하는 것도 마찬가지이다. 상투는 남성의 힘을 상징한다.

2) 태의 처리

아이가 태어나면 탯줄을 잘라 분리시킨다. 이를 '삼가른다'고 한다. 탯줄을 배꼽에서 한 뼘쯤 되는 부분을 자르고, 그 끝부분을 실로 잡아매어 깨끗한 솜에 싸서 아기 배 위에 올려놓는다. 태는 흔히 가위로 자르지만, 딸을 낳았을 때는 남자 동생을 바라는 뜻으로 소독한 낫이나 식칼을 쓴다. 아들인 경우 낫이나 식칼 외에 산모가 이로 끊고, 그 침을 삼키는데, 이렇게 하면 아이가 무병장수한다고 한다.

잘라낸 태는 보통 사흘이 지나기 전이나 사흘째 되는 날 처리하며, 그 방법은 곳에 따라 다르다. 왕실이나 상류층에서는 태를 항아리에 넣고 좋은 풍수자리를 구하여 묻는 매장법을 택하였다. 태를 묻는 방위를 장태방藏胎方이라 한다. 서울에서는 태를 왕겨나 참숯 또는 장작불에 태워서 깨끗한 물에 띄우거나 산에 묻는다. 경기도에서는 삼을 찌는 날 잿불

세종대왕 왕자태실: 경북 성주군 월항면 인촌리 선석산에는 조선 왕실 14위의 태실이 있어 태봉이라고 한다.

에 바짝 태운다. 이를 태우는 장소가 집에서 멀면 동생 터울이 길고, 가까우면 짧다고 한다. 강원도에서는 술이 담긴 작은 단지에 넣어 땅에 묻었다가 5~6년 뒤에 꺼낸다. 태가 녹아 술이 노란 빛깔로 바뀐 것을 간질병이나 폐병 약으로 쓴다. 전남 고흥 일대는 마을마다 일정한 장소가 있는데 아들의 태는 항아리에 넣지만, 딸의 태는 바가지에 담아 묻는다. 제주도나 해안가에서는 불에 태운 다음 그릇에 넣어 봉한 뒤 물에 띄운다.

3) 금줄

아기가 태어나면 부정한 사람들의 출입을 금하기 위하여 왼새끼로 꼰 줄로 대문을 가로질러 달았는데, 이를 금줄 또는 인줄이라고 한다. 금줄은 한이레(7일) 또는 세이레(21일) 동안 쳐 둔다. 출산을 알려서 외인外人 특히 부정한 사람의 출입을 막기 위해서이다. 식구 이외는 3일 안에 친척조차 출입을 금하였다. 그리고 마을 사람들은 삼칠일간(21일) 출입을 금하였다. 이 줄이 걸린 동안에는 가족 가운데 개 잡는 것을 보거나 상가에 다녀온 사람은 산실에 들어가지 않는 등 몸가짐을 조심한다. 이를 어기면 아기에게 붉은 반점이 돋아난다. 기간이 지난 금줄은 아무 곳에나 버리지 않고 걷어서 문 안쪽 기둥 높은 곳에 감아 두었다가 태운다. 또 금줄을 걸기 위하여 기둥에 못을 박으면 아기가 장님이 된다고 믿는다.

금줄에는 보통 두 가지 조건이 부가된다. 왼새끼라는 점과 기타 부속물을 동반시킨다는 점이다. 금줄은 왼새끼로 꼬아서 만든다. 이는 잡귀가 왼쪽을 싫어한다는 믿음에서 나온 것이다. 왼새끼의 양끝을 그대로 두는 것은 아기와 산모의 수명이 끝없이 길기를 바라서이다. 부속물로는 아들과 딸을 구분하여 매달았는데 그 종류와 상징적 의미를 알아보면 다음과 같다.

아들인 경우에는 새끼의 중간 중간에 생솔가지·숯·붉은 고추를, 딸인 경우에는 생솔가지·숯·종이를 섞바꾸게 끼워 문에 건다. 여기서 고추는 양물陽物로 남성상징이기도 하지만 붉은 고추의 색은 양색陽色으로 음陰인 악귀를 쫓는 힘이 있다고 한다. 숯은 음물陰物로 여성상징이며, 숯의 검은빛은 음색陰色으로 음陰인 귀신들을 흡수하는 기능을 가지고 있다고 한다. 숯이 갖는 제독制毒의 의미도 담겨져 있다. 흰 종이는 백포白布와 함께 화폐貨幣의 상징으로 화폐의 힘에 일종의 마력魔力을 인정한 것이다. 생솔가지는 솔잎이 침엽으로 날카로운 점과 상록常綠으로 귀신이 싫어하는 동방색東方色인 점과 생생상징生生象徵인 점에서 그 힘을 인정한 것이다.

또 다른 경우에는 아들일 경우 고추·숯·짚 묶음을 두세 개씩 달고, 딸일 경우 고추 대신에 종이·숯 대신에 솔잎과 미역을 달아둔다. 이 경우 남아의 숯은 붓을 상징하며 글공부를 잘하라는 뜻이고 솔잎은 바느질을 잘하라는 뜻이다. 달리 해석하기도 한다. 딸의 경우 금줄에 매다는 솔가지는 바느질을 잘하라는 뜻이 있지만, 부정을 물리치는 도구로써 잡귀의 침입과 부정을 막아 공간을 정화 또는 신성화하려는 의미도 지니고 있다.

우리 민속에서 각종 금줄에 나타난 솔가지는 주로 벽사_{辟邪}의 상징이다. 예부터 악귀를 쫓거나 예방하는 의식에는 주로 파랑과 빨강을 사용했는데 동방색인 파랑과 남방색의 빨강은 양색_{陽色}으로 벽사의 색이다. 소나무의 색깔이 파랗기 때문에 벽사의 색이며 사철 푸르고 구하기 쉽기 때문에 자주 쓰였다고 생각된다.

금줄에 간혹 복숭아 나뭇가지를 매다는 경우가 있는데 이는 귀신이 동쪽과 복숭아를 무서워하기 때문이다. 이를 '동도지_{東桃枝}를 단다'고 한다. 동도지를 엄나무처럼 대문에 매다는 경우도 같은 이유에서 나온 것이다. 복숭아나무가 부정을 제거해준다는 풍습은 고려시대 문헌인 이규보_{李奎報}의 『동국이상국집_{東國李相國集}』에도 보인다.

4) 산후 의례_{産後儀禮}

아기가 태어난 뒤 7일째를 첫이레, 14일째를 두이레, 21일째를 세이레라 부르고, 그때마다 특별한 의례를 치른다. 7일을 하나의 단위로 삼아 특별한 뜻을 부여하는 풍속은 예로부터 지켜왔던 것으로, 3이나 7을 좋은 수로 여긴 까닭이다. 단군신화에 나오는 웅녀도 세이레 동안 금기하며 굴에서 지냈다. 첫이레는 삼신상을 차려놓고 삼신에게 감사하는 동시에 아기의 명을 빈다. 또, 이날 아기의 강보_{襁褓}를 벗기고, 깃 없는 옷을 입히며, 동여매었던 소매 끝도 풀어준다. 할아버지는 이날 처음으로 손자를 보게 된다. 이로써 아기는 가족과 첫 대면을 하는 셈이다. 이웃과 친지에게 특별한 음식을 대접하는 외에 아기에게 실꾸리를 채워주거나 곁에 놓아둔다. 실은 장수의 상징물이다.

두이레 날에도 삼신상을 마련하는 집이 있으나 보통은 상을 차리지 않는다. 깃이 달린 옷옷에 두렁이를 입히고 나머지 소매 끝마저 풀어서 아기는 마음대로 활갯짓을 한다. 이레 가운데 가장 성대한 의식을 치르는 것이 세이레 곧 삼칠일이다. 삼신상을 차려 마지막 감사를 드리고 금줄을 걷으며 산모나 아기, 가족이 그동안 지켜야 했던 모든 금기도 풀어진다. 아기에게 위아래 옷을 갖춰 입히며, 산모는 일상생활로 완전히 되돌아온다. 이웃과 친지에게 특별한 음식을 대접하며 수수떡과 소를 넣지 않는 만두를 빚어 문 앞에 놓아서 오가는 사람에게 풀어먹인다. 수수떡의 붉은 빛깔은 잡귀를 물리치고, 빈 만두는 아이의 도량이 넓어지라는 뜻이다. 사람들은 실타래나 옷을 선물한다. 첫 아기인 경우 외가에서 옷·포대기·띠·미역·실 따위를 가져와서 아이와 첫 대면을 한다. 이날로써 해산에 따른 모든 의례가 마감된다.

한편, 아이의 무병과 수명장수를 위하여 절이나 큰 바위에 팔거나 무당을 어머니로 섬기게 하는 풍속도 있었다. 절에 보낸 아이가 승려와 함께 지내며 불공을 드리면 부처의 도움으로 재앙을 물리치게 된다는 것이다. 바위는 단단하고 변하지 않으므로 이를 닮아 장수하라는 뜻이다. 명절에는 큰바위를 찾아가서 절도 한다. 무당에게는 아이의 생년월일·주소·이름과 무병장수를 기원하는 글을 적은 명주 또는 무명천·실타래를 바친다. 이때 사용하는 무명천은 폭 60㎝ 길이 300㎝ 정도인데 '명다리'

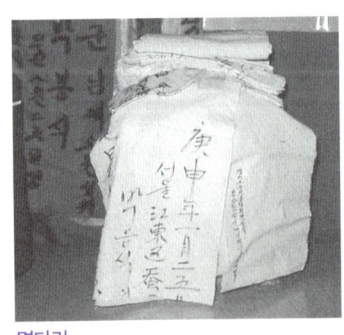

명다리
무당에게는 아이의 생년월일·주소·이름과 무병장수를 기원하는 글을 적은 명주 또는 무명천·실타래를 바친다.

라 부른다. 이때부터 아이는 무당의 신아들이나 딸이 되는 것이다. 무당은 자신의 신당굿을 할 때 반드시 명다리를 가지고 춤을 춘 다음 아이의 건강을 빌어 준다. 명다리는 이따금씩 새로 마련하여 바친다. 아이의 수명을 길게 하기 위하여 일부러 이름을 천박하게 부르는 풍속도 있다. 가령 개똥이·쇠똥이·말똥이·돼지 등으로 부른다. 천박한 이름을 붙임으로써 잡귀가 달라붙지 않으리라고 생각하기 때문이다. 이밖에 돌쇠·바위·꺾쇠라는 이름도 흔하였는데, 수명이 그처럼 길기를 바라는 뜻에서 붙인 것이다. 또, 아이를 지나치게 귀여워하거나 자랑하는 일도 삼갔다. 오히려 잘 생긴 아이도 '못난 녀석'이라고 거꾸로 불렀다. 아이가 어느 정도 자라면 자연히 아명은 부르지 않게 된다.

아기의 처음 자란 머리를 '배냇머리'라 한다. 이 머리는 백일이나 돌 무렵에 가위로 깎으며, 모두 깎지 않고 서너 가닥 남기기도 한다. 아기의 수명을 바라서이다. 깎은 머리는 아궁이에 태운다. 손톱과 발톱은 세이레나 백일이 지나서 깎는다. 가위나 손톱깎이 같은 쇠붙이로 깎으면 아이에게 해롭고, 커서 손버릇이 나빠진다고 여긴다. 이 때문에 산모가 이로 짧게 해주는 경우도 있다.

5) 백일

백일은 아기가 출생한 지 백일이 되는 날을 기념하여 베푸는 잔치이다. 첫이레에서 세이레까지의 의례가 아기보다 산모에게 치중된 것이라면 백일잔치는 아기 자신을 위한 것이다. 아들 딸 구분 없이 아기가 무사히 자란 것을 대견하게 여기며 잔치를 벌여 이를 축하해주던 것이 우리의 습속이다. 그 유래는 의술이 발달하지 못했던 옛날에 이 기간 중 영아의 사망률이 높아 비롯된 것이다. 오늘날에는 이와 상관없이 전래의 풍습으로 이어지고 있다.

백일잔치는 먼저 아침에 오랫동안 끊겼던 삼신상을 차리는 것에서부터 시작한다. 산모나 아기의 할머니는 삼신상 앞에 단정히 앉아 아기의 건강과 수명, 복을 빈다. 비는 것이 끝나면 삼신상에 차린 음식은 산모가 먹는다. 이날부터 색깔 있는 옷도 입힌다. 그리고 동네 사람들을 초대하여 아기를 소개하기도 하였다. 이날 떡을 하는데, 빼놓을 수 없는 것이 백설기와 수수팥떡이다. 인절미나 송편을 함께 만들기도 한다. 백설기는 순진무구純眞無垢함을 상징하며, 수수팥떡은 축귀逐鬼와 다산多産을 상징한다. 수수의 붉은색이 악귀를 쫓을 뿐만 아니라, 그 알의 수효가 많아서 자손이 많기를 기원하는 뜻이 담겨 있다. 백일떡은 온 손님과 이웃에게 나눠주는데, 그 떡을 백 명이 먹으면 아이가 장수한다는 속신 때문이다. 이웃집에서는 백일떡을 받으면 빈 그릇으로 돌려보내지 않고 약간의 돈이나 선물 등으로 채워서 보낸다. 백일잔치에 참석한 사람도 아이에게 필요할 선물을 준비한다.

또한, 백일에는 100조각의 헝겊으로 지은 옷을 아기에게 입히기도 한다. 작은 천 조각을 기워 만든 옷이므로 아기의 수명도 길게 이어질 것이라 믿기 때문이다.

6) 돌

돌은 아이가 태어난 지 1주년이 되는 날이다. 전래로 처음 맞는 생일이라 큰상을 차려주고 돌잔치를 하였다. 돌잡이의 복장은 아들은 한복에 복건을 씌우고, 딸은 한복에 조바위를 씌우고 돌상에 앉힌다. 아들

은 보라색이나 회색바지에 분홍 또는 색동저고리를 입힌다. 이 위에 색
동두루마기·남색 조끼·색동마고자 차림을 하고 전복에 홍실을 두르며
복건을 쓰고 타래버선을 신고 주머니를 찬다. 딸에게는 색동저고리에
붉은색 긴치마를 입고 조바위를 쓰며 역시 타래버선에 주머니 차림을
한다. 주머니에는 붉은 실로 '壽·福·貴' 세 글자를 수놓고, 이밖에 국화
나 모란, 동물 형태의 수도 놓아 꾸민다. 주머니 끈에는 작은 타래버선·
은도끼·은나비·은자물통 따위를 달아준다. 이들은 잡귀 퇴치 외에 아
기에게 장수를 가져다준다고 믿는다. 돌띠도 허리에 한 번 감아서 매는
데 역시 수명이 길기를 바라는 뜻에서이다.

　돌상에는 백반·미역국·푸른나물·백설기·송편·생실과·구이·자
반 등을 차리고, 쌀·국수·대추·흰색타래실·청홍색타래실 등과 돌잡
히기를 할 물건들을 상 위에 차려 놓는다. 요즈음에는 백설기·송편 외
에도 수수경단·계피떡·인절미 등 여러 가지 종류의 떡을 이용하고 있
다. 떡 가운데 백설기·수수경단은 꼭 해주는데, 백설기는 아기의 신성
함과 정갈함을 축원하는 동시에 장수를 상징한다고 한다. 수수경단은
붉은색이 벽사상징의 색이므로 이 떡을 해주면 귀신의 출입을 막고 퇴
치하여 병을 막을 수 있어 잘 자랄 수 있다고 믿었다. 또 수수는 목숨
수壽자가 둘씩 들어서 수명이 길기를 바라는 뜻에서 수수떡을 해준다
고 말하기도 한다. 무지개떡은 오색찬란한 인생을 상징한다고 하고, 인
절미와 찰떡은 찰기운이 있는 음식이므로 끈기 있고 마음이 단단하라
는 뜻에서 해주는 것이라 한다. 송편은 속이 빈 것과 속을 넣은 것 두
종류를 만드는데 속을 넣어 만든 것은 속이 차라는 것이며, 속이 빈 것
은 의견이 넓으라는 뜻이라고 한다. 대추와 각색 과일은 열매를 맺듯이
자손이 번영하라고 축복하는 뜻으로 놓고, 쌀은 앞으로 식복이 많으라

는 뜻으로 새밥그릇을 사서 가득히 담아 놓는다. 수명장수를 비는 뜻에서 국수와 타래실을 놓고, 미나리 등의 나물도 자르지 않고 길게 무친다.

돌상에는 돈을 놓는데, 이는 부富를 비는 뜻에서이다. 책은 원래 천자책을 놓았다가 아기가 자란 다음 읽게 하였다. 붓과 먹·벼루를 놓는 것은 학문을 익히거나 재주가 많으라는 뜻이다. 아들인 경우에는 무운武運과 용맹의 상징으로 활과 화살을 놓으며, 딸인 경우에는 바느질 솜씨를 으뜸으로 하여 색지·자·실 등을 놓는다. 이는 장수·자손번영·부귀만을 기원하는 것이 아니라 사람됨도 깊이 생각하기 때문이다. 돌상은 일반적으로 네모진 상보다는 둥근 상을 사용하여 아이가 다니면서 모서리에 부딪힐 염려가 없도록 하였다. 이렇게 차린 돌상에 돌복을 입은 아기를 앉히는데 무명 한 필을 접어서 놓고 그 위에 앉게 한다. 이때 쓴 무명은 나중에 그 아기가 쓰도록 한다. 축하객들은 돌상을 둘러싸고 앉아 아기의 거동을 지켜보면서 아기가 첫 번째나 두 번째 잡는 것으로 미루어 장래를 점친다. 이를 '돌잡이'라고 한다.

돌잡이에서 아기가 잡는 물건에 관련한 상징적 의미는 매우 다채롭다. 가령, 책·붓·먹·두루마리를 먼저 잡으면 학문에 힘써 높은 벼슬을 할 것이라 믿고, 쌀·돈을 잡으면 부자가 될 것이라고 믿는다. 활·장도를 집으면 무관이 되고, 실과 국수를 집으면 장수하리라 믿는다. 바늘·인두·가위·잣대·인두를 먼저 집으면 바느질을 잘할 것으로 본다. 떡을 잡으면 우둔하다고 여겼다. 부모와 가족들은 아이가 잘살기를 바라는 뜻에서 쌀과 돈을, 공부 잘하기를 빌면서 책·붓 등을, 수명이 길기를 원해서 실·국수를 가까운데 놓아둔다. 어른들이 바라는 것을 집지 않으면 무리하게 쥐여주면서 기뻐하기도 한다.

돌잔치가 끝나면 돌떡을 쟁반에 담아서 이웃집에 돌린다. 돌떡을 받은 집에서는 떡을 가져온 그릇에 돈·쌀·타래실 등을 넣어 답례한다. 오늘날은 옷이나 장난감·돈·금으로 된 돌반지를 준다. '돌쟁이(돌을 맞는 아기)'를 둔 부모는 미리 돌쟁이를 위하여 밥그릇과 국그릇, 은수저를 준비해둔다. 이것은 가장 기본적인 상차림으로서 앞으로 세상을 살아가며 식생활을 영위할 준비로 매우 의미 있는 일이다.

3. 맺음말

출산의례에 나타난 상징은 다산·장수·벽사의 의미가 주류를 이루며, 그 매체와 행위는 유감주술의 형태로 나타난다. 특히 남녀의 성상징性象徵이나 모의성행위模擬性行爲의 형태가 다른 통과의례에서보다 현저하다. 성性은 출산의례에서 가장 핵심적인 요소이기 때문이다.

기자신앙은 그 대표적인 예이다. 예전부터 임신이 이루어지지 않을 때는 잉태를 위한 수단으로 여러 가지 주술행위가 이루어졌다. 아이를 많이 낳은 부녀자의 속옷을 훔쳐 입거나, 비고산을 구입하여 복용하는 등 유감주술의 양상을 흔히 볼 수 있다. 기자암이나 남근석은 모두 암석의 제상징성 위에 남근의 생식과 풍요의 상징성이 결합된 예이다. 기자의례에서 쓰이는 기수의 무명척수나 건명태는 벽사수호辟邪守護의 상징에다 건명태의 모양에서 유추된 남성 상징이 결합된 것이다. 연리지목이나 Y자형의 나뭇가지를 이용한 주술 행위도 모의성행위의 하나이다. 우물가에 토란을 심고 마당에 대추나무나 석류나무를 심는 것도 같은 양상이다.

삼신신앙을 비롯한 출산의례 곳곳에서 보이는 3과 7일의 수는 신성성을 뜻한다. 삼신바가지에는 음향으로 인한 벽사력과 난형卵形의 상징인 생산력이 함께 깃들어 있다.

태몽에서의 남녀의 구별은 대부분 동물의 성상징과 관련된다. 태아 예지법에서의 판단은 '왼쪽'의 상징적 의미와 남좌여우라는 음양오행 사상의 영향이 결부된 예이다. 태교에서의 여러 금기나 습속은 임산부의 건강을 유지시키려는 목적 외에 유감주술적인 배려에서 나온 것들이다.

산바라지에서 아기의 복을 깎는 것이라 여겨 값을 깎지 않는다. 배내옷은 단추 대신 긴 끈을 쓰는 것은 수명이 길기를 바라서이다. 좁쌀베개는 좁쌀처럼 오래 살라는 의미에서 만들어 준다. 역시 수명 장수의 상징물이다.

출산할 때 사용되는 짚은 곡령穀靈 신앙의 일종으로 조산신助産神의 상징에서 비롯한 것이다. 짚에서 벼가 무르익는 것과 아이의 출생을 결실이라는 차원에서 같게 보아 알찬 아이의 탄생을 바라는 마음에서 해 온 습속이다. 출산할 때 집안에 잠겨 있는 모든 문을 열어두는데 이것은 아이가 산모의 하문을 잘 열고 나오라는 뜻이다. 난산일 경우, 산모에게 덮어주는 남편의 속옷이나 띠는 남성의 힘을 상징한다. 남성의 힘을 산모에게 전한다는 의미를 지니고 있다. 남편의 상투를 잡고 분만하는 것도 마찬가지이다. 상투는 남성의 힘을 상징한다. 여기에 산고産苦를 함께 나눈다는 의미가 포함된 것이다.

금줄은 산실 주변의 정결함을 지키고 부정을 막는다는 발상에서 비롯한 것이지만 면역 능력이 없는 아기의 보호기능을 하는 매우 과학적인 습속이다. 금줄은 왼새끼로 꼬아서 만든다. 이는 잡귀가 왼쪽을 싫어한다는 믿음에서 나온 것이다. 왼새끼의 양끝을 그대로 두는 것은 아기와 산모의 수명이 끝없이 길기를 바라서이다. 부속물로는 아들과 딸을 구분하여 매달았는데 소재의 형태나 색상이 지닌 상징에 의해 구분된다. 이들은 모두 제독制毒·벽사僻邪·생생상징生生象徵의 상징물이다.

출산의례에서 백일과 돌잔치야말로 아기가 사회의 구성원이 되는 참다운 의례이다. 이를 기념하기 위하여 특별한 음식을 차려 잔치를 베푼다. 백일과 돌에서 필수적인 음식이 백설기와 수수경단이다. 백설기는 백색무구白色無垢의 떡으로 출생의 신성·순결함을 상징한다. 그리고 100이 갖는 온전수의 의미도 들어 있다. 백일떡을 백 명에게 나누어 먹게 한다거나, 백일에는 100조각의 헝겊으로 지은 옷을 입히는 것도 같은 뜻에서이다. 수수팥떡은 축귀와 다산을 상징한다. 또한, 수수는 목숨 수자가 둘씩 들어서 수명이 길기를 바라는 뜻도 내포되어 있다. 돌옷의 장식물에 꾸며진 문양이나 작은 타래버선·은도끼·은나비·은자물통 따위도 벽사와 장수의 상징이다. 7겹의 흰실로 만든 '돌띠'나 '돌잡이'에서의 국수와 실타래도 장수의 상징이다.

우리 전통문화에 나타난 상징적 의미는 복합적이고 다의적이다. 따라서 하나의 의미로 대상을 해석하려는 것은 무의미한 일이다. 여기서 출산의례를 통해 상징적 의미를 살핀 것은 '상징'의 해석보다는 '의례'의 이해에 목적을 둔 것이다. 그만큼 앞으로 메꿔야 할 것들이 많다.

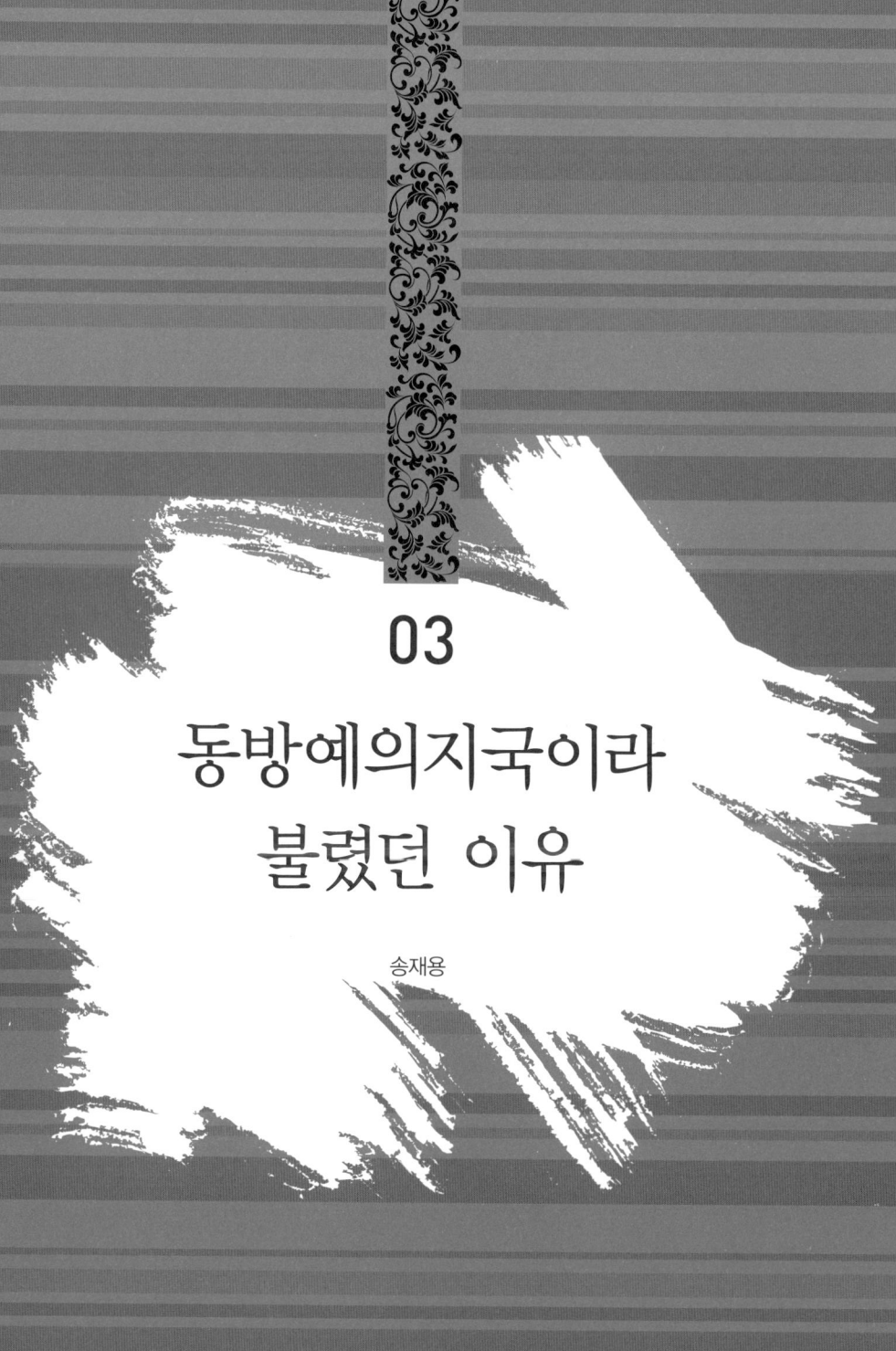

03

동방예의지국이라
불렸던 이유

송재용

의례는 일정한 격식을 갖추어 행하는 예절이다. 의례는 그 목적·형식·내용·시기 등에 따라 여러 가지 유형으로 나눌 수 있고 이를 세분화하면 그 종류도 다양하다. 여기서는 오늘날의 가정의례를 뜻하는 가례家禮 중에서도 관례冠禮·혼례婚禮·상례喪禮·제례祭禮 등을 중심으로, 우리가 일상생활에서 알아야 할 일반적인 내용과 의미 등에 대하여 살펴보겠다.

1. 관례冠禮 · 계례笄禮

관례와 계례는 성인이 되었다는 것을 알리는 의식으로 성년식成年式 같은 것이다. 성인사회로 들어가는 일종의 입사식入社式이라 할 수 있다. 남자는 땋아 내렸던 머리를 올려 상투를 틀고 갓, 즉 관건冠巾을 씌운다는 뜻으로 관례라 했고, 여자는 머리를 올려 쪽을 찌고 비녀를 꽂는다는 뜻으로 계례라 했다. 여자는 대개 혼례에 흡수되었기에 소위 '머리를 올렸다'는 것은 혼인을 상징하는 말이 되었다. 관례나 계례의 참뜻은 겉모양을 바꾸는 데에 있지 않고 어른으로서의 책임과 의무를 일깨우는 데 있다.

사대부들 남자는 『문공가례』나 『사례편람』에 의하면, 15세에서 20세 사이, 『예기』 「곡례」 상편에 의하면 20세에 관례를 행하였다. 조혼이나 상중에는 그 시기를 앞당기거나 늦추기도 하였다. 조선 후기에 와서는 10세가 지나면 혼인을 하므로 관례도 빨라질 수밖에 없었다.

관례는 대개 정월달에 행하였는데, 정월은 1년의 시작이며 인생의 출발점에 있다는 공통점 때문에 비롯된 듯하다. 남자의 경우 주관하는 주

우리의 옛 문화와 소통하기

례자는 대개 아버지의 친구나 스승 가운데 학덕과 예법에 능한 이가 하였다. 그 주요 의식은 삼가례三加禮이다. 초가(또는 시가)는 성인됨을, 재가는 진사를, 삼가는 벼슬을 상징한다. 삼가례는 옛것의 지극히 질박한 것을 법으로 삼아 하는 것으로 세 번이나 가관하는 것은 지의志義를 넓히고 충실하게 하라는 것을 깨우쳐 주기 위함이다.

여자는 보통 15세 전후에 계례를 행한다. 주관자는 여자의 어머니가 하고 주례자는 친척 중에서 예의범절에 밝은 어진 부인이 한다. 머리를 올려 쪽을 지고 비녀를 꽂는 의식을 행하였다. 그러나 후대에는 계례의 의미가 점점 약화되면서 혼례가 곧 성인됨을 의미한 듯하다.

이렇게 의식이 끝나면 남자는 자字, 여자에게는 당호堂號가 수여되고, 사당에 고한 뒤 참석자들에게 절을 하고 술과 음식을 대접한다. 이후 성인으로 인정받게 된다. 관례와 계례가 끝나면 성인이기 때문에 대접이 달라진다. 우선 말씨에서 전에는 낮춤말씨 '해라'를 쓰던 것을 보통말씨 '하게'로 높여서 말한다. 그리고 이름이 없거나 함부로 부르던 것을 관례나 계례 때 지은 자나 당호로 부르게 된다. 또 전에는 어른에게 절하면 어른이 앉아서 받았지만 답배를 하게 된다.

2. 혼례婚禮

옛날에는 남자와 여자가 짝을 지어 부부가 되는 일은 양과 음이 만나는 것이므로 그 의식 시간도 양인 낮과 음인 밤이 만나는 해 질 무렵 거행했기 때문에 '혼昏'자를 써서 혼례昏禮라 했다. 성인이 된 남녀가 만나 부부가 되는 것을 혼인婚姻이라 한다. 혼婚은 남자가 장가간다는 뜻이고,

인婚은 여자가 시집간다는 것을 의미한다. 요즈음 일반적으로 사용하고 있는 '결혼'이라는 말은 남자가 장가든다는 뜻만 있어 남존여비적이다. 혼인이라는 말을 사용하는 것이 바람직하다.

옛사람들은 혼인을 일러 '인륜도덕의 시원이며 만례萬禮의 근원'이라 했다. 『백호통』에는 남녀의 혼인은 인륜의 시작이라고 했다. 또 사람이 천지를 잇고 음양을 베풀기 위해 장가·시집가는 예를 만든 것으로 인륜의 중함과 후사를 널리 잇기 위한 것이라 했다. 이처럼 혼인에 대한 종래의 개념은 자손번성과 제사가 끊어지지 않게 하는 것이 가장 큰 목적이었다. 현대인의 시각으로나 객관적으로 볼 때도 모순된 논리이다. 혼인의 중요한 의의는, 첫째는 공식적이고 정상적인 육체관계를 갖는다는 점이다. 둘째는 고유한 정신적 관계를 갖는다는 점이다. 셋째는 부부가 가정에 대해 책임을 갖는다는 점이다. 넷째는 혼인은 사회제도에 따른다는 점이다.

옛날의 혼례에는 주육례周六禮·주자사례朱子四禮가 있었다. 그러나 중국의 예법이 우리와 맞지 않는다 하여 우리나라의 전통혼례를 주로 행하였다. 실제로 행해지는 혼례 절차는 지역 혹은 가문·색목에 따라 다소 차이를 보이기도 한다.

혼인하는 것을 육례六禮를 갖춘다고 말하는데, 이는 일정한 절차를 거쳐야 한다는 말이다. 그리고 육례라고 하면 주자가례 이전 고례古禮, 즉 주나라에서 행해지던 주육례의 혼인 절차를 말한다. 주육례는 납채·문명·납길·납징·청기·친영이다. 그러나 이러한 주육례를 중국에서는 지켰지만, 우리나라에서는 거의 지켜진 적이 없었다. 주로 주가사례(의혼·납채·납폐·친영)가 들어오면서 우리 선인들은 고대부터 내려오는 혼속婚俗과 유교적 혼례를 혼용하여 사용하였다. 우리의 전통혼례는 대개 주자사례를 따르고 있지만 논란이 있다. 서로 혼사를 의논하는 절차인 의혼·혼인 날짜를 정하는 납채·혼수와 혼서를 보내는 납폐·혼례식을 올리고 신부를 맞이해 오는 친영을 주장하는가 하면, 남자가 청혼하고 여자가 허혼하는 절차인 혼담·남자의 사주를 보내는 절차인 납채·혼인 날짜를 정해 알리는 절차인 납기·남자측에서 예물을 보내는 절차인 납폐·신랑이 신부집에 가서 부부의 의식을 올리는 절차인 대례·신부가 신랑을 따라 시댁으로 들어가는 절차인 우귀于歸를 주장하기도 한다.

고대 혼속은 초서혼招婿婚으로 이 영향이 오래 남아 있어 조선조에 주자가례가 들어온 이후에도 친영례는 지켜지지 않았다. 요즘에는 친영만을 전통혼례로 행하고 있다. 여기서는 실생활과 연관이 있고 알아야 할 내용만 살펴보기로 하자.

가문과 가풍을 중시하여 혼담이나 혼사를 의논할 때 중매인을 내세워 상대방의 가문·학식·지체·안목·인품 등을 조사하고 두 사람의 궁합을 본 다음 허혼 여부를 결정했다. 여기서 중매인의 역할이 매우 중요했다.

청혼은 신랑의 아버지가 신부의 아버지에게 청혼서를 보내는 절차이다. 청혼서는 두꺼운 백지에 붓으로 쓴 다음, 중매인을 통해 신부집에 전달한다. 신부집 역시 혼인을 승낙하는 허혼서를 보낸다. 혼인할 의사가 없으면 청혼서를 정중히 돌려보내면 된다.

납채는 신랑측에서 신부측으로 신랑의 사주를 보내는 절차이다. 신랑의 사주와 납채문을 홍색 보자기에 싸서 보낸다. 사주단자는 가로 35~40cm 세로 30cm 정도인데, 백지(한지)에 붓으로 써서 5번 접은 다음 사주 봉투에 넣고 풀로 봉하지 않은 채 뚜껑을 접은 다음, 중간 부분에 청홍실로 동심결을 만들어 끝매듭한 후 청홍 겹보를 싸는데 홍색이 밖으로 나오게 한다. 사주단자는 신부가 평생 간직하고 있다가 자신이 죽은 다음 관속에 넣거나 태우기도 한다. 사주보는 남녀가 결합하여 복을 싼다는 의미가 있다. 신부측에서 사주를 받으면 혼인 날짜를 택해 신랑측에 통지한다. 이것을 연길·택일이라고 한다.

　납폐란 신부측에 예물(혼수와 혼서)을 보내는 절차이다. 혼인 전날 보내거나 당일 신랑이 보내기도 하는데, 옛날엔 요즈음과는 달리 아주 간단하게 보냈다. 채단은 청색비단은 붉은색 종이에 싸고, 붉은색 비단은 청색 종이에 싸서 각각 중간을 청홍실로 나비매듭을 한다. 함은 청홍겹보로 싸는데 홍색이 밖으로 나오게 하고 매듭에는 근봉謹封이라 쓴 봉함지를 끼운다. 그리고 무명 1필로 한 번에 멜 끈을 만들어 묶는다. 혼서도 사주단자와 마찬가지로 신부가 평생 간직한다. 그리고 함은 새로운 출발의 탄생 외에 복을 담은 신성한 존재를, 청홍실은 부부금슬, 명주실은 수명이 길고 부부의 인연이 길라는 뜻을 상징한다.

　함진애비가 얼굴에 숯검정을 칠하고 함을 메고 신부집에 가서 납채시루 위에 함을 놓으면, 신부 아버지나 복 많은 여자가 방안으로 갖고 들어가 '복 많이 왔네'라고 소리친다(지방마다 약간씩 차이가 있다). 신부 어머니가 홍색 채단을 꺼내면 아들, 청색 채단을 꺼내면 딸을 신부가 낳는다는 속신이 있다. 옛날에는 하인이나 신분이 미천한 자를 함진애비로 삼았다. 지금은 친구 중 덕망 있고 화목하고 아들 낳은 사람이 함을 맨다. 숯검정을 칠하는 것은 귀신을 막고자 함이다. 요즈음 오징어로 얼굴을 가리는 행위도 벽사의 상징으로 보아야 할 것이다. 또 함을 판다면서 시끄럽게 하는 폐풍이 있는데 납폐의 뜻을 잘 모르기 때문이다.

　요즈음 반지나 구슬목걸이를 혼수로 해주고 있는데, 반지는 혼인·결합·영원 등을 상징하며, 구슬목걸이는 귀한 자손을 낳으라는 의미이다.

그런데『백호통』을 보면 여자가 혼인을 허락한 뒤에 목걸이를 목에 거는 것은 이미 몸이 매인 데가 있음을 나타내는 것이라고 한다. 납폐가 끝나고 나면 혼인의 중심 의례인 대례大禮, 혼례식을 치른다. 남녀가 만나 부부가 되는 의식이 인간에게 가장 큰 의례라는 의미로 대례라 한다.

중국의 혼례는 남자가 여자를 데려다가 남자의 집에서 부부가 되는 의식을 행하기 때문에 '친히 맞이한다'는 뜻으로 친영이라고 하는데, 우리나라의 혼례는 여자의 집에서 부부가 되는 의식을 행한다.

혼례를 올리기 위해 신랑이 신부집에 가는 것을 초행이라고 한다. 신랑은 혼롓날 솜저고리·솜바지를 입어야 한다. 없을 경우 솜 넣는 시늉을 해야 된다. 솜이 부풀어 오르는 특성과 보온력은 부와 사랑을 상징하며, 신부가 모시 속적삼을 입는 것은 시집살이가 시원하라는 의미를 담고 있다. 사모관대는 원래 관리들의 관복인데, 특별히 배려하여 입게 한 것이다. 신부가 입는 활옷은 원래 왕비가 입던 대례복이었으나, 나중에는 서민의 혼례복으로도 사용되었다.

대례는 전안례·합근례·교배례의 순서인데 합쳐서 초례라 한다. 그래서 혼례를 치르는 것을 초례라고 일컫는다. 초례청은 혼례를 치르는 곳을 말하는데 요즈음의 혼인식장으로 대례청 또는 전안청이라고도 한다. 대개 신부집의 안마당이나 대청마루에 마련한다. 초례상은 대례상이라고 한다. 초례상 위에는 청·홍색 양초를 꽂은 촛대 한 쌍, 소나무와 대나무를 꽂은 꽃병 한 쌍, 백미 두 그릇, 청·홍색 보자기에 싼 닭 한 자웅을 남북으로 갈라놓는다. 청색은 신부쪽, 홍색은 신랑쪽의 색이다. 소나무와 대나무는 송죽 같은 굳은 절개를 지킨다는 뜻에서, 밤과 대추는 장수長壽와 다남多男 등을 의미하므로 반드시 올린다. 또 둘러친 십장생 병풍은 수명장수를 기원하는 의미이다.

전안례는 신랑이 안부雁夫(기러아비)와 함께 신부집에 도착하여 신부의 어머니에게 기러기를 드리는 예이다. 옛날에는 산기러기로 예를 행하였으나, 근래에 와서는 목안木雁(나무로 만든 기러기)을 대신 사용하고 있다. 기러기는 죽을 때까지 짝을 바꾸지 않으며, 부부금슬, 백년해로, 편안함, 사랑, 신信·예禮·절節·지智의 상징이다. 신랑이 백년해로의 서약의 징표로서 신부의 어머니에게 기러기를 드린다. 『백호통』을 보면 기러기는 양을 따르는 새로 아내가 지아비를 따르는 의의에서 또 시집·장가의 예의 장유유서를 넘지 않음을 밝히고 있다.

교배례는 신랑과 신부가 초례청에서 처음으로 만나서 서로 맞절하는 절차이다. 이로써 두 사람은 상대방에게 백년해로를 서약하는 것이다.

합근례는 일명 근배례로 술잔과 표주박에 각각 술을 부어 마시는 의례이다. 처음 술잔으로 마시는 술은 부부로서의 인연을 맺는 것을 의미하며, 표주박으로 마시는 술은 화합을 의미한다. 그리고 반으로 쪼개진 짝이 세상에 하나밖에 없으며 둘이 합쳐짐으로써 온전한 하나를 이룬다는 데서 유래했다.

초례를 맞추면 합궁례를 치른다. 합궁례란 신랑과 신부가 한 방에서 몸을 합치는 절차로써 신방 첫날밤이라고도 한다. 합궁례를 치러야 비로소 부부가 된다. 이때 신방 엿보기가 행해지는데, 옛날엔 조혼이 성행했으므로 사고 방지의 수단으로 생겨났다고 한다. 신방에 있는 촛불은 경사스러움을 더한다는 의미가 부가되어 '화촉을 밝힌다'는 말은 성性의 결합을 상징한다. 여기서 촛불의 흰빛은 신랑 신부의 순결한 마음을 상징한다. 그리고 촛대는 남근을, 초는 여근을 상징한다.

친영은 신부를 맞이해 오는 것으로 강유剛柔의 이치에 따른 것이다. 신행을 우귀라고도 하는데, 신부가 신랑을 따라 시댁으로 들어가서 며느리로서 치르는 의식 절차이다. 신부는 집을 떠날 때 솥뚜껑을 세 번 들었다가 놓고 가는데, 그동안 보살펴 준 조왕신에게 떠나간다고 알리는 의식이다. 신부가 시댁에 들어설 때 짚불(벽사 상징)을 피워 불 위를 가마가 넘어가고 안방으로 들어가면서 가마에 깔았던 짚방석을 지붕 위에 던진다. 이는 신부의 도착을 알리는 표시요, 다산의 상징이기도 하다.

신행 당일 혹은 하룻밤을 지낸 뒤 헌구고례獻舅姑禮를 행한다. 헌구고례는 새며느리가 처음으로 시부모를 뵈며 폐백을 올리는 절차인데, 지방과 가문에 따라 약간씩 다르다. 대추·밤·편포 등을 올린다. 헌구고례 때 시조부모가 계시더라도 시부모부터 먼저 뵙는다. 고례에는 신부가 시부모에게 폐백을 드리기 전에는 큰절을 하지 않았다. 시아버지는 동쪽, 시어머니는 서쪽에 앉는다. 절은 남자가 재배를 하고, 여자가 사배를 한다. 여기서 폐백포는 모든 폐백을 한꺼번에 싸는 보자기를 말한다. 폐백을 싸는데 보자기 네 귀퉁이를 하나로 모아 쥐고 근봉謹封이라고 쓴 종이를 씌운다. 근봉은 폐백을 바친다는 뜻이다. 대추는 장수와 부귀다남·붉은색·동쪽을 의미하며, 아침 일찍부터 부지런하겠다는 뜻도 있다. 밤은 서쪽·두려움을 의미하는데 두려운 마음을 가지라는 뜻이다. 대추·밤은 아침 일찍부터 두려운 마음으로 공경히 모시겠다는 뜻도 있다. 편포 대신 육포나 꿩을 올리기도 하는데 요사이는 닭을 준비한다. 육포는 한결같이 정성을 다해 모시겠다는 맹세를 나타낸다. 그리고 시어머니에게 밤을 드리는 것은 밤 까느라 정신이 없으라는 것이고, 엿을 드리는 것은 입다무시라는 뜻도 있다고 한다.

3. 상례喪禮

상례란 사람의 죽음을 맞고, 주검을 갈무리해 땅에 묻고 근친들이 근신하는 기간의 의식절차를 정한 예절이다. 상례는 사례 중 가장 까다롭고 예론도 많은 의례이다. 옛날의 상례는 ① 초종初終 ② 습襲 ③ 소렴小斂 ④ 대렴大斂 ⑤ 성복成服 ⑥ 치장治葬 ⑦ 우제慮祭 ⑧ 졸곡卒哭 ⑨ 부제祔祭 ⑩ 소상小祥 ⑪ 대상大祥 ⑫ 담제禫祭 ⑬ 길제吉祭와 같은 절차로 행해졌다.

● 초종

초종은 사람의 죽음을 맞는 데서부터 죽음을 알리는 부고訃告를 보내는 데까지의 절차이다. 환자의 병세가 위독하여 소생할 가망이 없다고 생각하면 가까운 친족에게 알리고 주위를 조용히 하여 근신하는 한편 천거 정침을 한다. 남자는 정침(사랑방), 여자는 내침(안방)에 모시는 것이 예이다. 실제로는 남녀 불문하고 방으로 모시는 것이 관행이다. 객사할 경우 시신을 집으로 모시지 못한다. 임종이 임박하면 동쪽에 머리를 두게 하고 헌옷을 벗기고 평상복 중에서 깨끗한 옷으로 갈아 입힌다. 임종하기 전에 저승길 노잣돈을 주머니에 넣거나, 옷 속(배쪽)에 넣거나 머리맡에 놓기도 한다. 그리고 임종시 남자는 남자의 손을, 여자는 여자(딸·며느리)의 손을 잡고 운명하는 것이 예이다. 마지막 숨을 거둔 것을 명확히 하기 위해 고운 솜이나 햇솜을 코나 입에 놓음으로써 숨이 그친 것을 확인한다. 이를 속광 또는 호흡의 기운을 검사한다고 하여 '임종'이라고 한다. 운명이 확인되면 이불로 머리까지 덮은 후 남녀 모두 곡을 한다.

숨을 거두면 시신을 보지 않은 사람(대개 직계 자손이 아닌 사람)이 죽은 이의 웃옷(남자는 두루마기, 여자는 적삼)을 가지고 지붕이나 높은 곳(마당에서 하는 경우도 있다)으로, 남자상에는 남자가, 여자상에는 여자가 올라간다. 지붕에 올라가면 북쪽을 향하여 남자는 관직명이나 자를, 여자는 이름이나 택호(또는 해동 대한민국 ○○도 ○○군(시) ○○면(동) ○○리 ○○○(죽은 이 이름))를 '복복복'하면서 세 번 부른다(또는 '돌아다보고 옷이나 가져가시오'). 이를 혼을 부른다고 하여 '초혼'이라고 하는데,『예기』에는 자기 옷을 보고 돌아오기를 기원하는 마음을 나타내는 것이며, 복復은 회생하기를 바라는 뜻에서 외치는 소리라고 한다. 재생의 상징성이 내포해 있다. 우리 선인들은 사람의 죽음이란 혼이 나간 것으로 믿었다. 그래서 혼은 불러 죽음에서 다시 살아나게 하고자 하는 염원이 담긴 행위가 '고복'이다. 옷은 망인 옆에 두거나 가슴에 덮었다가(영혼을 불러들이려는 주술적인 안간힘임) 입관할 때 관에 넣거나 태운다. 고복이 끝나면 짚세 뭉치를 베개처럼 만들어 괴고, 그 위에 칠성판을 올려놓는다. 칠성판에 시신을 모실 때에는 머리를 남쪽을 두어 북향하도록 한다. 시신의 머리를 남쪽으로 두고 북향을 하는 것은 수명을 다하고 수명의 신을 관장하는 칠성님께 돌아간다는 의미이다.『예기』에는 시신을 북쪽으로 향하게 하는 것은 그윽하고 어두운 곳으로 간다는 뜻이라고 하였다. 또 칠성판은 재생을 비는 상싱석인 널조각이다.

수시(또는 천시)는 시신의 머리와 손발을 바로 잡는 일을 말한다. 속광에 쓰던 햇솜으로 코와 귀를 막고, 머리를 높게 한 후에 눈을 감긴다. 시신이 식기 전에 다리를 주물러 편 다음 두 손을 자연스럽게 배 위로 모으고(이때 남자는 왼손이 위로, 여자는 오른손이 위로 올라가게 한다) 백지나 베헝겊으로 묶어 허리에 동여매고 두 다리를 곧게 편 다음 발바닥이 위로 향하도록 바짝 치켜세워 양 발가락을 역시 백지나 베헝겊으로 묶는다. 상주는 시신이 있는 방을 절대로 비워서는 안 된다.

요즈음 상을 당하면 대문 앞에 조등弔燈을 달고 상중喪中이라고 써서 나타낸다. 또 기중忌中이라고도 하는데 기忌자는 부모상의 소심외기小心畏忌라는 뜻이 있으므로 손아랫사람에게 쓰면 망발이 된다. 상중喪中도 써서는 안 된다고 말하는 이도 있는데 써도 무방하다.

초혼이 끝나면 사자상(또는 사자밥)을 차려 대문 밖 옆에 놓아둔다. 예서에 이런 절차가 없다고 하여 차리지 않는 집도 있다. 사자상에는 대개 밥 세 그릇·반찬 한 그릇·술 석 잔·엽전 3개·짚신 세 켤레를 놓는 곳도 있고, 밥·동전·짚신 등을 상이나 키에 세 개씩 놓는 곳도 있다. 또 밥 세 그릇에 된장이나 간장 한 그릇만 놓고 사자상 밑에 망인이 신던 신발이나 지팡이를 놓는 곳도 있다.

수시·초혼 등의 절차가 끝나면 자녀와 며느리들은 머리를 풀어 발상하고 주상主喪을 세운다. 발상이란 머리를 풀고 곡하여 초상을 알리는 일로써 아들과 출가전 딸, 며느리가 머리를 푼다. 출가한 딸은 비녀만 푼다. 죽은 이의 자식들을 통틀어 상주喪主라 하며 그중에서 맏아들이 주상이 되고 맏아들이 없으면 맏손자가 된다. 아내상에는 남편이 되고 아들상에는 아버지가 주상이 된다. 8촌 이내는 복인이다. 한편 며느리들을 통솔하여 상사喪事를 치르는 여인을 주부主婦라 하는데, 주부는 망인의 아내가 되거나 아내가 없으면 주상의 아내가 주부가 된다.

성복 전까지 남자들은 사치스럽지 않은 흰옷과 흰색 두루마기를 입되, 아버지상인 경우에는 왼쪽 소매를 꿰지 않고(왼팔을 밖으로 내놓는다) 어머니상인 경우에는 오른쪽 소매를 꿰지 않는다(오른팔을 밖으로 내놓는다). 현대식으로 할 때는 검정 양복에 검정 넥타이를 매고 렴을 한 경우에만 아버지상인 경우에는 왼팔, 어머니상인 경우에는 오른팔에 소위 완장을 두른다. 대렴 때까지 밤낮 곡을 그치지 않는다. 이때 상주들은 세수나 목욕을 하지 않는다. 또 3일간 먹지 않는다고 했지만 미음이나 죽 등으로 소식素食하는 것이 법식이다. 고례에는 점석(풀자리, 원래는 괴침: 흙돌 베개), 근래에는 짚베개를 곁에 둔다. 이는 상주들이 앉는 자리가 거칠어야 하기 때문이다. 그것은 부모가 죽은 자식은 죄인이라 몸을 풀밭이나 들판에 던진다는 의미가 있다.

호상은 장례위원장에 해당하는 사람으로 상주를 도와 제반 상사의 일을 집행 처리한다. 상주의 친구나 근친(8촌이 넘는 일가) 중에서 덕망이 있고 예에 밝은 사람을 맡아보게 하는 것이 좋다. 그리고 사서司書와 사화司貨 등을 정하여 두 권의 공책을 만들어 한 권에는 쓸 물건 또는 재물의 출납, 다른 한 권에는 손님의 부수賻襚를 기록하도록 한다. 조문객의 출입을 적은 공책은 부상父喪에는 조객록弔客錄이라 쓰고, 모상母喪에는 조위록弔慰錄이라 쓴다. 부수를 기록하는 책은 부의록賻儀錄이라 쓴다. 한편, 호상은 사서와 협의하여 친족과 친지에게 부고訃告를 보내도록 한다. 그러나 타인이 호상이 될 때에는 부고서식이 달라야 한다. 근래에는 호상 외에 사자嗣者(맏아들)·차자次子·손자·딸·며느리·친족대표·우인대표 등을 부고에 나열하고 있으나, 고례에는 맞지 않다. 부고는 호상이 내는 것이다.

부고란 상을 당한 사실을 일가친척들에게 알리는 것을 말한다. 원래 부고라는 뜻은 죽은 사람이 있을 때 달려가서 고한다는 뜻이다. 부고의 형식 가운데 몇 가지를 살펴보면, 아버지의 경우 맨 앞에 주상의 이름을 쓰고 이어 대인大人 다음에 관직이 있으면 관직명, 없으면 학생學生, 학위가 있으면 학위명, 회사의 경우는 직함을 쓴 다음 망인의 이름을 쓰고 그 나머지를 쓴다. 망인이 어머니이면 대부인 다음 모봉某封을 쓰고, 관직이 없으면 유인儒人이라 쓴다. 그리고 늙어서 돌아갔을 때에는 '이노환

以老患`, 병으로 죽었을 때에는 '이숙환以宿患', 뜻밖의 사고로 죽었을 때에는 '사고 급사事故 急死' 등 죽은 내용을 쓴다. 또 집에서 사망하면 '어자택별세於自宅別世'라 쓰지만 병원에서 사망하면 병원이름을 쓴다. 우편·신문광고로 알릴 때에는 '자이玆以'라 쓰지만, 직접 사람이 가서 알릴 때에는 '전인傳人'이라 쓴다. 상주가 자신을 지칭할 때 어머니가 생존하고 아버지가 돌아갔으면 '고자孤子'라 하고, 아버지가 계신데 어머니가 돌아가면 '애자哀子'라 하며, 부모가 모두 돌아간 경우에는 '고애자孤哀子'라 부른다.

설전은 망자가 밥 먹을 때 그대로 지나기가 너무 슬픈 일이라 하여 아침, 저녁 시신의 오른쪽 어깨 옆에 상을 차려 올리는 것을 말한다. 밥·국·반찬 등은 상하기 쉬우므로 차리고 잠시 후 치우나, 과일·포·술은 다음 설전까지 두었다가 새로 전 올릴 때 치운다. 그대로 두는 경우도 있다.

○ 습·렴

습이란 향탕수(향나무를 잘게 쪼개어 삶은 물)나 쑥물(지금은 알코올)로 시신을 씻기는 일을 말한다. 남자 습은 남자가, 여자 습은 여자가 한다. 요즈음은 장의사가 염습을 하는데 이는 잘못이다. 퇴계선생은 염하는 것을 남에게 부탁하는 것은 예가 아니라고 하면서 염하고 시신을 옮길 때 상주가 직접 해야 한다고 하였다. 습의 절차 가운데 반함에 대해서만 살펴보자.

반함은 쌀을 물에 불려서 사발에 담아 버드나무 수저(유시)로 시신의 입을 벌리고 세 번 떠 넣는 것이다. 쌀을 입에 넣을 때 오른쪽과 왼쪽 그리고 가운데 세 곳에 넣는다. 첫 숟가락을 넣으면서 '백석이요(또는 천석)', 두 번째는 '천석이요(또는 이천석, 만석)', 세 번째는 '만석이요(또는 삼천석, 십만석)'이라고 한다. 다음에는 동전(대개 10원짜리, 백원짜리를 사용

우리의 옛 문화와 소통하기

하기도 함)도 세 조각을 내서 쌀과 같이 '백냥·천냥·만냥(또는•천냥·이천냥·삼천냥, 천냥·만냥·십만냥)'이라고 한다. 이것은 망인이 저승까지 가기 위한 식량과 노자의 상징이다.

염에는 소렴과 대렴이 있다. 소렴은 시신에 수의를 입히고 묶는 절차이고, 대렴은 시신을 모셔 입관하는 절차이다. 염이 끝나면 상주도 망인의 얼굴을 볼 수 없다. 소렴은 사망 후 2일째 되는 날 아침에 행하는 것이 예라 한다. 그러나 지금은 시신을 대면해야 할 복인들이 모두 당도하면 언제든지 소렴에 들어간다.

수의는 사자死者가 입는 옷을 말한다. 지역에 따라 수의·머능옷·저승옷·호상옷이라고 한다. 대개 양반은 비단, 일반인은 명주로 한다. 수의는 저승에서 영생토록 입을 옷이라 하여 최상의 것을 장만한다. 저승에서는 만인이 평등하며 관복이 필요 없으므로 이승에서 가장 예복인 도포를 입는다. 그리고 수의는 주로 윤달에 마련하는데 윤달은 '남의 달'·'공달'이라 하여 재액이 없는 달로 여겼다. 윤달은 송장을 거꾸로 세워도 탈이 없다고 할 정도이기 때문에 꺼리던 일을 한다. 그래서 윤달에 미리 장례 준비를 하거나 수의를 만든다. 완성된 수의는 담뱃잎이나 박하잎을 옷 시이에 두이 잘 보관했다가 칠월칠석날 서풍을 시킨다. 수의의 흰색은 밝음과 영혼을 의미하는 것으로 영혼불멸을 상징한다. 재탄생을 상징하는 통과제의적인 옷이라 하겠다. 수의나 관을 미리 준비하면 장수한다는 속신이 있다.

대렴은 시신을 관에 모시는 절차로 입관이라고도 한다. 원래는 사망한 다음 날 습을 하고, 그 다음 날 소렴을 하며, 또 그 다음 날에 대렴을 하는 것이 원칙이었으나, 지금은 이 세 가지를 한꺼번에 하는 것이 관례처럼 되고 있다. 입관할 때 길시吉時를 잡아 행한다. 입관은 상주와 복인들로 하여금 가장 큰 슬픔을 금치 못하는 것으로 생자와 사자의 마지막 작별을 고하는 순간이기 때문에 상주와 복인들은 대성통곡을 하며 슬퍼한다. 고례에는 입관시 아들과 딸은 망인의 몸 위에 엎드려 시신을 잡고 울고, 며느리는 시신 밑에 손바닥을 넣고 받들어 들듯이 하면서 울고, 근친은 수의를 잡고 운다고 했다. 입관이 끝남과 동시에 사자와 생자는 완전히 분리된다.

입관 후 비로소 혼백을 모시고 성복제成服祭를 지내며, 곡은 무시곡無時哭에서 조석곡朝夕哭으로 바뀐다. 무시곡은 대곡大哭이라고도 하는데 시신 옆에서 곡을 계속하여 우는 소리가 그치지 않게 하는 것이고, 조석곡은 살았을 때에 조석 문안과 같이 해뜰 때와 해질 때에만 하는 곡이다. 이때는 절을 하지 않고 다만 입곡立哭만 한다.

○ 혼백영좌魂帛靈座

대렴이 끝나면 관을 정침에 모시고 휘장이나 병풍을 쳐 관이 보이지 않도록 한다. 이어 교의交椅(신위를 모시는 의자)에 혼백이나 사진을 모시고 교의 앞의 제상祭床에 영좌를 배설한다. 즉 교의를 차려 놓고 거기에 백지로 싼 복의復衣(초혼 때 사용한 망인의 웃옷)를 놓은 다음, 그 위에 혼백상자를 놓는다. 그러나 근래에는 사진만 세워놓기도 한다. 영좌란 교의 앞에 차려 놓는 제사상이다. 제상 양쪽에는 각각 촛대를 하나씩 세우고 서쪽에는 향로, 동쪽에는 향합을 놓는다. 거기에는 망인이 평소에 사용하던 물건을 놓아두기도 한다. 영좌의 오른편에는 명정銘旌을 세운다. 명정이란 5자 정도 길이의 붉은 공단이나 명주에 망인의 관직과 성명을 쓴 것이다. 글씨는 흰색으로 쓰는데 백분에 아교나 막걸리를 섞어 쓴다. 남자의 경우는 '모관某官(관직이 없으면 學生, 학위가 있으면 學位) 모공지구某貫

某公之柩'라 쓴다. 여자의 경우는 '모봉(無封이면 孺人) 모씨지구某封某氏之柩'라 쓴다. 여기서 '구柩'는 영구를 뜻한다.

영좌는 손님이 망인에게 슬픔을 나타내는 장소이고, 상차는 주상 이하 상제들이 있는 장소이다. 대개 영좌와 상좌를 붙여서 같은 장소에 설치한다. 고례에는 염습 후에 설치했으나, 지금은 염습 전에도 조문을 받아야 하므로 일찍 배설한다. 영좌와 상차의 설치 장소는 집이 좁으면 시신이 있는 방에 차리고, 집이 넓으면 시신의 방 가까운 곳에 차린다. 사진은 망인의 사진이다. 상제들이 성복하기 전에는 사진에 검은 리본을 설치하지 않는다.

혼백은 신주를 만들기 전에 삼베 또는 백지를 접어서 만드는데 근래에는 신주를 만들지 않는 경우가 많기 때문에 빈소에 모셨다가 대상大祥이 지난 후 묘소에 묻는 것(대개 묘소 앞에 묻음. 매혼이라고 함)이 상례로 되었다. 접은 혼백에 5색실(또는 3색: 청·홍·백)로 만든 동심결을 끼워 혼백함에 넣어 모신다. 동심결은 정井자형으로 사통팔달, 즉 영혼이 자유롭게 통한다는 의미이다.

○ 성복

상주들은 대렴이 끝나면 염을 하기 전까지 입었던 옷을 벗고 상복으로 갈아입는다. 이를 성복이라 하는데, 요즈음은 대개 염을 마치면 곧 성복하고 성복제를 지낸다. 8촌 이내 근친은 죽음을 슬퍼하고 근신하는 뜻으로 험한 상복을 지어 입고 각기 정해진 기간동안 복상을 한다. 상복을 갖추는 일은 예와 효의 근본이며 격식의 첫 관문이므로 없으면 빌려서라도 입는다. 상복은 남자가 머리에 효건(두건)과 상관(굴건)을 쓰고, 그 위에 수질을 매고, 깃겹바지 저고리에 깃두루마기를 입고 중단과 제복을 입은 위에 요질을 띠고 짚신(지금은 흰고무신)을 신고, 행전을 치고, 장기(1년복)이상의 복인은 지팡이를 짚는다. 여자도 깃치마와 깃저고리에 중단을 입고 제복을 입은 위에 수질과 요질을 매고 짚신을 신고 상장을 짚는다.

상복은 삼베로 만드는데 복제에 따라서 굵은 삼베와 가는 삼베, 삶은 베와 삶지 않은 베를 사용한다. 참최父喪는 애통해서 입는 복으로 옷가를 꿰매지 않고, 재최母喪는 옷가를 꿰맨다. 참최의 상은 상장을 대나무로, 재최의 상은 오동나무로 한다. 상복을 입을 사람이 어린이일 때는 건과 수질을 쓰지 않는다. 옛법에는 어린이는 상장을 짚지 않는다고 했으나, 가례에 의하면 3년상을 입은 자는 상장을 짚어도 될 것 같다. 상장은 상주가 짚는 지팡이로 곡상봉哭喪棒이라고도 하는데, 아버지의 상에는 대나무지팡이, 어머니의 상에는 오동나무(또는 버드나무)지팡이를 짚는다. 제일 굵고 긴 상장이 주상, 길이 순서로 상주가 짚는다. 그리고 아버지 상에는 밑이 둥근 것을, 어머니 상에는 밑이 네모난 것을 사용한다. 이는 천원지방天圓地方사상에서 나온 것이다. 하늘은 둥글며 아버지는 하늘을 상징하므로 밑이 둥근 것을 사용하며, 땅은 네모지며 어머니를 상징하므로 밑이 네모난 것을 사용한다. 대나무는 변함없는 효심을, 오동나무와 버드나무 또한 아버지상과 똑같음을 각각 상징하고 있다. 『백호통』에는 수질과 요질을 매는 것은 부모님 사모함을 생각해서요, 묶는 것은 사모함이 그침이 없음을 밝게 하는 것이라고 하였다. 그런데 허리에 띠 두르는 것은 불효 죄인을 의미한다고도 한다. 성복제가 끝나면 조문객을 받는다.

○ 조문弔問

　조문이란 조상과 문상을 합해서 슬픔도 나타내고 위문도 한다는 뜻
인데, 조문한다는 것은 남의 슬픔을 조상 위문하는 것이다. 조상은 죽음
을 슬퍼한다는 뜻이다. 망인이 남자이면 손님이 영좌 앞에서 망인에게
슬픔을 나타내기 때문에 남자가 죽은 상에 인사하는 것을 조상이라 한
다. 문상은 근친의 죽음에 대한 슬픔을 묻는다는 뜻이다. 망인이 여자이
면 손님은 망인에게 인사하지 않고 주상 주부 이하 복인에게만 죽음을
위문하기 때문에 여자가 죽은 상에 인사하는 것을 문상이라고 한다.

　옛부터 경사에는 친·불친간에 초청이 없으면 참석하지 않으나, 초상
이 나면 망인이나 상주와 지면이 있을 경우 부고가 없더라도 조문하는
것이 예의이다. 지역·가문·색목에 따라 성복전후나 내외간상內外艱喪에
절하고 조문하는 경우가 있는데, 성복전후와 내외간상을 구별하여 조
문하는 것이 예이다.

　성복 전 조문은 대렴이 끝나기 전에 조상 받는 것을 말한다. 남자 상
주가 흰 두루마기를 입고 (아버지인 경우 왼쪽 소매를 빼고, 어머니인 경우 오
른쪽 소매를 뺀 상태) 여자 상주들은 흰 치마·저고리를 입은 상태를 말한
다. 조문객이 상가에 노착했을 때 성복을 하지 않았으면 망인에게 절을
하지 않는다. 다만 상주에게 인사하고 위로한다. 성복을 하면 상가에 가
서 정식으로 조문한다. 그래서 성복 전 조문을 회춘인사回春人事라고 한
다. 원래 성복 전에는 타인의 조문을 받지 않았다. 성복 전에 돌아가신
아버지의 친구나 장인, 또는 일가 어른이나 상주보다 20년 연상이면 일
어나 먼저 인사를 하는 것이 상례이다. 이는 성복 후 조문시에도 마찬가
지다.

　성복 후 조문은 성복이 끝난 후 비로소 정식으로 조문객을 맞아 조

상을 받는다. 조객은 망인의 궤연(또는 혼백)에 곡하고 재배(여자는 사배. 여자의 경우 옛날에는 일가친척 외에는 조문을 하지 않았다.)한 후 상주와 서로 절하고 위로하는 인사말을 한다. 대개 보면 조객이 상주에게 먼저 절을 하는데 이는 잘못이다. 조문을 와주어서 고맙다는 뜻으로 상주가 먼저 절하는 데 대해 조객은 답례로써 절하는 것이므로 수동적이어야 한다.

친척간 조문에 일가 간에는 내외간상에 구별 없이 항렬에 따라 호곡 呼哭 재배하고 상주와 인사한다. 이때 곡하는 요령은 상주는 '아이고 아이고(또는 애고애고)…' 하며 슬프게 통곡하고 조객은 '어이 어이…' 하며 서러워하면 된다(이는 타인의 성복 후 조문의 경우에도 마찬가지이다). 다만 친척간 손아랫사람의 궤연에서는 앉아서 곡하고 절하지 않는다. 손아래 라도 나이가 비슷한 조카 항렬의 궤연에는 재배한다. 기타 조문의 경우 는 다음과 같다.

상주와 친하고 망인과도 지면이 있을 때에는 궤연에 들어가 분향재 배하고 상주와 서로 대하여 곡한 후 인사한다. 그렇지 않으면 상주에게 만 인사한다. 사후 상면례가 없기 때문이다. 망인과 친하고 상주와 지면 이 없을 때에는 궤연에 들어가 호곡 재배하고 외당으로 나와 있으면 상 주가 찾아가서 인사하는 것이 원칙이나, 상주와 인사하고 망인과의 관 계를 설명해 주는 것도 무방하다. 사부인査夫人 궤연에 조문할 때에는 평 소 상면 유무를 가릴 것이 없이 궤연 밖에서 상주와 인사한다. 친구 아내 인 경우에는 친구에게 먼저 인사하고 점석苫席(상제가 깔고 있는 거적자리)에 들어가 상주와 인사한다. 궤연에는 곡하거나 절하지 않는다.

참고로 조문 때의 인사말에 대해서도 알아둘 필요가 있다. 몇 가지만 정리해 보인다.

조객이 먼저 궤연에 곡하고 재배한 후 상주와 배례하고 정중한 인사로 "상사_{喪事}말씀 무어라 여쭈오리까?" 하고 말하면, 상주는 "망극하옵니다"라고 대답한다. 상주와 조객과의 인사말을 예로 들어보자.

부모인 경우, 조객은 "얼마나 망극하십니까?", "얼마나 애통하십니까?", "병환이 심하시더니 회춘을 못하시고 상사까지 당하셨으니 오죽이나 망극하겠습니까?", "연세가 높으셔도 항상 강녕하시더니 오죽 애통하십니까?", "소상(혹은 대상)을 당하니 얼마나 망극하십니까?"라고 말하면, 상주는 "망극합니다", "애통할 따름입니다", "망극하기 그지없습니다", "시탕_{侍湯}(또는 간병)을 게을리하지 않았으나 망극하기 그지없습니다", "망극할 따름입니다"라고 답하면 된다.

상처를 했을 경우, 조객은 "얼마나 섭섭하시겠습니까?", "상주께 인사드릴 말씀이 없습니다"라고 말하면, 상주는 "신세가 한탄스럽습니다", "상봉하솔_{上奉下率}(위로는 부모를 모셔야 하고 아래로는 자식을 길러야 한다는 뜻)에 앞이 깜깜합니다"라고 답하면 된다.

어린 사람이 죽었을 때에는 조객은 "얼마나 상심이 되십니까?"라고 말하면, "인사받기가 부끄럽습니다"라고 답하면 된다.

형제의 상을 당했을 때 조객은 "얼마나 마음이 아프시겠습니까?"라고 말하면, 상주는 "부모님께 죄를 지은 것 같아 죄송합니다", "잊으려 해도 자꾸 기억이 되살아납니다"라고 답하면 된다.

고례에는 망인과 복인과의 관계에 따라 인사말도 달랐고, 복인의 대답하는 말도 경우에 따라 달랐으나, 그 위문은 '슬픔을 위문하는 말'과 모두 '슬프다'는 답이다. 그래서 현대에는 누가 죽었든 "얼마나 슬프십니까?"라고 인사하면, "오직 슬플 따름입니다"라고 대답하면 된다.

우리 민속에는 조문을 하러 갈 때 소금이나 게장을 먹거나, 양손바닥·양발바닥에 볼펜 등으로 천_天자를 거꾸로 쓰고 간다. 이는 '상문 당한다'고 하여 피를 토하는 것(하관시도 그러함)을 방지하고자 함이다. 왜냐하면 시신의 냄새 등으로 화를 당하는 경우가 종종 있기 때문이다. 아마 혈을 잘 통하도록 조치를 취하는 대비책의 하나로 보인다. 그리고 조문 후 집에 돌아와 소금을 뿌리는데 벽사의 의미인 듯하다.

이렇게 조문을 한 후 호상소에 가서 조객록이나 조위록에 자신의 이름을 쓴 후 준비된 부조금품扶助金品을 내놓고 부의록에 기록한다. 『예기』나 『백호통』을 보면 부의는 장례비용을 도와주기 위한 것으로 순수한 정의를 표시한다고 하였다. 그리고 상가에 가 상을 당한 사람 앞에서 음식을 먹을 때 너무 배부르게 먹지 않는 것이 예이다. 너무 배부르게 먹으면 애통함을 잊어버린 것이요, 너무 먹지 않아서 일을 돕거나 처신하는 데 큰 지장을 가져온다면 이 또한 예가 아니다. 또 상가의 화제는 망인을 추모하거나 자손들의 효성을 칭송하거나 장례절차에 관한 것이어야 한다. 절대로 흉사를 말하거나 웃거나 잡담이나 큰소리·노래·춤 등으로 무례를 범하지 않아야 한다. 특히 상중에는 남의 상가에 가 조문하지 않는다.

○ 장례葬禮

상여가 장지를 향하여 집을 떠나는 것을 발인이라 한다. 사람이 죽으면 장지와 장사지내는 날 그리고 발인 시각과 하관 시각을 정하는데 대개 지관이 한다. 발인 전날 대개 '상여놀이'를 하는데(대떨이·대돋음·재돋음이라고도 한다), 상여꾼들이 호흡을 맞추는 일종의 예행연습이다. 옛날에는 복인이나 마을의 나이 많은 노인을 태우고 마을 전체를 돌아다녔다고 한다. 요새는 주로 사위를 태운다.

옛날에는 신분에 따라 설빈기간·장사기간이 달랐으나, 지금은 보통

3일장, 5일장을 한다. 5일장을 지내는 경우는 특별한 사유가 있을 때 하는 것이지만, 발인 일자에 중상일己·亥日이나 중복일이 끼였다고 하여 5일장을 지내는 집안도 있다. 그러나 이럴 경우 5일장을 지낼 필요가 없다. 비책이 있다. 입관시 4절지나 8절지 크기의 백지에 붓으로 제일 위 중앙에 조금 큰 글씨로 '白'자를 거꾸로 쓰고, 그다음 줄부터 약간 작은 글씨로 '白'자 99자(11×9, 9×11)를 써서 시신의 위에 놓거나, 관 위에 놓으면 된다.(관 위에 놓을 때는 풀로 안 떨어지게 붙인다. 하관할 때도 이에 준한다.) 3년상을 지키는 일은 천자에서부터 서인에 이르기까지 통용된다. 보은의 뜻을 살리는 의미에서 3년상을 치렀다.

발인 시각이 임박하여 방에서 관을 옮겨 내올 때는 관 모서리로 방의 네귀퉁이를 한 번씩 찧거나 관을 아래위로 세 번 올렸다 내렸다 하기도 한다. 또 도끼나 톱으로 문지방을 약간 치거나 자르고 나오기도 하고, 방문 앞에 바가지를 엎어놓고 앞사람이 그 바가지를 힘껏 깨고 나오기도 한다. 이는 생산성과도 연관이 있으며 벽사의 상징이라 하겠다. 관을 마당으로 옮겨 미리 준비한 상여에 올려놓고 그 앞에 병풍을 두른 다음, 집에서 마지막 제를 올리는데 이를 '발인제'라 한다. 원래는 '견전遺奠'이라 불렀다. 그리고 고례에는 노제가 없었다고 한다. 또 부모 거상 중이나 기제사시 축에 쓰여진 효자孝子라는 말은 부모에 대한 자칭이다. 발인제가 끝나면 상여꾼들이 상여를 메고 세 번 올렸다 내렸다 하면서 하직 인사를 한다. 이어 상여가 집을 나서면 상주 이하 모든 복인들은 통곡을 한다. 상여가 마을 밖을 벗어나면 안상주들은 집으로 되돌아가고 남자 상주와 복인들이 상여 뒤를 따른다. 그런데 지금은 안상주들도 상여 뒤를 따르고 장지까지 간다. 또 옛날엔 부인이 죽었을 경우 남편은 대문안에서 작별을 했다고 한다. 상여행렬은 명정(하관시 관 위 또는 시신 위에 덮음)·혼백상자·영정(사진)·공포(출상 때 명정과 함께 상여 앞에서 길을 인도하는 데 쓰는 기)·만장(또는 만사, 망인을 슬퍼하여 지은 글을 비단 천에 적어 기처럼 만든 것. 행상할 때 공포와 함께 들고 간다.)·운아삽(또는 운불삽. 운삽은 출상할 때 운구 앞뒤에 세우고 가는 기구. 구름무늬를 그린 부채 모양을 했음. 대부는 불삽을 쓰고, 사는 운삽을 쓴다.)·행상인도자·상여·상주·백관(망인의 친척 중 복인)·조객순이다. 그러나 지역·가문·색목에 따라 순서가 조금씩 다르다.

하관할 시간이 되면 이를 목격해서는 안 될 때(12간지)를 불러주어 잠시 그곳을 피하도록 한다. 하관을 보아서는 안 될 사람이 이를 보면 살을 맞아 즉사한다고 믿기 때문이다. 하관시간은 망인의 사주를 감안하고 좌향과 일자를 바탕으로 정한다.

하관할 때 시신은 상上(머리)을 북쪽으로 향하게 한다. 『예기』나 『백호통』에는 시신의 머리를 북쪽으로 향하게 함은 그윽하고 어두운 곳으로 간다는 뜻이며, 또 죽은 자는 명계冥界(음, 북쪽)로 간다고 생각해 머리를 북쪽에 두게 한 것이라 한다.

내광 안에 흙을 채우는 것을 실토實土라고 하는데, 주상主喪이 맨 먼저 흙을 덮는다. 주상은 삽으로 흙을 떠서 던지기도 하지만, 대개는 상옷(중단)자락에 고운 흙을 담아 가지고 내려가 '취토! 취토! 취토!' 하고 세 번 외치면서 관 위·중간·아랫부분에 각기 좌우로 흙을 조금씩 붓는다. 폐백은 실토 전 청홍실 묶은 것을 "폐백이요" 세 번 외치면서 좌·우 팔 중간 정도에 놓는다. 그리고 나면 일꾼들이 흙을 채우기 시작한다. 내광이 흙으로 메워져 평지가 되면 평토제를 지낸다. 그다음에 봉분을 만든다.

『백호통』에 보면 고대에는 무덤(또는 고여)만 만들고 봉분을 만들지 않았다고 하는데, 공자가 떠돌이 생활을 했기 때문에 부모의 묘를 잃어버릴까 해서 봉분을 만들었다고 한다. 봉분과 나무를 심는 것은 표시가될 수 있기 때문이다. 그래서 무덤 주위에 황제는 소나무, 제후는 잣나무, 선비는 괴수나무, 서인(봉분이 없으며 평장하였다)은 버드나무를 심었다고 한다.

반혼返魂(또는 반곡)은 평토제가 끝나면 성분成墳이 안되었더라도 혼백을 묘 앞에 묻거나 모시고 묘소를 한 바퀴 돈 뒤 가던 길을 따라 곡하면서 천천히 집으로 돌아오는 것을 말한다. 이때 뒤돌아보아서는 안 된다. 집에 도착하면 대문을 향해 주부가 곡하다가 신주를 영좌에 모시고, 혼백은 신주 뒤에 둔다. 주인 이하는 대청에 회곡率哭하고 다시 영좌에 나아가 곡하며 집에 있던 사람들은 재배한다.

○ 흉제兇祭

장례 후 혼백을 궤연에 모시고 우제虞祭로부터 소상·대상·길제가 끝날 때까지의 각종 제례를 흉제라고 한다.

우제虞祭란 『예기』에 보면 신을 안정시키는 제사로써 우제를 지내는 것은 단 하루도 어버이의 신령과 떨어질 수 없다는 간절함을 알려 신으로 하여금 안정감을 갖게 한다는 뜻에서 비롯되었다. '우虞'는 귀신을 편하게 해준다는 뜻이다. 즉 시신을 지하에 묻었으므로 그의 혼이 방황할 것을 염려하여 우제를 지냄으로써 영혼을 편안하게 하려는 것이다. 혼백을 모시고 장례날에 지내는 제사를 초우 또는 초우제라 하는데, 반혼후 즉시 지낸다. 만약 당일 돌아올 수 없는 경우 도중의 숙소에서 지내야 한다. 재우는 초우제 지낸 다음의 첫 유일柔日에, 삼우는 재우제 후의 강일剛日에 지낸다. 그러나 지금의 재우는 장례 다음날, 삼우는 3일째에 제사를 지낸다. 그런데 삼우제는 반드시 집에서 올려야 하며, 재우·삼우제는 질명(날 밝은 무렵)에 지낸다. 궤연에 혼백을 모시면 삼우제까지는 끼니때마다 상식을 올린다. 삼우제를 지낸 후에는 상식을 매월 초하루와 보름에만 올린다.

소상은 연제練祭라고도 하는데, 『예서』에 보면 초상 후 13개월 되는 날, 날짜를 가려 지내도록 되어 있다. 그러나 근래에는 초상 후 만 1년이 되는 첫 제삿날에 소상을 지낸다.

대상은 초상으로부터 25개월만인 두 번째 기일忌日에 지낸다. 대상이 끝나면 궤연을 철회하고 여막을 철거한다. 신주는 가묘 안의 동쪽에 서향하여 봉안하고 문을 닫는다. 상장·수질·요질·방립 등은 불에 태우고 상복은 가난한 사람에게 준다.

담제는 복을 다 벗는 제사로써 담사라고도 하는데 대상을 지낸 두 번째 달에 거행하는 것이 상례이다. 대개 정일丁日이나 해일亥日 중에서 택일한다. 현재 탈상은 가정의례준칙을 보면 100일이다. 그러나 실제로는 잘 지켜지고 있지 않다.

4. 제례祭禮

제례는 조상의 제사를 지내는 의식 절차이다. 제례에는 크게 기제忌祭·차례·시제時祭 셋으로 나눌 수 있다.

기제는 기일에 지내는 제사로 기제사·기사·기일제라고도 한다. 매년 사망한 날 닭이 울기 전, 즉 전날 밤 12시에서 1시 사이에 제주의 집에서 지낸다. 요즈음은 돌아가신 당일 초저녁에 지낸다. 이때 늦어도 밤 11시 이전에 끝마쳐야 된다. 병자는 기제사에 참여치 말고 다른 방으로 가 있는 것이 좋다.

차례란 말은 고례에는 없다. '모든 명절에는 모든 조상에게 그 명절의 명절음식을 차려서 올리俗節則獻以時食'는 제의를 지낸다. 예전에는 1년에 4회(설날·한식·추석·동지 또는 단오)를 지냈다. 이때는 단잔單獻이며, 아침에 차례를 지낸 후 성묘를 간다. 요즈음에는 대개 1년에 2회(설날·추석) 또는 3회(설날·추석·한식)만 지낸다.

시제는 춘하추동 매 계절 가운데 달 중에서 날을 골라 모든 조상에게 지낸다. 모든 제의절차에 기준이 된다. 세일사歲─祀는 기제를 지내지 않는 5대조 이상의 직계 조상에 대해 1년에 1번 묘지에서 지내는 제의이다. 시사時祀라고도 하는데, 1년에 1번만 지내는 제사란 뜻도 있다. 세일사는 대개 10월 중에 날을 골라 지내나 그렇지 않은 계파도 있다. 시조제始祖祭는 자기 성씨를 개창한 시조에게 지내는 제의인데, 매년 양이 일어나는 동지에 시조의 위패를 모신 곳에서 지낸다. 선조제先朝祭는 자기의 5대조 이상 시조 이하의 모든 조상에게 지내는 제의이다.

산신제山神祭는 조상의 산소를 모신 산신에게 지내는 제의이다. 1년에 한 번 조상의 묘지에서 제의를 지낼 때 지낸다. 사토후라고도 한다. 호도·은행·잣 등을 꼭 쓰는데, 잣은 마을의 번창과 자손의 부귀를 누린다 해서 쓴다. 은행·잣도 같은 이유에서 쓴다. 이밖에 이제·천신·삭망참 등이 있다

다음으로 가묘家廟·위패位牌·신주神主 등에 대해 알아보기로 한다. 돌아가신 조상을 살아계신 조상 섬기듯이 모시려니까 섬길 대상이 필요하므로 조상을 상징하는 표상이 필요했는데 그것을 위패라 하며, 위패를 모시는 장소를 가묘라 한다. 항상 모시는 조상의 위패가 없으므로 임시 위패를 모시고 조상을 받드는데 그것이 신주의 내용과 같이 종이에 쓰

는 지방紙榜이다. 옛날엔 조상의 화상을 그려서 모셨기 때문에 영당影堂
이라 했다. 그러나 대략 800년 전부터는 영정을 그릴 때 터럭하나만 틀
려도 조상으로 간주하지 않는 경우가 발생하여 영정 모시기를 꺼려하였
다. 그 대신 조상의 칭호를 글씨로 쓴 신주를 만들어 모시게 되었다. 신
주를 모시면서 명칭도 사당祠堂이라고 했다.

옛 예법에 사대부는 오사五祀라 해서 시조나 선조, 고조까지의 4대를
모시는 것이 원칙이다. 가묘의 위치는 살림집 동북쪽에 짓는 것이 원칙
이다. 조상은 자기보다 웃어른이며, 자기 존재의 근본이기 때문에 해가
뜨는 동쪽과 자기보다 웃자리인 북쪽에 짓기 위한 것이다. 원래는 사당
집이 5채(고조까지 4대만 모시는 집은 4채)인데, 형편이 못되면 1채만 짓고
모든 조상을 함께 모신다. 신주는 밤나무로 만든다. 오년 오월 오일 오시
오방午年午月午日午時午方에 밤나무 가지를 잘라 만드는데 이때가 생기가 가
장 왕성하기 때문이다. 밤나무栗=西+木는 서쪽나무라 쓰는데, 서쪽은 죽
은 사람의 방위이며, 옛날의 사당 뜰에 밤나무를 심었던 데에서 유래할
뿐만 아니라 매우 단단하기 때문이다.

진설은 제물을 차리는 것을 말하는데 오행(5줄:실과·채소·탕·적·메
(밥)·갱(국):추석·설날은 메·갱 대신 송편과 떡국을 놓는다)이다. 기제사 순서
는 대략 강신분향→참신→초헌→독축→아헌→종헌→유식→합문→계
문→진숙수→합반개→사신→분축→철찬→음복순이다.

진설법은 지역·가문·색목에 따라 다르다. 여기서는 상징과 의미 등
을 중심으로 간단히 언급한다. 제례음식을 한자로 쓸 때는 제수祭羞라고
쓴다. 제수의 종류에 따른 그릇 수는 음양 상징에 근거를 두고 있다.

제상은 북쪽에 마련한다. 그리고 제사 지내기 전 대문을 열어 놓는다.
그래야 조상신이 들어올 수 있다. 촛불은 정화의 상징이며, 지상의 인간

의 뜻을 하늘에 전하는 매개체이기도 하다. 분향은 하늘에 계실지도 모르는 조상의 신령이 향기를 타고 오시라는 상징적인 행사이다. 그래서 향불을 피우는 것인데 처음엔 시초를, 후엔 향나무를, 요즈음은 향을 쓰고 있다. 불가에서는 향이 냄새 제거와 심신을 맑게 해주므로 공양하는 물건으로 쓴다. 잘게 썬 향나무를 집어 향로에 3번 넣어 태운다. 요즈음 사용하는 향은 3개를 꽂는다. 향을 피울 때 불꽃을 입으로 불어 끄면 예가 아니다. 흔들거나 손으로 끈다. 모사는 빈그릇에 모래를 담고 띠풀 한 줌을 묶어 세워 두는데, 이는 땅에 계신 조상의 혼백을 모신다는 상징성이 있다. 산소·땅을 상징하기도 한다. 분향과 모사를 강신분향·강신호주라고 한다. 뇌주, 특히 강신뇌주의 경우 모사 서쪽에서 동쪽으로 세 번에 나누어 술을 비운다. 이는 향기로운 술을 땅바닥에 부어 적셔서 지하에 계실지도 모르는 조상의 혼백을 모시는 절차이다.

참신은 주인·주부 이하 모든 참례자가 조상에게 뵙는 절차이다. 남자는 재배, 여자는 사배를 한다. 어떤 집안에서는 여자가 몸이 좋지 않은 상태에서 기제사에 참례했을 경우 편법으로 남자의 절로 재배를 하기도 하는데 제례에 어긋난다. 공수할 때, 남자는 왼손이 위이고 여자는 오른손이 위이다.

합문은 조상이 마음 놓고 잡수시도록 자리를 비우는 절차이다. 음식을 9번 떠 잡수실 수 있는 시간까지 기다린다. 9는 장長이나 다多의 뜻으로 완전히 다 드셨다는 의미를 내포하고 있다. 계문은 독축자(어느 집안은 헌관)가 문 앞에서 3번 '어흠' 인기척을 내고 문을 열고 들어간다. 인기척을 내는 것은 '들어가도 되겠습니까'의 의미를 담고 있다.

친숙수는 숭늉(숙수)을 올리는 절차이다. 숭늉을 올리는 것은 조상신이 음식을 다 드신 것을 상징한다.

진설하는 법으로 고서비동考西妣東(부친은 서쪽, 모친은 동쪽), 홍동백서紅東白西(실과 붉은 것은 동쪽, 흰 것은 서쪽), 조율이시棗栗梨柿(대추·밤·배·감), 반서갱동飯西羹東(밥은 서쪽, 국은 동쪽), 어동육서魚東肉西(생선류는 동쪽, 고기류는 서쪽), 두동미서頭東尾西(머리는 동쪽, 꼬리는 서쪽) 등의 법식이 있으나, 지역이나 가문에 따라 각기 다르다. 따라서 구체적인 설명은 생략하고, 대신 제수가 지닌 상징과 의미 몇 가지만 언급한다.

대추와 밤을 꼭 쓰는 이유는 자손번성을 위한 것으로 볼 수 있다. 대추는 씨가 하나로 가장 존귀함을 상징한다고도 한다. 복숭아는 귀신을 쫓는다고 하여 쓰지 않았으며, 수박과 참외는 기어 다니는 것이라 하여 자손이 천하게 된다는 상징성으로 제상에 쓰지 않는다. '치'자 들어가는 생선(꽁치·갈치 등)도 쓰지 않는다. 한자로 '치'자가 조상신을 다스리는 뜻과 음이 같으므로 쓰지 않는 것이다. 탕은 보통 3탕 또는 5탕을 쓴다.

술은 청주를 쓴다. 소주·막걸리는 안 쓴다. 술이 없을 때에는 맑은 물을 현주玄酒라고 하여 쓰는데, 술이 생기기 전에는 정화수로 제례를 지냈다고 한다. 지방과 축을 소지하는데, 부정을 가시는 상징적 의미로 종이를 태운다. 이승과 저승, 조상과 후손을 이어준다는 의미를 내포하고 있다. 철시할 때는 지방→메·갱→적→탕→실과 순이다.

지방은 신위神位를 표시하는 신표로 대개 길이 22cm 넓이 6cm 정도의 백지에 붓으로 쓴다.

5. 수연례壽筵禮

수연이란 어른의 생신에 자제들이 상을 차리고 술을 올리며 오래 사시기를 비는 의식이다. 고례에는 수연례라는 말이 없고 헌수가장례獻壽家長禮라 했다. 자손들이 폐백 예물을 드리고 헌수배례를 올린다. 수연례는 자손들이 어른에게 술을 올리는 헌수 절차, 즉 가족행사와 외부손님을 대접하는 연회절차로 나누어서 행한다. 환갑과 칠순에 대해서만 간단히 언급한다.

환갑還甲(甲年·花甲·周甲·回甲·華甲·元命·本命·望七 등으로 표기하기도 함)은 한국 한자어로 61세를 뜻하는데, 갑이 다시 돌아온 것을 말한다. 수를 얻었다는 의미를 담고 있다. 환갑이 지나면 그 삶은 덤으로 사는 것으로, 남의 나이를 훔쳐먹고 사는 것이라 하여 매우 신중하게 살았다. 환갑은 끝이며 시작의 상징이다. 속신에 날삼재(나는 삼재) 환갑 때에는 외출을 삼가라고 하였다. 축의 봉투에는 축수연祝壽宴·축화갑祝華甲·축회갑祝回甲 등을 쓴다.

칠순七旬(古稀·稀壽·杖國·垂老·七秩·稀宴·望八 등으로 표기하기도 함)은 70세 때의 생신이다. '사람이 70세까지 살기는 드물다人生七十古來稀'라는 데서 '희수稀壽'라는 말이 생겼다. 사실 그런 뜻에서 희수라 한다면 어른이 너무 오래 살았다는 의미가 되어 자손으로서는 죄송한 표현이다. 열이 일곱이라는 뜻인 '칠순'이 더 좋다. 축의 봉투에는 축칠순祝七旬·축고희祝古稀·축연수장춘祝延壽長春·축희수稀壽 등을 쓴다.

이 밖에도 육순六旬(60세)·진갑進甲(62세)·희수喜壽(77세)·팔순八旬(80세)·미수米壽(88세)·졸수卒壽(90세)·구순九旬(90세)·백수白壽(99세) 등이 있다.

헌수는 자녀들이 환갑이나 칠순을 맞이한 부모님에게 술을 올리고 절하면서 축수祝壽하는 것을 말한다. 큰상을 차려 놓고 장남부터 시작하여 차례로 차남·딸·친척 순으로 술잔을 올리고 절을 한다. 절은 자손은 남자 재배, 여자 사배로 큰절을 한다. 그리고 큰아들 내외가 부모님께 술잔을 올리고 절한 후 꿇어앉아 큰아들이 축수를 한다. 축수의 말은 "아버지 어머니 만수무강하시고 오복을 누리시며 저희들을 보살펴 주옵소서" 하면, 부모님은 "오냐 고맙다. 너희들의 효성이 지극해 우리가 즐겁구나"식으로 대답하면 된다. 만약 환갑이나 칠순 되신 분의 부모가 아직도 생존해 있을 때는 그 앞에도 큰상을 차리고 환갑이나 고희 되신 내외가 부모에게 먼저 술잔을 올리고 절을 한 다음에 자기 자리에 앉아 헌수를 받는다. 따로 큰상을 차릴 형편이 못되면 한자리에 모시고 먼저 술잔을 올린 다음, 그 옆에 앉아서 헌수를 받는다. 연회절차는 대개 다음과 같다.

㉠수연회 시작 선언(사회자) ㉡일동경례 ㉢약력소개(제자·후배나 친척 등) ㉣모시는 말씀(장남, 또는 자손대표) ㉤축사·송사 ㉥기념품·선물증정 ㉦답사(수연 당사자) ㉧송수건배 ㉨여흥 순이다.

04

우리의 삶과
민속놀이

정연학

우리네는 농업을 으뜸으로 여기고, 사계절이 뚜렷한 자연환경에 맞추어 살아왔다. 봄에 씨를 뿌리고, 여름에 김을 매고, 가을이면 수확을 하고, 겨울이면 새로운 농사를 준비하였다. 이렇게 주기적으로 반복되는 농업 생활 가운데 절기마다 독특한 음식을 먹거나 놀이를 하면서 생활의 활력을 찾았다.

1. 세시풍속

1) 새해의 시작 -정월

○ 설

새해 첫날을 '설'이라고 부른다. 설의 어원은 '섧다'·'슳흐다'에서 온 것으로, '슬퍼하고 조심하는 날'이라는 뜻과 나이를 뜻하는 '살'의 고어인 '설'에서 왔다고 한다. 정월의 첫 용날辰日·말날午日·돝날亥日·쥐날子日을 달도怛忉라 해서 제사를 지냈고, 몸을 삼가하는 풍속이 있었던 것을 보면 설도 새해를 조심스럽게 근신하면서 맞이하라는 의미가 강한 것 같다. 설에 조상에게 차례를 지내고 웃어른에게 인사를 다니는 행위에서도 근신하는 자세를 엿볼 수 있다.

설이 되면 새로 지은 옷으로 갈아입는데 이것을 '설빔'이라고 한다. 설빔은 '설'과 '비음'의 합성어이고, 비음은 '꾸미다'라는 뜻을 가져, 설빔이란 설에 잘 꾸며 입는 옷이라고 말할 수 있다. 옛날에는 모든 집에서 직접 설빔을 만들어 입었지만, 근래에는 미리 장만해서 입는다.

○ 소보름

정월 14일을 소보름, 15일을 대보름이라고 부른다. 소보름에는 오곡
밥과 갖가지 나물을 해서 이웃과 나누어 먹으며, 어떤 행동을 해도 아홉
번을 채운다. 나무를 해도 아홉 짐을 하고 밥을 먹어도 아홉 끼니를 먹
는다. 아홉이라는 숫자가 양수와 음수가 더해서 이루어진 최고의 숫자
로 더함이 없기 때문이다. 또한 이날에는 다른 성을 가진 여러 집을 다니
면서 밥을 얻어먹는데, 이것을 '백가반百家飯'이라고 부르며, 이것은 한 해
의 액운을 사라지게 하고자 하는 행위이다.

경기도 이천지역에서는 백가반 이외에 볏섬만두를 먹기도 한다. 볏섬
만두는 여러 개의 작은 만두를 만두피로 싸고, 국수로 감아 만든 것으
로, 큰 만두 속에 또 작은 만두가 소로 들어간 셈이다. 이렇게 만든 큰 만
두는 볏섬을 상징하고, 작은 만두는 알곡을 나타내고, 국수는 새끼줄을
뜻한다. 볏섬만두를 먹는 것은 집안에 볏섬이 가득차기를 바라는 마음
을 나타낸 것으로, 풍년을 기원하는 주술적인 행위라고 볼 수 있다.

○ 대보름

새해 들어 처음으로 달이 가득 차는 '대보름'은 명절 가운데 으뜸으
로 친다. 그것은 한 해 중 벌어지는 각종 의식과 놀이판이 이날 가장 많
았다는 것을 통해서도 알 수 있다. 한 해 동안 질병에 걸리지 않고자 귀
밝이술을 마시고 부럼을 깨물고 복숭아 나뭇가지로 목도리를 해서 감고
다녔다. 또한, 마을의 단합·안녕安寧·풍년을 기원하며 동제를 지냈고,
두레놀이·횃불싸움·놋다리놀이·지신밟기·동채싸움·윷놀이·연날리
기·널뛰기·줄다리기·돌팔매싸움 등의 놀이를 즐겼다.

대보름에 노는 대표적인 놀이는 줄다리기이다. 당기는 줄은 외줄과

우리의 삶과 민속놀이

쌍줄로 나누어지며, 남녀 또는 마을, 넓게는 면, 군 단위로 편을 나누어 시합을 했다. 줄다리기의 노는 목적은 농경신앙과 관련지어, ①성행위의 모방주술 ②여성의 승리와 지모地母 신앙 ③줄과 용사龍蛇 신앙 ④보름달과 생산력 ⑤풍요다산의 기원 등으로 설명할 수 있다.

대보름 새벽이면 그 해의 액막이를 위하여 조밥을 강물에 던진다. 이것을 '어부슴'이라 불리는데, 『열양세시기』의 상원조에 '흰밥을 깨끗한 종이에 싸서 물에 던지는데, 이것을 어부슴이라고 한다'고 적고 있다. 어부슴은 중부지방을 중심으로 행해진 의식이다. 부녀자들은 가까운 냇가로 나가 가족들의 생년월일과 이름을 부르면서 밥을 세 번 덜어내 버린다. 그리고 빈 사발에 세 개의 작은 돌을 담아 집으로 가져와 부뚜막에 놓고, 사흘이 지나면 가까운 우물에 돌을 던진다. 이것은 용왕의 도움으로 가정이 무사태평하기를 바라는 것이다.

또한 대보름 새벽에 부녀자들은 '용알뜨기'라고 하여, 서로 다투어 우물에서 물을 떠 온다. 전하는 바에 의하면, 정월 14일 밤에 용이 내려와 우물에 알을 낳고, 그 알을 먼저 떠간 집안은 그 해 농사를 제일 잘 짓는다고 한다. 이 용알을 얻기 위해 부녀자들은 밤을 지새우기까지 하였다.

밤이 되면 사람들은 달이 잘 보이는 망월대에 올라가 만월을 보며 한 해 소원을 기원했고, 달 모양을 보고 한 해 농사를 점치기도 하였다. 그리고 달을 먼저 보는 사람이 그 해에 복을 많이 받는다고 하여 저녁식사가 끝나자마자 다투어 산을 올라가곤 했다.

이처럼 대보름에 각종 의식과 놀이가 집중적으로 펼쳐진 까닭은 새해에 들어와 처음으로 가득 찬 달을 신성하게 여긴 까닭이다. 달은 생산과 풍요를 좌우하는 지모신地母神으로, 농민들은 이날 풍년과 태평을 기원하면 큰 만족을 가져다줄 것이라고 믿었던 것이다.

○ 입춘

입춘立春은 24절기 중 첫 번째 절기로, 사람들은 입춘이 되면 봄이 임박했다고 생각한다. 입춘은 음력 섣달에 들기도 하지만 정월에 드는 것이 보통이며, 각 가정에서는 입춘첩을 써서 대문을 비롯하여 벽·기둥·대들보 등에 붙였다. 붙이는 곳에 따라 글귀의 내용은 다르지만, 가장 많이 눈에 띄는 문구는 입춘대길立春大吉·건양다경建陽多慶·국태민안國泰民安·개문만복래開門萬福來 등이다.

입춘은 농사의 시작을 알리는 때인지라 흙이나 나무를 이용해 소를 만들어 마을을 다니면서 농사를 권하고 풍년을 기원하였다. 『고려사』 성종成宗 7년(988)의 기록을 보면, '농사 시기를 놓치지 않도록 입춘 전날에 흙으로 빚은 소를 길거리에 세웠다'고 적고 있으며, 『동국세시기東國歲時記』를 보면 '함경도에서는 입춘이 되면 나무 소를 관청에서 끌고 나와 마을을 돌아다녔고, 이것은 입춘 전날 흙으로 빚은 소를 길거리에 세워 두었던 풍습을 모방한 것이며, 농사를 장려하고 풍년을 바라는 것이다'라고 적고 있다. 그리고 『탐라록耽羅錄』(1841)에도 '관복을 입은 사람이 쟁기를 소에 걸고 마을을 돌아다녔고, 무당들이 그 뒤를 따랐다'는 기록이 적혀 있다.

위와 같은 의식을 중국에서는 '출토우出土牛'라고 부르며, 이미 주周나라 때부터 시작되었다. 사람들은 진흙으로 소와 호미를 든 남녀 두 사람을 만들어 관청 앞에 세워 두는데, 입춘이 동짓달 15일보다 앞에 있으면 사람을 소 앞에 놓아 농사짓는 시기가 아직 멀었음을 표시하고, 입춘이 연말이나 연초 사이에 있으면 사람과 소를 평행하게 놓아 농사 지을 적기임을, 입춘이 정월 15일 전후면 사람을 소 뒤에 놓아 서둘러 농사를 지을 것을 사람들에게 가르쳐 주었다. 이처럼 출토우의 가장 큰 목적은 농사시기를 농부들에게 가르쳐 주는 데 있다.

입춘에는 굿을 벌이기도 했고, 보리 뿌리를 보고 보리농사를 점치고, 바람을 보고 그 해 풍·흉년을 점치기도 하였다. 그래서 입춘점立春占이라는 말까지 생겼다.

2) 만물이 소생하는 봄

봄은 겨울철 휴식을 끝내고 농사를 시작하는 시기로, 농민들은 서둘러 농기구를 만들거나 수리하는 일에 전념한다.

● 머슴날

음력 2월 1일을 '머슴날' 또는 '하리아드랫날'이라고 부른다. 이날은 농사를 짓기 전에 마지막으로 쉬는 날이라 여겨 깨끗한 옷으로 갈아입고, 대보름에 세웠던 볏가릿대禾竿의 벼이삭을 내려 떡을 만들어 먹는다. 힘든 일을 앞에 두고 벌이는 잔치이자 체력을 증강시키는 것이다. 이 풍속은 지금은 사라졌고, 다만 경기·충청도 지역에서는 송편을 만들어 나이 수에 해당하는 수만큼 먹는다. 이 떡을 '나이떡'이라고 부른다.

풍우신風雨神인 영등할머니는 2월 1일 지상으로 내려왔다가 20일 하늘로 다시 올라간다고 한다. 2월 1일날 사람들은 음식을 차려 영등할머니를 맞이하고, 풍년을 기원하는데, 이 날 비가 오면 풍년이 든다고 한다. 속설에 따르면 영등할머니는 지상에 내려올 때 딸 또는 며느리를 데리고 오는데, 딸과 함께 내려올 때는 딸의 다홍치마가 예쁘게 보이라고 바람을 불게 하고, 며느리인 경우에는 치마가 비에 젖어 밉게 보이라고 비를 몰고 온다고 한다. 그러나 실제 농사에는 며느리가 와야 풍년이 들 수 있다.

참새와 쥐는 양식을 훔치는 도둑이기에 농민들에게는 미움을 받는 존재이다. 그래서 농민들은 이들 동물들을 몰아낸다는 의미로 집집마다 콩을 볶아 먹는다. 그렇게 한다고 쥐나 새들이 자취를 감추지는 않겠지만, 가난한 농가에서 콩을 먹는 것은 단백질을 섭취한다는 또 다른 의미를 가진다.

● 경칩驚蟄과 한식寒食

경칩은 만물이 소생하는 시기로 이날 개구리 알을 먹으면 몸에 좋다고 한다. 전라남도 지역에서는 개구리 알을 '용알'에 비유하여 '용알 주워 먹는다'고 말하기도 한다.

동지冬至로부터 105일이 되는 날이 한식일이다. 이날은 조상에게 차례를 지내고, 성묘와 벌초를 하고, 한식이라는 글자 뜻대로 찬 음식을 먹었다. 이러한 풍습은 중국 진晉나라 때 금산錦山에서 억울하게 불에 타죽은 충신 개자추介子推를 기념하기 위해서 시작되었다고 한다.

● 삼짇날과 곡우穀雨

삼월삼짇날은 강남에 갔던 제비가 옛집을 찾아온다고 하여, 이를 기념하기 위해 진달래꽃을 뜯어다가 찹쌀가루에 반죽한 후 참기름에 전을 해서 먹었다. 그리고 부녀자들은 화전놀이를 가는데, 이때 개구리를 먼저 보면 먹을 복이 생기고, 도마뱀은 바쁜 일이, 노랑나비와 호랑나비는 좋은 일이, 흰나비는 상喪이 일어날 징조로 보기도 했다.

봄비가 온다는 곡우는 본격적인 농사가 시작되는 시기라고 할 수 있다. 이날 비가 오지 않으면 농사를 망친다고 보며, 농가에서는 못자리에 뿌릴 볍씨를 담갔다. 볍씨를 담은 가마니는 솔가지로 덮어두고, 부정한 사람이 접근하는 것을 막았다. 만약 부정한 일을 했거나 부정한 일을 본 사람은 집 앞에 와서 불을 놓아 악귀를 몰아내는 의식을 행하고 집안으로 들어올 수 있었으며, 집에 들어와서도 볍씨를 보아서는 안 되었다. 그렇지 않으면 볍씨에 싹이 트지 않아 흉년이 든다고 믿었다.

○ 봄의 생산력

음력 2~3월이 되면 봄보리를 갈고, 메밀·담배·감자 등을 파종하고, 가마니를 짜고 볍씨를 담느라 바쁜 생활이 시작된다. 또한 3월에는 볍씨를 뿌리고, 목화를 파종한다.

모내기나 김매기처럼 짧은 기간 동안에 마쳐야 하는 일이 많은 경우에는 마을 전체가 참여하는 두레가 조직되었다. 두레는 공동작업을 근간으로 청장년이 주축이 되어 이루어졌고, 작업을 시작하거나 끝나고 돌아올 때는 농기를 앞세우고 풍물패들이 연주를 하면서 고된 노동의 하루를 잊곤 했다.

두 마을의 풍물패가 서로 마주치면, 서로 자신의 두레패에게 '농기세배'를 재촉하다 싸움이 벌어지곤 한다. 이것을 '농기싸움'이라고 부르고, 승패는 상대방의 농기 위에 달은 꿩털과 방울 즉 '꿩장목'을 먼저 떼어내면 이기는 것이다. 이긴 두레패의 농기는 형님기가 되고 상대방은 아우기가 되어, 두 기가 만나는 경우 아우기는 형님기에게 기를 숙여 기세배를 한다.

모내기가 끝나면 '써레씻이'라 하여 써레를 씻어 보관하고, 주인집에서는 그간 모내기를 하느라고 고생한 머슴들에게 푸짐한 음식을 대접하고, 용돈을 주어 며칠 동안 쉬게 하였다. 이날을 '써레수세'라고도 불렀다.

3) 땀과 노동의 여름

○ 수릿날

5월 5일 단오는 설·한식·추석과 함께 우리나라 4대 명절 중에 하나이다. 한편, 천중절天中節·중오절重五節·단양端陽이라고도 적고, 순수 우리말로는 수릿날이라고 부른다.

5월은 속칭 '악월惡月'이라고 부른다. 그것은 더위가 닥치는 시기인지라 음식이 쉽게 상하고, 각종 질병이나 전염병이 만연할 수 있기 때문이다. 그래서 창포로 몸을 씻거나 창포를 마시고 창포비녀를 머리에 꽂아 질병과 잡귀를 막고자 하였다. 또한 대문에 쑥이나 마늘 등을 걸어 잡귀가 집안으로 들어오는 것을 막았다. 실제로 이들 식물의 독특한 향기는 병균을 옮겨주는 모기나 파리를 쫓아내는 역할을 한다. 피서지에서 모기나 각종 곤충들을 쫓기 위해 쑥을 태운 경험을 누구나 가지고 있을 것이다. 오늘날 마늘·쑥·창포는 약의 재료로 쓰여 우리들이 즐겨 먹기도 한다.

수릿날에는 남자는 씨름을 하고, 여자는 그네를 띄운다. 이들 놀이는 오락적인 기능을 가지고 있지만, 아울러 놀이를 통해 몸과 마음을 건강하게 만들어 주는 역할도 했다. 그리고 '수릿날 그네를 띄우면 모기를 쫓아낸다'는 속신俗信도 있다. 수릿날에는 여러 곳에서 굿을 하기도 했고, 지금까지 강릉의 '단오굿'이 명맥을 잇고 있는 것은 누구나 아는 사실이다.

5월은 보리를 베고, 모내기를 하느라 농촌에서는 분주하기 그지없다. 또한 채소와 메밀을 파종하고 고구마를 심고 누에를 친다.

◑ 유두流頭

유두 때가 되면 참외, 수박과 같은 과일이 나오고, 이들 과일을 가지고 조상에게 제사를 지냈고, 맑은 물을 찾아 놀러 갔다. 또한 '밀떡을 먹으면 귀신을 쫓고 풍년이 든다'고 믿어 밀가루 음식을 만들어 먹기도 했다.

여인네들은 가깝고 인적이 드문 계곡을 찾아 목욕을 하기도 하는데, 특히 동쪽으로 흐르는 물에 목욕을 하면 한 해 동안 건강해진다고 믿는다. 이와 반해 남자들은 '탁족'이라고 하여 발만 물에 담갔다.

유두날 비가 오면 칠석에도 비가 온다는 속설이 있다.

◑ 삼복三伏

복伏은 하지夏至를 기점으로 세 번째 경일庚日을 초복初伏, 초복에서 10일이 지나면 중복中伏, 중복에서 20일이 지나면 말복末伏이라고 부른다. 삼복三伏은 1년 중 더위가 가장 기승을 부리는 때인 만큼 '복다림'이라고 하여 시원한 곳을 찾아 개장국이나 삼계탕을 먹었다.

◑ 머슴생일날

음력 7월 15일은 백중百中·百種日날로서 농사일이 대강 끝나 그간 고생한 머슴들에게 '호미돈'을 주어 그간의 피로를 씻도록 하였다. 그래서 이날을 머슴생일날이라고 달리 부르기도 한다. 이날은 전국에서 장이 서며, 윷놀이·농악·씨름·그네뛰기 같은 놀이가 벌어졌고, 특히 씨름판은 전국에서 몰려든 장사들과 관중들로 성황을 이루었다.

백중을 즈음하여 논의 김매기가 끝나면 자축하는 의미로 잔치를 하는데 이것을 '호미씻이'라고 말한다. 김매기가 끝났으니 호미를 걸어두자는 상징적인 의미로, 남정네들은 냇가나 연못에서 물고기도 잡고, 두레에서 수렴한 돈으로 돼지를 잡기도 하였다. 또한 농사가 가장 잘된 집의 머슴을 뽑아 소위에 태우고 마을을 돌아다녔고, 주인집에서는 이들에게 음식을 대접하기도 했다.

4) 천고마비의 가을

○ 한가위

음력 8월이면 논에서는 벼가, 밭에서는 콩·고구마·깨 등이 익어 수확기를 맞이하게 된다. 그래서 이 시기는 모든 것이 넉넉하고, 특히 음력 8월 15일 추석은 다른 명절에 비하여 풍성하고, 추수감사제적 성격을 가진다. 그래서 '더도 말고 덜도 말고 한가위만 같아라'라는 말도 생겼다.

추석은 가배일嘉俳日·중추절仲秋節 또는 우리 순수말로는 가위·한가위라고 부른다. 한가위는 신라 유리왕 때 두 왕녀가 성안 부녀자들을 따로 거느리고 칠월 보름부터 길삼내기를 해서 진 쪽이 한턱을 내는데 그것을 가위라 부른 데서 유래한 것이라고 한다.

한가위가 되면 설과 마찬가지로 설빔으로 갈아입고, 조상에게 차례를 지낸다. 차례 상에는 햅쌀로 빚은 메와 송편, 술 등을 마련하고, 한 해 동안 무사태평하고 풍년이 되게끔 도와준 조상의 은덕에 감사를 드린다. 차례가 끝나면 음식을 나누어 먹고, 조상의 묘소에 찾아가 절을 올린다.

한가위 때 벌이는 놀이는 지역에 따라 다양하며 종류도 많다. 중부지방의 거북놀이·소놀이, 전라도 지방의 강강술래를 비롯하여, 씨름·줄다리기·활쏘기 등이 전국적으로 열렸다. 거북놀이는 경기 남부를 중심으로 한 지역에서 해방 전까지만 하더라도 몹시 성행한 놀이였다. 1970

년 초에 이천시 대월면에서 재연하여 그 지역의 대표적인 민속놀이로 자리를 잡았다.

거북놀이는 수수 또는 옥수수 대와 잎으로 거북이 모양을 만들고, 거북이 안에 들어갈 두 사람도 잎으로 분장을 하고, 한 사람은 거북이의 머리 쪽으로 들어가고, 다른 한 사람은 허리를 숙여 앞사람의 허리를 잡는다. 놀이를 벌일 때는 풍물패를 앞세우고 집집마다 돌아다니면서 대문·우물·부엌·대청에서 춤판을 벌여 그 집안의 무사태평과 풍요를 축원해준다. 축원을 받은 주인은 답례로 술과 떡을 대접하며, 부유한 집에서는 쌀 한 말을 내놓기도 하는데, 이 쌀은 마을 전체의 공익사업에 쓰인다.

경기도 이천지방의 거북놀이는 경기지방의 무속이 지닌 굿의 방식과 농악이 한데 어우러진 집단적인 놀이이다. 단순한 여흥뿐만 아니라 마을의 안녕과 풍년을 비는 제의적인 성격도 가진다. 거북놀이의 구성은 ①깃대잡이(농기·영기·용기) ②거북이와 질라아비 ③풍물패 ④양반·머슴·여종으로 이루어지고, 내용은 ①길놀이 ②장승굿 ③우물굿 ④마을판굿 ⑤문굿 ⑥터주굿 ⑦조왕굿 ⑧대청굿 ⑨마당놀이 순서로 이루어진다.

양주 소놀이굿(중요 무형문화재 제70호)은 농사나 사업·장사 등이 잘되거나 새집이나 농토를 마련했을 때 자손이 번창하라고 비는 경사굿의 성격을 지녔다. 소놀이굿은 제석거리와 호구거리 사이에 행해지며, 주요 내용은 소를 산 집이 잘 되기를 바라는 내용이다. 소의 몸통은 큰 멍석을 반으로 접어 그 안에 사람이 들어가며, 소의 머리는 고무래에 짚을 싸서 만들고, 소의 얼굴은 그려서 붙인다. 귀와 혀는 짚신이나 고무신 바닥으로 만들고, 고삐는 명주 또는 광목으로, 뽈은 짚을 꼬아서 만든다.

○ 근친覲親

한가위가 지나 바쁜 일이 끝나면 시집간 딸은 친정어머니를 만나기도 하는데, 이것을 '근친覲親'이라고 부른다. 충남지역에서는 딸과 어머니가 중간지점에서 만난다고 하여 이를 '반보기'라 한다. 이날은 미리 준비한 음식을 먹으며 모녀 간의 정을 나누고, 저녁이 되면 아쉬움을 뒤로한 채 각자 집으로 되돌아갔다.

5) 감사와 휴식의 겨울

○ 10월 상달고사

10월 상달이 되면 길일吉日을 택해 햅쌀로 술과 떡을 빚어 성주신을 비롯한 집지킴家神들에게 제사를 지낸다. 또한 집안에 따라서는 집안의 평안과 오곡의 풍성 그리고 자손의 번창을 비는 성주굿을 벌이기도 한다.

가신에게 바치는 시루떡은 짝수로 하지 않고, 하나·셋·다섯 등 홀수로 찌며, 고사떡 위에는 북어 두 마리·정화수·숟가락·명주실·쌀 한 주발을 올려놓는다. 그리고 숟가락에 명주실을 늘여 뜨려 놓는데, 이것은 자손들이 풍족하게 오래 살라는 의미를 담고 있다. 시루떡의 종류는 가신에 따라 다른데, 경기도 지역에서는 건물 안에 있는 지킴이에게는 콩·팥떡을, 건물 바깥의 지킴이에게는 흰떡을 바친다는 원칙이 있어, 성주시루는 팥떡을, 터주시루는 백설기를 찐다.

○ 동지冬至

겨울철에 가장 큰 명절은 동지이다. 24절기 중 22번째 절기로서, 한 해 중 밤이 가장 길고 낮이 제일 짧다. 즉 동지가 지나면서 다시 밤이 짧아지고 낮이 길어져, 밝음의 세상이 시작된다. 그래서 중국 주나라에서는 새해 첫날로 삼기도 하였고, 우리도 '동지가 지나야 한 살 더 먹는다', '동지 팥죽을 먹어야 진짜 나이를 한 살 더 먹는다'라고 말하곤 한다. 동지를 '작은 설亞歲'에 빗댄 것도 그 때문이다.

11월은 동짓달이라 하는데 절기상 동지가 들어 있기 때문이다. 동지는 날짜에 따라 셋으로 나누어, 동지가 12월 10일 전이면 '애동지', 20일 안이면 '중동지', 20일 이후이면 '노동지'라 부른다. 이에 따라 노동지에는 늙은이가, 중동지에는 중늙은이가, 애동지에는 아이가 많이 죽는다는 속설도 있고, 늙은이가 죽는 것은 괜찮으나 아이가 죽어서는 안 된다고 여겨 애동지에는 팥죽을 쑤지 않고 떡을 해서 먹었다.

동지하면 누구나 팥죽을 생각할 것이다. 그래서 '동지팥죽'이라는 단어도 생기게 되었다. 이날 팥죽은 먼저 사당에 올리고, 집안 구석은 물론 대문에 바르고 집 주위에 뿌린다. 그리고 나서 식구들이 팥죽을 먹는데, 특히 팥죽 안에 들어 있는 새알심을 나이 수대로 먹어야 새해에 운이 따른다고 믿었다.

예로부터 팥죽은 귀신이나 잡귀를 쫓는 벽사물辟邪物로 쓰였다. 중국에서도 동짓날 팥죽을 먹어 귀신을 쫓았다는 풍습이 『형초세시기荊楚歲時記』에 잘 나타나 있으며, 또한 공공씨共工氏와 관련된 팥죽의 유래담도 적혀 있다. 이처럼 팥으로 액땜을 하려는 까닭은 팥이 지닌 붉은빛이 음귀陰鬼를 쫓는 데 효과가 있다고 믿기 때문이며, 우리 민속에서 양기인 붉은색으로 잡귀를 물리치는 데 쓰였음은 잘 알려져 있다.

O 섣달 그믐

12월은 섣달이라 하고, 섣달 마지막 날에는 복조리 걸기·수세守歲·야광귀 막기·대청소하기 등과 같은 의식이 벌어졌다.

섣달 그믐이 되면 조리장수들은 복조리를 팔았고, 사람들은 남보다 복조리를 일찍 사면 집안에 복이 들어온다고 믿어 누구나 복조리를 샀다. 그리고 복조리 안에는 쌀을 넣어 접은 백지나 성냥 또는 돈을 넣어서 방문에 걸어둔다. 쌀을 넣는 이유는 조리가 쌀을 건지듯이 만복이 생기라는 뜻이고, 성냥과 돈은 재물이 늘어나기를 바라는 마음을 담은 것이다.

복조리를 왜 거는가에 대한 해답으로, 임동권은 '쌀이 없으면 조리가 소용없으므로 생활안정과 복조리를 연결시켜 복조리가 복을 부르는 역할을 한다'고 보았고, 이두현은 '복조리의 무수한 눈이 체의 눈과 같이 광명을 상징하는 것'으로, 장주근은 '조리가 쌀을 이는 도구이듯 그 해의 복을 일어낸다'는 뜻으로 해석하고 있다.

섣달 그믐밤이 되면 '수세守歲'라 일러 온 집안에 불을 밝히고 잠을 자지 않는 풍속이 있다. 이는 잡귀의 출입을 막기 위함이라 하며, '잠이 들면 눈썹이 희어진다'는 속설까지도 있다. 그리고 이날 잠을 잔 아이의 눈썹에 밀가루를 발라 눈썹이 희었다고 놀려주기도 하였다.

그믐밤에 내려오는 귀신이 야광귀夜光鬼이다. 야광귀는 아이들이 벗어 놓은 신발 중에 제 발에 맞는 것이 있으면 신고 달아나며, 신발 주인은 새해에 나쁜 재앙을 만난다고 한다. 그래서 농가에서는 신발을 감추고, 야광귀를 막기 위하여 삼태기나 체를 바늘과 함께 안마당 벽에 걸어놓는다. 이들 물건을 본 야광귀는 바늘로 구멍을 세다가 헤아린 숫자를 자주 잊어버려 결국 새벽 닭 울음소리에 달아나게 된다는 것이다. 이와 같은 사실은 『동국세시기』에 적혀 있고, 『경도잡지』에서도 야광을 '구귀癯鬼'라고 부르고 아이를 일찍 재우기 위해 만들어낸 것이라고 적고 있다. 그리고 『해동죽지』에서는 '앙광이'로 적고 있고, 부녀자들이 앙광귀를 두려워하여 신들을 감추고, 앙광이가 사람의 신을 신으면 그 사람에게 말다툼이 생긴다고 적고 있다.

섣달 그믐날 노는 놀이 중 대표적인 것이 폭죽놀이 또는 딱총놀이라고 불리어지는 것들이다. 폭죽놀이는 자정 무렵에 푸른 청죽靑竹을 불에 태워 크고 요란한 소리를 내어 묵은해에 집안에 있었던 잡귀들을 몰아내고 신성하게 신년을 맞이하기 위함으로 대궐에서도 제석除夕 전날부터 대포를 쏘는데 이것을 '연종포年終砲'라고 부른다. 대나무는 속이 비어 있기에 불에 탈 때 공기의 팽창으로 요란한 소리를 내고, 이 소리를 잡귀가 싫어한다고 한다.

2. 민속놀이

세시 풍속과 관련하여 벌어진 민속놀이는 위에서 간략하게 살펴보았다. 이들 놀이는 일정한 때와 특정한 장소에서 벌어지고, 제의적祭儀的인 성격을 띠고 있음을 알 수 있다. 그러나 우리 주위의 많은 민속놀이는 계절에 따라, 지역에 따라 벌이는 것들도 있다.

지금까지 조사된 우리놀이는 모두 347가지에 이르고 전국적인 규모로 세밀한 조사가 이루어지면 그 양은 늘어날 것이다. 그러나 이들 놀이 중에 특히 집단놀이는 전통문화의 연속성이라는 측면에서 일제강점기에 단절되는 아픔을 겪기도 하였다. 일제는 〈폭력행위 등 처벌에 관한 건〉(조선총독부 법률 제60호, 1926년)이라는 특별법령을 만들어 집단놀이를 엄격히 금지시켰고, 여성들의 집단놀이마저도 치안상, 풍기상의 명분을 붙여 금지시켰다.

1960년이래 민족문화·전통문화의 발굴과 계승이라는 슬로건 아래 집단놀이에 대한 관심이 고조되어 자료의 조사와 복원이 이루어졌고, 오늘날 각종 민속경연대회·지방문화재·무형문화재 정기공연을 통해 집단놀이의 연행을 볼 수 있게 되었다. 그러나 원래의 모습보다는 박제된 느낌이 드는 것이 사실이다.

김광언의 분류에 따르면, 민속놀이는 노는 사람·노는 목적·노는 시기 등을 기준으로 나눌 수 있다.

1) 노는 사람

민속놀이는 노는 사람의 나이나 성별에 따라 ①소년놀이(19.3%) ②소녀놀이(2.9%) ③성인 남자놀이(25.4%) ④성인 여자놀이(10.1%) ⑤어린이놀이(17.9%) ⑥어른놀이(9.5%) ⑦전문인 놀이(14.7%)로 구분할 수 있다. 어린이놀이는 소년소녀가 함께 노는 놀이이며, 어른놀이도 남녀가 같이 즐기는 놀이이다.

놀이의 남녀 정도를 보면 남성들의 놀이가 여성들의 놀이보다 무려 4배나 많다. 이것은 우리나라 여성의 생활이 매우 폐쇄적이었던 데에서 나온 결과라고 볼 수 있다. 전문인 놀이는 무당이나 광대 및 무인 등 재주꾼들이 중심으로 해서 벌인 놀이이다. 무당이 벌이는 굿과 남사당패가 벌이는 곡예·풍물·연극, 무인武人이 벌이는 각종 운동 등을 들 수 있다.

놀이자의 수에 따라 개인놀이(5.5%)와 상대놀이(63%) 및 집단놀이(31.5%)로 나눌 수 있다. 개인놀이는 혼자서 노는 놀이로, 연날리기·그네뛰기·그림자놀이·마상재馬上才·방아깨비놀이·팔랑개비놀이 등이 있다. 상대놀이는 서넛이 동아리를 지어 승패를 겨루는 놀이로, 씨름·숨

바꼭질·깡통차기·윷놀이·활쏘기·각종 도박 등이 있다. 집단놀이는 많은 사람이 어울리는 놀이로, 줄다리기·횃불싸움·돌싸움_{石戰}·길쌈놀이·강강술래 등을 대표적으로 꼽을 수 있다.

2) 놀이의 목적

민속놀이는 목적에 따라 ①생업의 번창을 기원하는 놀이 ②개인의 재수나 마을의 무사태평을 비는 놀이 ③놀이 자체가 목적인 놀이 ④내기를 위한 놀이 ⑤겨루기 놀이로 분류할 수 있다.

생업과 관련된 놀이는 풍농을 기원하는 놀이와 풍어를 기원하는 놀이로 나눌 수 있다. 풍농을 기원하는 놀이로는 줄다리기·거북놀이·농악놀이·양주소놀이굿·모심기놀이·백중놀이·쥐불놀이·석전·고싸움 등을 뽑을 수 있다. 백중물천·방실놀이·강화 시선 뱃놀이·제주도의 영등굿놀이·위도 띠뱃놀이 등은 풍어를 기원하는 대표적인 놀이이다. 풍어를 기원하는 놀이는 풍농을 기원하는 놀이의 3분의 1도 못 미치는데, 그것은 풍어를 기원하는 놀이가 제례 속에서 행해지기 때문이다. 서해안의 배연신굿·남해안과 동해안의 별신굿 등을 그 예로 뽑을 수 있다.

개인의 재수나 마을의 무사태평을 비는 놀이는 정월과 대보름, 단오 등과 같은 세시에 많이 했다. 개인의 기복과 무병장수를 기원하는 놀이로는 다리밟기·달맞이·탑돌이·성돌이를 대표적으로 뽑을 수 있다. 마을의 태평을 비는 놀이는 달집태우기·마당놀이·하회별신굿놀이·강릉단오굿놀이·사자놀이·탈춤놀이 등을 들 수 있다. 후자의 경우는 대동놀이로서 마을공동체를 결속·단결시키는 역할도 한다.

놀이 자체가 목적인 놀이는 놀이에 특정한 목적을 두지 않는 것으로,

놀이의 종류가 다른 목적에 비해 많다. 기와밟기·강강술래·만석중놀이·토성관원놀이 등의 집단놀이를 비롯해 연날리기·널뛰기·그네뛰기 등의 개인놀이가 있다.

내기를 위한 놀이는 일정한 재화를 걸고 승패를 가리는 놀이이다. 성인 남자들이 노는 골패·투전·마작·화투·채표와 같은 도박성 놀이와 소년들이 즐겨 노는 돈치기·구슬치기·낫치기·갈퀴치기·딱지치기·엿치기 등을 들 수 있다. 동물을 이용한 닭싸움·소싸움·개싸움 등도 싸우는 주체는 동물이나 대표적인 내기놀이다. 내기놀이는 다른 놀이에 비해 상대적으로 적으나, 모든 놀이들이 상황이나 분위기에 따라서는 내기놀이로 바뀔 수 있기 때문에 실제적으로는 비율이 높다.

겨루기 놀이는 내기놀이처럼 승패를 목적으로 하나 그 결과에 대해 대가를 지불하지 않아도 되는 놀이이다. 겨루기 놀이에는 씨름·팔씨름·바둑·장기 등과 같이 두 사람이 겨루기도 하고, 격구·축구·줄다리기 등과 같이 여러 사람이 참여하기도 한다. 그리고 어린이놀이 중의 겨루기 놀이는 자치기·팽이치기·제기차기·고무줄놀이·공기놀이 등을 뽑을 수 있다.

3) 놀이의 노는 시기

민속놀이는 노는 시기에 따라 ①세시놀이 ②연중놀이 ③계절놀이로 나뉜다.

세시놀이는 세시마다 반복적으로 노는 놀이이다. 정월놀이·대보름놀이·영등놀이·사월파일놀이·수릿날놀이·백중놀이·한가위놀이 등이 이에 속한다. 그런데 세시놀이 중 대보름과 정월에 노는 놀이가 전체

우리의 삶과 민속놀이

의 3분의 2를 차지한다. 이것은 새해의 첫 달인 정월과 첫 번째 만월滿月인 대보름날을 신성하게 여겨 많은 제사의례가 행해졌고, 이에 따른 놀이가 병행하였기 때문이다. 신에게 제사를 지내기 전후에 신을 기쁘게 맞이한다는 의미로 놀이판을 벌인 것은 역사적으로도 오래되었고, 세계 여러 나라에서도 볼 수 있는 특징이다.

연중놀이는 특정 세시나 계절에 관계없이 노는 놀이이다. 대부분의 어린이놀이가 이에 해당한다. 계절놀이는 특정한 계절에 노는 놀이이다. 봄에 노는 놀이로는 풀각시놀이·써레씻기 등을 뽑을 수 있고, 여름놀이로는 풀싸움·풍뎅이돌리기·풀피리불기 등을, 겨울놀이로는 썰매타기·팽이치기 등을 들 수 있다.

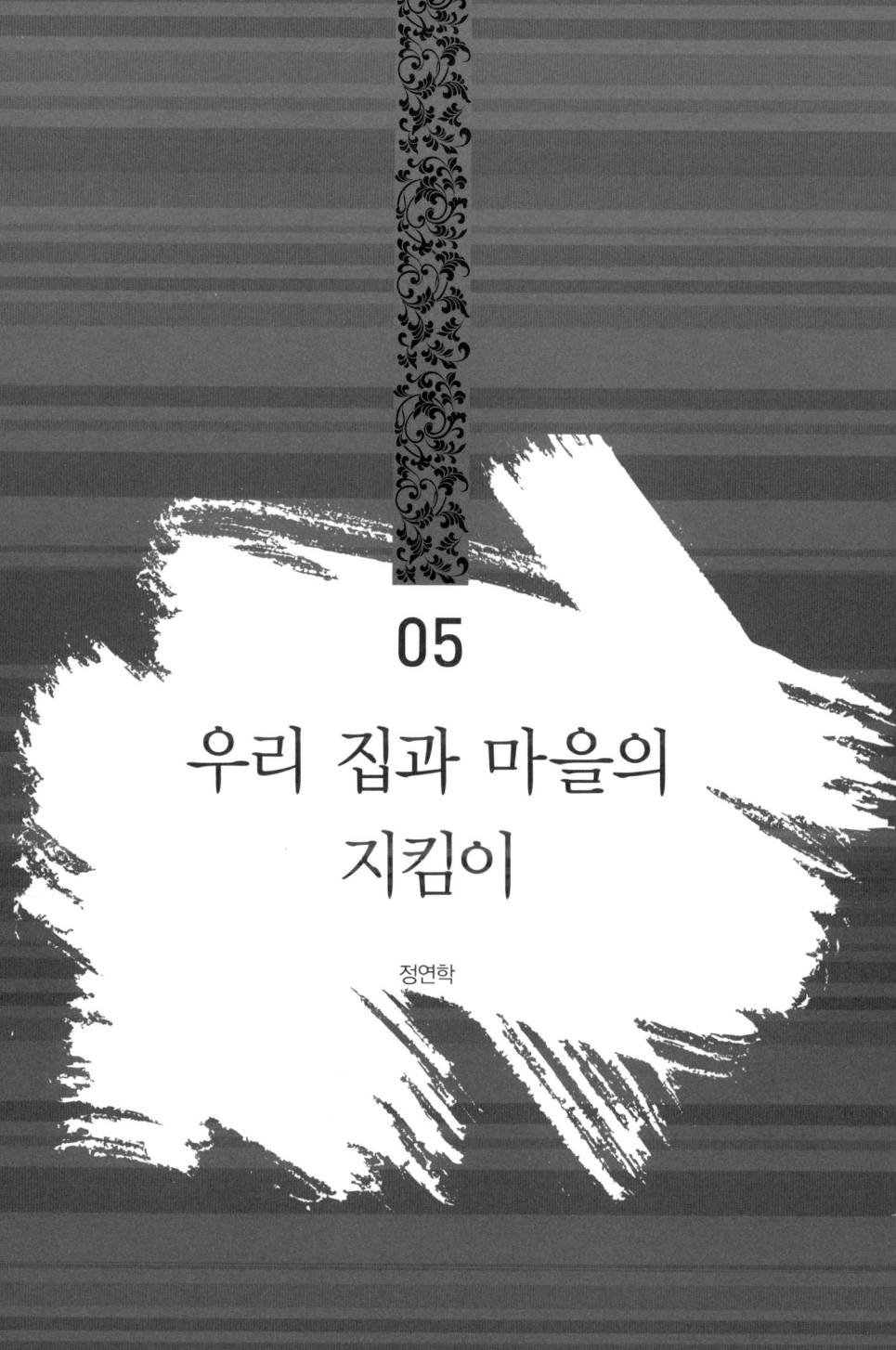

05

우리 집과 마을의
지킴이

정연학

한 마을을 공간으로 해서 볼 때 집과 마을을 단위로 섬기는 신神이 다르다. 가정에서는 집안에 부정한 것들이 들어오지 못하도록 대문에 독특한 물건을 걸거나 붙이고, 집의 공간에는 각종 신성한 신들이 살고 있다. 마을에서는 신성한 장소를 유지하기 위해 마을 어귀에 장승이나 성황당을 만들고, 마을을 지켜보는 산에는 산신당을 지은 것을 우리네 시골 마을에서 볼 수 있다.

이 글에서는 집과 마을을 지켜주는 '집지킴'과 '마을지킴'으로 나누어 살펴보고자 한다.

1. 집지킴

집안 구석구석에는 신들이 살고 있고, 이들 신神들의 보살핌 덕분에 인간들이 편안히 살 수 있다는 믿음에서 우리 조상들은 절기가 되면 신들에게 제사를 지냈고, 별식이 생기면 신에게 먼저 바쳤다. 또한 집안에 우환이 생기면 신들의 노여움을 탄 것으로 여기고 신을 달래는 굿이나 고사를 하기도 하였다.

❍ 조상신祖靈

조상신은 집안의 평안과 풍요, 자손의 번창을 보살펴주는 신이다. 조상신은 조상단지·신주단지·제석신·세존단지·시조단지 등으로 불려진다. 조상신에 제석이나 세존이라는 말이 결부된 것은 불교적 요소가 반영된 결과로, 제석은 수미산 꼭대기에 산다는 최고의 신이며, 세존은 석가세존을 가리킨다.

조상신의 신체神體는 안방 시렁 위에 올려놓은 쌀이나 돈을 담은 단지이다. 그러나 지역에 따라서는 신체가 없이 조상신을 섬기기도 한다. 이렇게 신체가 없이 모시는 집지킴家神을 '건궁'이라고 한다. 단지에 돈을 넣는 것은 쌀을 대체한 행위로써 쌀이 쉽게 상하는 단점을 막을 수 있고, 집안에 돈을 많이 벌게 해달라는 현대적 의미로 해석된다. 근래에는 쌀과 돈을 같이 넣는 사례도 볼 수 있다.

조상단지 안의 쌀은 낱알이기보다는 조상의 영혼으로 받아들여진다. 그러기에 성주단지를 큰할아버지·할머니·아버지 등으로 부르기도 한다. '성주단지 안에 안치한 곡물은 절대 밖으로 내보내서는 안 된다', '성주단지 안의 곡물로 떡이나 밥을 지으면 반드시 집안 식구끼리 먹는다'와 같은 금기와 속신도 성주단지 안의 쌀을 조상의 영혼으로 믿어, 그 조상의 은덕을 가족만 받기 위함이다.

또한 성주단지 안에 넣어 둔 쌀의 빛깔이 검어지면 집안에 우환이 생기고, 쌀이 늘면 집안에 경사가 생긴다고 믿으며, 심지어 쌀이 꿈틀거린다고 하여 생명을 부여하는 것도 쌀 자체에 신성을 부여하는 것이다.

집지킴으로서의 조상신은 사당이나 벽감壁龕에 모셔둔 조상신과 개념의 차이가 있다. 집지킴으로서의 조상신이 조상 전체를 가리키는 막연한 존재임에 비해, 사당이나 벽감의 조상신은 가신家神인 조상신과 달리 유교적인 절차에 의해 제사를 지내며, 조상간의 서열이 명확하여 위로 4대까지만 섬기고 5대부터는 시제時祭를 올린다. 그러나 이들 조상신들은 모두 유교적인 관념에 따라 종손 집에서만 모신다는 공통점이 있다. 간혹 차남이 분가할 때 새로 받드는 경우도 있으나 드물다.

조상신 가운데는 위의 두 가지 이외에도 가족 중에 한恨이 많거나 일반적인 삶을 살지 못하고 죽은 이를 모시는 경우가 있는데, 경기도에서는 이들 조상을 모신 신체를 '혼백 단지'라고 부른다. 이는 병이 있거나 신체적으로 결함이 있는 자가 단명을 하여 죽으면 그 한이 자손들에게 미친다고 생각하여, 그 한을 풀어 주기 위해 집안의 조상신으로 섬기는 것이다. 혼백단지 안에는 굿이나 고사를 지낼 때 쓴 무복巫服이나 북어, 동전 등을 넣는다. 이렇게 한을 풀어주기 위해 섬기는 조상신은 특수한 가정에서만 볼 수 있는데, 이때 집지킴으로서의 조상신이 함께 모셔지기도 한다. 그런데 보통 조상신을 섬긴 세대가 죽으면, 혼백단지도 소각하여 더 이상 조상신으로 섬기지 않는다. 이 경우에서 알 수 있듯이 혼백단지는 집지킴의 조상신과는 달리 일시적인 조상신의 개념으로 받아들여지는 듯하다.

한편, 지역에 따라 조상신은 성주와 함께 집안의 으뜸 신으로 받들어지기도 한다. 경기도 내륙지방에서 10월 상달 고사 때 안방에서 제일 먼저 제를 올리고, 떡시루도 다른 집지킴보다도 큰 것을 쓰는 것은 이 때문이다.

❂ 삼신三神

삼신은 출산·육아 및 산모의 건강을 관장하는 지킴이로 삼신할매·삼신할머니·삼신바가지·산신産神이라고도 부른다. 신체는 바가지 형태와 단지 형태로 나누어지며, 보통 안방에 자리를 잡는다. 삼신바가지는 햇곡을 담아 한지로 봉하여 시렁 위에 올려놓고, 단지의 경우도 알곡을 담아 안방 구석에 놓는다. 지방에 따라서 삼신자루라 하여 한지로 만든 자루 속에 쌀을 넣어 아랫목에 매달아 두기도 한다.

경기도 지역에서는 평상시에는 삼신의 신체를 달리 모시지 않고, 산모가 임신을 하면 삼신바가지를 시렁 위에 미역·짚 등과 함께 얹어 둔다. 아이를 낳으면 무당이 와서 자배기에 물을 퍼 놓고 그 위에 바가지를 엎어놓고 막대기로 두드리면서 복을 빌어 준다. 이때 산모의 머리 쪽 벽에는 창호지를 걸어 놓고 삼신의 신체로 삼는다.

삼신상에는 정화수·밥·미역 등을 차리는데, 비린 음식은 올리지 않는다. 비린 음식을 올리지 않는 것은 삼신이 비린 음식을 싫어하기 때문이라고 현지 주민들은 해석하나, 이는 정화淨化의 의미가 작용한 것으로 보인다. 평상시 부녀자들은 삼신에게 아이의 건강을 빌며, 산모나 아이가 병이 나면 삼신상을 새로이 차려 빈다. 설·대보름·추석·동지 등 주요 명절에 삼신의례를 행하는 곳도 있다.

경상도 지역에서 삼신은 그 집안의 여자 조상이 좌정坐定한 것이라고 믿는데, 보통 작고하신 시어머니 혹은 윗대 할머니를 삼신으로 모신다. 만일 시어머니가 삼신일 경우, 이를 모셨던 며느리가 작고하면 먼저 모셨던 삼신은 나가고 작고한 며느리가 새로운 삼신으로 자리를 잡게 된다. 삼신단지나 삼신주머니의 쌀은 가을에 햇곡으로 갈아주고, 묵은 쌀은 자손이 계속해서 번창하기를 바라는 마음에서 다른 집지킴이와 마찬가지로 식구끼리만 먹는다.

○ 성주신城主, 城造

성주는 집지킴이 가운데 으뜸 신으로 집안의 길흉화복吉凶禍福을 관장한다. 집안의 으뜸 신답게 그 자리도 보통 집의 중심이 되는 마루에 위치하는데, 대개 마루의 대들보 밑이나 상기둥 위에 자리를 잡는다. 경기도 지역에서는 성주신이 들보에 깃들어 산다고 여기며, 성주신을 '성주대감'이라고 부른다. 이것을 보면 성주신은 남성 신격임을 알 수 있다.

새집을 짓거나 이사해서 제일 먼저 성주신을 맞이하는 '성주맞이굿'

을 벌이고, 고사 때 첫 상을 다른 집지킴이에 앞서 성주에게 올리거나 큰 시루를 놓는 것에서도 성주가 집안의 가장 높은 신으로 모셔짐을 알 수 있다. 경기도 일대에서 행해진 성주에 대한 고사와 굿을 간략하게 소개하면 다음과 같다.

(장호원읍 이황리) 이씨는 매년 봄·가을·파종 전 세 차례에 걸쳐 시루떡을 해서 성주에게 제사를 지내고, 명태를 흰 종이로 묶어 들보에 얹어 놓는다. 성주굿 때는 마루에 상을 차리고, 떡도 몇 시루 찐다. 성주굿 과정 중 '성주받이' 순서가 되면, 무당은 쌀을 넣은 창호지를 접어서 술에 찍은 후 들보에 던져 붙인다. 창호지가 들보에 붙으면 그 집안에 재수가 좋다고 여긴다. 붙은 창호지는 그 후 성주의 신체로 모셔진다. 성주굿의 '뒷전거리' 과정이 끝나면 촛불을 팥을 뿌려 끄는데, 이것은 팥을 뿌려 잡신을 쫓아내는 행위이다. 이 성주굿을 보통 1박 2일 동안 한다.

성주의 신체 형태와 모시는 장소는 지방에 따라 다른데, 성주의 신체는 단지와 한지 형태로 나누어진다. 경기·충청도 지역에서는 쌀을 넣은 한지를 흰 실로 묶어 대들보에 걸거나 접어서 붙여 놓는데, 경기 도서지방에서는 가늘게 오린 한지 여러 개를 들보에 걸기도 하고, 들보에 걸어 놓은 베의 두 끝을 실타래로 묶기도 한다. 영·호남지방에서는 단지나 항아리에 쌀을 담아 성주의 신체로 모신다. 보통 단지는 안방 시렁 위에 놓고, 항아리는 마루 한쪽에 놓는데, 영남 도서지방에서는 한지와 단지의 형태가 혼합되어 나타난다.

독이나 단지 안에 담은 쌀은 다른 집지킴이와 마찬가지로 이듬해 햇곡식이 나오면 갈아주고, 묵은 쌀은 떡이나 밥을 해서 먹는다. 떡을 했을 때 이웃과 나누어 먹었다는 사례도 있지만 대부분 지역에서는 집 밖으로 내보내지 않고 가족들만 먹는다. 남에게 준다는 것은 곡물 자체에 담긴 복을 내보낸다는 의미로 받아들이기 때문이다.

성주를 신체로 맞이하는 일은 아무 때나 할 수 없다. 주인大主의 나이가 일곱 해가 드는 해의 시월 상달 중에 날을 잡아서 성주신을 봉안奉安한다. 성주신을 봉안하는 것을 '성주 옷 입힌다' 또는 '성주 맨다'라고 달리 부르기도 한다. 집주인을 성주에 비겨서 나이 젊은 성주를 '초년 성주', 마흔에 이르면 '중년 성주', 노인에 이르면 '노년 성주'라 부른다.

○ 터주신

터주는 집터를 관장하는 신이다. 터줏가리·터줏대감·터대감·후토주임后土主任·대주垈主 등으로 불리고, 호남지방에서는 철륭, 영남지방에서는 용단지라 불린다.

터주의 신체는 집의 뒤뜰이나 장독대 옆에 세운 터줏자리에 모셔지는데, 작은 단지에 곡물을 담고 빗물이 스미지 않도록 고깔모양의 주저리를 덮은 것이다. 그리고 주저리가 날아가지 않도록 왼 새끼줄을 터주 허리에 두른 후 앞쪽에는 한지를 잡아매어 둔다. 경기 일부지방에서는 '터주신 내외분'이라고 하여 두 개의 터줏가리를 세우기도 한다.

터주신에 대한 신앙은 경기도를 비롯한 중부지방에서는 광범위하게 나타나지만, 충청도를 경계로 남으로 내려가면서 점점 희미해진다. 경기도에서는 터줏가리를 10월 상달에 벗겨 내고 새로운 짚으로 주저리를 튼다. 주저리를 트는 행위를 '옷 입힌다'라고 달리 말하기도 한다. 묵은 주저리는 산에 버리거나 마을 성황당에 걸쳐놓아 자연스럽게 없어지도록 하는데, 때로는 불에 태우거나 논의 거름으로 쓰기도 한다.

이때 단지 안의 곡물도 햇곡으로 교환해 주고, 묶은 쌀은 밥이나 떡을 해먹으며 복을 빈다. 이들 음식은 식구들만 먹는 것이 일반적이나, 같은 성으로 이루어진 마을에서는 함께 나누어 먹기도 한다.

터주 단지에는 벼를 넣는 것이 일반적이나, 근래에는 벼 대신 동전을 넣기도 하고, 벼와 동전을 같이 넣기도 한다. 쌀을 넣는 경우 경기도에서는 단지 안에 쌀을 채우지 않는데, 그래야 내년에 터주신이 쌀을 채우라는 의미로 농사를 풍년들게 해준다고 믿기 때문이다. 이것을 보면 터주신은 농사와도 밀접한 관련을 맺고 있음을 알 수 있다.

터주에 대한 고사는 일반적으로 10월 달에 길일을 택해서 콩떡과 돼지머리를 제물로 하여 지낸다. 또한 파종할 때, 집안에 우환이 있을 때, 마음이 불안할 때마다 시루떡을 해서 터주에 바치고 빈다. 이때 시루떡 대신 죽을 쑤어 풀기도 하고 돼지머리만을 바치기도 한다.

○ 업業位神

업은 집의 재운을 관장하는 신이다. 뱀·족제비·두꺼비 따위의 동물이 주류를 이루며, 사람과 간장을 업으로 삼기도 한다. 업의 신체는 뒤뜰이나 창고에 모시며, '업왕'·'업위신'이라고 부른다.

한 번 들어온 업이 집안을 떠나면 그 집안이 패가망신한다고 여기기 때문에 주인은 업을 섬기는데 각별히 주의를 하며 외부인이 접촉하는 것도 꺼린다. 또한 딸이 시집을 갈 때도 그의 옷 한 벌을 집에 놓고 후에 가져가도록 하는데, 이것은 업이 외부인이나 딸자식을 따라 바깥으로 나갈 수 있다고 믿기 때문이다. 옷을 집에 남겨 두는 것은 잠시 외출을 한다는 상징적인 의미이다.

업을 섬기는 집안은 그리 많지 않다. 이것은 업이 들어온 집안에서만 섬길 수 있는데 누구나 업을 가지는 것이 아닌 까닭이다. 업을 섬기는 집안은 업을 잘 모시면 그 집안이 부유해지지만 그 반대인 경우에는 집안에 재앙을 몰아다 준다고 믿는데, 그래서 업은 부와 재앙을 가져다주는 이중적인 존재로 여겨진다.

업은 같은 식구라고 하더라도 누구에게나 보이는 것이 아니라, 업과 처음으로 인연을 맺은 사람의 눈에만 띈다. 업을 신체로 섬기는 과정을 살펴보면, 동물업인 경우에는 꿈에 특정한 동물이 나타나 자신의 몸을 감거나 물고 인ㅅ업인 경우에는 주로 벌거벗은 동자가 주인의 눈에만 들어오는데, 이러한 현상을 무당이나 스님의 해석을 통해 주인이 업을 섬기게 된다.

'구렁이업'은 뒤뜰에 주저리를 튼 '업가리'에 깃들어 산다고 여겨지는데, 업가리 대신 지붕에도 구렁이업이 있다고도 본다. 업가리는 제주도에서는 '바깥칠성'이라고 부르며, 뱀이 들어오기를 바라는 마음에서 칠성눌 안에 암·수기와를 맞붙여서 굴처럼 구멍을 만들어 주기도 한다. 많은 사람들이 업뱀을 보았다고 하며, 집안에 우환이 생기면 업뱀이 나돌아다니고, 일반 뱀과 달리 벽을 타고 다닌다는 것이 그들 이야기의 공통점이다.

터주는 매년 가을에 주저리를 벗기고 새것을 입히는 반면, 업가리는 기존의 주저리에 새로운 주저리를 덧씌운다. 따라서 업가리는 시간이 흐를수록 커지기 마련인데, 이것은 재물이 차곡차곡 쌓이기를 바라는 마음과 업가리에 씌운 지붕을 함부로 벗겨 내면 집안에 우환이 생긴다고 보는 믿음이 작용한 것으로 생각되어 진다. 경기도 장호원읍 나래리 이씨 집의 30년 된 업가리는 높이 230㎝, 밑지름 190㎝에 이른다.

업가리 안에는 터주와 마찬가지로 곡식을 넣은 단지가 있으며, 가을

고사 때 햇곡을 넣어 둔다. 단지 안에 돈을 넣는 경우도 있고, 아예 단지가 없는 경우도 있다. 단지 안에 든 쌀은 밥이나 떡을 해서 가족들만 먹는다. 이것 역시 업이 재물을 관장하는 신이기에 재물이 바깥으로 나가는 것을 막는다는 의미에서 그렇게 하는 것이다.

'족제비업'은 나무 광이나 뒤뜰에 쌓아 놓은 장작이나 솔가지 더미에 산다. 따라서 이를 모시는 집에서는 나무를 땐 만큼 반드시 새로운 나무로 보충하는데, 만약 나무가 줄어들면 족제비가 다른 곳으로 가버려 집안에 우환이 생긴다고 믿는다. 업인 족제비와 일반 족제비는 모양과 색깔이 다르다고 한다. 일반 족제비가 검정빛을 띤다면 업 족제비는 수염이 있고, 몸이 노랗고 주둥이가 하얗다.

'인人업'을 신체로 섬기는 집은 아주 드물다. 그것은 인업이 쉽게 사람들에게 들어오지 않고 들어와도 빨리 나가기 때문이다. 다른 업과 달리 사람을 닮아 간사하기 때문이라고 현지주민들은 해석하기도 한다. 인업과 관련된 사례를 소개하면 다음과 같다.

어느 할머니는 자신이 시집을 온 후 방 안에서 벌거벗은 아이를 보았다. 그런 후 며칠 동안 몸이 아팠고, 무당이 병을 보게 되었다. 무당은 그 아이를 업으로 섬겨야 한다고 권했다. 그래서 창고 한구석에 쌀을 담은 단지를 인업의 신체로 삼았고, 창고 기둥에는 흰 실을 걸어 놓았다. 아이를 업으로 섬긴 후 할머니는 몸이 좋아졌고, 매달 흰죽을 쑤어 단지 앞에 놓고 빈손한다. 10월 고사 때는 시루떡을 하고, 단지의 쌀은 햇곡으로 바꾸어 준다. 이 집안은 아무런 큰 탈 없이 살고 있는데 인업으로 섬긴 어린아이는 지금까지 한 번 더 본 적이 있다고 한다.

어느 할아버지가 길을 가는데 어린 동자가 따라오고 있었다. 그래서 "너는 어느 집을 가느냐" 하고 물었더니 어린 동자가 할아버지의 이름을 대는 것이었다. 괴이하게 여긴 할아버지가 다시 물어보았더니 동자는 똑같이 대답하였다. 집에 거의 다가오자 어린 동자가 갑자기 광으로 들어갔다. 할아버지는 인업임을 알고 바로 광에 흰죽을 쑤어 놓았다. 동자의 흔적은 보이지 않으나 죽은 절반이 줄어 있었다. 인업을 발견한 사람이 업이 먹고 남긴 죽을 먹으면 좋다고 하여 할아버지가 먹었다. 인업은 다른 사람의 눈에는 보이지 않지만 주인 눈에는 보여서 할아버지는 집에서 노는 인업을 자주 보았다. 인업이 집 밖으로 나갈 때도 주인 눈에는 보인다고 한다.

경기도, 충청도에서는 창고에 '광대감'이라고 부르는 항아리가 있다. 가을에 첫 수확한 쌀을 광대감 항아리에 가득 채우고, 시루떡을 해서 제사를 지낸다. 항아리의 쌀은 햇곡으로 바꿀 때까지 손을 대지 않는 것을 원칙으로 하나, 흉년이 들었을 때는 '대감님 쌀 좀 꾸어서 먹겠습니다'라고 빌리는 형식을 취해서 먹는다. 항아리의 쌀에는 살아있는 영혼이 있다고 여겨지는데, 경기도 이천지역의 어느 할머니는 쌀을 만지면하의 날개를 만지는 느낌이 든다고 한다. 광대감 또한 집안을 부유하게 만들어 주는 일종의 업인 셈이다.

대를 이어온 진간장을 업으로 섬기는 경우도 있다. 빛깔이 특별히 검은 까닭에 진간장이라고 부르며, 경기도 일부지역에서는 '삼간장'이라고도 부른다. 진간장은 간장이 줄어들면 재운도 줄어든다는 의미에서 집안의 경사에 쓴 후에는 퍼낸 만큼 반드시 새 간장을 부어 양이 줄어들지 않도록 한다.

● 조왕신竈王神

조왕신은 조왕각시·조왕할망·조왕대감이라고 불려지며, 가족의 수명과 안전을 관장하는 신이다. 부엌에 있는 신이기에 신체는 부뚜막에 자리를 잡는다. 그래서 부뚜막은 항상 깨끗이 하며, 주부들이 걸터앉는 것을 꺼린다. 또한 조왕신 앞에서 여자가 울면 집안에 우환이 낀다고 여긴다.

조왕신의 신체는 부뚜막 뒷벽 한가운데의 작은 턱에 올려놓은 종지 안에 든 물이다. 부녀자들은 이른 새벽에 종지 안의 물을 깨끗한 물로 교환하면서 그날 하루 가족의 안녕과 건강을 기원한다. 경기도 지역에서는 매달 음력 초하루와 보름날만 정화수를 갈아주는데, 특히 대보름날 새벽에 뜨는 물을 '용왕뜨기'라고 달리 부른다. 물은 정화력淨化力의 상징으로 여겨지기 때문에, 이러한 현상은 종교의식에서 많이 볼 수 있다.

물이 아닌 다른 물체를 신체로 받들기도 하는데, 경기도에서는 부엌 선반에 삼베 조각을 담은 바가지를 엎어두거나 한쪽 벽에 백지나 헝겊 조각을 붙여 조왕신으로 섬긴다. 강원도지역에서는 종이와 명태를 걸어두며, 단지에 쌀을 담아 솥 뒤에 놓기도 한다. 조왕신을 모시는데, 달리 신체를 섬기지 않는 곳도 있다. 경상북도 지방에서는 조왕신에게 제사를 지낼 때 솥뚜껑을 뒤집어 놓고 밥을 올리기도 하고, 경상남도 창녕지역에서는 임산부가 몸을 풀 때 솥을 향해 축원하기도 한다. 이때의 조왕신은 육아를 담당하는 신이 된다.

조왕신은 해마다 동짓달 23일날 하늘로 올라가서 옥황상제에게 한 해 동안 그 집에서 일어난 일들을 낱낱이 보고한 뒤 설 새벽에 되돌아오는데, 사람들은 승천하는 날 아궁이에 엿을 발라둔다. 아궁이는 조왕신의 입을 상징하는 것으로 옥황상제에게 가더라도 입이 붙어 말을 못하게 하려는 의도에서 그리하는 것이다. 이러한 풍속은 중국에서도 보이며, 심지어 아궁이에 술을 뿌리거나 조왕신의 눈을 바늘로 찌르기도 한다. 이것은 조왕신으로 하여금 술에 취해 횡설수설하도록 하고, 가는 길을 제대로 못 찾아가도록 하기 위함이다.

조왕신에게는 명절과 10월 상달 또는 기제사 때 제사를 지내기도 한다. 제물은 여러 가지 나물류를 비롯하여 술·떡·밥·과일 따위를 올린다. 전라도와 제주도에서는 비린내 나는 생선과 육류는 제물로 쓰지 않으며, 경기도지역에서는 다른 지킴이에게 제사를 지낼 때도 조왕단지의 물에 떡을 떼어놓는다.

○ 뒷간신

뒷간신은 변소귀신·부출각시·측도부인·측신각시·정낭귀신 등 다양하게 불린다. 부르는 명칭으로 보아 뒷간신은 여신이고, 다른 지킴이와 달리 귀신이라고 부르는 것을 보면, 숭배하는 신적 존재이기보다는 잡신 또는 잡귀로 생각하는 정도인 것 같다.

뒷간신은 노여움을 잘 타고 성질 또한 나쁜 존재로 여겨진다. 그래서 뒷간신이 한 번 화를 내면 무낭노 어쩔 수 없다고 한다. 사람들에게 뒷간신은 두려움의 존재이기도 한데, '뒷간에 넘어지는 것은 귀신이 화를 낸 결과이다', '뒷간에 넘어져 생긴 병은 고칠 수 없다', '뒷간에 넘어지면 생명이 짧아진다', '뒷간에 넘어지면 친척이 죽는다' 등의 속신은 뒷간신의 흉악한 모습을 표현하는 말이다. 민간에서는 뒷간에 넘어져 부상을 당하거나 똥독에 빠지는 경우에는 떡을 해서 뒷간신에게 바치기도 하고, 콩떡을 환자에게 먹이기도 한다.

뒷간을 새로 짓거나 헐어버릴 때는 길일을 택했고, 받침돌인 '부춛돌'

역시 함부로 옮기지 않는다. 만약 이를 어길 때는 가족들에게 불행이 온다고 믿는다. 경기도 지역에서는 하늘과 땅이 맞닿는 '천지대공망일天地大空亡日'에 뒷간을 수리하면 괜찮다고 여기는데, 하늘과 땅이 붙는다는 것은 '하느님이 눈을 감아 준다'는 의미로 이날에는 어떤 일을 해도 문제가 없다고 생각한다. 또한 이날을 '하늘이 귀가 먹고 땅이 벙어리가 되는 날'이라고 달리 표현하여 결혼·장례식도 거행하면 좋다고 여긴다.

강원도의 뒷간 각시는 언제나 긴 머리카락을 헤아리는 습관이 있다. 이럴 때 사람이 갑자기 뒷간에 들어오면 놀란 나머지 머리카락을 뒤집고, 그 사람은 병을 얻어 죽고 만다는 속설이 전해진다. 뒷간신은 6월 16일과 26일 등 6자가 든 날에만 뒷간에 머문다고 한다. 이와 유사한 내용이 중국의 『고금도서집성古今圖書集成』 「신이전神異典」에 적혀 있는데, '측신은 매달 6일에 내려오며, 그날 그와 만난 사람은 보는 즉시 죽거나 병을 앓는다'고 적고 있는 것을 보면 우리와 중국의 뒷간신이 많은 관련이 있음을 알 수 있다.

위의 사실은 뒷간신 유래담에서도 찾을 수 있다. 『제주도 문전본풀이』에 보면 '남씨의 첩인 노일제대귀일의 딸은 본부인과 일곱 아들을 없애려다가 들키자, 뒷간으로 달아나 자살을 하고 측도 부인이 되었다'고 적고 있다. 『고금도서집성』 「신이전」에는 '정월 15일에 이경李景의 첩 하미何媚가 본처에 의해 뒷간에서 살해당하자, 염라대왕이 그를 가엾게 여겨 측신으로 임했다'라고 적고 있다. 이 역시 우리와 중국의 이야기에서 처와 첩의 역할만 뒤바뀌었을 뿐이어서 우리와 중국의 뒷간신에 대한 관념 사이에 유사점이 있음을 뒷받침해 준다.

● 대문 신앙

문은 집의 입구이다. 예로부터 사람들은 문을 통해서 복이나 재운이 들어오는 한편, 악운이나 잡귀도 이곳으로 침입한다고 믿었다. 또한 문은 성역과 속세, 이승과 저승을 갈라놓는 경계 구실도 하였다.

사람들은 집안의 재산과 건강을 지키기 위하여 문에 특별한 사물을 설치하거나 문 앞에서 여러 가지 제의적 성격을 가진 행위를 벌여왔다. 특정한 물건을 대문에 걸거나 붙이고 장식하고 대문 앞에 설치하거나 묻고 뿌렸다. 이러한 행위는 세시풍속·평생의례·신앙적 요소와 연결되기도 한다.

대문과 관련된 신앙은 크게 동물·식물·물질·인물·상징물·문구 등으로 나누어 볼 수 있는데, 이들 항목은 독립적으로 등장하기도 하지만 복합적인 형태를 이루는 경우도 많다. 아들을 낳은 경우 식물인 고추와 물질인 금줄과 숯이 함께 등장하는 것이 그 예이다.

대문과 관련하여 등장하는 동물은 상징적인 동물인 용을 제외하고는 모두 우리들 주위에서 볼 수 있는 것들이다. 사나운 맹수나 독을 가진 동물·신성시하는 동물·강한 힘을 가진 동물들이 많이 등장하는데, 이와 같은 동물의 특성을 이용하여 귀신이나 역신을 쫓고자 하는 의도에서 그런 것 같다. 정월이 되면 호랑이나 용·닭 등의 그림을 붙이고, 게나 호랑이 뼈 등을 문에 거는 것이 그 예라고 할 수 있다.

식물은 우리들이 일상생활에서 식용·약용 작물 및 나무 등으로 흔히 볼 수 있는 것이다. 이는 식물의 독특한 향기와 약용적인 작용, 나무 자체의 특성을 살려 잡귀와 악귀의 근접을 막을 수 있다는 믿음에서 생겨난 것이다. 오월 수릿날 쑥이나 마늘·복숭아나뭇가지를 걸고, 새해에 엄나무 등을 거는 것이 대표적인 예이다.

문신앙에 등장하는 물질은 생활도구나 용품·농기구·유목遊牧도구·필기구 등 다양하다. 이것들은 그것들 자체가 가지고 있는 함축적 의미를 이용해 벽사辟邪나 특정한 상징을 나타내는데, 이 같은 예로는 코뚜레·거울·복조리·체 등을 거는 경우를 들 수 있다.

문신門神으로 등장하는 인물은 역사적 인물·신화적 인물·도교적 인물 등으로 나누어 볼 수 있다. 역사적 인물에는 문신文臣과 무신武臣이 있으며, 도교적 인물에는 도사·신선·동자童子 등이 보인다. 『동국세시기東國歲時記』·『열양세시기洌陽歲時記』·『용재총화慵齋叢話』에 보면 직일장군直日將軍·위지공慰遲恭·진숙보秦叔寶·귀두鬼頭·종규鐘馗·처용處容·각규角鬼·위정공魏鄭公 등이 문신으로 등장하는데, 여기서 처용과 각귀는 우리네 것이지만 다른 것들은 중국에서 직접 전해진 것이다.

입춘이 되면 집안에 복과 재운이 많이 들어오기를 기원하는 글자나 문구를 적거나 붙이는데, 가장 많이 보이는 글자는 복福과 수壽이다. 이들 글자들은 동물이나 식물 등의 도안과 어울려 독특한 의미를 가지기도 한다. 예를 들면 복자 주위에 다섯 마리의 박쥐가 있는 것은 오복五福을 나타낸다.

○ 그 밖의 신

칠성신七星神은 수명장수·자녀성장·소원성취·가내평안 등을 관장하는 신이다. 도교에서는 칠성이 인간의 길흉화복을 담당한다고 여기며, 불교에서도 칠성각을 지어 칠성신을 받들고 있고, 무당 집에는 칠성도를 걸어 놓는다. 제사는 칠석날(7월 7일) 백설기·시루떡·정화수를 제물로 마련하여 지낸다. 예전에는 장독대 옆에 돌을 쌓아 별도로 칠성단을 모시는 경우도 많았으나, 지금은 항아리를 이용해서 항아리 위에 짚을 깔고 정화수를 떠놓고 빈손을 한다.

　소는 농가의 가장 중요한 일꾼이자 재물이었다. 그러므로 외양간에는 소를 지켜주는 신이 있다고 생각해서 10월 상달고사 때는 백설기를 만들어 외양간 신에게 소의 건강을 축원했다. 또한 소가 송아지를 생산하면 '소삼신'에게 미역국과 밥을 키에 올려놓고 빌었다. 빈손할 때는 '미련한 인간 누구누구네 소 젖 잘 나게 해 주시오'라고 축원을 올렸다.

2. 마을지킴

　마을의 입구에는 사람들뿐만 아니라 복이나 잡귀가 드나든다고 여겼다. 그래서 사람들은 마을 안으로 들어오는 부정과 잡귀를 막고자 장승과 솟대를 세우고 마을을 수호하는 신을 마을 신당에 모셔놓고 해마다 의례 행위를 벌였다. 또한 동제洞祭 때는 마을 입구에 금줄을 둘렀으며, 다른 마을의 상여가 자신의 마을을 지나가지 못하도록 조치를 취했다. 오늘날에도 이러한 관념은 지켜지고 있다.

　마을신은 산신당·서낭당·국수당에 모시며, 한 마을에서 이 세 종류의 당이 동시에 존재하는 경우도 있다. 산 위에 국수당이 있고, 그 산 중턱에 산신당이 있고, 마을 입구에는 서낭당이 자리를 잡는다. 그밖에 영남동해안 지역의 골매기당, 서해안 지역의 임장군당, 제주도의 본향당, 서울·경기 일원의 부군당 등이 지역적인 특수성을 보이는 마을 신앙물이다.

　여기서는 마을 어귀에 세워진 신앙물, 즉 서낭당과 장승·솟대에 관하여 살펴보고자 한다.

◐ 서낭당

서낭당은 토지와 마을을 수호하는 서낭신이 자리 잡는 공간이다. 주로 마을의 입구나 고갯마루에 자리 잡으며, 돌무더기와 신목神木·당집 등이 단독으로 또는 복합적인 형태로 서낭당을 이룬다. 특히 신목과 제단이 복합된 형태는 단군신화에 나오는 신단수神檀樹에서 기원을 찾을 수 있어 우리의 서낭신앙의 역사가 오래되었음을 알 수 있다.

서낭당은 지방에 따라 성황당城隍堂·할미당·천왕단 등 여러 가지로 불린다. 서낭당에 대해 김태곤은 산왕山王이 선왕으로, 선왕이 서낭으로 변이한 것으로 보고 서낭신앙의 근원을 산신신앙에서 찾으려 하였다.

한국의 서낭당 안에는 신앙하는 신의 이름을 쓴 위패만 모시거나 또는 위패가 없는 경우가 대부분이고, 간혹 중국 성황당처럼 주신인 서낭신과 그 밖의 지신地神·산신山神·장군신 등이 봉안되는 경우가 있기도 하다. 그러나 중국 성황의 경우 당집은 존재하나, 우리네 서낭당과 달리 신목이나 돌무더기를 발견할 수 없는 것이 다르다.

서낭당의 돌무더기는 몽골의 '오보'와 흡사하다 하여 자주 관련지어 설명을 한다. 오보는 마을 또는 구역을 수호해주고, 주민들의 안녕과 풍요를 보살펴주는 신앙물이다. 또한 경계나 도로 표지의 역할을 하고, 지나가는 사람들의 안전을 지켜주는 기능도 한다고 한다. 오보를 지나가는 사람들은 오보 주위를 세 바퀴 돌고 흩어진 돌을 주워 얹고 그 위에 담배·차·돈 등을 올려놓는다. 위와 같은 행위는 우리와 비슷하다.

돌무더기는 몽골뿐만 아니라 시베리아 전지역에도 널리 존재한다. 돌궐족들은 조상이나 수장 또는 왕이 죽으면 돌무더기로 덮어 늑대로부터 보호하고, 때가 되면 그곳을 찾아와 제사를 지낸다. 그들에게 돌무더기는 조상의 무덤을 상징하고, 특히 왕의 무덤은 라마교의 중요한 성지로 여긴다.

우리의 서낭은 외부에서 들어오는 액·질병·재해·호환 등을 막아주고, 한 해의 풍년을 염원하는 장소이자 신격 존재이다. 그래서 마을에 큰일이 있을 때에는 무당을 불러 서낭굿을 벌이고 개인적으로는 가족의 건강과 평안을 위해 헝겊이나 짚신 조각을 걸어 둔다. 또한 통행인은 서낭을 지날 때, 돌을 주워 돌무더기에 던지거나 침을 뱉어, 도로에 배회하는 악령의 피해를 줄이고자 하며, 정초에는 부녀자들이 간단한 제물을 차리고 가정의 무병무사를 빈다.

그러나 서낭당 근처에는 제사 때가 아닌 평상시에는 접근하기를 꺼린다. 이것은 만약 마을신에게 부정한 일이나 금기를 어기는 일이 있으면 신벌神罰을 받는다고 여기기 때문이다. 이처럼 마을신은 존경의 대상이자 두려움의 존재이기도 하다.

○ 장승

장승은 돌이나 나무 기둥에 무사武士·장군將軍·역사力士·문수門守를 나타내는 얼굴을 그리거나 조각한 것으로, 마을 어귀에 세워 둔 신앙 대상물이다. 몸통 하부에는 그 역힐을 나타내는 명문을 쓰고, 이정里程을 새겨 놓아 경계표와 이정표의 역할을 하기도 한다. 그러나 장승의 무서운 얼굴과 벽사를 위한 명문을 통해 장승의 가장 중요한 역할이 액막이임을 알 수 있다. 충청도 지방에서 장승을 신장神將·수살막이·수살이·수살목 등으로 부르고, 장승제를 '수살이 잡숫는다'라고 하는 것을 보아도 장승이 경계표나 이정표로서의 기능보다 액막이로서의 역할이 강조되고 있음을 확인할 수 있다.

장승은 세워진 장소에 따라 기능에서 약간의 차이를 보인다. 김두하가 정리한 장승의 기능을 참고하면 다음과 같다.

장승의 유형과 기능

기능	내용	명칭	명문
부락 보호	흉년·재앙·유행병을 가져오는 귀신이나 역신을 겁을 주어 쫓아 보냄	법수·벅수·장신 외	天下·地下大將軍 上元周將軍·下元唐將軍
방위 수호	방위가 허한 곳에 각 방위를 해당하는 오방 신장을 배치하여 방위를 지킴	법수·벅수·장생·장승 외	靑帝將軍(동)·白帝將軍(서) 赤帝將軍(남)·黑帝將軍(북) 皇帝將軍(중)
산천 비보	풍수도참설에 의하여 국가의 연장과 군왕의 장생을 기원하기 위하여 사찰 주위에 세움(얼굴 없음)	장생표(長生標)	국장생·황장생
읍락 보호	고을과 마을의 지맥이나 수구가 허한 곳을 다스리기 위하여 세움	법수·벅수·장생(長栍)·장승·수구막이 외	이진이맥(以鎭以脈)
불법 수호	사찰 입구에 세워 경내의 청정과 존엄을 지키게 함	장생(長栍)·장승 외	장군명, 축귀방역 성격을 띤 직함명, 호법 장승명
경계표	농경과 수렵 및 땔감을 얻는 땅의 경계를 표시하기 위하여 세움	장생(長栍)·법수 외	석표4좌·석적장생표
노표	이정표 및 방두의 노신을 겸했던 제도적인 장생	장생·장승·후(堠)	紫霞門東距十里
성문 수호	중국에서 오는 역병이나 재앙의 침입을 성문에서 제지함	벅수·장승·우석목 외	鎭西大將軍
기자	득남과 풍요를 기원함	벅수·남근석	

　　장승은 전라도와 경상도에서는 벅수·벅시, 평안도와 함경도에서는 댱승·돌미륵, 제주도에서는 돌하루방·우석목偶石木·옹중석翁仲石이라고도 부른다. 한자로는 신라·고려시대에는 장생長生·장생표주長生標主·목방장생표木榜長生標·석적장생표石蹟長生標, 고려 후기에서 조선 중기까지는 생栍·장생長栍·장생우長栍偶·장생현長栍峴·장생평長栍坪, 조선 후기 이후에는 장승長丞·長承·장선長仙·長先·장성長性·長城·長星·장선주長先柱·댱승·쟝성·장신長身 등으로 적었다. 최세진의 『훈몽자회訓蒙字會』에서는 후

148

堠를 댱승후로 새기고 있다. 댱승은 쟝승으로, 그리고 쟝승은 다시 장승으로 그 명칭이 바뀌었을 것이다.

장승에 새긴 명문을 보면 천하대장군天下大將軍·지하여장군地下女將軍류가 가장 많으며, 상원주장군上元周將軍·하원당장군下元唐將軍 등 도교적인 명문을 새긴 장군들도 보인다. 방위신장方位神將을 나타내는 명문으로는 동쪽에 청장군東方靑帝將軍·서쪽에 백장군西方白帝將軍·북쪽에 흑장군北方黑帝將軍·남쪽에 적장군南方赤帝將軍·중앙에 황장군中方皇帝將軍 등을 들 수 있고, 불교적 색채를 띤 명문으로는 호법선신護法善神·방생정계放生淨界 등이 있다. 도참설과 관련된 장승의 명문으로는 진서장군鎭西將軍 등이 있다.

장승은 나무 또는 돌로 만드는데, 눈여겨볼 것이 지역적인 차이이다. 전라도에는 돌장승이 나무장승보다 많으며, 제주도에는 나무장승이 전혀 존재하지 않는다. 경상도에는 나무장승과 돌장승의 비율이 반반이며, 충청도·경기도에는 나무장승이 많다. 강원도에는 나무장승만 존재한다. 이러한 분포는 한마디로 중부 이남지방은 돌장승, 중부 이북지방은 나무장승 중심지역이라는 특징을 나타낸다.

장승제는 정기적으로 날을 잡아 지내는 동제와 개인단위로 지내는 개별적 치성으로 나눌 수 있다. 동제에서 장승은 마을의 하당신下堂神으로 여겨져 맨 마지막에 제사를 지낸다. 제사의 형식은 마을의 다른 상당신上堂神과 달리 간단하게 지낸다. 마을의 상당신에게 제의를 드리는 경우는 제관을 비롯한 몇 사람만 참석하여 경건하게 지내는 반면, 장승제는 모든 동네사람이 참여하고 놀이로 이어진다. 전자가 금기와 절제를 통하여 부정한 것을 피함으로써 신의 보호를 받으려는 소극적인 의례라고 한다면, 후자는 주민들의 힘을 모아 잡귀를 몰아내는 적극적인 신앙의 표현이라고 할 수 있다.

제사를 지내는 시기는 충청남도 지역에서는 3년마다 한 번씩 윤달이 드는 해에 하고, 경기도는 윤달과 관계없이 3년마다 한 번씩, 남부지역에서는 매년 제를 올리는 등 차이가 있다. 그러나 사원에 세운 장승이나 군의 경계에 세운 장승에게는 특별한 제사의식이 없어, 단지 지나가는 행인이 침을 뱉거나 장승 밑의 흙무더기에 돌을 던져 쌓거나 헝겊이나 종이 조각 그리고 오색비단을 달아두는 등 그때그때의 신앙 행위만 존재할 뿐이다.

◐ 솟대

솟대란 나무나 돌로 만든 새를 장대나 돌기둥 위에 앉힌 마을의 신앙 대상물을 말한다. 마을 입구에 홀로 세워지기도 하지만 대부분은 장승·선돌·돌탑·신목 등과 함께 세워져 마을의 하당신下堂神 또는 상당신上堂神이나 주신主神으로 모셔진다.

솟대의 명칭은 지역·솟대의 모양·기능·세워진 위치·솟대 위에 얹은 새의 종류·동제와 관련하여 달리 부른다. 경기·충청도지역에서는 솟대·수살간·수사리, 전라도지역에서는 솔대·짐대·당산, 경상남도 해안지방에서는 별신대·거릿대, 영동지방에서는 진또배기, 영서지방에서는 수살이, 제주도지방에서는 까마귀라고 부른다. 그리고 동제 때는 솟대를 의인화하여 당산할아버지·당산할머니·진떼백이 서낭님·거릿대 장군님·대장군·영감님 등으로 부른다.

솟대라는 명칭은 글자 그대로 '솟아 있는 장대'라는 의미이지만, 종교적이며 주술적인 의미를 지닌다. 북아시아 샤머니즘의 기본 우주 관념에서는 상계·중계·하계라는 세 개의 우주층이 있고, 이 우주층을 연결하기 위해 세워진 장대가 곧 솟대인데, 이때 솟대는 천상과 지상을 연결하는 교통로인 셈이다. 이러한 관념은 우리에게도 있다. 단군신화에 나오는 신단수와 제주도에서 장대 열두 개를 세워서 신령을 맞이하였다는 기록은 장대가 하늘과 땅을 연결하는 신앙적 의미를 가짐을 보여준다. 또한 얼마 전까지 솟대에 통북어·실타래·헝겊·왼새끼줄·소와 돼지의 아가리뼈 등을 폐백으로 매달아 둔 것도 장대에 대한 신앙심을 나타내는 것이라고 할 수 있다. 이런 장대의 신성성은 솟대를 만들 나무를 자르는 제사 의식에서도 보인다.

솟대가 기능적인 측면에서 수살대·낟가릿대로도 불리는 것을 보면, 마을의 액막이와 풍농을 기원하는 의미를 함께 지님을 알 수 있다. 당산과 별신대라는 호칭은 솟대가 동제의 중요한 신앙 대상물이기 때문에 부르는 호칭이고, 장군님·영감님·할아버지·할머니 등의 호칭은 솟대를 인격화하여 부르는 호칭이다. 호남지방에서 줄다리기에 사용한 줄이나 새끼줄로 솟대를 감싸는 행위를, 솟대에 옷 입히는 것에 비유한 것도 솟대를 인격화한 예라고 할 수 있다.

이 밖에도 전통사회에서는 행주형行舟形 형국의 마을에서는 돛대를 나타내기 위하여 '짐대'라는 장대를 세웠고, 급제를 기념하기 위해서 '화주대'라고 부르는 상대를 세우기도 했다. 행주형 형국에 세우는 솟대는 일반 솟대와 달리 두세 곳 이상에 세우기도 했는데, 이것은 큰 배에는 돛대가 몇 개씩 있는 이치와 동일한 이유에서이다. 급제를 기념하는 솟대는 마을 입구나 급제자의 문 앞 또는 선산先山에 세우기에, 급제자를 많이 낸 마을에서는 많은 솟대를 볼 수 있다. 경북 선산군 임은의 허씨 문중에는 43개의 화주대華柱臺가 세워졌다고 한다.

솟대의 새는 오리·기러기·갈매기·따오기·해오라기·왜가리·까치·까마귀 등 다양하게 등장하나, 오리가 주류를 이룬다. 그러나 남해안 일

우리 집과 마을의 지킴이

부와 제주도에서는 까마귀가 일반적이다. 솟대의 새 중 까마귀와 까치를 제외한 나머지 새는 물새이다. 물새로서의 성격을 강조하기 위하여 부리에 갈대나 붕어 또는 잘게 자른 대살을 물리기도 하며, 날개를 사실적으로 표현하려고 새의 몸통 양옆에 나뭇가지를 꽂기도 한다.

오리는 우리나라의 대표적인 철새이자 물새이다. 일년에 알을 300 내지 360개까지 생산한다는 점에서 다산성을 의미한다. 또 철새는 일정한 계절을 주기로 하여 나타났다가 다시 사라지는 것이 사람들에게는 이승과 저승, 신의 세계와 인간의 세계를 넘나드는 새로 받아들여지기에 충분하다.

하늘·땅·물을 그 활동 영역으로 삼는 오리는 상계·중계·하계를 가로지르는 우주여행이 가능한 새로 여겨진다. 또한 오리는 비와 천둥을 지배하는 천둥새의 의미도 지니고 있는데, 천둥새인 오리가 재채기를 하면 비가 온다는 속신은 농경민에게 오리를 비의 신으로 자리 잡게 했다. 벼농사가 위주인 한강 이남지역에서 오리를 앉힌 솟대 신앙이 보편적으로 발달한 것도 그러한 이유에서 일 것이다. 오리는 잠수를 하는 물새로서 홍수에도 살아남을 수 있는 불사의 새로도 생각되는 한편, 물의 속성을 지녀 화재를 막아 주는 동물로도 여겨진다. 한마디로 오리는 물새·철새·다산성을 가진 새로서 농경민과 가장 부합되는 새라고 볼 수 있다.

까마귀는 오늘날 사람들에게 흉조로 인식되어 있으나 예전에는 그렇지 않았다. 고대 우리나라를 비롯한 중국·일본에서는 까마귀를 신조神鳥이자 태양새太陽鳥로 여겨, 세 발 달린 까마귀三足鳥를 그리거나 태양에 까마귀를 겹쳐 그렸다. 때로는 천상과 지상을 오가는 사자使者로 여겨지기도 했는데, 솟대에 앉힌 까마귀는 그러한 의미를 지닌 길조吉鳥이다.

솟대에 앉힌 새의 머리 방향은 일정하지 않다. 새의 머리가 남쪽으로 향한 것은 우순풍조雨順風調를 바라는 것이고, 마을 근처의 명산을 바라보게 한 것은 마을의 안녕을 비는 것이다. 또한 새의 머리 방향을 마을 안쪽을 보게 한 경우와 마을 바깥을 향하게 한 경우가 있는데, 특히 후자의 경우는 마을의 모든 액운을 새가 밖으로 가지고 날아가라는 뜻이 있다고 한다. 화주대는 서울 쪽을 향하게 하여 왕의 은덕을 기리기도 한다.

솟대에 앉혀지는 새의 마리 수도 마을에 따라 달라서, 한 마리를 얹는 경우, 두 마리를 얹는 경우, 세 마리를 얹는 경우가 나타난다. 보통 한 마리를 앉히는 것이 대부분이며, 두 마리 새를 앉힌 솟대 유형은 전북지방과 강원도 일부에서 나타나고, 세 마리의 새를 앉힌 솟대는 강원도 해안 지방에 주로 나타난다. 풍수설과 관련지어서는 마을의 허한 방위가 한 곳이면 한 마리, 두 곳이면 두 마리, 세 곳이면 세 마리 솟대를 앉힌다고 한다. 북아시아 샤머니즘에서는 세계가 3층으로 나누어진다고 여겨 각 층마다 세 마리를 앉혀 모두 아홉 마리의 새를 솟대 위에 얹는다.

솟대의 기원은 청동기시대로 올라갈 수 있을 만큼 매우 오랜 역사를 지니며 또한 그 분포도 만주·몽고·시베리아·일본에 이르는 광범위한 지역에서 나타난다. 솟대는 북아시아 샤머니즘의 문화권 안에서 세계 나무와 물새의 결합으로 이루어진 신앙 대상물인데, 우리의 솟대는 청동기와 더불어 시베리아로부터 전해졌을 것이다. 그러나 시베리아의 솟대와 달리 우리네의 솟대는 농경문화와 적합한 형태와 기능으로 발전해, 농경에 절대적으로 필요한 비를 기원하기 위해서, 솟대의 장대를 용으로 간주하려는 의도까지 보인다. 그래서 장대에 용틀임을 새끼줄이나 먹을 가지고 나선형으로 감아올리며, 때로는 푸른색과 붉은색 헝겊을 용틀임처럼 비스듬히 감아올리기도 한다.

솟대는 한강 이남지역에 거의 보편적으로 분포하지만 중부지방에서 남부지방으로 갈수록 더 집중적으로 나타난다. 특히 전라남도 지역에서 많이 나타나, 영남과 호남에 분포하는 솟대의 합이 전국 솟대의 약 90%를 이룬다. 솟대가 북아시아 전통문화에서 비롯되었으면서도 남부지방에 더욱 집중적으로 나타나는 것은 솟대를 농경 마을의 신앙체계에서 통합·존속시켜왔음을 시사하여 준다.

○ 동제의 절차

동제는 마을을 지켜주는 여러 신들에게 제사를 지내 마을의 안전과 풍농豊農·풍어豊漁를 기원하는 것이다. 마을신을 모신 곳을 동신당·동제당·신당·당·당산 등 여러 이름으로 부르고, 올리는 제의를 동신제·동제·동고사 등으로 일컫는데, 지역의 생태적인 조건에 따라 산고사·동고사·별신굿·장승제·용궁맞이·풍어제·배서낭굿 등 다양하게 부르기도 한다.

제사의 방법은 마을 사람이 제관이 되어 유교식 절차에 따라 하는 방법과 전문적인 사제인 무당을 불러 굿을 하는 방법이 있다. 무당이 주재하는 굿으로는 중부지방의 도당굿과 풍어제, 제주도의 당굿 등을 대표적으로 뽑을 수 있다.

동제를 지내기에 앞서 대동회에서 제관을 뽑는데, 제관은 부정한 일을 저지르지 않은 자로, 생기복덕을 가려서 뽑는다. 제관은 대체로 제주 1명, 집사 1명, 축관 1명으로 모두 3명을 뽑는다. 제관으로 선정된 자들은 곧 금기에 들어가 집 밖의 출입을 삼가고 언행을 제한하며, 매일 찬물로 목욕재계하면서 몸을 깨끗이 하고, 부정하다고 여기는 일을 금한다. 즉 육류와 어류를 먹지 않고, 술과 담배를 금하며 부부 생활도 제한한다. 또한 제관 집 대문 앞에는 금줄을 두르고 황토를 펴서 부정한 사람이 들어오는 것을 막는다. 제관의 집뿐만 아니라 마을 입구에도 금줄과 황토를 펴서 외지인의 접근을 막는다. 제사 음식은 제주집에서 장만하여 집사가 나르며, 제사에 드는 비용은 마을에서 공동으로 추렴한다.

제사는 제관들만 참석한다. 이것은 부정한 사람의 접근을 막기 위함이다. 만약 다른 사람들이 마을 제사에 참석하면 부정이 타서 오히려 마을에 화를 입힌다고 믿는다. 제관들은 음식을 진설하고 촛불을 밝힌 후 초헌·아헌·종헌·독축·소지올리기·음복의 순서로 제사를 올린다. 제사가 끝나면 마을 사람들이 같이 제사 음식을 나누어 먹는다. 이상은 유가식儒家式 제례 방법을 소개한 것인데, 무당을 불러 당굿을 하는 경우에도 유가식 제사를 먼저 지내기도 한다.

○ 동제의 사회적 의의

동제는 앞에서 소개한 신앙적 의미 이외에 다음과 같은 몇 가지 사회적 기능도 가진다.

첫째, 마을의 통합 기능이다. 동제를 위하여 마을 사람들이 단결하고, 모든 일에도 솔선수범하여 마을 사람들 간에 심적 유대감이 형성된다. 또한 음복을 통해 하나의 신을 섬긴다는 공동체 의식이 싹틀 수 있다.

둘째, 정치적 기능이다. 대동회라는 마을 단위의 기구를 통해 사람들 간에 의사소통이 형성되고, 마을의 중요한 일을 의논하고 결정함으로써 민주적 시민의 자질이 형성된다. 제관을 선출하고 경비를 결정하고, 제사가 끝난 후 수입과 지출을 밝히는 행위가 대표적인 예이다.

셋째, 전통성의 계승 기능이다. 마을 제사는 한 번에 끝나는 것이 아니라 매번 반복됨으로써 후대에 계승되어, 제례의식은 물론 제의 과정에서 벌어지는 놀이·음악 등이 전승·발전된다.

넷째, 축제 기능이다. 제사에는 신을 즐겁게 해준다는 뜻으로 놀이를 한다. 또한 무당이 벌이는 당굿은 신앙적 의미 이외에도 사람들에게 보는 즐거움을 더해주는데, 오늘날에는 당굿이 축제로서 경제적·관광적 의의로 자리를 잡고 있다. 강릉의 '단오제', 은산의 '별신제', 부천의 '도당굿'이 그 대표적인 예다.

06

열두띠와
동물상징

천진기

정초가 되면 누구나 올해는 무슨 띠의 해이며, 그 해의 수호 동물守護動物이라 할 수 있는 십이지의 띠동물이 지니고 있는 상징적 의미가 무엇인가를 찾아서 새해의 운수를 예점豫占하려고 했다. 또한 그 해에 태어난 아이의 운명과 성격을 띠동물과 묶어서 해석하려는 풍속도 있어 왔다. 새로운 띠동물을 대하면서 그 짐승의 외형·성격·습성 등에 나타난 상징적 의미를 통해 새해를 설계하고 나름대로 희망에 찬 꿈과 이상을 품는다. 이러한 것을 가지고 운명을 판단하는 것은 매우 근거가 없는 일이지만 다만 세상이 시끄럽고 개인의 미래 생활이 불안하여 해가 바뀔 때마다 어떤 새로운 기대를 걸어 보는 것이 인지상정人之常情인지 모른다.

물론 이들 12지의 띠동물이 우리 일상생활에서 어떠한 영향을 미쳤는지는 분명하게 제시할 수는 없지만 우리 조상들은 각각의 띠동물로부터 상징적 의미를 부여해서 나름대로 한 해의 운수를 예견하려 했고, 나아가서 생활 교훈과 행동 원리까지 얻었다는 사실은 여러 풍속과 문헌·유물·유적에서 찾아볼 수 있다.

선사시대부터 사람들은 그 당시의 여러 가지 생활 문화나 종교, 관념 등을 표현하기 위해 어떠한 의미를 띠고 있는 동물 상징을 많이 사용했다. 바위그림이나 동굴 벽화를 비롯하여 동물형 토우와 토기, 고분 벽화 등에는 수많은 종류의 동물들이 각기 다양한 모습으로 등장하는데, 거기에는 반드시 그 당시 사람들이 나타내고자 했던 의미와 관념이 숨어 있다.

이들 고대 유물과 유적에서 나타나는 많은 동물들은 현재적 사고만으로는 그 온전한 의미를 파악할 수 없는 것들이 대부분이다. 한국 문화에 등장하는 동물 상징을 올바로 이해하기 위해서는 당시의 문화적, 사상적 배경과 그 맥락 속에서 연구해야 할 것이다. 우리 조상들은 각 동물의 외형이나 행태 등에서 상징성·암시성을 부여하였다.

띠동물에 대한 의미와 싱징도 세대를 거듭해 전승 되어 오는 동안 우리 민족에게 어떤 특수한 의미로 자리 잡게 되었다. 그리고 그 띠동물을 통해서 한해의 운수, 아이들의 성격과 운명, 궁합을 통한 결혼 생활을 예측하고자 했다. 예컨대, 양의 순박하고 부드러운 성격에서 양띠도 온화하고 순하여 이 해에는 며느리가 딸을 낳아도 구박을 받지 않고, 잔나비띠는 원숭이처럼 재주가 많다느니 하는 식의 속설이 전해 오고 있다. 쥐해에 태어난 사람은 평생 먹고 살 걱정이 없느니, 닭해에 태어난 사람은 마치 닭이 무엇을 파헤쳐야 먹을 것이 나타나듯이 돈을 써야 돈을 버느니, 소띠가 5, 6월 오전 중에 태어나면 이때 소가 일을 많이 하듯이 그 사람도 평생 일복이 많다느니 하는 등의 속설이 있다.

1. 십이지의 역사와 의미

한국의 십이지상은 중국적 내용에 불교적 표현을 빌려서 불교건축물이 아닌 능묘에서 나타나다가 불교적 건축물로 이행하여 갔다. 시대적으로도 일시적인 유행사조로 그친 것이 아니라 최근세에 이르기까지 일종의 신앙의 대상이 되고 있고, 현재는 띠동물로서 자리매김이 되어 있다.

사신四神과 십이지상十二支像에 대한 사상은 역사 기록상으로 한족漢族에게서 발생하였음은 일반화된 견해다. 처음엔 십이지가 별의 모양을 모방하여 다만 뉴鈕로서 표현되고 또 시간적인 관념에 의하여 12개월의 부호로서 쓰였으나 그 후 그것은 방위적인 성격을 가지게 되어 십이지를 지상의 방위에 배당하였다.

그 후 이것이 기년紀年에 응용되어 정리된 것은 기원 전후였다. 중국에서 갑을병정甲乙丙丁 등의 십간十干, 天干과 자축인묘子丑寅卯 등의 십이지十二支, 地支의 글자를 아래위로 맞추어 날짜의 명칭으로 사용한 것은 3천 년 전부터이다. 그러나 십간과 십이지를 배합하여 60갑자가 합성된 것은 상당히 연대가 지난 뒤에 성립되었다. 이것을 가지고 연대로 표기한 것은 한대漢代인 기원전 105년인 병자丙子부터 시작되었다. 약 2천 년 전이었다.

십이지가 다시 동물로 상징되어 자를 쥐·축을 소·인을 호랑이 등 동물을 배정시킨 것은 2세기경인 후한後漢 왕충王充의 『논형論衡』에 처음 보인다. 이런 동물로서의 표현이 본격적으로 이용되기 시작한 것은 한경漢鏡에서이다. 그 후 오행가五行家들이 십간과 십이지에다 금金·목木·수水·화火·토土의 오행을 붙이고 상생상극相生相剋의 방법 등을 여러 가지로 복잡하게 배열하여 인생의 운명은 물론 세상의 안위까지 점치는 법을 만들어 냈다.

그 후 긴 공백 기간을 거쳐 당대唐代에 종에 사용되거나 부장품으로서 용俑의 형태로 나타난다. 십이지가 다시 수수인신상獸首人身像으로 변모하는 것은 당唐 중기인데, 신라의 십이지상의 발생시기와 견주어 전후를 가릴 수 없을 정도로 동시적이다. 이것이 다시 갑주甲冑를 입고 신장神將으로서 모습을 갖춘 것은 신라가 처음이고 능묘의 바깥 수호신(외호外護)으로서 부조浮彫의 형태로 대규모로 나타난다. 동시에 불교건조물에 수수인신獸首人身의 형태이지만 특이한 도무상跳舞像으로 돌연 나타난다.

이 두 가지 새로운 변모, 즉 신장으로서의 십이지상, 도무상으로서의 십이지상은 오직 신라에서만 보이는 특이한 문화현상이다. 고려시대에 이르면 이것은 다시 동물의 탈을 벗고 인간의 모습으로 나타난다. 관冠에 축소되어 잔존하는데, 다시 묘내墓内의 석관에 음각되거나 내벽의 벽화로 나타나게 되었다.

어쨌든 통일신라에서 집중적으로 나타나는 십이지는 다음과 같이 정리될 수 있다.

첫째, 십이지상은 8세기에서 9세기에 걸친 거의 같은 시기의 것으로 능묘 십이지 호석·능묘의 주변·석실 내부의 시상 주변·화장골호 주변 등 여러 방법으로 배치하였다. 그러나 사자의 주변이라는 기본적 배치방법은 변함없다.

둘째, 십이지의 복장은 통일신라에서 창안된 무복·문복과 더불어 중국풍의 문복 십이지 용의 유행도 병행하고 있다.

셋째, 십이지상의 재료는 화강암·납석·청동·니토泥土 등 매우 다양하다.

넷째, 십이지상은 시간신과 방위신으로 8~9세기에 걸쳐 크게 유행하였고, 그것이 그 이후 한국 능묘제도의 신앙적 핵심을 이룬다.

다섯째, 십이지상이 조형적으로는 쇠퇴되나, 사상과 신앙은 약화되었다고 볼 수 없고 십이지 신앙이 대중화되었다.

십이지의 사상과 신앙은 현재 띠동물로서 가장 많이 전승되고 있다.

12지에 대하여 자를 쥐·축을 소·인을 호랑이 등 동물을 배정시킨 것은 아마도 훨씬 뒤의 일로써 불교적인 영향을 받았으리라는 것이 일반적인 견해이다. 당대唐代에 오면 방위에 배치한 십이지 생초十二支生肖가 나타나기 시작하여 십이지를 나타낸 토우나 십이지를 동물로 표현한 거울銅鏡이 보이고 있다. 이런 것들이 생기면서 오행가五行家들이 십간과 십이지에다 금·목·수·화·토의 오행을 붙이고 상생상극의 방법 등을 복잡하게 배열하여 인생의 운명은 물론 세상의 안위까지 점치는 법을 만들어 냈다.

십이지는 시간과 방위를 나타내는 시간신과 방위신으로 나타나면서 불교와 결부된다. 불화佛畵에서 보이는 바와 같이 약사여래 권속으로서 십이지 신장으로 표현된다. 다음 표에서 알 수 있듯이 점술가들은 각각 시간과 방위에서 오는 사기邪氣는 그 시간과 방위를 맡은 12지의 동물이 막고 물리친다고 믿었으며, 불가佛家에서는 그 시간과 방위를 지키는 불보살과 신중이 물리친다고 믿었다.

십이지 표

십이지	동물	시간	방위	달(月·음력)	불보살	신중
자(子)	쥐	23~01	북	11월	彌勒	宮毘羅
축(丑)	소	01~03	북북동	12월	勢至	伐折羅
인(寅)	범	03~05	동북동	1월	彌陀	迷企羅
묘(卯)	토끼	05~07	동	2월	觀音	安底羅
진(辰)	용	07~09	동남동	3월	如意輪觀音	額爾羅
사(巳)	뱀	09~11	남남동	4월	虛空藏	柵底羅
오(午)	말	11~13	남	5월	地藏	因陀羅
미(未)	양	13~15	남남서	6월	文殊	波夷羅
신(申)	잔내비	15~17	서남서	7월	大威德明王	摩虎羅
유(酉)	닭	17~19	서	8월	普賢	眞達羅
술(戌)	개	19~21	서북서	9월	大日 如來	招社羅
해(亥)	돼지	21~23	북북서	10월	釋迦 如來	毘喝羅

십이지의 띠동물 순서가 정해진 사연은 쥐가 십이지의 첫 자리가 된

설화에서 엿볼 수 있다.

옛날, 하늘의 대왕이 동물들에게 지위를 주고자 했다. 이에, 그 선발 기준을 어떻게 할까 고민하다가 정월 초하루에 제일 먼저 천상의 문에 도달한 짐승으로부터 그 지위를 주겠다고 했다. 이 소식을 들은 각 짐승들은 기뻐하며 저마다 빨리 도착하기 위한 훈련을 했다. 그중에서도 소가 가장 열심히 수련을 했는데, 각 동물들의 이런 행위를 지켜보던 쥐가 도저히 작고 미약한 자기로서는 먼저 도달함이 불가능하다고 생각하여, 그 중 제일 열심인 소에게 붙어 있었다. 정월 초하루가 되어 동물들이 앞다투어 달려왔는데, 소가 가장 부지런하여 제일 먼저 도착하였으나, 도착한 바로 그 순간에 소에게 붙어 있던 쥐가 뛰어내리면서 가장 먼저 문을 통과하였다. 소는 분했지만, 두 번째가 될 수밖에 없었다.

2. 각 띠동물에 대한 한국인의 관념과 태도

● 쥐子

한국인이 가지고 있는 쥐에 대한 관념은 다양하다. '영리하다'·'재빠르다'·'머리가 좋다'라는 일반적인 관념 외에 어떤 재앙이나 농사의 풍흉, 뱃길의 사고를 예견해 주는 영물로 인식하기도 했으며 이와 상반되게 농작물에 피해를 입히는 동물로 인식하고 있다. 또한 구차하고 하찮은 존

십이지와 동물 상징 |

재를 비유하는 의미로 쓰였다. 쥐는 때때로 고양이와는 대조적으로 약자를 대변해 주고 있는 듯하다. 약자는 영리하며 천성이 착하나 구차하게 가난하다. 강자는 무식하고 덩치가 크고 많은 재력을 소유하고 있다. 여기서 쥐의 이미지는 약자의 이미지를 대변한다. 민담 속에서 은혜를 갚은 쥐나 사람의 출세를 도운 쥐 이야기, 어려운 문제를 해결해 주는 쥐 이야기 등은 이런 맥락 속에서 이해할 수 있다.

쥐에 대한 긍정적인 의미는 다음과 같이 정리할 수 있다.

① 신성성神聖性과 예지성豫知性: 무덤의 수호신, 사금갑조, 상자일의 근신, 뱃길의 안전과 농사의 풍흉을 결정하는 마을 수호신(해안도서 지방), 서도신사鼠島神祠, 물과 불의 근원을 알려준 영물, 고대 아테네 신전에서는 쥐에게 치유의 힘이 있다고 믿었다.

② 다산성多産性: 쥐는 생물학적으로 왕성한 번식력을 가지고 있으며 그로 인해 사람들에게 다산과 풍요의 상징으로 여겨졌다. 복장을 지키는 동물, 쥐띠가 밤에 태어나면 좋다.

③ 근면함과 재물·부의 상징: 쥐는 어느 곳이나 민첩하게 드나들 수 있는 강한 활동력을 가지고 있다. 상자일 풍속이나 쥐불놀이, 쥐와 관련된 주문이나 풍속에서 풍작 기원 대상으로 인식되었다. 결국 쥐 또는 아들의 뜻을 가진 자子는 '계속하다'·'작다'·'불어나다'라는 핵심적인 뜻을 지니게 되었다. 사람들은 이러한 쥐의 활동력을 비유해서 집안에 처음 들어온 사람에게 집 구석구석을 보여주는 일을 '쥐바람쐬기'라고도 부른다. 쥐의 민첩성은 자연스럽게 근면성을 연상시켰고, 이렇게 연관된 개념으로 쥐가 부의 상징으로 여겨지게 되었다.

④ 지혜의 정보체와 현명함: 물과 불의 기원을 미륵에게 가르쳐 주었는가 하면 어려운 문제를 척척 해결하는 많은 사실들을 알고 있는 정보

체로서 역할을 해 왔다. '황금구슬 찾기' 등 민담 속에서 다른 동물들보다 영리한 동물로 묘사된다. 또한 속담에는 약삭빠르고 머리가 뛰어난 사람들을 가리켜 '약기는 생쥐'·'얼굴에 생쥐가 오르락내리락한다'라고 표현했다.

⑤ 귀여움: 새앙쥐는 귀엽고 현명함의 상징으로, 셰익스피어나 메어 등의 작품에서 표현되었다. 또 이솝우화 등에서는 영리하고 약한 자의 긍정적 이미지를 가진다. 최근 쥐는 동요·동화·만화(미키마우스, 톰과 제리)의 주인공으로도 등장하여 오히려 고양이를 괴롭힌다.

쥐는 신성한 동물로 인식되어 왔지만 한편으로는 부정한 동물로 배척당하기도 했다.

① 부정함: 쥐가 손톱·발톱을 먹고 그 주인으로 변신해 사람에게 해를 끼치는 요물로 등장하는 이야기가 많다. 예로부터 곡간에 쌓아 둔 곡식들을 훔쳐 가지고 땀 흘려 농사 지은 곡식을 망쳐 놓았다. 농사가 생활의 중심이던 조상들은 쥐의 피해를 많이 겪었고 그렇기 때문에 쥐는 농사일을 망치는 해악을 가져오는 동물로 인식되었다.

② 작고 왜소하고 하찮음: 우리 속담에서 쥐는 하찮은 것, 왜소한 것 능으로 표현하고 있는 것이 많다.

③ 도둑·탐욕: 쥐가 가지는 근면성이 부정적인 면으로 여겨지면 근면성은 탐욕의 이미지로 바뀐다. 쥐는 간신·수탈자·부도덕으로 관념화되었다.

④ 야행성·재앙: 쥐가 병을 옮긴다.

⑤ 정적: '쥐 죽은 듯하다'라는 옛말에서 알 수 있듯이 쥐가 소리를 내지 않고 다니는 동물이라는 데서 쥐는 정적의 표상이 된다.

쥐에 대한 관념을 부정과 긍정이라는 이분법적 결론으로 도출해 내기는 힘들 것 같다. 다만 한국문화 속에 쥐에 대한 관념은 상황에 따라 시대에 따라 다양하게 나타났음을 알 수 있다. 이렇게 볼 때 우리 조상들은 각 띠동물에 대한 관념과 상징을 각기 독특하게 부여하고 해석해 왔음을 알 수 있다.

◑ 소丑

농경 사회인 우리 민족에게 소는 농사일을 돕는 일하는 짐승으로, 부와 재산·힘을 상징한다.

소를 위하는 세시 풍속과 놀이에서도 소는 풍요를 가져다주는 동물로, 농가의 가장 중요한 자산으로, 농사의 주역으로 풍부한 노동력·힘을 의미한다. 제주도 삼성혈 신화, 고구려 고분 벽화 등에서는 소가 농사 신으로 인식되고 있다. 새해에는 풍년을 기원하며, 가을에는 한 해 동안 고된 농사일에 대한 위로와 풍년을 가져오게 한 데 대한 감사로 소에 대한 각종 풍속과 민속놀이가 행해졌다. '꿈에 황소가 자기 집으로 들어오면 부자가 된다'라는 속신어나 '소의 형국에 묫자리를 쓰면 자손이 부자가 된다'는 풍수지리설 등을 통해서 볼 때 분명 소는 풍요를 가져다주는 부의 상징이다.

장사하는 집이나 일반 여염집 대문에 소고삐나 소뼈를 걸어 두고 악귀의 침입을 막았다. 외양간에도 잡귀의 침입을 막기 위해 그렇게 했다. 제사를 지낼 때 소를 바침으로써 신으로 하여금 소의 기운을 누리게 하도록 하기 위해 소의 희생을 바치는데 그 희생의 힘으로도 나쁜 악귀를 물리치는 축귀의 힘이 있었다고 믿었다. 국가의 큰 제사나 의례 때, 마을의 별신굿이나 장승제에서 소가 희생의 제물로 쓰였고, 소뼈·소고삐 등은 잡귀를 쫓는 부적이었다. 소는 부를 불러오고 화를 막아 주는 존재였다.

소의 성격은 순박하고 근면하고 우직하고 충직하다. '소같이 일한다'·'소같이 벌어서'·'드문드문 걸어도 황소걸음'이라는 말은 꾸준히 일하는 소의 근면성을 칭찬한 말로써 근면함을 들어 인간에게 성실함을 일깨워 주는 속담이다. 소는 비록 느리지만 인내력과 성실성이 돋보이는 근면한 동물이다. '소에게 한 말은 안 나도, 아내에게 한 말은 난다'는 소의 신중함을 들어 아무리 가까운 사이라도 말을 조심하라는 뜻이다. 주인의 생명을 구하고자 호랑이와 격투 끝에 죽은 『삼강행실도』의 의우도, 의우총 이야기나 눈먼 고아에게 꼬리를 잡혀 이끌고 다니면서 구걸을 시켜 살린 우답동 이야기에서는 소의 우직하고 충직한 성품을 잘 나타내고 있다.

소는 비록 느리지만 근면함과 묵묵함은 유유자적의 여유와 한가로운 대인大人, 은자隱者의 마음이라는 이미지를 수반한다. 소의 모습에는 긴장감이나 성급함을 찾아볼 수 없으며, 순박한 눈동자는 보는 이로 하여금 평화롭고 자적한 느낌을 갖게 한다.

평화스럽게 누워 있는 소의 모습, 어미 소가 어린 송아지에게 젖을 빨리는 광경은 한국 농촌에서 흔히 볼 수 있던 풍경으로서 소가 창출해 내는 분위기는 유유자적의 여유·한가함·평화로움의 정서이다.

한국 문화에 나타난 소의 모습은 고집 세고 어리석은 측면도 있지만, 풍요·부·길조·의로움·자애·여유 등으로 축약된다.

① 농사신으로서 부·풍요·힘의 상징

② 희생·제물·축귀의 상징

③ 순박·근면·우직 충직의 상징

④ 유유자적의 여유·한가함·평화로움의 상징

⑤ 고집·어리석음·아둔함의 대명사

○ 범寅

　호랑이가 한반도에 출현한 것은 3만 년 전쯤이다. 울주 반구대 바위
그림에서 보이는 호랑이의 풍요적 기원, 청동기시대 호형대구에서 보이
는 역사적 상징성, 와당 도자기 등의 민예품에서 보이는 풋풋한 예술성
과 재기 넘치는 익살, 민화와 산신도에 나타난 질박함과 종교적 기원 등
등 수많은 민예적 정취를 호랑이는 함축하고 있다.

　　　　　　　　　호랑이는 재앙을 몰고 오는 포악한 맹
　　　　　　　　수로 이해되기도 하지만, 사악한 잡귀들
　　　　　　　　을 물리칠 수 있는 영물로 인식되기도 한
　　　　　　　　다. 또한 은혜를 갚을 줄 아는 예의 바른
　　　　　　　　동물로 대접받기도 하고, 골탕을 먹일 수
　　　　　　　　있는 어리석은 동물로 전락되기도 했다.

　　　　　　　　　힘세고 날래지만 한없이 어리석어 사람
에게는 물론 토끼나 여우·까치 등에게 골탕먹는 우스꽝스러운 이야기
들이 있다. 반면, 호랑이가 신통력을 지닌 영물로 사람이나 짐승으로 변
신도 하면서 미래를 내다볼 줄 알고, 의義를 지키고 약자와 효자·의인義
人을 도우며 부정함을 멀리하는 신비스런 동물로 등장하는 교훈적인 이
야기도 있다.

　① 신화: 단군신화(조급, 패배)의 범은 곰과 함께 사람이 되고자 원했으
나, 조급하여 금기를 지키지 못해 실패했다. 고려 태조의 5대조 호경이야

기에서 범은 영웅들의 보호자이자 양육자이며, 국조國祖의 조력자이다.

② 무속(산신, 산신의 심부름꾼): 범 숭배 신앙은 산악 숭배 사상과 융합되어 범이 산신 또는 산신의 사자를 상징한다. 각 지역에서 신봉하는 산신을 모신 산신당의 산신도에는 범이 그려져 있다. 우리 민족에게 신수神獸로 인식되었다. 그런가 하면 영일 강사리 범굿에서는 범에게 물려 죽은 넋을 위로하고, 호환을 방지하기 위해 쇠머리를 뒷산에 묻는 의식을 치른다.

③ 벽사: 병귀나 사귀를 물리치는 힘이 있다(범그림, 범호자 부적).

④ 권세·관직·군대의 상징: 호랑이의 용맹성은 군대를 상징한다(백호, 맹호 부대).

⑤ 보은: 호랑이는 인간의 효행에 감동하여 인간을 돕거나 인간의 도움을 받으면 은혜를 갚는다. 불교의 산신각 호랑이는 산신의 사자나 산신으로 모셔져 인간의 길흉화복을 관장하고 있다.

⑥ 까치 호랑이 그림: 가장 흔한 호랑이 그림은 까치 호랑이 그림이다. 여기서 소나무는 장수를, 까치는 기쁨을, 범은 보은을 상징한다.

◐ 토끼卯

옛이야기나 동요·민화·동시 등에서 토끼는 조그마하고 귀여운 생김새, 놀란 듯한 표정에서 약하고 선한 동물, 그리고 재빠른 움직임에서 영특한 동물로 묘사하고 있다. 또한 옛사람들은 밤하늘의 달을 바라보며 계수나무 아래에서 불로장생의 약방아를 찧고 있는 토끼의 모습을 그리며,

토끼처럼 천년만년 평화롭게 풍요로운 세계에서 아무 걱정 없이 살고 싶은 이상세계를 꿈꾸어 왔다.

① 문화 영웅적 속임수의 명수: 호랑이를 속이고 자라를 속이는 이야기에서 토끼는 체구가 크고 힘은 강하나 우둔한 동물들에게 저항하는 의롭고 꾀많은 동물 구실을 도맡아 한다.

② 달=여성=토끼: 달의 이칭은 토월兎月인데, 달 속의 토끼가 떡방아를 찧고 있는 형상을 하고 있다. 달의 이지러짐과 만월의 주기는 여성의 생리 현상과 동일하다. 달의 차가움과 음陰과의 관계 등으로 연상되어 토끼는 여성 원리에 속하는 동물이다.

③ 꾀쟁이智者·재빠름·소심함(놀란 토끼): 일반적으로 토끼는 꾀보·꾀쟁이·재빠름을 상징한다. 그런가 하면 '놀란 토끼 같다'라는 말에서 보듯이 토끼의 소심함과 경망함, 겁쟁이를 이르기도 한다.

④ 충성·불로장생: 토끼는 민첩한 특성 때문에 심부름꾼이나 전령 등의 역할을 자주 맡는다. 이러한 역할은 유교적인 측면에서 충성스러운 동물로 나타난다. 민간 설화에서 옥토끼는 달에 살면서 떡을 찧거나 불사약을 만들고 있는 것으로 전해진다. 그래서 토끼는 도교적으로 장생불사를 표상한다.

⑤ 속신: 언청이(임산부가 토끼고기를 먹으면 언청이를 낳는다), 상묘일(토끼날 여자가 남의 집 여자나 나무그릇을 집안에 들여오지 않는다)

⑥ 유물 유적 그림: 뒷다리가 튼튼해 잘 뛰므로 나쁜 기운으로부터 잘 달아날 수 있고, 윗입술이 갈라져 여음女陰을 나타내니 다산을 할 것이고, 털빛이 희니 백옥 같은 선녀의 아름다움이 있다(벽사·다산·아름다움). 불로장생 약을 찧고 있는 토끼와 이를 흐뭇하게 바라보고 있는 두꺼비의 모습을 그린 그림에서 이들은 달의 정령精靈이다. 조선시대 민화에

서는 계수나무 아래에서 방아 찧는 토끼를 흔히 볼 수 있는데, 이것은 방아 찧기로 부부애를 은유한 것이다.

○ 용辰

용은 봉황·기린·거북과 함께 4령靈의 하나로 상상의 동물이다. 용은 최고의 권위를 지닌 최상의 동물이다. 다른 동물들이 가지고 있는 최상의 무기를 모두 갖춤과 동시에 무궁무진한 조화 능력을 가지고 있다.

용은 우리의 생활과 의식구조 전반에 걸쳐 깊이 자리하면서 수많은 민속과 민간신앙·설화·사상·미술품·각종 지명에 이르기까지 다양한 모습으로 나타난다. 특히 신라인은 나라를 지키는 호국용護國龍을 탄생시켜, 우리의 사상사에서 빛나는 호국정신의 극치를 이루기도 하였다.

① 물의 신: 용은 못이나 강·바다와 같은 물속에 살며, 비나 바람을 일으키거나 몰고 다닌다고 여겨져 왔다. 용은 물과 불가분의 관계를 지닌다. 용은 물의 신이면서 우사의 성격도 지닌다.

② 시조의 어버이: 신화 속의 수신인 용과 혼인을 통해 국조, 군주, 씨족조氏族祖 등 귀인의 어버이로 나타난다. 석탈해는 용성국 왕과 적녀국 왕녀 간의 소생이고, 고려 태조 왕건은 작제건과 용녀의 소행인 용건의 아들이다. 백제 무왕인 서동은 어머니가 과부로 서울 남지변에 살던 중에 그 연못의 지룡과 교통하여 출생하였고, 후백제 시조 견훤은 광주 북촌의 부잣집 딸이 구렁이와 교혼하여 낳았다고 한다. 창녕 조씨의 시조

조계룡은 용의 후예라고 하는 씨족의 시조 신화로서 나타난다.

③ 제왕(임금)·왕권: 천후天候를 다스림이 절대적으로 요청되는 농경 문화권에서 군왕과 용은 자연스럽게 결합된다. 그래서 군왕과 관련되는 사물이나 비범한 인물까지 용은 상징적으로 작용한다. 임금의 얼굴은 용안, 임금의 평상은 용상, 임금의 옷은 곤룡포, 임금의 즉위는 용비龍飛로 나타낸 것이 그것이다.

④ 풍농과 풍어를 기원하는 민간신앙의 대상: 용은 민간신앙에서 비를 가져오는 우사이고, 물을 관장하는 수신이며, 사귀를 물리치고 복을 가져다주는 벽사의 착한 신이다. 농경민족인 우리에게 물은 생명처럼 소중하므로 가뭄이 심할 때에는 용에게 기우제를 지내고, 어로를 생업으로 삼는 어촌에서는 용왕굿이나 용왕제를 지내며 배의 무사와 풍어와 마을의 평안 등을 기원한다.

⑤ 천지조화·상서·풍운조화: 용은 모습을 마음대로 바꿀 수 있는 능력을 가지고 있고, 자유자재로 모습을 보이기도 하고 숨기기도 한다. 용은 뭇 동물이 가진 최상의 무기를 갖추고 있으며, 구름과 비를 만들고, 땅과 하늘에서 자유로이 활동할 수 있는 능력을 지닌 존재로 믿어져 왔다. 작아지고자 하면 번데기처럼 작아지고, 커지고자 하면 천하를 덮을 수 있을 만큼 커질 수 있으며, 높이 오르고자 하면 구름 위에까지 치솟을 수 있다고 믿었다. 용은 대체로, 짙은 안개와 비를 동반하면서 구름에 쌓여 움직인다.

◑ 뱀巳

뱀띠로 태어난 사람의 성격은 '실속이 없는 것'으로 나타나고, 속신에서의 뱀은 그것이 부적으로써의 역할을 할 때를 제외하고는 모두 불길한 것으로 나타난다. 꿈에서의 뱀은 꿈이 현실과 반대되는 또는 상징적으로 나타나는 것이라는 사유에서 대체적으로 길吉한 것으로 해석되고 있다. 속담에서의 뱀은 전체적으로 뱀이 지니는 속성과 뱀에 대한 인간의 의식을 그대로 표현하고 있다. 설화에서는 복수復讐의 이야기가 가장 많

고 그 밖에 변신變身, 작해作害, 보은報恩, 식인食人 등으로 나타난다.

	과학모형(科學模型)	민속모형(民俗模型)
형상 (形狀)	① 몸이 가늘고 길다. ② 비늘로 싸여 있다. ③ 몸의 이동은 네다리가 없기 때문에 몸을 구부려 곡선의 정점에 힘을 주어 끌어당겨 구불구불하게 진행한다.	① 상사일에 긴 물건(실·머리카락·밧줄·새끼)을 만지지 않는다. ② 상사일에 '巳不遠行': 멀리 가지 않는다(蛇足). ③ 정월 보름 뱀과 비슷한 형상(썩은 새끼, 진대)을 만들어 뱀치기·배지지·진대끌기 등을 한다. ④ 징그럽다. 생각만 해도 소름 끼친다. 사악하다.
눈·혀· 귀·코	① 눈까풀이 없고 가까운 것을 잘 본다. ② 혀가 가늘고 두 가닥으로 갈라져 있다. 미각은 없다. 혀를 날름거리는 것은 냄새로 먹이를 탐지하려는 것이다. ③ 귀는 퇴화되어 겉귀가 전혀 없으며 가운데 귀도 1개의 뼈만 있어 들을 수 없다. 그러나 지면을 통한 진동에는 매우 민감하다. ④ 후각이 발달했다.	① 날카롭다. 차갑다. 매섭다. ② 유혹·여자·말조심 ③ 지혜롭고 상황판단을 잘하는 동물로 인식된다.
독(毒)· 식성 (食性)	① 독니(毒牙)가 있다(신경에 작용하는 것, 혈액이나 국부 조직을 파괴하는 것, 복합적인 것). ② 곤충이나 척추동물을 먹는다(이빨, 독, 목으로 감아서).	① 날카롭다. ② 무섭다. 두렵다. ③ 뱀에 손가락 짓하거나 맨발로 밟으면 썩는다.
허물	① 뱀의 몸은 비늘로 싸여 있지만 이들 비늘은 1개씩 떨어지지 않는 연결된 피부로 되어 있다. ② 표피의 바깥층이 오래되면 눈의 부분까지 포함하여 표피 전부를 뒤집어 허물 갈이를 한다.	① 변신(뱀서방 이야기, 인간의 원혼이 뱀으로 변신) ② 민간 의료의 약재(巳脫皮) ③ 자기 혁신의 본보기(뱀허물 벗기)

	과학모형(科學模型)	민속모형(民俗模型)
동면	① 추울 때 동면하고 따뜻할 때 활동한다. ② 겨울 동안 땅속에서 겨울잠을 자고 봄에 다시 살아난다.	① 재생(무덤 속의 벽화, 토우로 넣음) ② 지신(地神) ③ 사자(死者)의 영혼 ④ 끈질긴 생명력(일시적이거나 부정적으로 죽었을 때 다시 살아나 반드시 복수한다) ⑤ 악업(惡業)
다산성	① 난생, 난태생으로 한 번에 100여 마리씩 부화한다. ② 수컷은 주머니 모양의 생식기가 2개 있다.	① 양기(陽氣: 지구력과 정기) ② 생산신(多産神) → 재신(財神: 업신) ③ 민간의료(생식·탕·술)

○ 말午

말은 십이지의 일곱번째 동물로서 시각으로는 오전 11시에서 오후 1시, 방위로는 남, 달月로는 음력 오월에 해당한다. 말의 이미지는 박력과 생동감으로 수렴된다. 외모로 보아 말은 싱싱한 생동감·뛰어난 순발력·탄력 있는 근육·미끈하고 탄탄한 체형·기름진 모발·각질의 말굽·거친 숨소리를 가지고 있어 강인한 인상을 준다. 이러한 말은 고래로 원시 미술·고분 미술·토기·토우·벽화 등에 나타나고, 설화·속담·민속신앙·연희 등 민속 문화에 다양하게 전승되고 있다.

신라와 가야에는 말 그림과 말 모양의 고분 출토 유물이 발견되고 고

구려 고분 벽화에도 각종 말 그림이 등장한다. 여기서 말은 이성과 저승을 잇는 영매자로서 피장자의 영혼이 타고 저세상으로 가는 동물로 이해된다. 말이 그려진 토기·토우·벽화는 그 표현 방법은 다를지 몰라도 그것이 지니고 있는 의장意匠과 사상은 다 같은 것이다. 즉 피장자의 영혼이

우리의 옛 문화와 소통하기

말을 타고 저세상으로 가도록 드리는 공헌적 부장供獻的 副葬의 뜻을 가지고 있다.

구비 설화나 문헌 설화에서 말은 신성한 동물·하늘의 사신·중요 인물의 탄생을 알리고 알아볼 줄 아는 영물 또는 신모神母이며, 미래에 대한 예언자적 구실을 한다. 특히『삼국사기』·『삼국유사』의 기록에 의하면 말은 모두 신령스러운 동물로 되어 있다. 금와왕·혁거세·주몽 등 국조가 태어날 때 서상瑞祥을 나타내 주는 것이라든지, 백제가 망할 때 말이 나타나 흉조를 예시해 준다든지 모두 신이한 존재로 등장하고 있다. 혁거세신화와 천마도의 백마白馬는 최고 지위의 거주居住인 조상신이 타는 말로 인식되었고, 후대에 내려오면서 고대 소설·시조·민요 등에서는 신랑·소년·애인·선구자·장수 등이 타고 오는 동물이 되었다.

세시 풍속에서는 말을 육축六畜의 하나로 인식하고, 정월 상오일과 시월 말날에 특별히 말을 위해 제물을 차리고 고사를 지냈다. 오늘날까지 일부 지역의 동제당에 마상馬像이나 마도馬圖가 마을 수호신으로, 혹은 동신이 타고 다니는 승용 동물로 모셔지고 있다. 동제당에 봉안된 말은 마을 수호신인 동신이 타고 다니라고 봉안하는 경우, 호환虎患과 관련되어 호환을 퇴치하기 위해서 봉안되는 경우, 솥공장이나 옹기 공장이 잘 되도록 기원하기 위한 제물로 봉안하는 경우, 말에 대한 순수한 숭배 관념에서 봉안되는 경우 등이 있다.

말에 대한 표현 양식은 시대에 따라서 문헌·유물·설화·신앙·놀이 등에서 다양하게 나타나지만 말에 대해서 느끼는 관념은 어느 정도 변화없이 오늘날까지 이어오고 있다. 말에 대한 한국인의 관념은 '신성한 동물'·'상서로운 동물'의 상징으로 수렴되어, 신성한 존재, 하늘의 사신, 중요 인물의 탄생을 알리고 알아볼 줄 아는 영물·예언자적 존재, 죽은 사람의 영혼과 마을 수호신이 타는 동물, 장수·신랑·선구자 등 희망을 가져다주는 인물들이 타는 동물로 인식되어 왔다.

◐양未

양에 대한 한국인의 이미지는 순하고 어질고 착하며 참을성 있는 동물, 무릎을 꿇고 젖을 먹는 은혜를 아는 동물로 수렴된다. 양하면 곧 평화를 연상하듯 성격이 순박하고 온화하여 좀처럼 싸우는 일이 없다. 양은 무리를 지어 군집 생활을 하면서도 동료 간의 우위 다툼이나 암컷을 독차지하려는 욕심도 갖지 않는다. 또한 반드시 가던 길로 되돌아오는 고지식한 습성도 있다. 성격이 부드러워서 좀처럼 싸우는 일이 없으나 일단 성이 나면 참지 못하는 다혈질이기도 하다. 목양牧羊이 깊이 토착화되지 못한 우리나라에서는 양과 관련된 이야기는 별로 없다.

새해 들어 첫 양날을 상미일上未日이라고 한다. 첫 양날에 특기할 만한 민속은 찾기 힘드나, 전라남도 지방에서는 양이 방정맞고 경솔하여 해안 지방에서는 이날 출항을 삼가는 곳도 있다. 경거망동하면 바다에 나가 해난을 만난다고 믿었기 때문이다. 제주도에서는 '미불복약未不服藥'이라 하여 환자라도 약을 먹지 않는다. 이날은 약을 먹어도 효과가 없다고

한다. 그러나 이런 일을 제외하고는 양은 온순한 짐승이기 때문에 이날 무슨 일을 해도 해가 없다고 한다. 우리가 정월에 하는 윷놀이의 도·개·걸·윷·모에서 도는 돼지, 개는 개, 걸이 바로 양에 해당한다.

천성이 약한 탓에(착한 탓에) 해로움을 끼칠 줄도 모르면서 오직 쫓기고 희생되어

야 하는 양은 설화·꿈·속담 등에서도 언제나 유순하고 인내심이 강하고 상서로운 동물로 통한다. 또한 양은 또한 정직과 정의의 상징이었다. 양은 반드시 가던 길로 되돌아오는 고지식한 정직성이 있다. 우리 속담에 '양띠는 부자가 못 된다'라는 말이 있다. 양띠 사람은 양처럼 너무 정직하고 정의로워서 부정을 못 보고, 너무 맑아서 부자가 되지 못한다는 말이다.

상형 문자인 양羊이 생기게 되자, 羊은 인간의 모든 기쁨을 포괄하는 글자가 되어 '좋은 것' 또는 '상서로운 것'을 나타내게 되었다. 양의 생김새에서 딴 상형 문자인 양은 맛있음, 아름다움美, 상서로움祥, 착함善 등의 의미로 이어진다. 즉 큰양大羊이란 두 글자가 붙어서 아름답다는 뜻의 미美자가 되고, 나 아我의 좋은 점羊이 옳을 의義 자가 된다. 양이란 상형 문자에서도 착하고善, 의롭고義, 아름다움美을 상징하는 동물로 인식했던 것이다. '크게 좋고 상서롭다'는 것을 대길상大吉祥이라 쓰지 않고 대길양大吉羊이라 썼으며, '모든 상서롭지 못한 것을 물리친다'는 뜻의 벽제부상壁除不祥을 벽제부양壁除不羊으로 썼던 기록이 『박고도한십이진감博古圖漢十二辰鑑』이나 『한원가도명漢元嘉刀銘』 등에 남아 있다.

● 잔나비申

원숭이는 동물 가운데 가장 영리하고 재주 있는 동물로 꼽히지만, 너무 사람을 많이 닮은 모습, 간사스러운 흉내 등으로 오히려 '재수 없는 동물'로 기피한다. 띠를 말할 때 '원숭이띠'라고 말하기보다는 '잔나비띠'라고 표현하는 것도 이 같은 맥락에서이다.

통일신라시대부터 등장하는 12지신상의 원숭이는 무덤의 호석이나 탑상塔像, 부도浮稻, 불구佛具 등에서, 머리는 원숭이의 모습을 사실적으

로 묘사하고 몸체는 사람의 모습을 하고 무기를 손에 잡고 있는 형상을 하고 있다. 여기에 나오는 원숭이는 시각으로는 오후 2시에서 5시, 방향으로는 서남서를 담당하는 시간신이며 방위신으로, 이 시간과 이 방향으로 들어오는 사기邪氣를 막는 역할을 하고 있다.

청자와 백자에서도 원숭이의 생생한 모습이 보인다. 인장의 꼭지, 연적, 수적, 서체緖締, 작은 항아리, 걸상 등에서 그릇의 모양이 원숭이의 형상을 띠고 있거나 장식 문양으로 원숭이가 나온다. 청자나 청동으로 만든 원숭이꼭지도장猿形印章은 쭈그리고 앉거나, 긴 손으로 얼굴을 만지고, 혹은 두 손을 마주 잡고 있는 원숭이의 모습을 재미있게 묘사를 하고 있다.

원숭이는 인간과 가장 많이 닮은 영장 동물로 갖가지 만능의 재주꾼이기도 하며, 부모 자식간의 극진한 사랑이나 부부지간의 애정은 사람을 뺨칠 정도로 섬세한 동물이라고 한다. 원숭이의 이러한 모자母子 간의 지극한 유대의 정을 표현한 청자원형모자상靑磁猿形母子像은 연적硯滴이나 서체, 장식품 등에서 어미가 새끼를 고이 품 안에 안고 있는 모습을 하고 있다. 또 백자 항아리에서는 원숭이가 부귀 다산을 의미하는 탐스러운 포도 알을 따먹거나 포도가지 사이로 다니는 모습을 재미있게 그리고 있다. 여기서 포도 알을 따먹은 원숭이는 바로 부귀 다산의 상징이요 그 기원을 나타내고 있다.

그림 속에 등장하는 원숭이는 그 주제를 크게 세 가지로 나눌 수 있다. 십장생들과 등장하면서 천도를 들고 있는 장수의 상징인 원숭이, 불교 설화나 서유기와 관련하여 스님을 보좌하는 원숭이, 숲 속에서 사는 자연 상태의 원숭이 등이 그것이다. 천도복숭아를 들고 있거나 먹고 있는 원숭이는 그림에서 많이 찾아볼 수 있다. 천도복숭아는 열매를 한 번 맺는 데 3,000년이 걸리고, 그 열매가 익는데 다시 300년이 걸리는 나무로 장수의 상징이다. 이런 천도를 먹거나 손에 잡고 있는 원숭이도 바로 장수의 상징이며 기원으로써 그려진 것이다.

구비 전승에서는 꾀 많고 재주 있고 흉내 잘 내는 장난꾸러기로 자기의 잔재주와 잔꾀를 너무 믿어 제 발등 찍는 이야기가 많다. 원숭이는 실제로 우리나라에 없는 동물이지만, 십이지신상이나 청자·백자·회화 등에 나타난 원숭이는 우리나라에 실존하는 어느 동물보다도 그 행태가 잘 묘사되어 있고 그것을 통하여 원숭이가 지닌 여러 가지 상징성·암시성 등을 나타내려고 했다.

○ 닭酉

우리 풍속에서는 닭이 상서롭고 신통력을 지닌 서조로 여겨왔다. 새벽을 알리는 우렁찬 닭의 울음소리! 그것은 한 시대의 시작을 상징하는 서곡으로 받아들여졌다. 닭이 주력呪力을 갖는다는 전통적 신앙도 그 여명을 하는 주력 때문일 것이다. 밤에 횡행하던 귀신이나 요괴도 닭 울음소리가 들리면 일시에 지상에서 사라져 버린다고 민간신앙에서는 믿고 있었다.

닭은 흔히 다섯 가지 덕을 지녔다고 칭송된다. 즉 닭의 벼슬冠은 문文을, 발톱은 무武를 나타내며 적을 앞에 두고 용감히

열두 띠와 동물상징

싸우는 것은 용勇이며, 먹이를 보고 꼭꼭거려 무리를 부르는 것은 인仁, 때를 맞추어 울어서 새벽을 알림은 신信이라 했다.

닭이 본격적으로 한국 문화의 상징적 존재로서 나타나게 된 것은 삼국유사에서 혁거세와 김알지의 신라 건국 신화에서이다. 『삼국유사』에 의하면 알영이나 김알지 같은 임금이나 왕후가 나타날 때 서조瑞兆를 미리 보여주는 길조吉鳥로 표현이 되었다.

문헌 기록뿐만 아니라 천마총의 달걀 껍질이나 지산동고분의 닭뼈, 백제 고배 속의 달걀 껍질에서 알 수 있듯이 닭은 일찍부터 중요한 제물이 되었다. 천마총을 발굴했을 때, 단지 안에 수십 개의 계란이 들어 있었다. 또 신라의 여러 고분에서 닭뼈가 발견된다. 능 속에 계란과 닭뼈가 들어 있었던 것은 저세상에 가서 먹으라는 부장 식량일 수도 있고, 알 속에서 새로운 생명이 탄생하듯이 재생, 부활의 종교적인 의미로 해석해 볼 수 있다.

닭은 주역周易의 팔괘八卦에서 손巽에 해당하고, 손의 방위는 남동쪽으로, 여명黎明이 시작되는 곳이다. 그래서 닭은 새벽을 알려주는 상서로운 동물, 신비로운 영물로 간주한다. 닭이 날개를 가지고 있으면서도 지상에서 생활하는 존재 양상의 이중성은 어둠과 밝음을 경계하는 새벽의 상징성을 내포하고 있다.

닭은 동이 틀 때 횟대에 올라가 새날이 옴을 예고하고, 밤이 끝났음을 선언한다. 사람들은 닭울음소리와 함께 새벽이 오고 어둠이 끝나며, 밤을 지배하던 마귀나 유령도 물러간다고 생각하였다. 그래서 여러 풍속에서 보면 닭소리를 귀신이 무서워한다고 여기고 있다. 닭울음소리는 빛의 전령으로 태양을 부르고 사람을 기동하게 하는 것으로 밤중에 횡행하던 도깨비 같은 귀신들은 그 소리만 들으면 자취를 감춘다. 닭은 새벽을 고하고 새벽은 빛으로서 악정령惡精靈을 쫓는다고 생각했다. 그래서 닭은 인간에게 질병과 재앙을 주는 귀신들을 능히 압제하는 능력이 있는 상서로운 동물로 숭상하게 되었다. 그래서 축귀와 벽사의 동물로 닭을 상정하고 닭그림·닭피·닭 등으로 사용하는 풍속이 많다. 옛날 사람들은 귀신들이 닭을 무서워한다고 생각하였고, 이 생각을 바탕으로 악귀와 모든 액을 물리치는 주술로써 사람들과 같이 귀신들이 출입하는 대문에 닭·닭 그림·닭피·죽은 닭 등을 사용했다.

닭 그림은 입신출세와 부귀공명, 자손중다子孫衆多를 상징하는 그림 소재로 쓰이기도 한다. 조선시대에 학문과 벼슬에 뜻을 둔 사람은 서재에 닭의 그림을 걸었다. 닭은 입신출세立身出世와 부귀공명富貴功名의 상징이기 때문이다. 즉 닭이 머리 위에 볏을 달고 있는 모습을 보고 관冠을 썼다고 하였다. 관을 쓴다는 것은 학문적 정상의 표지이며, 벼슬을 하는 것과 같은 뜻이다. 또 닭과 함께 맨드라미를 같이 그리는데, 이는 관상가관冠上加冠이라 하여 입신출세를 위한 길상적·상징적 표현이었다. 맨드라미 역시 그 모양에서 유추된 닭이 볏과 같은 의미이다. 말 그대로 관 위에 관을 더한다는 뜻이니 최고의 입신출세를 의미한다. 그리고 부귀와 공명을 바라는 뜻에서 수탉이 길게 우는 모습을 모란과 함께 그렸다. 모란도 부귀를 상징하며, 수탉은 공명을 상징한다.

결혼식 초례상에는 반드시 닭이 필요하다. 신랑 신부가 초례상을 가운데 두고 마주 서서 백년가약을 맺는다. 닭을 청홍 보자기로 싸서 상위에 놓거나, 때로는 동자가 닭을 안고 옆에 서 있는 경우도 있다. 즉 닭을 놓고, 닭 앞에서 일생의 인연을 맺고 행복을 다짐하는 서약을 하는 것이다. 옛날에 나라 임금끼리 서약을 하고 말피로 맹서했다고 하는데 부부 인연의 서약은 닭으로 맹서하는 것 같다. 혼인의례가 끝나고 신부는 시

부모와 친족 일동과의 첫 대면의 폐백례를 드릴 때도 닭고기_{鷄肉脯}를 놓고 절을 한다. 혼인은 일생에서 가장 행복한 평생 의례인데 이때에 닭이 등장하는 것은 닭을 길조·서조로 생각했기 때문이다.

구년을 보내고 새해를 맞이하면서 지난해의 불행은 다 사라지고 행복만 가득하라는 말 가운데 '닭이 우니 새해의 복이 오고 개가 짖으니 지난해의 재앙이 사라진다'라는 덕담이 있다. 닭은 보양자_{保養子}하고 가족의 보호와 생활권을 위해서 용감하게 투쟁하고 시간의 흐름, 세상의 변화를 판단하는 서조이다. 그래서 우리 조상들은 닭을 영물로 여기고, 설날 첫 아침 식사, 백년가약 혼인 의례의 증인으로, 그리고 귀한 손님이 왔을 때에 닭을 등장시켰던 것이다.

○ 개_戌

아주 오랜 시기를 같이 살아온 개는 동과 서를 막론하고 인간에게 헌신하는 충복_{忠僕}의 상징이다. 특히 설화에 나타나는 의견_{義犬}은 충성과 의리를 갖췄고 우호적이고 희생적인 행동을 한다. 의견 설화와 의견 동상, 의견 무덤 등의 다양한 이야깃거리는 전국에서 전승된다. 그런가 하면 서당개·맹견·못된 개·미운 개·저질 개·똥개·천덕꾸러기 개는 비

천함의 상징으로 우리 속담이나 험구(욕)에 많이 나타난다. 동물 가운데 개만큼 우리 속담에 자주 등장하는 경우도 드물다. 개살구·개맨드라미 등 명칭 앞에 '개'가 붙으면 비천하고 격이 낮은 사물이 된다.

『삼국유사』에 보면 백제의 멸망에 앞서 사비성의 개들이 왕궁을 향해 슬피 울었

다고 기록하고 있다. 집에서 기르던 개가 슬피 울면 집안에 초상이 난다 하여 개를 팔아 버리는 습속이 있다. 또, 개가 이유 없이 땅을 파면 무덤을 파는 암시라 하여 개를 없애고, 집안이 무사하기를 천지신명에게 빌고 근신하면서 불행에 대비한다. 무속 신화, 저승 설화에서는 죽었다가 다시 환생하는 저승에서 이승으로 오는 길을 안내해 주는 동물이 하얀 강아지이다. 개는 이승과 저승을 연결하는 매개의 기능을 수행하는 동물로 인식되었다.

옛 그림에서도 개 그림이 많이 나온다. 동양에서는 그림을 문자의 의미로 바꾸어 그리는 경우가 흔하다. 개가 그려진 그림을 보면 나무 아래에 있는 개 그림이 많다. 이암의 화조구자도花鳥狗子圖와 모견도母犬圖, 김두량의 흑구도黑狗圖 등이 그 예인데, 나무樹 아래에 그려진 개는 바로 집을 잘 지켜 도둑 막음을 상징한다. 개는 '戌'이고, 나무는 '樹'이다. '戌'은 '戍'와 글자 모양이 비슷하고, '戍'는 '守'와 음이 같을 뿐만 아니라 '樹'와도 음이 같기 때문에 동일시된다. 즉 '술수수수戌樹守'로 도둑맞지 않게 잘 지킨다는 뜻이 된다. 이와 같은 개의 그림을 그려 붙임으로써 도둑을 막는 힘이 있다고 믿었다. 이러한 일종의 주술적 속신은 시대를 거슬러 올라가 고구려 각저총의 전실과 현실의 통로 왼편 벽면에도 무덤을 잘 지키라는 의미에서 개그림을 그려 놓았다.

민요에는 개가 사랑의 방해자, 잠자는 아기를 깨우는 어머니의 미움을 사는 존재로 등장한다. 이는 낯선 사람을 보면 짖어대는 속성으로 인해 사랑을 훼방하는 존재로 나타나기 때문이다. 남몰래 애절한 사랑을 나누는 님이 밤에 오시는데 그때마다 짖어 대는 야속한 개를 민요에서 한탄했다. 통영 지방에서 전승되는 개타령에 보면 '가랑잎만 달싹해도, 나뭇잎만 굴러가도, 문풍지만 떨어도, 달그림자만 보아도 짖는 개를 밤중밤중 야밤중에 우리임이 오시더라도 짖지 말라'는 임을 그리는 여인의 애틋한 사랑을 담고 있다. '자장자장 자장 / 돌이야 자거라 / 검둥개야 짖지 마라 / 흰둥개야 짖지 마라' 하며 아기 잠재운다. 그러나 어머니의 등에서 고이 잠든 아기의 단잠을 깨우는 것도 멍멍 짖는 개소리다.

개에 대한 표현방식은 시대에 따라서 문헌·고분 벽화·설화·신앙·그림 등에서 다양하게 나타나지만 한국 문화에 나타난 개는 충성과 의리의 충복·심부름꾼·안내자·지킴이·조상의 환생·인간의 동반자 등의 상징적 의미와 함께 비천함의 대표격으로 등장한다.

예로부터 개는 집지키기·사냥·맹인 안내·수호신 등의 역할 뿐만 아니라, 잡귀·병·도깨비·요귀 등 재앙을 물리치고 집안의 행복을 지키는 능력이 있다고 전해진다. 특히 흰개는 전염병·병도깨비·잡귀를 물리치는 등 벽사闢邪 능력뿐만 아니라 집안에 좋은 일이 있게 하고, 미리 재난을 경고하고 예방해 준다고 믿어왔다.

○ 돼지亥

예로부터 집집마다 돼지를 길렀고 어쩌다 돼지꿈을 꾸면 재수 좋은 꿈을 꾸었다고 기뻐했다. 장사하는 사람들은 돼지가 새끼들을 품에 안고 젖을 빨리는 사진을 걸어 놓고 일이 잘되기를 빌기도 했다. 상점에는 새해 첫 돼지날上亥日에 문을 열면 한 해 동안 장사가 잘된다는 속신도 있다. 죽어서도 돼지 혈穴에 묘를 쓰면 부자가 된다고 믿어왔다. 이처럼 한국 사람들은 예로부터 돼지를 부富와 복福의 상징으로, 돼지꿈을 재운財運과 행운幸運의 상징으로 여겨 왔다. 많은 사람들이 돼지해를 맞으면서 무언가 행운과 재운이 따를 것으로 믿는 것도 이 때문이다.

석기시대 동물상動物相·조개더미貝塚·토우土偶·토기土器 등 고고 출토

유물에서 돼지의 조상 격인 멧돼지 뼈와
이빨이 다수 출토되고 있고, 표현된 것으
로 보아 가축으로 길들여지기 이전에 야
생의 멧돼지가 한반도 전역에 자생하고 있
었던 것으로 추정된다. 돼지의 사육은 이
러한 고고 자료와 『삼국지三國志』 「위지魏
志」 〈동이전東夷傳〉 등의 기록으로 보아 약
2천 년 전에 돼지를 사육하기 시작한 것으로 짐작된다.

『삼국사기』 「유리왕琉璃王·산상왕山上王」 편이나, 『삼국유사』 「사금갑
射琴匣 조」, 『고려사高麗史』 「고려세계高麗世系」 편에서 돼지는 신통력神通力
을 지닌 동물로 신성시하였다. 돼지는 신에게 바쳐지는 제물祭物임과 동
시에 국도國都를 정해 주는 신통력을 지닌 동물로 전해진다. 즉, 돼지는
예언자나 길잡이 구실을 하여 명당明堂을 점지해 주거나, 왕의 후사後嗣
를 낳아 줄 왕비를 알려주었고, 왕을 위기에서 모면하게 해주었다.

돼지는 일찍부터 제전祭典의 희생犧牲으로 바쳐졌다. 고구려의 교시郊
豕, 삼월 삼일 하늘과 산천의 제사, 12월 납일의 제사, 동제와 각종 굿거
리, 고사告祀의 제물로 의례껏 돼지 머리가 가장 중요한 제물로 모셔진다.
하늘과 땅에 제사지낼 때 쓰는 희생물로 돼지는 매우 신성한 존재였을
뿐만 아니라 신이神異한 예언적 행위를 한 것으로 나타난다.

'돼지 같은 녀석' 이렇게 욕을 하면서도 한국인은 꿈에 본 돼지는 대
단한 귀물貴物로 친다. 만일 돼지에 개마저 덧붙이면 그 욕은 사뭇 상소
리가 되는데도 돼지꿈은 용꿈과 같은 항렬이다. 한국인이 갖는 동물꿈
가운데서 돼지는 용과 더불어 최상의 길조吉兆라는 것을 누구나 다 알고
있다. 돼지꿈과 용꿈은 길몽의 쌍벽이다. 돼지꿈은 부의 상징이다. 집안

에 모시고 믿음을 바치던 '업신'이 현실의 재물신財物神이라면, 돼지는 꿈 속의 재물이다.

돼지 그림이나 돼지 코는 번창의 상징이나 부적으로 이용되기도 한다. 장사꾼들에게는 '정월 상해일에 장사를 시작하면 좋다'는 속신이 있다. 이처럼 돼지가 재물과 관련된 것은 돼지가 가계의 기본적인 재원財源이었고, 그 한자의 '돈豚'이 '돈金'과 음이 같은 데에 연유한다. 장사하는 집에서는 곧잘 돼지 그림을 문설주 위에 그려 붙였다. 이것은 돼지가 한 배에 여러 마리씩 새끼를 낳고 잘 먹고 잘 자라는 강한 번식력을 가졌기 때문이었다. 즉, 사업의 번창을 기원하는 것이다. 그리고 침 흘릴 시기가 지나도 침을 흘리는 아이의 목에 돼지 코를 잘라 걸어 주면 침을 흘리지 않는다고 부적처럼 걸고 다녔다.

속담에서 탐욕스런 성정性情의 사람, 게으른 사람, 미련한 짓거리를 하는 사람, 듣기 싫은 목소리로 크게 노래 부르는 사람을 보통 돼지에 빗대어 이야기한다. '돼지 같은 욕심'·'돼지는 우리 더러운 줄 모른다'·'돼지 멱따는 소리'·'돼지 목에 진주 목걸이' 등의 속담에서 미련하고 게으르며 지저분하며 먹을 것이나 탐내는 동물로 돼지를 이야기하고 있다.

3. 결론을 대신하여 –띠·궁합·운명

12지의 띠동물는 매년 바뀐다. 사람들은 각기 자기의 띠를 가지고 있다. 사람의 운명을 결정짓는 사주에서 가장 중요한 띠를 가지고 운수나 점을 치고 궁합까지 맞춘다. 그 해의 수호신이라 할 수 있는 자신의 띠동물의 행태와 자기인생의 행태를 동일시하려 한다. 그래서 매년 정초가 되면 새로운 띠짐승의 의미나 상징을 찾아 새해의 운수나, 새로 태어나는 아이의 운명이나 성격 등을 미리 알려고 한다.

궁합을 볼 때에도 신랑과 신부의 띠만 가지고 삼합三合이니, 원진元嗔인가를 가려 좋고 나쁨을 따지는 것을 겉궁합이라고 한다. 또한 같은 동물 꿈이라도 꿈을 꾸는 사람의 띠가 무엇인가에 따라 그 해몽이 달라진다. 일반적으로 돼지꿈(재물), 용꿈(태몽)은 길몽으로 알려져 있는데, 토끼와 양띠의 사람은 돼지와 삼합이기에 돼지꿈을 꾸면 좋고, 용띠인 사람이 돼지꿈을 꾸면 오히려 원진관계가 되어 좋지 않다. 용꿈은 태몽으로 최고의 꿈이다. 그러나 잔나비와 쥐띠가 용꿈을 꾸면 상서로운 일이 벌어져서 좋지만 돼지띠가 용꿈을 꾸면 좋지 않다. 돼지띠의 산모가 용꿈을 꾸고 아이를 낳으면 최고 태몽이 아니라 오히려 말썽을 일으키는 아이를 낳는다. 그런데 여기서 주목할 만한 것은 삼합이니 원진이니 하는 것이 사주에서뿐만 아니라 실제로 자연 생태계에서도 그 법칙이 작용하고 있다는 점이다.

궁합에서 잘 어울리고 잘 맞지 않는다는 사연은 그 띠동물의 행태를 그대로 인생사에 결합한 것이다. 호랑이는 닭이 우는소리를 무척 싫어한다. 닭은 서방西方이고 서쪽은 흰색이므로 호랑이는 흰색을 또한 두려워한다고 한다. 반면에 소는 닭의 울음소리를 좋아하고, 여물을 먹은 후 반추위로 되새김을 하면서 '꼬끼오'하고 우는 닭의 울음소리에 맞추어 반추위 운동과 쉼을 한다고 한다. 민가에서 닭둥우리를 소 마구간과 같이하는 경우도 많다. 그래서 닭띠와 범띠가 혼인을 하면 잘되지 않고, 소띠와는 잘 맞는다는 말이다. 이러한 이야기는 순전히 닭과 호랑이의 생태에 따라서 해석한 것이다.

십이지의 삼합三合과 자연 생태계

십이지의 삼합	자연 생태계
①쥐(子)=용(辰)=잔나비(申)	쥐가 용의 두뇌와 원숭이의 재빠른 몸집을 형상화하였다.
②소(丑)=뱀(巳)=닭(酉)	소는 뱀의 독을 무서워하지 않으며 어린 뱀의 독은 오히려 소의 혈청을 왕성하게 해주고 닭의 울음소리를 좋아한다고 한다. 여물을 먹은 후 반추위로 되새김을 하면서 '꼬끼오'하고 우는 닭의 울음소리에 맞추어 반추위 운동과 쉼을 하고 있다.
③범(寅)=말(午)=개(戌)	호랑이의 포효와 개의 쇳소리, 그리고 말의 울음소리는 서로 화합한다.
④토끼(卯)=양(未)=돼지(亥)	토끼는 돼지의 분비물 냄새와 힘을 부러워하고, 양의 초연한 청승스러움을 태연하게 받아들이는 자세를 취한다. 토끼의 코는 양의 코와 돼지의 코를 반반씩 닮았다. 성격면에서도 돼지의 우묵함과 양 뿔의 건방진 자존심을 가지고 있다.

십이지의 원진과 자연 생태계

십이지의 삼합	자연 생태계
①쥐(子)↔양(未)	쥐는 양의 배설물을 꺼린다(서기양두각:鼠忌羊頭覺). 양의 배설물이 조금만 몸에 묻어도 몸이 썩어들어가며 다 빠져버려 꼴이 말이 아니게 된다.
②소(丑)↔말(午)	소는 말의 게으름을 싫어한다(우진마불경:牛嗔馬不耕). 소 자신은 무척 부지런히 일을 열심히 하는 데 비해 평상시의 말은 가만히 서서 음식을 먹고 게으르기 때문에 싫어한다. 실제로 마굿간과 외양간을 이웃해서 지어주면 서로 잘 자라지 못한다.
③범(寅)↔닭(酉)	범은 닭의 울음소리를 싫어한다(원증계취단:虎憎鷄嘴短). 닭은 서백(西白)이므로 호랑이는 흰빛을 두려워한다. 장닭이 훼를 길게 세번 이상 치고 꼬리를 흔들면 귀신과 호랑이도 민가에서 물러간다고 한다.
④토끼(卯)↔잔나비(申)	토끼는 원숭이의 궁둥이를 싫어한다(토원후불평:兔怨不平). 자신의 눈색깔과 같기 때문이다. 자고로 세계 어느 원숭이가 사는 곳에 토끼가 같이 사는 법이 없다고 한다.
⑤용(辰)↔돼지(亥)	용은 돼지 면상의 코를 싫어한다(용혐저흑면:龍嫌猪黑面). 용은 열두 동물의 형태를 모두 형상화한 동물인데, 다 잘 생긴 모습 중에 돼지의 코를 형상화한 것이 용의 코이다. 용은 돼지만 보면 자기 코를 생각하고 못 견뎌한다. 즉, 자기의 코가 돼지의 코를 닮아서 잘생긴 용모에 오점을 남겼으므로 돼지를 미워한다.
⑥뱀(巳)↔개(戌)	뱀은 금속성의 개짖는 소리를 들으면 허물을 벗다 죽는다. 뱀은 개짖는 소리에 기절초풍을 하게 된다(사경견폐성:巳驚犬吠聲). 발정기 때의 개짖는 소리는 산천초목을 울먹거리게 한다. 그만큼 강한 쇳소리가 울려 퍼진다. 고막이 없는 뱀의 귀에까지 울먹거리는 쇳소리에 놀라 뱀의 심장은 열에 부풀어 오르게 된다. 그리곤 허물을 미처 다 벗어 버리지 못하고 죽어버리고 만다.

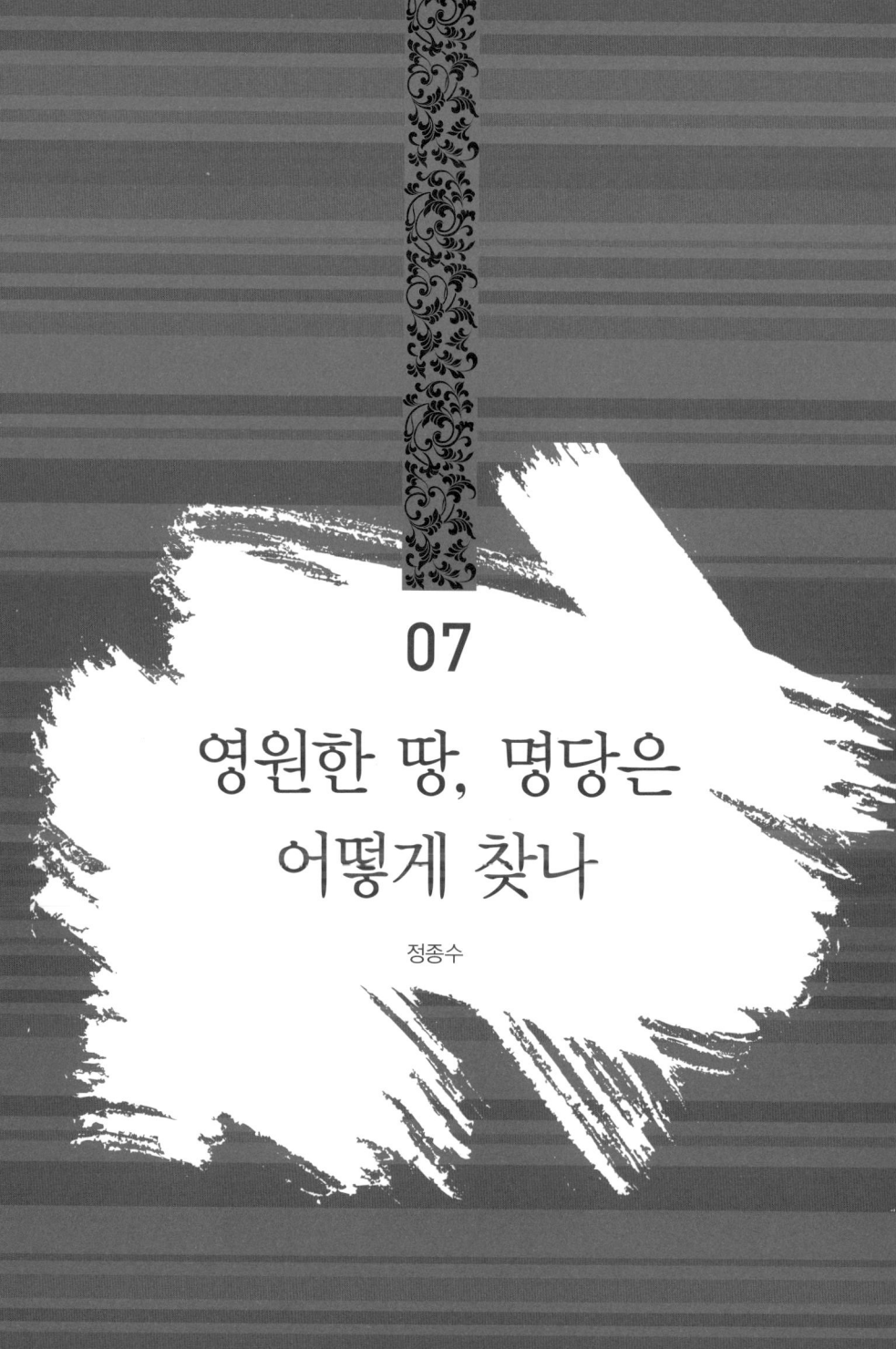

07

영원한 땅, 명당은
어떻게 찾나

정종수

1. 풍수란 무엇인가

우리는 '잘 되면 내 탓, 안 되면 조상 탓'으로 돌리는 버릇이 있다. 또, 특별한 이유 없이 집안에 우환이 끊거나 일이 잘 풀려나가지 않을 때도 맨 먼저 '혹 조상의 묏자리를 잘못 써서 그런 것은 아닌가?' 하고 한번쯤 묏자리 타령을 해 본다. 이처럼 한 집안의 집터와 묏자리가 곧 그 집안의 운명을 결정하고, 한 지방의 지세가 곧 그 지방의 운명을 결정하며, 한 나라의 수도와 지리가 곧 국가의 운명과 결부된다고 믿는 것이 풍수 사상이다.

풍수風水란 장풍 득수藏風得水를 요약한 말로, 감여堪輿 또는 지리地理 · 지술地術이라고도 한다. 감여는 천지가 만상을 잘 지탱하여 싣고 있는 것을 의미하는 것으로 천지란 뜻이다. 지리란 산수의 지세 지형 및 그 동정을 뜻하며, 땅을 생적 · 동적으로 생각하고, 땅과 인간과의 관계를 직접적으로 관찰하는 것이다. 지술은 지리의 술이란 뜻이다. 본디 지리가 뜻하는 바를 살펴보면, 땅이 인간에게 부여하는 길흉화복은 그 세상으로 나타난다. 그러므로 지리는 지상地相에 의해 관찰하지 않으면 안 된다. 이 지상을 점치는 법이 지술이다. 이상의 감여 · 지리 · 지술 등 삼자는 그 뜻이 거의 비슷하나, 감여는 땅과 인간과의 관계를 그 근본적 발생적 관계에서 관찰한 것이고, 지리는 땅과 인간과의 관계를 학리적으로 설명한 것이며, 지술은 피흉구복이라고 하는 술법에 중점을 두는 것이므로 목적은 동일해도 그 명칭은 다르다. 이러한 술법에 능통한 자를 감여가堪輿家 · 술사術士 · 지사地師 · 지관地官 · 풍수사風水師라 부른다.

또한 풍수는 크게 땅 위 자리와 땅속 자리로 나눌 수 있다. 즉, 도읍이나 주택처럼 지상에 거처를 삼을 때 지세를 따지는 '양택풍수陽宅風水'와 묏자리처럼 지하를 거처로 삼을 경우를 따지는 '음택풍수陰宅風水'로 갈라진다.

양택은 '양기陽基'라고 하기도 한다. 무라야마 지준村山智順은 『조선의 풍수』에서 양택이란 용어보다는 양기가 맞는다고 하여 '양기풍수'라고 쓸 것을 주장하기도 했다. '택'과 '기'가 모두 사람의 주거에 관계되는 용어이긴 하나, 택은 주로 관습상 사람이 들어가 사는 것을 가리키는 말이고, 기基는 그 집을 포용하고 있는 대지를 칭한다. 주택의 경우, 가옥은 대지와 건축물로 나누어지는데, 이때 그곳에 살고 있는 사람은 건축물에 의해서가 아니라 그것을 떠받치는 대지, 즉 땅의 생기에 의해 감응을 받는 것인 만큼 양택보다는 양기로 써야 한다고 보았다. 하지만 음택의 경우에는 사자를 땅속에 묻으면 택과 기의 구별이 없어지기 때문에 결국 주거의 의미가 강조된 것이라 할 수 있다.

그러나 이 같은 무라야마의 주장에 대하여 최창조는 『한국의 풍수사상』에서 주거풍수인 양택을 일률적으로 양기로 쓰기에는 무리가 없지 않다고 하였다. 주거풍수에서 기를 받는 대지 못지않게 건물의 배치나 방위가 커다란 영향을 미치므로, 주거 풍수를 단순히 양기라 하지 말고 택과 기를 분리하여 사용할 필요가 있다고 했다. 즉, 도읍이나 군현 등 취락풍수에서는 양기로, 그리고 개인 주택에서는 양택으로 구분해야 한다는 것이다.

이상의 내용을 정리하면 다음과 같다. 풍수는 양택과 음택으로 나누어지고 양택(주거 풍수)은 규모에 따라 다시 양기와 양택으로 나누어진다. 전자는 국도 및 도읍 풍수로서 도참사상과 연결된다. 풍수의 규모가 적은 후자는 집터를 어떻게 안치할 것인가가 문제가 된다.

풍수의 종류

그렇다면 양택과 음택의 차이는 무얼까? 음택에서는 상서로운 기가 충만한 곳에 조상의 뼈를 묻으면 그 기운이 후손에게 전달되어 복을 가져다준다고 믿었다. 그래서 일단 매장을 했다 하더라도 그 땅이 좋지 않다고 생각되면 언제라도 쉽게 이장을 통해 다시 좋은 기를 받을 수 있다고 여겼다. 그래서 길지를 따라 묘를 자주 옮기는 이장 풍속이 생겨날 수밖에 없었다.

반면에 양택풍수에서는 국도 혹은 도읍이 한번 정해지거나 집을 지으면 묘지처럼 터를 자주 바꾸기가 쉽지 않다. 그래서 탑이나 장승과 같은 조형물을 세우거나 나무를 심어 부족하거나 허한 부분을 메워 주는 비보법裨補法이 성행하게 되었다. 또한 압승壓勝으로 나쁜 부분을 제압함으로써 풍수의 원형을 조형하고자 하였고, 이사·피방避方같은 예방책을 써서 사전에 재앙을 물리치고자 하였다.

2. 풍수의 본질

풍수의 본질은 생기生氣와 감응感應 두 가지라 할 수 있다. 풍수의 본질을 처음 기와 관련시켜 설명한 사람은 풍수학의 시조라 일컫는 중국 동진東晉의 곽박郭璞(276~324)이다. 곽박은 『금낭경』에서 당시의 음양오행설과 도참설, 그리고 도교 사상 등을 종합하여 실질적인 풍수설의 이론적 체계를 세웠다. 풍수의 가장 핵심적인 본질인 '동기감응론同氣感應論'을 다음과 같은 예를 들어 설명하였다.

> 한나라 때 미앙궁에서 어느 날 저녁 아무 이유 없이 종이 저절로 울리자, 동방삭이 이는 반드시 구리 광산이 무너졌기 때문일 것이라고 말하였다. 얼마 지나지 않아 서쪽 땅 진령에 있는 구리 광산이 무너졌다는 소식이 왔는데, 바로 미앙궁의 종이 울린 그날이었던 것이다. 이에 황제가 동방삭에게 어떻게 그 일을 알 수 있었느냐고 묻자, 동방삭은 "종은 구리로 만든 것이고 그 구리는 구리 광산에서 나온 것이기 때문이다"라고 말하였다. 이처럼 두 기가 서로 감응하는 것은 마치 사람이 그 부모로부터 몸을 받는 것과 같은 이치라고 설명한 것이다. 황제는 "무생물인 구리도 이러할진대 하물며 사람에게 있어서는 그 통함이 크게 이루어지지 않겠는가?" 하고 감탄해 마지않았다

생기는 인간은 물론 만물을 생성시키고 발육시키는 그 어떤 근본적인 힘을 일컫는다. 이러한 생기가 뭉쳐진 곳에 부모의 시신을 묻으면 뼈가 땅속의 기를 얻어 자신이 지상에 남기고 온 자손에게 그 기가 전해져, 이 기를 받은 자손은 흥성하며 복을 입는다.

그럼 조상이 받은 길한 기운은 어떻게 자손에게 전달될까. 이것이 소위 풍수에서 말하는 기감응氣感應이다. 풍수학의 가장 오래된 고전으로 2세기경 동한東漢시대 청오 선생이 지었다고 전해지는 『청오경』에 다음과 같은 기록이 있다.

> 사람은 백 년에 죽게 마련인데, 죽으면 형체를 벗어나 본디로 돌아가고, 정신은 하늘로 올라가며, 뼈는 뿌리로 돌아간다. 그 뼈가 길한 기운에 감응하면 많은 복이 사람에게 미친다.

이는 사람이 늙어 죽으면 가화합체假化合體, 즉 혼과 백으로 이루어진 형체가 분리하여 화합 이전의 진체眞體로 돌아간다는 것이다. 진체란 정신魂과 뼈魄(육체)로서, 정신인 혼은 하늘로 올라가고 뼈인 백은 뿌리 즉, 땅으로 돌아간다. 그래서 부모의 뼈가 길기가 충만한 온혈에 매장되면 그 기가 죽은 자의 후손에게 그대로 이어져 부귀를 얻게 되지만, 그렇지 못한 나쁜 땅에 묻히면 자손이 쇠퇴한다.

기는 전달되기 때문에 살아 있는 사람이 받은 기는 자신의 것이 되지만, 죽은 사람의 뼈가 얻는 기는 쓸 곳이 없다. 그렇기 때문에 자연히 자기의 분신인 자손에게 그 기를 보낼 수밖에 없다. 또한 산 사람은 땅 위에 있는 생기에 얹혀 삶을 영위하며 그 기운을 얻지만, 죽은 자는 땅속에서 직접 생기를 받아들이기 때문에 그가 받는 생기는 오히려 산 사람의 것보다 더 크고 확실하다. 이것이 묘지 풍수의 기본 논리이다.

이상은 『금낭경』·『청오경』에 나타난 풍수의 본질에 관한 설명을 부연한 것이다. 풍수의 기본 논리는 일정한 기본 경로를 따라다니는 지기地氣인 생기를 사람이 접함으로써 복을 얻고 화를 피하려는 바람을 담고 있다.

그러나 기는 볼 수도 만질 수도 들을 수도 없고, 사람의 오관으로도 감지할 수 없는 대상이다. 풍수에서는 사람의 몸에 혈관이 있어 이 혈관을 따라 영양분과 산소가 운반되는 것처럼 땅에도 생기가 흐르는 길이 있다고 본다. 이것이 소위 풍수에서 말하는 맥脈이다. 맥이 흐르는 곳에 산이 생기고 물이 생긴다. 우리가 풍수에서 말하는 용龍이란 바로 산맥의 흐름을 가리키는 것으로, 이는 기의 발로라 할 수 있다. 앞서 말했듯이 기는 볼 수도 만질 수도 없기 때문에 기가 만들어 낸 용(산·물)을 보고 기의 소재와 상태를 추정한다.

조선 후기의 대실학자인 성호 이익李瀷(1681~1763)은 땅속 지기의 움직임을 이렇게 기술하였다.

무덤 속에서 왕왕 관이 뒤집히는 일이 있고, 또 시체가 없어지는 일도 있어 변괴가 무궁한데, 세상 사람들은 모두 바람이 하는 것이라고 한다. 혹자가 묻기를, "땅 위에도 한 물건을 설치하면 비록 폭풍이 불더라도 이를 불어 옮기지 못하거늘, 땅 속은 이같이 견고하고 두터운데 어떻게 이를 불어 옮길 수가 있습니까?" 하고 물었다. 주자가 대답하기를, "생각건대 땅 속에 기운이 축적되어 발동하려 하면 그 힘이 강대하고, 땅 위에 나오면 그 기운이 흩어지는 것이다. 정화현에 어떤 사람이 어버이를 장사지냈는데, 광중에서 가끔 이상한 소리가 났으며 가산이 점점 탕패하여 자손도 빈궁해져 묘를 파 보니 목관 한 모퉁이가 부딪쳐서 다 허물어져 있었다."고 하였다. 내가 생각건대 이는 반드시 마귀의 작희인 것이다.(『성호사설』 권3, 「천지문」, 〈형광중이변조〉)

이처럼 성호는 땅속의 관이 뒤집히고 시체가 없어지는 것을 기가 움직여 생겨난 일이라고 보았다. 그러나 눈에 보이지 않는 지기를 감지하기란 보통 사람들에겐 거의 불가능하다. 지기는 마치 바람과도 같은 존재이다. 지기의 흐름을 감지할 수 없는 것은 바람이 불어도 그 바람의 모습을 볼 수 없는 것과 같은 이치이다. 다시 말해, 바람의 존재는 단지 진동의 자취를 통해서만 그 실체를 알 수 있지만, 그러나 그 자취로도 바람이란 물체를 완전히 파악할 수 없는 것과 같은 이치라 할 수 있다. 눈에 보이지 않는 바람이 엄연히 존재하듯이 소리도 없이 형체도 없이 땅속을 흐르는 지기도 엄연히 존재한다.

이런 불가사의한 존재인 땅속의 기는 산이나 물과 같은 땅의 외형을 보고 소재와 상태를 주정한다. 흔히 땅의 형세를 좌청룡, 우백호라 표현한 것은 기를 찾기 위해 만들어낸 일종의 기호이다. 이처럼 산과 물의 모양 등 땅의 형세를 보고 명당을 찾는 방법이 8세기 이후 등장하게 된다. 후세 사람들은 산과 물의 모양만 보고 명당을 찾는다고 하여 이 유파의 설을 '형세설形勢說'이라 불렀다.

3. 풍수와 음양오행의 결합

남향집이 좋다는 것은 누구나 다 아는 사실이다. 풍수의 풍 자도 모르는 사람일지라도 뒤에는 산이 있고 마을 앞에 내가 흐르는 곳이 살기 좋다는 것쯤은 안다. 이처럼 단순히 산과 물을 보는 풍수에서 오늘날과 같은 풍수지리설로 체계화시키고 발전시키는 데 큰 기여를 한 것은 바로 음양오행陰陽五行 사상이다. 또한 풍수를 난해하고 복잡하게 만든 주범 또한 음양오행 사상이다.

풍수 사상은 역사상易思想과 음양오행설에 그 뿌리를 두고 있다. 그러므로 풍수지리의 본질을 이해하기 위해서는 음양오행 사상의 구조를 알 필요가 있다. 아무리 산을 잘 보고 묏자리를 잘 보는 명풍수라 할지라도 풍수에서 음양오행론을 모른다면 그것은 단순히 남향 아파트가 다른 향보다 값이 더 나간다는 정도밖에 알지 못하는 것과 같다.

그러면 먼저 풍수지리 사상의 이론적 기초가 되는 음양오행론의 구조와 이것이 풍수에 어떻게 반영되었는가를 살펴보자.

1) 음양과 오행의 원리

중국 고대의 사상가들은 삼라만상이 음과 양의 이원적 구조로 이루어졌으며 음양의 두 기가 상생相生·상극相剋함에 따라 만물이 생성되는 것으로 믿어 왔다. 이처럼 모든 자연 현상을 음·양 두 원리의 작용으로 설명한 것이 음양설이요, 이 음양설의 영향을 받아 오원기五元氣, 즉 목木·화火·토土·금金·수水가 변하여 생성·소멸함을 설명한 것이 소위 오행설五行說이다. 이 두 설을 함께 묶어서 음양오행설이라 한다.

음양오행은 전국시대 중기 제齊나라 추연鄒衍(B.C 305~240)을 비롯한 음양오행가들에 의해 출발하였다. 음양설은 한漢대에 이르러 음양가의 학설이 성행하면서 음양과 오행이 통일되었다. 음양이란 태극이 움직여 양을 만들고, 움직임이 지나치면 조용하여 즉 정精함으로 음을 만든다는 것이다. 이러한 음양은 암컷과 수컷으로 나누어져, 이 음양의 조화로 인하여 만물이 생성되었으니 실로 이 세상의 모든 사물은 음양으로 되지 않은 것이 없다.

오행은 나무木·불火·흙土·쇠金·물水의 다섯 가지를 말한다. 오행설을 처음 언급한『서경』「홍범조」에는 중국의 하 왕조를 세운 우禹의 부친인 곤鯀이 장마 물을 막아 오행의 배열을 어지럽혔다고 해서 죽을 때까지 귀양살이를 하였다는 기록이 보인다. 처음에는 오행이 단순히 인간 생활에 필요 불가결한 다섯 가지 재료를 의미하였다. 따라서 오행의 배열도 사람의 생명과 직접 관계되는 물·불로 시작하여, 다음에 생활 재료로써 나무·쇠에 이르고, 끝으로 모든 소재의 기본이 되는 흙이 제시되었다.

그러나 홍범 이래의 이러한 오행의 원리는 무시되고,『예기』의 월령月令에서 쓰인 사시四時 사방의 원리의 관념에 따라 오행의 차례는 목·화·토·금·수로 완전히 바뀌어졌다. 다시 말해, 앞의 것에서 뒤의 것이 생기는 양상의 오행 상생五行相生과, 토·목·금·화·수의 차례로 뒤의 수부터 시작하여 역으로 악에 있는 것을 이기는 오행 상극五行相剋이 형성되었다.

그러면 오행의 상생 상극의 원리는 구체적으로 어떻게 작용하는 것인가? 먼저 오행의 상생 원리부터 살펴보기로 하자. 상생 원리는 나무부터 시작되는데, 목→화→토→금→수→(목)의 순서로 상생 작용이 순환된다. 즉, 나무는 태우면 불이 일어나고木生火, 불에 탄 재는 흙이 되고火生土, 흙 속에서 쇠가 나오고土生金, 쇠가 불에 녹아 물이 되고金生水, 물은 나무를 자라게 한다水生木. 이처럼 오행은 끊임없이 돌며 서로를 생성시킨다.

상극 원리는 물부터 시작된다. 물은 불을 이기고水剋火, 불은 쇠를 녹이고火剋金, 쇠는 나무를 이기고金剋木, 나무는 흙을 이기고木剋土, 흙으로 제방을 쌓아 물의 흐름을 막듯이 흙은 물을 이기는土剋水 등 수→화→금→목→토→(수)의 순으로 상극 작용이 순환된다.

○ 목은 수의 생을 받고 화를 낳아 주며, 금의 극을 받고 토를 이긴다.

○ 화는 목의 생을 받고 토를 낳아 주며, 수의 극을 받고 금을 이긴다.

○ 토는 화의 생을 받고 금을 낳아 주며, 목의 극을 받고 수를 이긴다.

○ 금은 토의 생을 받고 수를 낳아 주며, 화의 극을 받고 목을 이긴다.

○ 수는 금의 생을 받고 목을 낳아 주며, 토의 극을 받고 화를 이긴다.

이상과 같이 오행의 각 행이 각기 배타적으로 독립되어 있는 것이 아니라 상생과 상극의 상호보완적 입장에서 하나의 통일체를 위한 불가분의 관계를 가진다. 다시 말해 오행은 우주를 음양의 이원二元과 목화토금수의 오행으로 환원하고, 그것에 의해 우주 만물이 생성 변화한다는 논리이다. 또 음양과 오행에는 각각 기가 있고, 이 기가 우주 만물의 존재와 원천을 이루며, 인간을 포함한 자연의 모든 생명체를 생성 변화하게 한다. 그래서 음양이 순환하고 오행이 상생하여 나감으로써 만물이 생장한다. 만일 음양이 조화되지 못하거나 오행이 상극하여 중화되지 못하면 만물은 생장하지 못하고 사멸해 버린다.

이와 같은 음양오행 사상에 다시 십간十干(甲乙丙丁戊己庚辛壬癸)과 십이지十二支(子丑寅卯辰巳午未申酉戌亥)가 보태져 음양오행설은 더욱더 복잡한 체계를 이루게 되었다. 즉 십간이란 오행을 다시 음양을 따져 갑·을·병·정 등의 열 가지로 나눈 것이다. 거기에다 또 십이지를 더했다. 풍수에서는 십간보다 십이지를 훨씬 중요시한다. 오행을 음과 양으로 나누어 표상한 문자라 할 수 있는 십간십이지는 기의 시간적 변화, 즉 연·월·일·시를 표시하는 방법이었다.

음양오행 사상과 십간십이지는 우리 민속 신앙에 많은 영향을 끼쳤다. 인간의 길흉화복을 점칠 뿐만 아니라, 인간 만사, 즉 풍수에서의 음택·양택이며 사주·궁합·택일·작명에 이르기까지 민속 전반에 걸쳐 널리 적용되는 기초 관념이 된 것이다.

풍수 등 민속 신앙의 이해에 필요한 음양오행 사상과 방위 등 민속적 기초 관념이 되는 몇 가지 요소를 나타내면 다음과 같다.

방위	색채	계절	오행	풍수	전후좌우	음양
동	청	봄	목木	청룡	좌	양
서	백	가을	금金	백호	우	음
남	적	여름	화火	주작	전	양
북	흑	겨울	수水	현무	후	음
중앙	황		토土			

2) 풍수 속의 음양오행

동대문 밖 종로구 숭인동에 청룡사라는 절이 있다. 이 절은 고려 태조 때 창건한 이래로 지금까지 비구니 스님만 기거해 온 유서 깊은 사찰이다. 이 사찰은 풍수도참가로 유명한 도선국사道詵國師(827~898)가 고려조 오백년 뒤에 조선이 일어설 것을 미리 내다보고 "그 조선의 창건을 늦추려면 한양의 좌청룡 산기슭에 절을 지어 비구니를 거하게 하라"고 한 유언에 따라 지어졌다. 그래서 절 이름도 지리적으로 서울의 좌청룡에 해당된다 하여 청룡사라 하였다. 이는 원래 양의 자리인 땅에 음에 속하는 비구니 사찰을 지어 음으로써 양의 기운을 눌러 조선의 정기가 일어남을 막을 수 있다는 음양설의 상극론에 따른 것이다.

서울의 관악산은 불꽃이 타오르는 형상, 또는 마치 톱날을 위로 세워 놓은 형상의 산이기에 화산火山이라 했다. 옛사람들은 관악산에서 뿜어내는 화기가 너무 강해 도성 안의 기가 제압된다고 생각하였다. 이러한 강한 기를 꺾기 위해서는 적어도 관악산과 맞먹는 어떤 인공물을 도성 앞에 세워야 했다. 그래서 남대문의 현판을 세로로 세우고, 그 앞에 연못(조선 초에 남대문을 세울 때 서울역과 남대문 사이에 못을 파고 지천사라는 절을 세웠다)을 파 화기를 막고자 하였다. 또한 관악산의 화마를 견제하기 위해 경복궁 광화문 앞에 해신海神의 상징인 돌로 만든 해태상을 두고 눈은 관악산을 바라보도록 하였다.

강릉시 송정동에서는 화재가 잦았다. 마을 사람들은 그것이 마을 앞산의 화기가 강해 비롯된 것이라 여겨 방책으로 물을 상징하는 오리를 조각하여 장대 위에 앉힌 짐대를 세웠다. 이는 화를 수로써 대항하게 하여 그 기를 막고자 한 것이다. 오행에서의 수승화水勝火, 즉 물로 불을 제압한 압승책이다.

경주는 풍수지리적으로 배 모양行舟形의 길지이다. 이 때문에 신라를 병합해 고려를 건국한 태조 왕건은 신라가 다시 일어날 것을 염려해 계책을 꾸몄다. 왕건은 풍수에 능한 인사를 경주로 잠입시켜 경주가 '단봉포란형丹鳳抱卵形'인데 단봉인 남산이 애석하게도 알이 없으므로 봉황이 날아갈 위험성이 있다는 소문을 퍼뜨리게 하였다. 경주에서 만약 봉황이 날아가면 국운이 다하므로 봉황이 날아가지 못하도록 하기 위해서는 알을 만들어 품게 하고, 또 봉황이 물을 마실 수 있도록 깊은 우물을 파야 한다는 것이었다. 그래서 봉황의 알을 상징하는 봉황대가 경주 한가운데 세워졌다. 풍수상 행주형行舟形인 경주라는 배에 봉황대라는 거대한 흙더미를 실어 놓고 또 배 밑에다 우물을 상징하는 구멍을 뚫었으니 어찌 지기가 약해지지 않겠나. 그래서 신라는 다시 부흥하지 못하고 망하게 되었다는 것이다.

사람들은 풍수가 음양의 조화를 잃으면 영웅이 나지 않고 마을이 쇠퇴한다고 믿었다. 그래서 일제는 이 땅에서 산맥의 혈을 자르거나 혈에다 쇠말뚝을 박아 기의 흐름을 끊어 놓았다. 또한 우리 선조들은 풍수적으로 허한 곳에 탑이나 돌탑을 쌓거나 나무를 심어 풍수적 결함을 인위적으로 손보아 지덕을 북돋워주곤 했다. 이런 돌탑을 전라북도 지방에서는 조산造山이라 한다. 인위적으로 산을 만들었다는 뜻이다. 이런 것이 이른바 음양오행의 조화를 이루게 한다는 비보 풍수神補風水이다. 이 같은 예들은 풍수지리에서 음양오행이 얼마나 중시되는지를 잘 보여준다.

우리 선조들은 풍수설에 따라 지기가 허한 곳에 비보탑 같은 것을 세워 지덕을 보호함으로써 액을 물리치고 복을 얻고자 했다. 이는 당대뿐만 아니라 후손들에게까지 미칠 수 있는 화나 숙명을 극복해 나가려는 의지의 한 수단이라 할 수 있다. 이렇듯 풍수는 인간과 자연을 조화롭게 연결시키는 매개물이었다. 이제 자연과의 조화를 꾀하는 풍수사상은 자연을 잃어가고 있는 현대인들에겐 더욱더 새로운 의미로 다가서고 있다.

3) 풍수와 패철佩鐵의 만남

풍수사상은 음양오행과 십이지가 한데 어우러져 빚어낸 사상이다. 풍수사상이 확립된 것은 3세기경의 후한 때이다. 이 시기는 상대적으로 유학이 아직 힘을 발휘하지 못한 때이기도 하다. 『청오경』에 의하면 '산이 머물고 돌아가는 곳, 음양이 부합되는 곳이 기가 모인 길지'라고 했다. 곽박은 『금낭경』에서 '장풍득수'한 곳이 좋은 땅이라며 명당의 입지조건을 간단하게 설명하였다. 이 당시만 해도 기가 모인 곳을 찾는 방법을 가르치기보다는 어떤 곳이 길지이고 어떤 곳이 흉지이냐를 가르쳤다.

그러나 당唐대 이후가 되면 양상이 달라진다. 산과 물의 모양을 보고 명당을 찾는 방법 즉, '형세론'이 대세를 이룬다. 자연히 기사상은 풍수에서 멀어져 갔다.

한대 이후 중국의 사상을 통제하고 지배해온 음양사상의 철학인 '이기설理氣說'을 풍수에 도입하게 된다. 다시 말해, 명당은 자연적으로 조성된 산과 물의 형세를 보고 찾지만, 거기에 들어서는 무덤의 방향은 그 산수가 품고 있는 24방위의 음양과 오행의 기에 맞도록 해야 한다. 즉 무덤의 방향은 흐르는 물의 위치와 궁합이 맞아야 한다. 이때부터 '산'과 '물'과 '방위'가 풍수의 세 요소로 등장하게 되었다. 당시에 유행하던 도교의 북두칠성 신앙과 결부시켜 산 이름에 별 이름을 갖다 붙였으며, 또 오행도 붙였다. 이렇게 차츰 풍수에 음양오행설을 도입하기 시작하다가 송대宋代부터는 주자의 이기설을 그대로 도입하기에 이른다. 이때의 이理란 음양오행의 이치를 말하는데, 풍수에서는 이理를 패철 즉, 나침반으로 가늠하게 했다.

패철은 풍수에서 방위를 살필 수 있는 중요한 도구였다. 산수의 방위를 따져 길흉을 보는 법을 이기설이라 하는데, 이 학설을 이른바 '패철론佩鐵論'이라 한다. 패철, 즉 나침반으로 지세를 보기 때문이다. 풍수에 패철이 접목되자 기기묘묘한 설이 백출했다. 더욱이 나침반을 사용하는 방법이 제각각이라 '집안에 쌓아두면 들보까지 닿고, 수레에 실으면 소도 땀을 흘린다汗牛充棟'는 말이 생겨날 정도로 수많은 풍수책이 생겨났다. 풍수에선 하도 설이 많아 무엇이 무엇인지 알 수가 없다고 한 것도 바로 이 패철론을 두고 한 말이다. 이로 말미암아 풍수설은 이기설과 결부되어 기를 통한 사람과 자연의 결합은 없어지고 패철론이 난무하게 된 것이다.

현재 우리나라의 풍수는 이 패철론을 모르고는 이해하기 어렵다. 이러한 패철론은 조선 초기 호순신胡舜臣의 설을 통해 우리나라에 처음 도입되었다. 그것은 조선초기의 왕조실록에 궁궐터나 왕의 묏자리 잡을 때 이 호순신의 설이 자주 인용되는 것으로도 알 수 있다.

4. 명당은 어떻게 찾나

우리는 앞에서 풍수의 본질인 기, 즉 땅속의 지기인 생기를 타면 복을 얻고, 그렇지 못하면 화를 부른다는 동기 감응·친자 감응의 이치를 살펴본 바 있다. 그러나 설사 생기의 친자 감응의 이치를 믿는다고 하여도 그 효과를 볼 수 있는 방법을 알지 못한다면 소용이 없다. 또한 땅을 고르는 방법을 알고 그 방법을 동원했다 할지라도 효과를 얻었다는 증거가 없다면 그것은 한갓 이론에 불과하다.

그렇다면 좋은 터는 어떤 방법으로 어떻게 고를 수 있을까. 산천의 형세를 보고 기를 찾는 방법을 흔히 '풍수 사과'라고 하는데, 사과란 용龍·혈穴·사砂·수水 이 네 가지를 가리킨다. 용은 산맥의 흐름을, 혈은 기가 모인 곳을 말한다. 그 혈 주위를 혈장이라 하되 사는 혈의 좌우 전후에 있는 산, 그리고 수는 혈의 앞을 흐르는 물의 모양을 말한다.

풍수에서는 산이나 능선을 용이라 한다. 이는 산의 형태가 천형 만상으로 크거나 작으며, 혹은 일어나거나起 엎드리며伏, 거슬리거나逆 순하며, 숨거나隱 나타나는 것이 용의 움직임과 흡사하다고 해서 붙여진 이름이다. 용이 산이나 구릉의 외형적 모습을 따 붙여진 이름이라면, 맥脈은 땅속으로 흐르는 생기의 움직임을 가리킨다. 이를 사람의 신체에 비유한다면 용은 팔다리와 같고 맥은 혈관과 같다. 맥의 흐름은 볼 수 없지만 산이나 언덕에서 물이 갈라지는 곳은 거개 맥이 지나가는 곳이라 할 수 있다. 용과 맥의 흐름은 보통 물을 만나면 멈추는데, 그 멈춘 자리에 곧 기가 모이게 된다. 집이든 묏자리든 이 생기처에 자리를 잡아야 한다.

그렇다면 이 기는 어떤 방법과 원리를 통해 찾을 수 있을까. 기가 모이는 길지는 거개 간룡법看龍法·장풍법藏風法·득수법得水法·정혈법定穴法의 순서에 따라 찾을 수 있다.

물론 이러한 길지 선정의 원리로 구체적인 길지점을 찾았다 해서 그걸로 끝나는 것은 아니다. 최종적으로 시설물을 어떤 방향으로 안치할 것인지가 문제인데, 이것이 바로 좌향론坐向論이다. 여기에다 그 지역에 대한 종합적인 형세도 살펴보아야 한다. 이렇게 전체의 형세를 조망하는 논리가 소위 풍수에서 말하는 형국론이다. 이 같은 길지 선정 체계를 정리하면 다음과 같다.(최창조 외,『풍수, 그 삶의 지리 생명의 지리』)

길지 선정 원리와 체계

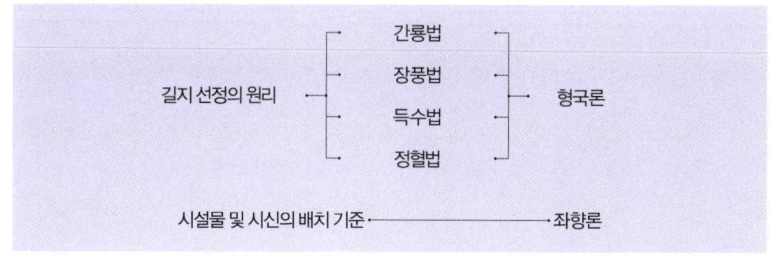

풍수의 논리 체계에서 간룡법·장풍법·득수법·정혈법·좌향론을 경험과학적 논리 체계라면, 형국론과 풍수의 본질인 동기 감응·친자 감응

등 기와 관련된 것은 기감응적 인식 체계이다. 따라서 풍수 사상을 비판하는 많은 사람들은 풍수에서 비과학적이고 미신적인 요소가 강한 기감응과 같은 인식론을 뺀다면, 풍수는 지극히 과학적인 체계를 갖춘 학문이라 해도 지나치지 않다고 한다.

그렇다면 땅속의 기운은 어떻게 감지할 수 있을까. 땅속의 기는 땅의 외형을 보고 살필 수밖에 없다. 이제 길지를 찾는 방법을 구체적으로 살펴보자.

○ 간룡법

예컨대 한 나라의 수도를 정한다고 하자. 우선 인구의 규모와 각종 도시적 기능을 고려해야 한다. 산줄기가 밀집된 곳은 피해야 하며, 너른 터가 있어야 한다. 또한 물이 있어야 하며, 가능한 한 나라의 한 중앙에 위치하여 사람들이 왕래하기에 불편하지 않아야 한다. 적어도 한 나라의 수도라면 최소한 이러한 입지 조건을 갖춘 곳이라야 한다. 바로 이러한 조건을 따지고 보는 것, 즉 산을 택하는 기준 또는 보는 방법이 간룡법이다.

용, 즉 산을 어떻게 보는가 하는 것은 풍수 술법의 제 일 보라 할 수 있다. 간룡이란 이러한 용의 흐름이 좋고 나쁨을 용의 근원지인 조산으로부터 생기가 멈추어 모이는 혈장까지 살피는 일을 말한다. 용 속에는 감추어진 산의 정기, 즉 지기가 흐르는 맥이 있어, 용을 찾을 때는 용을 체體로, 맥을 기氣로 하여 찾는다.

모든 산은 뿌리가 되는 종산宗山이 있다. 그로부터 출발하여 수천 리 이어져 주군州郡에 미치고, 이 산맥에서 분파되어 지맥을 이룬다. 풍수에서는 모든 산의 종산을 태조산太祖山이라고 하는데, 백두산이 이에 해당한다. 이 태조산에서 뻗어 나온 큰 산맥을 간룡幹龍이라 하고, 주 산맥에서 분파된 지맥을 지룡이라 한다.

그럼 이러한 간룡법을 통해 우리나라의 지세를 한번 살펴보자. 백두산을 조종으로 하여 뻗어 내려온 산맥이 태백산을 거치면서, 대체로 우리나라의 지형은 북쪽이 높고 남쪽이 낮으며, 중앙은 빠르고 아래쪽은 파리하다. 백두산이 머리가 되고, 대관령이 등성마루가 되어 마치 사람이 머리를 기울이고, 등을 굽히고 선 것 같다. 그리고 대마도와 제주도는 양쪽 발 모양으로 되었으며, 서북쪽亥方으로 앉아서 동남쪽巳方으로 향하였다.(이익, 『성호사설』 권1, 「천지문」)

이렇듯 우리나라의 경우 실제 풍수에서 용맥의 흐름을 살필 때 산의 근본은 백두산에 둔다. 그러나 이는 실용적 가치를 부여하지 않은 상징적 의미만 가지고 있을 뿐이다. 오히려 혈장에서 그리 멀지 않은 명산으로부터 혈장까지의 용맥의 흐름을 파악하는 데 더 중점을 둔다.

● 장풍법

장풍법이란 바람을 막는 법을 말한다. 풍수라는 명칭에서 보듯이 문자 그대로 바람이 가장 중요한 요소가 된다. 풍수는 곧 생기를 타는 것인데, 생기는 바람을 타면 흩어진다. 바람을 가두어 정기가 바람을 타고 흐트러지고 사라지지 않게 하는 것이 장풍의 요체이다.

장풍법은 사砂로부터 비롯된다. 사란 혈에 모인 생기가 흐트러지지 않도록 혈 주위를 에워싼 산·언덕·물을 일컫는다. 풍수에서 얘기하는 청룡·백호·주작·현무들이 이 사에 해당된다. 보통 이 네 가지를 혈의 사방을 에워싸고 있다 하여 사신사四神砂라 한다. 혈의 후방에 있는 것을 현무·전방에 있는 것을 주작·좌측에 있는 것을 청룡·우측에 있는 것을

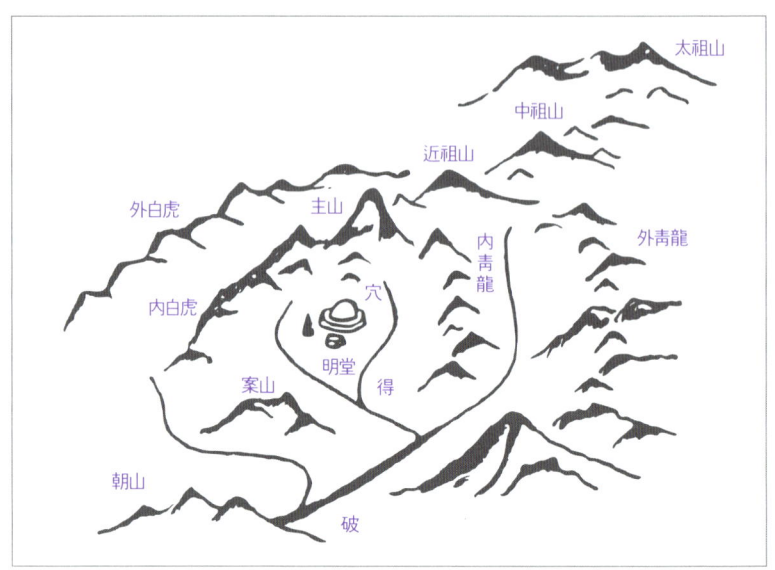

풍수와 명산도

백호라 한다. 이 사신사는 혈을 에워싼 장벽이 되어 혈을 호위하는 형국을 이룬다.

현무와 주작은 상호보완적인 청룡과 백호와는 달리 본질적으로 주인과 객, 즉 주종 관계를 이룬다. 특히 현무는 풍수사신風水四神 중에서도 가장 중심이 되는 것이며, 조종산에서 흘러오는 생기를 바로 혈에 주입시키는 역할을 한다. 이 현무의 맞은편에 있는 산이 주작인데, 가까이 있는 산을 안산, 멀리 있는 높은 산을 조산朝山이라 한다. 주작을 이루는 안산과 조산은 주산인 현무에 대하여 마치 신하가 임금을 대하듯, 자식이 부모를 대하듯, 손님이 주인을 대하듯 맑고 단정해야 하며, 반드시 주산보다 낮아야 길하다고 본다. 즉 현무가 주인이라면 주작은 손님이며, 현무가 남편이라면 주작은 처첩이다.

청룡과 백호는 중국의 사천 동물四天動物인 용龍·호虎·작雀·구龜(거북

우리의 옛 문화와 소통하기

이) 중 동과 서에 위치하는 용호를 말한다. 마치 팔다리가 인체를 호위하는 것 같이 서로 포위하여 혈을 지키는 이 양자는 풍수의 성국에서 없어

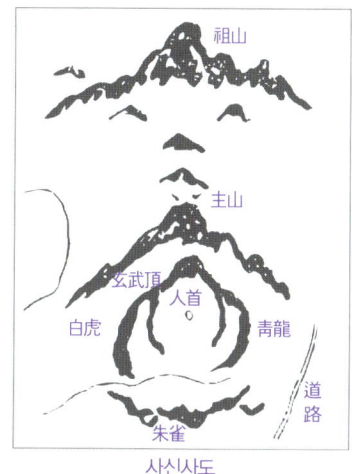

사신사도

서는 안 된다. 그래서 이 용호가 한 겹일 때보다는 이중 삼중 겹겹이 둘러싸고 있을수록 더 안전하게 혈을 보호한다고 본다. 여기서의 용은 왕자와 유문有文의 표상이며, 호는 무력과 용기를 표현한다. 때문에 이 청룡 백호의 길혈은 그 자손으로 하여금 문무 고관으로 출세하게 한다고 본다. 용은 늙은이나 장자, 젊은이나

지자支子(장남 이하를 이름)를 관장하기도 하고 재화의 증식을 관장한다. 이에 비해 호는 자손의 번식을 관장한다고 알려져 있다.

　주택에서 왼쪽에 물이 있는 것을 청룡이라 하고, 오른쪽에 긴 길이 있는 것을 백호라 한다. 앞에 연못이 있는 것을 주작이라 하고, 뒤에 언덕이 있는 것을 현무라 한다. 또 동쪽이 높고 서쪽이 낮으면 생기가 높은 터이고, 서쪽이 높고 동쪽이 낮으면 부하시는 않으나 호귀豪貴하며, 앞이 높고 뒤가 낮으면 문호文戶가 끊긴다. 반대로 뒤가 높고 앞이 낮으면 우마가 번식을 한다.(『산림경제』 권1, 「복거조」)

　이 사신사도 음양오행설에 기대고 있는 우리 풍수의 면모를 잘 보여준다. 동방에는 청룡을, 서방에는 백호를, 남방에는 주작을, 북방에는 현무를 둔다는 것이 무슨 의미가 있을까. 오행설에서 목의 방향은 동방이고 색깔은 청색이다. 화는 남방이고 적색이다. 금은 서방이고 백색이며, 수는 북방이고 흑색이다. 토는 중앙에 위치하며 황색이다. 중앙의 토

를 지키려면 사방에 신령스런 동물이 자리 잡고 있어야 한다. 이것을 사신수四神獸라 한다. 풍수에서는 이 사신수가 곧 혈을 둘러싸고 있는 사방의 산을 가리킨다. 그러면 남향이 아니고 동·서·북향의 경우는 사신수를 어떻게 배치해야 할까. 그래서 생각해 낸 것이 주산을 뒤로 하고 앞을 향해 왼쪽에 있는 산을 좌청룡, 오른쪽에 있는 것을 우백호라 한 것이다.

원래 풍수에서는 기의 집산集散과 방위는 따질지언정 남향이니까 좋고 북향이니까 나쁘다느니 하는 말은 하지 않는다. 그래서 묘를 쓸 때는 풍수 이치에 맞기만 하면 북향이든 동향이든 서향이든 가리지 않고 쓴다. 그런 까닭에 무덤에 시신을 안치할 땐 묘의 방향이 서향이든 북향이든 동향이든 주산 쪽으로 머리를 두면 북쪽에 머리를 둔 것으로 여긴다. 곧 주산 쪽이 북쪽이 되는 것이다. 그래서 풍수에서는 방위를 말할 때 절대 방위인 동서남북이라 하지 않고, 앞을 향하여 왼쪽에 있는 산은 좌청룡, 오른쪽에 있는 것은 우백호라 하고, 앞쪽을 주작, 뒤쪽을 현무라 한다.

그런데 집을 지을 때는 풍수상 아무리 터가 좋아도 북향집을 지으라고 권하지는 않는다. 무덤이든 집이든 풍수의 이치는 같은데도 말이다. 설사 권한다고 해도 북향으로 짓는 그런 명칭이는 없다. 남향집이 여러 모로 사람 살기에 좋다는 것은 이미 오랜 경험으로 알고 있기 때문일까? 이런 점이 우리 풍수가 안고 있는 이론의 모순으로 비칠지도 모르겠다. 그러나 바꾸어 생각하면 이런 것이 바로 현실 생활에 밀착된 우리 풍수의 진면목이 아닐까?

실제로 서울의 경우 사신사는 어떻게 배치되어 있을까? 본래 사란 옛 사람들이 풍수를 가르칠 때 모래 소반 위에 여러 가지 모형을 만들어 설명한 데서 유래하였다. 대개 주위의 사를 보고 길흉화복을 판단하기 때문에 사 중에서도 가장 중요한 것이 사신사이다. 명당이란 옛날 임금이 신하의 조현朝見을 받던 정전을 말한다. 그런데 이것이 뒤에 풍수에서 길지를 상징하는 명당자리로 대신 쓰이게 되었다. 모름지기 한 나라의 궁궐은 남면을 향해 안치되는 것이 일반적이다.

우리나라 최고의 명당이라 일컫는 서울의 경복궁을 놓고 볼 때, 경복궁은 정남향에서 약간 동으로 틀어진 임좌병향壬坐丙向으로 거의 정남향에 가깝게 안치되었다. 경복궁 뒤쪽 청와대 뒷산인 북악이 주산으로 북현무가 된다. 좌청룡은 낙산으로 지금의 동숭동 대학로 뒤쪽 아파트가 자리 잡고 있는 능선을 따라 동대문에 이르는 능선을 가리킨다. 또 우백호는 경복궁 서쪽의 인왕산이 되며, 남주작은 궁 남쪽에 위치한 남산으로 안산安山에 해당된다. 그리고 한강 너머 멀리 보이는 관악산이 조산朝山에 해당된다.

조산과 안산은 둘 다 혈 앞에 있으면서 주산에 대응하는 산이다. 이 중 조산이란 혈 앞에 있되 마치 왕 앞에 조아린 신하와 같은 모습의 산을 가리키는데, 주산에 예를 드리거나 읍하는 형상을 띤 산이 가장 길상이다. 이에 비해 안산은 주인 앞에 놓인 책상과 같은 역할을 하는데 주산보다 낮은 산을 이른다. 따라서 이들 조산과 안산은 주산인 현무의 기운과 서로 음양으로 상응해 생기를 정화하고 기가 흐트러지는散氣 것을 서로 막는 임무를 다한다. 나아가 주산의 위엄을 돕고, 주산이 왕성한 명국名局을 장식하도록 임무를 다하는 것이다.(이종항, 1982 : 294쪽)

풍수에서 가장 중요하게 여기는 것은 주산인 현무이다. 만약 좌우의 청룡 백호가 부실하거나 그 어느 하나가 없는 경우에는 득수得水로 보완할 수가 있다. 그렇지만 주산인 현무가 부실하거나 없다면 아예 국이 형성될 수가 없다. 그렇게 되면 주산에서 뿜어져 나와야 할 용의 생기가 있을 리 만무하다. 명당을 둘러싸고 있는 사신사 중 주산을 어느 산으로 정하느냐에 따라 환경지각적 측면에서 인간에 미치는 영향은 달라진다. 주산의 위치에 따라 그 혈장 위에 들어서게 되는 궁궐·사찰·묘지 등 시설물들의 위치가 달라지고 도읍이나 촌락의 핏줄이라 할 수 있는 가로망의 배치나 그의 발전 방향 등도 달라질 수 있기 때문이다.(최창조 외, 1993 : 253쪽)

조선 초기 국도를 정할 때 계룡산이 한 나라의 수도로 적합지 않다고 하여 건도를 중지한 뒤 일차로 논의된 곳이 지금의 신촌 일대이다. 그러나 신촌 일대를 떠받치고 있는 무악이 도읍지의 주산으로는 너무 낮고 약하다는 것이 결함으로 지적되었다. 결국 신촌이 주산이 약하다는 이유로 국도의 후보지에서 탈락하고 만 것을 보아도 풍수에서 주산이 얼마나 중요한지를 알 수 있다.

이제껏 서울의 지세를 보기 삼아 사신사와 조산, 안산의 중요성에 대하여 알아보았다. 풍수에서 이 사신사의 의미는 실로 다양하다. 겨울철 차가운 북서풍이 불어오는 우리나라의 경우 이 같은 사신사는 바람막이의 구실도 한다. 또한 풍수에서 좌청룡 우백호와 현무가 장풍으로서 가장 큰 역할을 하듯, 사신사는 전술적으로도 방어에 매우 유리한 지형을 제공하기도 하는 것이다.

◑ 득수법: 장풍보다 득수가 우선이다

득수법이란 말 그대로 물을 얻는다는 뜻이다. '산은 천 리의 근원을 바라보고 물은 천 리의 끝을 본다'는 말이 있다. 산은 그 성질이 움직이지 않아 정靜이며, 물의 성질은 동動이다. 산은 음이고 물은 양이다. 산수가 서로 어울리면 음양이 화합하고 기가 풍화되며 생기를 발하기 마련이다. 그러니 산수가 서로 만나는 곳은 길지가 된다.

풍수에서 물을 중시하는 진짜 이유는 물의 본성, 그 자체에 있다. '산은 수가 보내지 않으면 오는 바를 밝힐 수 없고, 혈은 물을 만나지 않으면 그 그침을 밝힐 수 없다'고 한 것처럼, 물이 없다면 기의 흐름을 알 수 없고, 또한 어디에서 기가 멈추었는가를 살피기 어렵다. 즉, 물을 통하여 기의 흐름과 멈춤을 알아낼 수 있다는 말이다. 풍수라는 명칭도 '생기는 바람을 타면 흩어지고 물을 만나면 머무른다'고 한 데서 비롯됐다. 생기의 집산에 관여하는 바람과 물이 글자 그대로 풍수가 된 것이다. 그래서 풍수의 법은 '득수가 우선이고 장풍이 그 다음'이라고까지 했다.

그러면 득수란 구체적으로 어떤 지세를 가리키는 것일까. 음양론에서 본다면 산과 물이 상응하면 음양이 화합하고 양자가 상극하면 음양이 떨어져 불화를 이루게 된다. 그러므로 산수가 회합하는 곳에 생기가 모이고, 그곳에 바로 명산 길지가 형성된다.

이렇듯 득수는 생기의 멈춤과 취집聚集이라는 면에서 풍수에서 매우 중요하게 친다. 이는 유동과 변화를 그 본성으로 하는 물도 산과 더불어 조화를 이루지 않으면 안 된다는 음양의 화합을 강조한 것이다. 물 없는 산이란 생각할 수 없듯 장풍은 반드시 득수와 함께 다루어지는 것이다.

그렇다면 물은 어떻게 흘러야 하며 어떤 방향으로 흘러야 길한 것인가. 풍수에서 그 성국을 이루는 물이 흘러들어오는 것을 득得이라 하고, 흘러나가는 것을 파破라고 한다. 즉, 청룡과 백호 사이로 흘러들어오는 물이 처음 보이는 곳을 득이라 한다면, 명당 앞을 지나 흘러가는 물이 마지막 보이는 곳이 파인 셈이다. 또 청룡 쪽에서 흘러내리는 물을 양수라 하고, 백호 쪽에서 흘러내리는 물을 음수라 한다. 이는 음양오행설의 관점에서 동은 청색이기에 양이고, 서는 백색이기에 음이라고 생각했기 때문이다.

물의 흐름 또한 일정하지 않다. '산은 길방_{吉方}에서 오는 것이 좋고, 물은 길방_{吉方}에서 흘러들어와 흉방_{凶方}으로 나가야 좋다'고 한다. 그래야만 산의 내맥이 복록을 싣고 오고, 흉 방향으로 흐르는 물이 흉액을 실어가 버리기 때문이다. 이렇듯 물은 생기를 가져다줄 뿐만 아니라 흉액을 없애주는 역할을 한다. 또 물은 산맥인 용을 멈추게 하여 기가 모이게도 하지만, 반대로 앞에서 들어오는 기를 막아주는 역할도 한다.

조선 초기 이성계가 한양에 성을 쌓은 뒤 남대문의 현판을 세로로 세우고 남대문 앞에 연못을 판 것도 관악산의 화기를 막고자 했던 득수의 한 방책이었던 셈이다. 한강이 일차적으로 관악산의 화기를 막아 주는 역할을 했지만, 워낙 관악산의 화기가 강해 이 같은 방책을 쓸 수밖에 없었다.

그러나 이른바 명당에선 물의 흐름은 안 보이는 것이 좋다. 오히려 물의 흐름이 보이는 것은 길하지 못하다. 또한 물은 맑아야 하고, 탁하거나 냄새가 나서는 안 되며, 혈 앞에서 절을 하듯 유순하게 흘러야 된다. 물 흐름이 지나치게 빠르거나 곧다든지 또는 혈을 향해 내지르거나 쏘는 듯해서는 안 된다. 즉, 남녀가 서로 절하듯 산수도 따로따로 떨어지지 않고 상생하여야 한다. 이 같은 물의 성질과 상태는 인간이 살아가는 데에도 반드시 부합되는 이치다.

❍ 정혈법: 지술의 화룡점정

정혈법은 명당 중에서도 혈을 찾는 방법이다. 간룡법과 장풍법과 득수법의 궁극적인 목적은 이 정혈을 찾는 데 있다고 해도 과언이 아니다.

혈은 시신이 직접 땅과 접해 그 생기를 얻는 곳이고, 산 사람이 집을 지어 삶을 영위하는 곳이 되기 때문이다.

그러나 성국 내 어디에나 혈이 있는 것은 아니다. 극히 한정된 부분에만 있어서 이를 찾아내는 일은 난제 중의 난제이다. 정혈의 어려움을 『금낭경』은 이렇게 기술하였다.

털끝만한 차이로도 화와 복이 천 리의 거리가 난다.

왜 손가락 하나만큼이라도 벗어나면 소위 화복이 급변하고 길이 흉으로 바뀌는가. 혈은 마치 인체의 경혈과 같은 곳이다. 정혈이 아닌 땅을 쓰는 일은 이 경혈을 잘못 알고 혈이 아닌 곳에 침을 놓아 바로 목숨을 잃는 것과 같은 이치이다. 생기가 응결된 곳이 아닌 다른 곳에 관을 내리면 살아 있던 용은 죽은 용으로 변하고, 길국은 흉국으로 순식간에 바뀔 우려가 있다.

도대체 무슨 까닭으로 천 리나 뻗어 온 용이 겨우 8척도 안 되는 한정된 곳, 즉 혈에서만 생기가 집적되는 것일까. 당나라 때 유명한 풍수가인 양균송은 이를 렌즈가 빛을 모으고 거울이 물을 응집하는 데에 비유하였다. 즉, 볼록 렌즈는 쉽게 태양 광선을 모아 열을 얻어 불을 낼 수 있고, 오목 렌즈는 쉽게 달빛을 모아 물방울을 맺게 할 수 있다. 그런데 불을 일으키고 물을 맺는 것은 렌즈나 거울이 발광체인 해와 달에 직각이 될 때가 아니면 안 된다. 또한 불이 되고 물이 되는 것은 렌즈나 거울의 원근 어디에서나 되는 것이 아니고, 렌즈나 거울의 크기와 두께에 따라 초점이 맞아야만 되는 이치와 같은 것이다.

그래서 흔히 풍수에서는 정혈의 어려움을 일러 '산 공부 삼 년, 혈 공부 십 년'이란 말로 표현한다. 바른 혈을 찾는 정혈이 그만큼 어렵다는 말이다. 특히 묘지의 경우 명혈을 찾기란 그 확률이 십만 분의 일 정도로 희박하다고 한다. 그래서 지사들 중에는 나쁜 혈에 묻을 바에는 차라리 화장을 하여 화근을 미리 없애는 것이 낫다는 주장을 펴는 사람도 있다.

그러면 이처럼 성국의 형세에 따라 달라지는 생기의 결처를 어떻게 알 수 있을까. 정혈에 있어서는 먼저 혈의 형태가 어떤지 잘 살펴보아야 한다. 그런 다음 입수入首(부모산에서 혈성에 이르는 용의 흐름으로 입수처까지 용에 해당)가 어떤지를 생각하여야 하고, 명당의 전후좌우를 둘러보아야 한다. 또한 결기結氣에 장애가 될 만한 것은 없는지도 잘 헤아려 보아야 한다.

좌향론: 어떤 방위로 안치할 것인가

명당은 자연스레 어우러진 산과 물의 형세를 보고 정한다. 그러나 거기에 들어서는 혈의 방향은 산수가 갖고 있는 24방위의 음양과 오행의 기에 맞도록 하지 않으면 안 된다. 쉽게 말해 '무덤의 향은 흐르는 물의 위치와 궁합이 맞아야 한다'는 말이다. 여기에서 소위 풍수를 구성하는 세 요소인 산·수·방위가 생겨나게 됐다. 좌향론은 바로 이 방위에 관한 술법이다. 정해진 혈에 어떤 방위로 안치할 것인가를 다루는 것, 그것이 좌향론이다.

사실 지금까지 구체적인 입지점의 최종 목표물인 혈을 찾기 위해 간룡법 → 장풍법 → 득수법 → 정혈법 등 풍수의 터 잡기 원리를 총동원하였다. 마지막 문제는 잡아 놓은 혈에 어떻게 안치하느냐 하는 것이다. 예컨대 묘지 풍수인 음택에서는 시신을 어느 방향으로 안치할 것이며, 양택에서는 궁궐 중에서도 핵에 속하는 정전, 사찰의 대웅전, 일반 가옥의 안채 등의 배치 방향을 어느 쪽으로 둘 것인가를 정해야 한다.

좌향坐向이란 혈의 중심을 이른다. 음택에서는 관을 묻는 곳을 '좌坐'라 하고, 이 좌가 정면으로 향하는 방위를 '향向'이라 한다. 곧 좌와 향은 일직선상에 놓이게 된다. 예를 들어 시신이 자좌오향子坐午向으로 안치되었다고 하자. 자좌오향이란 좌가 정북방에 있고 그 향이 정남향을 향하고 있는 것을 말한다. 즉, 머리 쪽 방향이 자子로 정북방이 되며, 이를 쓸 때는 자좌子坐라 하고, 발쪽이 오午로 정남향이 되어 오향午向이라 하며, 이를 합쳐 자좌오향이라 부른다. 좌라는 것은 결국 중심이고, 향은 좌의 정면에 해당되는 방위를 가리키는 것이다.

풍수에서는 방위를 말할 때 동서남북의 명칭을 쓰지 않고 4괘四卦·8간八干·12지十二支를 결합해서 24방위의 명칭을 사용한다. 즉, 자오묘유子午卯酉가 동서남북을 가리킨다.

좌향을 볼 때 가장 중시하는 것은 음양의 배합이다. 그러면 향의 음양 배합은 어떻게 이루어질까?

○ 서북쪽亥子方이 높고 수려하면 부귀하고 무궁하다.

○ 북방子方에 깊은 우물이 있으면 대대로 충효가 나온다.

○ 동북쪽 봉우리艮方峯가 풍부하고 수려하면 열녀와 효자가 대대로 나온다.

○ 서북쪽乾亥方이 풍부하고 수려하면 당대에 발복을 한다.

○ 동남방乙辰方에 긴 골짜기가 있으면 자손이 연달아 죽는다.

○ 서남방坤申方이 뾰족하면 자손이 서로 쟁송한다.

○ 서북방戌亥方에 깊은 샘이 있으면 음란한 자손이 생긴다.

○ 주산 밖에 바위가 있으면 힘센 역사力士가 나온다.

이처럼 풍수에서는 좌향에 따라 길흉화복이 달라진다고 보았다. 이 길흉화복은 좌향의 음양 배합이 제대로 이루어졌느냐 혹은 그렇지 못하느냐에 따라 엇갈리게 되는 것이다. 한 예로 임좌壬坐(정북에서 서로 약간 치우침)에 병향丙向(정남에서 동으로 약간 치우침)은 매우 좋은 좌향이다. 음양이 상생하여 자손이 번창하는 형세이기 때문이다. 정남향으로 햇빛이 많이 드는 자좌오향도 지관들이 많이 선택하는 좌향이다. 경기도 여주의 세종대왕이 안치된 영릉도 정남향의 자좌오향이다.

이상으로 좌향론에 대하여 살펴보았다. 좌향론에서 얘기하는 24방위는 태양의 움직임에 따라 변화하는 사계절과 이십사절기를 표현한 것이다. 이런 방위 개념은 좌향론이 기후, 풍토와도 서로 관계가 있음을 보여준다.

❍ 형국론: 좋은 땅은 형체나 문자의 모양을 닮는다

형국론은 풍수의 마지막 단계로써 주로 지세의 외형에 의해 그 감응 여부를 판단하고 지세를 전반적으로 개관하는 술법이다. 따라서 지사들이 가장 많이 들먹이는 내용이고, 풍수를 모르는 사람도 '서당개 삼년이면 풍월을 읊듯이' 한마디씩 거들 수 있는 부분이기도 하다.

형국론은 풍수에서 생기가 충만한 좋은 땅을 사람이나 동물·식물·물체·문자 등의 형상에 비교하여 쉽게 설명한 것이다. 예를 들면 명당을 설명할 때 많이 쓰는 금닭이 알을 품는 형金鷄抱卵形, 누운 소 형臥牛形, 마주 앉은 장군 형將軍對坐形, 배 형行舟形, 용이 하늘로 승천하는 형飛龍昇天形 등이 그것이다. 그러나 지세를 어떤 형상에 비유해 개관하기란 보는 사람의 관점에 따라 여러 가지 해석을 동반하기도 한다.

그렇다면 형국론을 떠받치고 있는 관념은 어떤 것일까. 형국론에선 우주 만물에는 이기理氣가 있고 형상을 갖추었기 때문에, 외형 물체에는 그 형상에 상응한 기상과 기운이 내재해 있다고 본다. 예컨대 나무가 우뚝 솟은 듯한 산형을 갖춘 산은 목기木氣가 흘러 목산으로 보고, 불꽃처럼 타오르는 듯한 산세는 화산火山으로 보는 것이 그것이다. 혹은 다산과 풍요와 결부하여 여성의 생식기나 길한 짐승에 비견하는 것 등이 그와 같은 개념의 소산이다.

그러면 형국에는 어떤 유형이 있을까. 김광언은 전국의 풍수 유형 형국 중 동물형이 가장 많고, 다음으로 물체형·인물형·식물형·문자형 순으로 나타난다고 하였다. 동물형 중에는 용이 가장 많고 그 다음으로 소·말·개·닭·봉 등으로 나타난다. 물체형은 반달·배·등잔·금소반·구유·솥과 같은 유형이 많다. 식물형의 경우는 매화와 연꽃 모양이 가장 많으며, 문자류는 야자형也字形이 절반을 차지한다. 그 외에 내乃·물勿·용用·일日·품品 자 등이 있다. 인물형은 옥녀형이 가장 많고 그다음으로 신선형 순으로 나타난다.

이런 유형의 분류를 보면 동물의 형상 중에서 가장 많이 보이는 용은 비를 뿌려 주는 농신으로, 학이나 봉은 상서로운 새로, 옥녀나 신선은 천상의 인물로 복을 가져다주는 것으로 여겨 왔음을 알 수 있다. 이외에도 소·말·개 등 우리 생활과 매우 가까운 존재로서 집짐승들이 자주 거론되고 있다. 특히 용 다음으로 많이 나타나는 소의 형국은 농사를 으뜸으로 여겨 온 우리 민족에게는 한가족이나 다름없는 존재였다. 그래서 소를 하인이나 종처럼 여겨 살아 있는 식구란 뜻으로 '생구生口'로 부르기도 했고, '농가의 조상'이라고까지 여겼다. 또 소는 하늘의 뜻을 알리는 영물이라 하여 부여시대에는 전쟁이 나면 소발굽으로 점을 쳤고, 하늘에 바치는 제물로도 썼다. 이처럼 소는 신성시되는 존재였던 까닭에 소의 코뚜레를 문에 걸어 두면 잡귀가 달아난다고 하여 지금도 코뚜레를 찾는 사람이 있다.

무덤 풍수에서도 '묏자리가 소의 형국이면 그 자손이 부자가 된다'고 한다. 소가 풀밭에 누워서 한가롭게 되새김질을 하는 모습은 이를 바라보는 이의 마음까지도 평화롭고 넉넉하게 해 준다. 마을이나 집터, 묏자리의 형국 가운데 누운 소 형국臥牛形을 으뜸으로 치는 것도 이 같은 연유에서 비롯된 것이다. 이런 형국론은 풍수가 우리네 생활 현실과 뗄래야 뗄 수 없는 밀접한 관계를 맺고 있음을 잘 말해준다.

형국론의 지역별 순위를 보면 전라도 지방이 절반 이상을 차지하고 있다. 이처럼 풍수설이 호남 지방에 크게 성행하게 된 것은 멀리 조선시대까지 거슬러 올라간다. 정조 때 실학자인 박제가는 『북학의』에서 '전라도 일대가 매우 심하게 나쁜 버릇이 들어서 열 집 가운데 아홉 집이 지관 노릇을 한다'고 하였다. 이는 우리나라 최초의 풍수라 할 수 있는 도선 국사가 이 지역에서 태어나 활동하고 많은 제자를 길러 낸 영향이 아닌가 여겨진다.

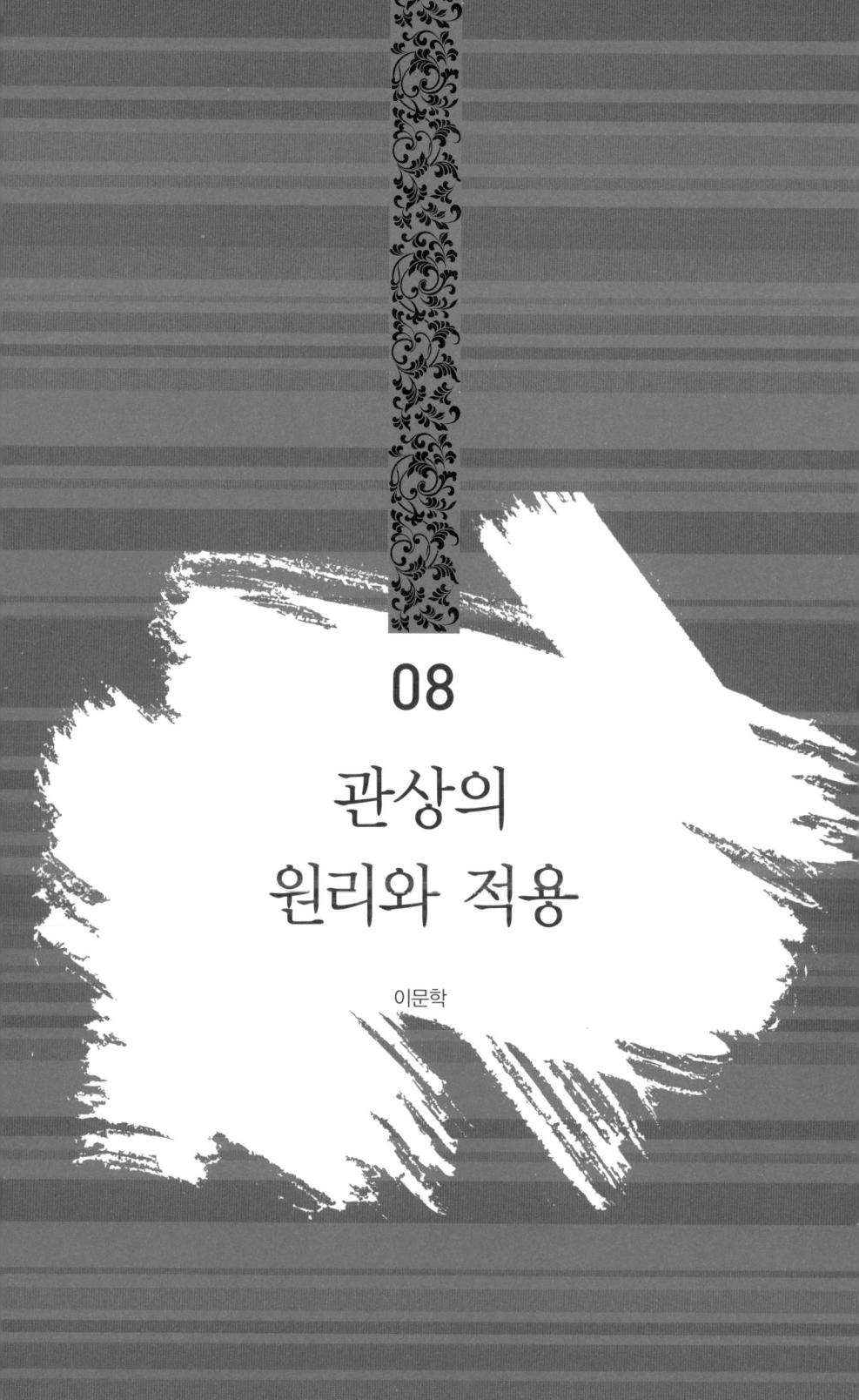

08

관상의
원리와 적용

이문학

사람들은 행복하고 성공한 삶을 살기를 원한다. 그러나 모든 사람이 평생 부유하고 즐겁고 행복한 삶을 살지는 못한다. 물론 평생 큰 어려움을 겪어 보지 않고 사는 사람도 있을 것이다. 그러나 평생 순조롭게 사는 사람이 얼마나 되겠는가? 부자로 삶을 마친 사람이라도 어렵고 가난한 시기를 보냈을 수 있다. 가난하고 어려운 상태로 삶을 마친 사람이라도 그 일생 가운데 부유하고 다른 사람의 선망을 받던 시절을 보냈을 수 있다. 어떤 사람은 평생 부유하지 못하고 어렵게 살기도 한다.

보통 사람은 미래를 알지 못한다. 이로 인하여 살아가면서 다양한 일들을 겪으면서, 앞날을 알지 못하여 불안해하며 여러 가지 고민을 한다. 이런 상황에서 벗어나기 위해 옛날부터 앞일을 예측하는 방법을 찾았다. 그리하여 앞날을 예측하는 역학易學이 발전하게 되었다. 관상 역시 사람의 앞날에 무슨 일이 있을지 예측하는 방법으로 발전되었다. 관상은 오랜 세월 동안 전해져 오며 시대에 따라서 많은 이론이 덧붙여져 간단하지 않다. 그러므로 여기서는 관상에 대한 개요와 역사 그리고 인간관을 요약하여 살펴보고, 관련 문헌 및 기본 원리와 방법론 등을 알아보고자 한다.

1. 개요

1) 관상의 목적과 의의

● 운명을 미리 알아내어 재앙을 피하고 복을 추구하는데 있다趨吉避凶

『수경집』「상설」에 "예전의 현인들이 모두 사람들에게 방향을 잡을 수 없는 길을 가리켜 주어, 재앙을 피해 길한 곳으로 가게 하였다"라고 하였다. 이는 소위 길흉을 함께 걱정하여 바꾼다는 것과 같은 뜻이니 사람을 구제하고 만물을 이롭게 하는 방법이다.

○ 어떤 사람인지 알아보고 사람을 선택하고 기용한다知人擇術

옛날부터 사람을 평가한다는 것은 무척 중요했다. 유소劉劭의 『인물지人物志』에도 "무릇 성현이 아름답게 여기는 것 가운데 총명함보다 아름다운 것이 없으며, 총명함이 귀하다고 여겨지는 점 가운데 '인물을 잘 식별하는 일'보다 귀한 것이 없다. 인물을 식별하는 일에 진실로 지혜롭다면 많은 인재들이 각자의 자질에 따라 자리를 얻게 되고 여러 업적들이 흥하게 될 것이다"라고 하였다.

국가로부터 민간 회사에 이르기까지 사람을 기용할 때, 그 사람이 지닌 적성과 능력 등을 평가하기 위하여 여러 가지 기준을 마련한다. 이렇듯 사람의 적성이나 능력 등을 파악하는 것은 중요한 일이다. 관상은 사람의 성격·능력·적성·건강 상태 그리고 성패의 시기 등을 파악하여 사람을 선발하거나 교제하는 데 활용된다.

2) 관상의 역사

관상은 중국에서 발달되었다. 『순자荀子』「비상非相」편을 보면 '고포자경姑布子卿'이란 이름이 있고 내용을 보면 중국의 춘추전국시대에 벌써 관상술이 널리 유포되었음을 알 수 있다.

◑ 중국 관상의 역사

『흠정고금도서집성欽定古今圖書集成』「박물휘편·예술전」제647권 〈상술부〉 총론과 제648권 〈상술부〉 명류열전2에 시대별로 관상가의 이름과 어떤 사람의 상을 보았는지를 기록한 서적의 이름이 적혀 있다. 이 관상가들을 시대별로 정리하면 다음과 같다.

주周: 고포자경姑布子卿 · 오시리吳市吏 · 당거唐擧

한漢: 허부許負

후한後漢: 주건평朱建平

송宋: 위수韋叟

북제北齊 : 황보옥皇甫玉 · 오사吳士

수隋: 위정韋鼎 · 래화來和

당唐: 원천강袁天綱 · 장경장張憬藏 · 을불홍례乙弗弘禮 · 김양봉金梁鳳 · 진소陳昭 · 하영夏榮 · 낙산인駱山人 · 용복본龍復本 · 정중丁重

후당後唐: 주원표周元豹

송宋: 진희이陳希夷 · 마의도자麻衣道者 · 승묘응僧妙應 · 부옥傳珏 · 유허백劉虛白 · 포포도자布袍道者 · 묘응방妙應方 · 경청성耿聽聲

원元: 이국용李國用 · 채괴蔡槐

명明: 오국재吳國才 · 원공袁珙 · 이괴李槐 · 풍학록馮鶴鹿 · 승여란僧如蘭 · 장전張田 · 왕인미王仁美 · 유감劉鑑 · 조해趙楷 · 구로공裘魯恭 · 최면崔勉 · 고절顧節 · 당고풍唐古風 · 오종선吳從善 · 모동毛童 등

위에 나열하지는 않았지만, 청淸나라 때에도 많은 관상서들이 발행된 것을 미루어 보아 당시에도 관상이 널리 유행되었음을 알 수 있다.

⚬ 우리나라 관상의 역사

우리나라에 관상이 들어온 것은 약 1400년 전으로, 신라 선덕여왕 때 중국에 유학을 다녀온 승려들이 수입한 듯하다. 계통은 달마대사의 상법이다. 야사野史를 보면 승려도자僧侶道者들이 유명한 위인들의 상을 보고 미래지사를 예언했다는 것을 알 수 있다. 고려 말엽에 유명한 관상가 혜증이 이성계 장군의 관상을 보고 장차 군왕이 될 것이라고 예언하였는데, 이후 실제로 이성계가 군왕이 되었다는 이야기가 전한다. 또한, 조선 초기 영통사의 도승이 한명회韓明澮(1415~1487)의 상을 보고 한명회가 장래에 재상이 될 것을 예언한 것은 『한씨보응록韓氏報應錄』에 기록되어 있다. 또한 『대동기문大東奇聞』를 보면, 역대 고관대작의 집에는 상가相家들의 출입이 많았으며 예언이 적중하여 세상 사람들을 놀라게 한 일이 자주 있었음을 알 수 있다.

또 무라야마 지준村山智順은 '조선의 관상 풍속은 고려시대부터 성하였는데, 그때의 대신 복지공伏智公은 곧잘 사람의 용모로 그 인물을 간파하거나 사람의 운명을 알아맞혔다고 전해진다. 그리고 정수부鄭守夫가 곧잘 많은 군상 가운데 장래 재상이 될 사람을 잘 간파하였다는 사실은 유명한 이야기이다. 조선에는 상학相學의 대가에 정충신鄭忠臣이 있었다. 그는 광해군을 좌천시키는 음모를 꾸민 중심인물인 충무공과 정금남을 복서, 훗날 옥가마를 맞이할 것이 틀림없다고 예언했는데 과연 그대로 되었다. 또한 한죽당 윤임尹銋도 인상을 잘 보았다. 그는 손녀를 위해 열세 살의 추레하고 보잘것없는 아이를 손녀사위로 삼았는데, 후에 이 손녀사위는 영의정까지 올랐다고 한다. 조선시대의 여성으로서 김수항의 부인 나씨가 있고, 평양의 명기 일타홍一朶紅이 장래에 재상이 될 수 있는 인물인 초부를 지아비로 삼았다. 또 상을 보고 하인인 이기축의 장래를

알아내어 그의 아내가 된 주막집 딸의 이야기는 널리 알려지고 있다.'라
고 하여 고려시대부터 관상이 성하였다고 논하고 있다.

　이외에도 이천년李千年·이토정李土亭·정인홍鄭仁弘·정북창鄭北昌 등이
유명하였고, 일제 강점기에는 배상철裵相哲·강남월姜南月·최운학崔雲鶴 등
이 저명하였다.

3) 관상 관련 문헌

○ 고서

　『마의상법麻衣相法』: 송나라 때 진박陳搏(?~989)이 마의노조에게 전수받
은 「석실신이부石室神異賦」·「금쇄부金鎖賦」·「은시가銀匙歌」 3편을 세상에
공표하였다. 이것을 후세에 다른 관상가의 이론들을 함께 엮어서 총괄
하여 『마의상법』이라고 하였다. 5권으로 이루어졌다.

　『신상전편神相全篇』: 책자에는 진박의 비전秘傳을 원충철袁忠徹이 정정하
였다고 표시되어 있으나 후대의 사람이 여러 관상서를 모아 편집하고 진
박의 이름을 위탁한 것으로 추정된다. 14권으로 이루어졌다.

　『수경집水鏡集』: 청나라의 범래范騋가 저자라고 표시되어 있으나 저자
미상으로 범래의 이름을 위탁한 것으로 여겨지고 있다. 청나라 강희 29
년(1690)에 출판되었다. 4권으로 이루어졌다.

　『상리형진相理衡眞』: 청淸 진유陳劉가 지었다. 10권으로 이루어졌다.

　『유장상법柳莊相法』: 원충철袁忠徹과 그의 부친 원공袁珙이 지었다고 전
해지나, 이 또한 원공 부자의 이름으로 위탁한 것으로 보인다.

　『철관도鐵關刀』: 청나라 때 승려인 운곡산인雲谷山人이 지었다. 운곡산인
은 이인異人으로부터 『설천기洩天機』란 책을 한 권 전해 받은 후 이를 연구

하여 유명한 관상가가 되었으며 『철관도』를 지었다. 4권으로 이루어져 있다.

이 외에도 수십 종의 관상고서가 존재하고 있다.

○ 근대서

사광해史廣海, 『면상비급面相秘笈』

도승장陶承章, 『비본상인법秘本相人法』

위천리韋千里, 『중국상법정화中國相法精華』 외 수십 여종

○ 관련서적

왕충王充 『원형論衡』

유소劉劭 『인물지人物志』

순자荀子 『순자荀子』 「비상편非相篇」

무라야마 지준村山智順 『조선의 점복과 예언』

사송령謝松齡 『음양오행이란 무엇인가?』

2. 기본원리

1) 관상에서의 인간관

○ 사람은 소우주이다

『수경집』 「두상총론頭相總論」에 '머리는 육양六陽의 우두머리요, 모든 뼈의 주인이다. 음양의 기를 받고 천지天地의 형태를 닮았다. 오행의 자질

을 받아 만물의 최고 신령스런 것으로 삼는다. 머리는 하늘의 상이고 발은 땅의 상이다. 눈은 해와 달의 상이고 음성은 우레의 상이다. 혈맥은 강하의 상이고 골격은 금석의 상이다. 코와 이마는 산악의 상이다. 수염과 눈썹은 초목의 상이다. 하늘은 높고 둥글어야 하고 땅은 넓고 두터워야 한다. 해와 달은 빛이 밝아야 하고 우레는 멀리 떨쳐야 한다. 강하는 적셔야 한다. 금석은 견고해야 하고 산은 높아야 하며 초목은 빼어나야 한다. 이것이 큰 개요인 것이다'라고 하였다. 사람을 소우주로 여겨 사람의 몸까지 자연의 형상을 찾아 부합시키려 하는 것을 볼 수 있다. 이는 동양 사상의 흐름과 같다.

진순陳淳은 '사람의 모양새는 천지와 서로 상응한다. 사람의 머리는 둥글게 생긴 데다가 신체의 위쪽에 있으니 하늘을 닮은 것이고, 발은 네모진 데다가 신체의 아래에 있으니 땅을 닮은 것이다. 북극성은 하늘의 중앙으로 북쪽에 있다. 그러기에 사람의 백회혈은 정수리의 한가운데에 있으면서 뒤를 향하고 있다. 해와 달은 하늘의 남쪽에서만 오가므로 사람의 두 눈은 모두 앞쪽에 있다'라고 말하였다.

이렇듯 사람을 소우주로 여겼기 때문에 우주의 원리로 여겨지는 역학의 기본 원리가 모든 분야에 두루 사용되는 것이다. 관상에 천문·지리 등의 다양한 이론이나 명칭을 사용하는 것은 사람이 소우주라는 개념이 있기 때문이다.

◐ 사람은 정해진 운명을 가지고 태어난다

『논형』「명의편」에 '사람에게는 장수와 요절의 상이 있고 또한 부귀와 빈천의 상이 있는데 모두 신체에 나타난다. 그러므로 수명의 길고 짧음도 모두 하늘에서 받고 골상의 좋고 나쁨도 모두 신체에 나타나는 것이다. 요절할 수명이라면 남다른 행실을 갖추고 있어도 끝내 오래 살지 못하며 빈천해질 녹명이라면 선한 성품을 지녔더라도 끝내 부귀해질 수 없다' 또「골상편」에 '사람들은 명命을 알기 어렵다고 하지만 사실 명은 매우 알기 쉽다. 어떻게 사람의 명을 알 수 있는가? 그것은 사람의 골격과 체형에 의거한다. 사람이 하늘에서 명을 받는다면 몸에 드러나는 것이 있다. 그 나타나는 상징을 살피면 명을 알 수 있는데, 마치 말인지 섬인지를 살펴서 용량을 알 수 있는 것과 같다. 몸에 나타나는 명의 상징을 골법骨法이라고 한다'라고 하였다. 신체에 운명의 상징이 나타난다고 논한 것이다. 관상서에도 무릇 정신과 기운이 맑고 깨끗하고 골격의 형상이 깨끗한 사람은 부자도 되고 높은 벼슬도 할 수 있지만, 정신이 흐리고 기운과 골격이 탁하면 가난하고 곤궁하게 된다는 의미이다. 관상은 한마디로 정해진 운명을 타고난 사람을 관찰하여 운명을 알아내는 방법이다.

2) 관상에서의 기본적인 원리와 인용, 혼용된 이론

(1) 음양오행

관상의 바탕에는 음양과 오행론이 깔려 있다. 음양오행에 대한 이해가 없이는 관상을 제대로 이해할 수 없다.

○ 음양

『마의상법』과 『신상전편』에 뼈와 살에 대하여 논하였는데, '살은 풍성하되 너무 살이 찌지 않아야 하며 마르되 너무 부족하면 안 된다. 살이 여유 있는 것은 음陰이 양陽을 이기는 것이요, 살이 부족한 것은 양이

음을 이기는 것이다'라고 하였다.

음양론의 관점으로 보면 얼굴이 관상에서 가장 중요하다. 『수경집』
「두상총론」에서 '머리는 육양六陽의 우두머리요, 백해百骸의 주인이다.
음양의 기를 받고 천지天地의 형태를 닮았다. 오행의 자질을 받아 만물의
최고 신령스런 것으로 삼는다'라고 했다. 즉, 사람의 머리는 맨 위에 있
으므로 양이다. 머리에서 양은 앞이고 뒤는 음이다. 그러므로 사람의 얼
굴은 양 중의 양이다. 또한 겉은 양이고 속은 음이라 한다. 얼굴은 인체
에서 가장 겉으로 드러나는 부분이다. 그러므로 오장의 유여한 기색이
드러나는 곳이 얼굴이 되는 것이다.

또 몸의 삼정三停을 보는 법에서, 상반신의 길이와 하반신의 길이나 팔
의 용골(어깨에서 팔꿈치)과 호골(팔꿈치에서 손목)의 길이를 비교해서 양
에 속하는 상반신이 음陰에 속하는 하반신보다 더 실하고 길어야 좋다고
판단한다.

○ 오행

오악을 논함에 동·서·남·북·중앙으로 이름을 붙였다. 이는 오행의
다섯 방위에 의거한다. 오성五星에서 목木·화火·토土·금金·수水의 오성을
오행의 별로 이름을 붙였다. 종합적인 판단법 중의 하나인 오행형은 사
람을 오행에 맞추어 분류하고 성격·적성·외모·음성·행동거지까지 오
행의 원리를 적용한다.

기색론에서 다섯 가지 색은 황黃·적赤·청靑·흑黑·백白으로 오행의 색
을 말한다. 기색은 인체 내부의 장기에서 발생하는데, 간에서 푸른색·
심장에서 붉은색·위장에서 노란색·폐에서 흰색·신장에서 검은색이
발생한다는 것도 오행의 원리이다.

또한, 계절별로 오행에 맞추어 봄에 청색이 드러나는 것으로 여긴다. 여름에는 붉은색·가을에는 흰색·겨울에는 검은색이 드러나며, 계절의 사이에는 토土인 노란색이 드러나는 것은 오행의 원리에 맞으므로 크게 나쁘지 않다고 판단한다.

얼굴의 다섯 방위에 맞추어 오행의 상생상극의 이치로 길흉의 판단에 가감을 한다. 이마는 남쪽으로 화에 속한다. 이마에 붉은 계통의 색보다 수의 색인 검은색을 더 꺼리며 좋지 않다고 본다. 턱은 수의 방위로 노란색을 꺼린다. 나머지 동서와 중앙도 오행의 상극이 되는 색을 더욱 꺼리고 나쁘다고 판단한다. 이는『천문유초天文類抄』에서 오성五星에 대한 설명 중 색상의 판단에 대한 이치와 맥락을 같이한다.

이 외에도 관상의 바탕에는 음양과 오행의 원리가 기본원리로 사용되고 있다는 것을 항상 염두에 두어야 한다.

(2) 삼재

삼재三才란 삼재三材·삼극三極이라고도 한다. 음양설陰陽說에서 만물萬物을 제재制裁한다는 뜻으로, 천天·지地·인人을 가리킨다. 관상에서 삼재의 위치를 판단하는 법은 삼정과 같은데, 위인 이마를 천으로 아래인 턱을 지로 중간에 있는 코를 인으로 여기는 것이다.

(3) 팔괘

팔괘는 온갖 천지만물의 현상과 형태의 기본이 되는 여덟 가지를 나타낸 일종의 기하학적 상징 부호이다. 관상서의 도형을 보면, 문왕의 팔괘도八卦圖를 기준으로 얼굴과 손바닥에 팔괘를 배치하고 있다. 얼굴이나 손바닥에 팔괘도를 놓고 각 부위의 형상을 설명하면서 의미를 파악한다.

(4) 천문

◑ 오성 육요

관상에서 오성五星은 금성金星(왼쪽 귀)·토성土星(코)·화성火星(이마)·수성水性(입)·목성木星(오른쪽 귀)이다. 육요六曜는 나후성羅睺星(왼쪽 눈썹)·태양성太陽星(왼쪽 눈)·자기성紫炁星(인당)·월패성月孛星(산근)·태음성太陰星(오른쪽 눈)·계도성計都星(오른쪽 눈썹)이다. 육요의 명칭들은 국사를 예측하는 전통적인 천문보다는 서양의 칠정사여가 전해진 후에 개인의 운을 보는 방법인 오성명리에서 명칭과 의미 등이 차용된 것으로 볼 수 있다.

◑ 십이궁

십이궁론은 칠정사여七政四餘와 오성술五星術의 십이궁과 자미두수의 십이궁에서 명칭과 의미를 빌려온 것이다. 십이궁은 책에 따라서 약간의 차이가 난다. 『마의상법』 「신상전」과 『수경집』에는 십이궁에 명궁命宮·재백궁財帛宮·형제궁兄弟宮·전택궁田宅宮·남녀궁男女宮(자식궁)·노복궁奴僕宮·처첩궁妻妾宮·질액궁疾厄宮·천이궁遷移宮·관록궁官祿宮·복덕궁福德宮·상모궁相貌宮이 있다고 한다.

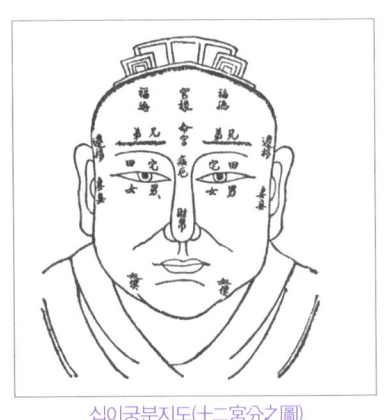

십이궁분지도(十二宮分之圖)

『상리형진』에는 자미두수의 12궁과 같이 상모궁이 없고 부모궁父母宮이 있다. 상모궁은 복덕궁의 의미와 겹쳐지는 면이 많다. 관상은 사람을 직접 보고 판단하는 것이므로 외모에 대한 추정을 할 필요가 없다. 그러므로 자미두수의 12궁과 같이 부모궁을 넣는 것이 타당하다.

(5)건강 의학

오행형에 대해서는 『황제내경』 「영추」의 〈음양이십오인편〉과 비교하면 목형·금형·화형은 비슷하나 토형과 수형은 차이가 난다. 『철관도』에는 『황제내경』과 같은 형상을 논하나 구체적인 설명이 없다. 『마의상법』· 『신상전편』· 『수경집』· 『상리형진』 등은 오행의 형상에 대한 설명이 일치한다. 또 관상에서 기색은 오장육부의 정화라고 한다. 기는 피부 안쪽에 있고 색은 피부의 밖에 있다. 이는 의학에서 망진望診에서의 표리表裏는 기색과 서로 상통한다. 또 얼굴에서 건강과 관련된 부위는 경락과 밀접한 관계가 있다. 이외에도 의학적인 지식이 관상에 응용되고 있는 부분이 있다.

(6) 풍수와 지리의 원리

운곡산인雲谷山人은 '관상하는 법은 풍수風水를 보는 것과 같다. 풍수는 내룡처와 혈을 찾고 물을 얻는 것이 필요하다. 관상도 이와 같다. 위의 혈법은 중정中正이다. 머리의 정수리를 내룡으로 삼는다. 일각·월각과 양 보각으로 내호를 삼는다. 산림·총묘·구릉을 외전으로 삼는다. 침골로 후락으로 삼는다. 금성과 목성 양쪽 귀로 원전을 삼고 인당印堂(양쪽 눈썹 사이)으로 안을 삼으며 준두準頭로 원조로 삼는다. 그러므로 상을 얻음에 이마가 아름다운 것은 산림 총묘의 보필이 필요하고, 양쪽 귀가 각각 비추어 응하는 것이 아름답다. 적어도 한 건의 부족함이 있은 즉 발전하는 바가 크지 않다. 중정中停은 콧등으로 혈을 삼는다. 산근山根을 내룡과 맥으로 삼고 광대뼈로써 내이로 삼는다. 준두準頭로 원순을 삼고 머리를 후락으로 삼는다. 지각_{地閣}으로 조_朝를 삼는다. 고로 콧등이 풍성하며 붕긋하고 색이 선명하여 광대뼈로 바르게 보필한다. 혹시 광대뼈가 없는 즉 코를 고봉_{孤峰}으로 여긴다. 산근이 낮은 즉 내맥_{來脈}이 약하고 코의 기둥이 짧은 즉 기세가 엷은 것이니 역시 발하지 못한다. 누당_{淚堂}을 충파하면 모래가 날리고 물이 달아나는 것으로 여긴다. 콧구멍이 얇고 드러나는 것을 원순_{元脣}이 기울고 물이 쏟아진 것으로 여기니 역시 발하지 못한다. 하정은 수성(입)으로 혈을 삼는다. 코로 내룡을 삼고 인중_{人中}으로 과협을 삼는다. 양쪽 이골_{頤骨}로 내이를 보필하는 것으로 삼고 지각으로 안_案을 삼으며 승장_{承漿}으로 천지_{天池}를 삼는다. 그러므로 구각_{口角}(입 꼬리)은 위로 약간 올라가야 마땅하고 지각은 조응_{朝應}함이 마땅하다. 지고는 풍성한 것이 마땅하고 이골은 둥근 것이 마땅하다. 이것이 유기하고 유결한 것이다'라고 하였다.

사람의 얼굴은 실제 산처럼 복잡 다양한 형태를 할 수는 없다. 얼굴에서 각 부위가 어떤 형태를 하고 있는 것이 기의 흐름이 좋은가 생각해 보는 것이 관찰의 요점이다. 기_氣라는 것이 눈에 보이지 않더라도 얼굴의 형태가 잘 이어져 흐를 수 있는 형상이면 복이 많은 상이다.

◑ 오악과 사독

오악_{五嶽}은 이마를 형산_{衡山}·턱을 항산_{恒山}·코를 숭산_{崇山} 왼쪽 광대뼈를 태산_{泰山}·오른쪽 광대뼈를 화산_{華山}으로 여기는 것이다. 이는 중국에 있는 산들의 이름으로 동·서·남·북·중앙의 오행 방위를 대표한 것이다. 사독_{四瀆}이란 귀를 장강_{長江}·눈을 황하_{黃河}·입을 회수_{淮水}·코를 제수_{濟水}로 보는 것인데, 모두 중국의 사대 강의 이름을 가리키고 있다. 이는 특정 산의 명칭보다는 동악·서악·중악 등 오행의 방위와 부합되는 명칭으로 이해하는 것이 오히려 개념 정리에 도움이 된다.

3) 관찰 대상

관상을 할 때는 사람을 포괄적으로 관찰한다. 얼굴은 물론이고 머리와 몸, 목과 배와 등과 허리 그리고 팔과 다리, 손과 발의 신체 각 부분을 본다. 그리고 서고 눕고 앉은 자세도 보며, 걸음걸이와 동작과 태도도 살펴본다. 또한 피부와 털의 색상이나 주름과 점 등의 상태도 살펴본다. 또 음성과 체취를 살피고 눈빛과 기세 등을 본다. 더하여 눈빛과 기색 그리고 심상을 살핀다. 이렇게 사람에 대하여 종합적으로 관찰하고 판단한다.

얼굴의 경우 세분하여 논할 때는 얼굴의 반쪽 면을 백삼십여 부위로 나눈다.

『계왕씨비전상법』에 '오악사독은 관상의 경륜이다. 천중으로부터 지각까지 좌우를 고루 나누어 모두 백오십여 부위로써 오악·사독·구주·팔괘 여러 분야의 이름을 모두 모은 것으로 그 숫자가 아니다. 모름지기 그 풍성하게 찬 것과 결함이 있는 것, 검은 사마귀와 얼룩진 흔적 등을 자세히 살펴서, 그 의미를 정밀하게 추정한 즉, 현묘한 묘리가 동하여 밝혀질 것이다. 대저 길흉과 귀천에 대하여 증험하지 아니한 바 없다'라고 하였다. 『수경집』에서는 십삼부위에 관련하여 귀천만을 논하고 있다. 『계왕씨비전상법』이나 『상리형진』을 보면 형태와 기색을 살펴본다고 하였다. 이렇듯 세분된 얼굴의 각 부위 형태를 살펴 귀천을 분별하고 기색을 살펴 길흉을 예견하는 방법도 있다.

4) 관찰기준

관상에서 좋다거나 나쁘다고 하는 것의 기준이 되는 것은 무엇인가? 관상을 하면서 판단하기가 어렵다고 하는 것은 무엇이 좋고 나쁜 것인지 모르기 때문이다. 관상에서 좋고 나쁘다는 기준들에 대하여 살펴본다.

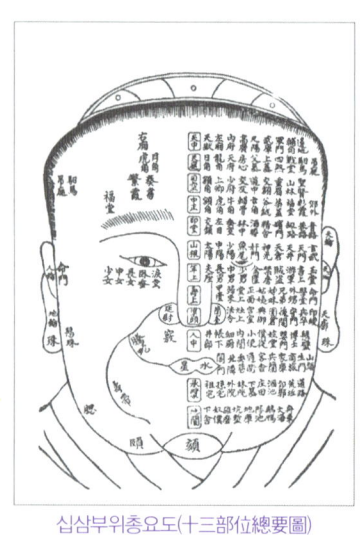

십삼부위총요도(十三部位總要圖)

● 길고 짧음

얼굴의 삼정은 길이가 균등한가를 보는 것이다. 눈·눈썹·귀·코·입도 길이를 관찰해야 한다. 얼굴의 전체적인 길이를 봐야 한다. 부위에 따라서 '길어야 한다'·'짧아야 한다'·'또 어디는 길고 어디는 짧다' 이런 구절들이 바로 판단의 기준이다. 눈이 길어야 하는데 얼마나 길어야 할까? 입이 커야 한다는데 폭이 얼마나 되어야 할까? 한마디로 말하자면 일정한 길이로 규정할 수 없다. 사람마다 얼굴이나 신체 각 부분의 크기가 다르다. 얼굴의 길이와 폭에 따라 그리고 눈·코·귀·입의 길이가 서로 균형과 조화를 이루는 것이 좋다. 얼굴이나 신체의 각 부위의 길이는 상대적으로 길이가 어떻다고 판단하는 것이다.

● 두터움과 얇음

일반적으로 피부와 살이 두터우면서 부드러운 상태로 탄력이 있는 것을 좋다고 판단한다. 그러나 각각의 오행형에 따라서 살이 찐 것과 마른 것이, 좋은지 나쁜지를 판단하는 것이 달라진다. 수형이나 토형은 살이 많은 것이 나쁘지 않고 목형이나 화형은 마른 것이 나쁘지 않다. 그리고 뼈대와 전체적인 몸집이 굵고 가늘음에 따라 살이 적당하게 균형을 이루어야 한다. 콧등도 두툼하고 살집이 있어야 좋고 살이 없고 좁아 날카로운 것은 좋지 않다. 귀도 살이 두툼한 것이 좋다. 머리에도 살이 있어 두터운 것이 좋다.

◑ 넓고 좁음

넓어야 할 곳은 넓어야 하고 좁아야 할 곳은 좁아야 한다. 이마가 삼정이 균등하면서 폭도 넓다면 여러 가지 면에서 좋다. 인당이 넓어야 하나, 너무 넓은 것은 오히려 좋지 않다. 입술도 적당히 넓고 길어야 한다. 귀도 길이가 길고 폭도 적당히 넓어야 하며, 귓구멍이 넓은 것이 좋다. 콧등도 넓어 보이는 것이 당연히 좋다. 콧구멍은 너무 넓으면 재물이 깨지고 반대로 너무 좁으면 인색해진다. 배꼽 역시 넓은 것을 좋은 것으로 여긴다.

◑ 평평함과 들어가고 나옴

예를 들어 이마를 논할 때에 좋고 나쁜 것을 어떻게 알 수 있는가? 이마의 형태 중에서 가장 좋다고 하는 것이 입벽立壁이다. 글자 그대로 벽이 서 있는 것 같은 형태가 좋다. 이마가 판판하거나 봉긋한 것은 좋으며 중간에 우묵하게 들어간 것은 나쁘다. 그러나 여성의 이마가 너무 나온 것은 음양의 이치에 반대되는 것으로 좋지 않다. 이마가 반듯하게 서지 않고 뒤로 기운 것 같은 것도 좋지 못하다. 눈은 튀어나온 것과 너무 깊이 움푹 들어간 것은 모두 나쁘다. 약간 봉긋하게 둥근 모습이거나 웅장하게 나온 것이 좋다.

○ 높고 낮음

앞에서 설명한 오악에 속하는 이마·코·좌우 광대뼈·턱 부분은 높이 나와야 한다. 그러나 무조건 높다고 좋은 것은 아니다. 주변과 비교하여 상대적으로 높아야 한다. 얼굴에서 코가 제일 높게 솟아야 한다. 그리고 주변의 이마와 양쪽 광대뼈와 턱은 완만하게 높아야 한다. 만약 주변이 별로 나오지 않고 코만 높은 것은 좋은 상이 아니다. 반대로 코가 낮은데 주변이 너무 강한 것도 좋지 않다. 전자는 주변의 도움이 적고 본인의 의지가 강하다. 후자는 주변의 간섭이 심하고 주체성이 결여된다.

○ 곡선과 직선 예각

일반적으로 부드러운 선은 좋고, 각이 지고 예리한 것은 좋지 않다. 눈의 형태에서 갸름하면서도 외곽선이 부드러운 것이 좋다. 눈이 직선을 이루는 것은 좋지 않다. 반대로 외곽선이 너무 급격한 곡선이나 삼각형으로 예각이 지는 것은 좋지 못하다. 코는 앞에서 보아서 콧등의 선이 직선이어야 한다. 옆에서 보았을 때도 콧등은 직선을 이루는 것이 좋다. 눈썹은 전체적으로 부드러운 곡선이 좋고 직선적인 것은 좋지 않다.

○ 종횡

얼굴 중 가로로 길어서 좋은 것은 눈과 눈썹 그리고 입이다. 그 외에 가로로 퍼지는 형상은 일반적으로 좋지 않게 본다. 광대뼈가 너무 옆으로 퍼지는 횡골橫骨은 좋지 않다. 남과 겨루어 이기기를 좋아하는 성미가 강하다고 본다. 또 턱이 양쪽으로 너무 튀어나오는 형상도 좋지 않다.

◐ 상하

눈과 눈썹 그리고 입은 전체적으로 수평을 이루는 것이 좋다. 눈과 눈썹이 위로 치켜 올라가거나 아래로 숙여진 것은 좋지 않다. 그리고 눈과 입에서 꼬리는 약간 위로 향한 듯한 것이 좋다. 귀는 전체적으로 앞에서 보아 눈이나 눈썹보다 위쪽에 자리 잡은 것이 좋다. 귓불은 앞쪽으로 약간 들려올라 간 듯한 것이 좋다. 반대로 눈과 눈썹 그리고 입이 아래로 처지는 것은 좋지 못한 형상으로 여긴다. 위로 올라간 것은 양陽적인 성향으로 여기고 내려간 것은 음陰적인 성향으로 여긴다.

◐ 바르고 삐뚤어짐

얼굴이나 몸의 형태가 전체적으로 바른 것이 좋다. 눈·눈썹·입은 가로로 수평을 이루어야하고, 코와 귀는 수직으로 내려와야 좋다. 전체적으로 한쪽으로 치우치는 것은 나쁘다. 또 형태가 곧바른 것이 좋고, 휘어지거나 틀어진 것은 좋지 못한 형상이다. 좌우의 균형이 깨진 것도 당연히 좋지 않다.

◐ 거칠고 매끄러움

머리털이나 눈썹 그리고 피부는 모두 매끄럽고 윤이 나 보여야 좋다. 피부와 털이 거칠고 먼지가 낀 듯한 것은 복이 좋지 않게 여기는 것이다. 얼굴과 몸의 모양만 보아서는 안 된다. 모든 부위가 투명한 듯 맑고 윤이 나는가를 항상 잊지 말고 살펴야 한다. 이는 청탁淸濁과 밀접한 관계가 있다.

◐ 단단함과 부드러움

뼈는 둥글고 단단하며 무거워야 되며, 각지고 약한 것과 가벼운 것은 좋지 않다. 그리고 살을 만졌을 때 부드러우면서도 탄력이 있어야 한다. 살이 너무 단단하면 좋지 못하다. 또 반대로 너무 물러도 좋지 않다. 살이 팽팽하게 조이고 피부가 거친 것이 가장 견디기 어렵다. 북鼓의 가죽과 같이 팽팽하다면 명이 길기 어렵다. 살이 부드럽고 따뜻하다면 평생토록 재앙이 적다. 살이 늘어진 경우에는 성격이 유약하고 막힘이 많다.

◐ 흉터·점·흑지

얼굴에 흉터·흑지黑痣·반점·검은깨·기미 등이 있는 것은 일반적으로 좋지 않은 것으로 본다. 옷에 가리어지는 점은 대체적으로 좋다고 여긴다. 각 부위의 길흉의 해석·12궁·유년운기 등의 판단을 할 때 나쁜 것으로 판단한다. 점흉론의 설명을 참고하여 점의 위치·형상·색상 등에 따라 좋고 나쁨을 판단한다.

◐ 음성

관상을 할 때 목소리를 잘 들어 봐야 한다. 사람의 음성은 내기內氣가 발출되는 것으로, 몸의 기를 직접적으로 판단할 수 있는 중요한 기준이 된다. 음성은 배에서 나오는 것처럼 들려야 한다. 목에서 나오는 것 같은 목소리는 좋지 못하다. 음성이 맑고 중후한 것은 좋다. 너무 고음이거나 저음인 것은 좋지 못하다. 또 목소리의 여운이 긴 것이 좋고 여운이 짧은 것은 나쁘다. 오행형을 판단하여 오행형에 따라 음성의 좋고 나쁨도 판단하여야 한다.

◐ 체취

『마의상법』「상육相肉」편에 '귀한 사람은 향기가 나는 풀을 몸에 지니지 않아도 자연히 향기가 난다'라고 하였다. 이렇듯 관상에서 사람의 몸에서 나는 냄새까지도 좋고 나쁨을 판단하는 데 활용한다.

◐ 기골

이외에도 기골奇骨의 유무는 중요한 변수이다. 기골이 있을 경우 좋은 상을 지닌 사람에게 더욱 강한 운이 있다고 본다. 그리고 상이 조금 좋지 못하더라도 기골이 있으며 일시적이라도 크게 발전할 수 있다고 판단한다. 얼굴의 복서골伏犀骨(두 눈 사이에 있는 코뼈에서 이마까지 붕긋하고 세로로 이어져 솟은 뼈 부위)이나 금성골金城骨(일각과 월각 좌우측 바깥쪽에 세로로 곧게 솟은 뼈) 등은 대표적인 기골이다.

◐ 조응

조응朝應이라고 하는 것은 서로 응하는 것이다. 예를 들어, 오악에서 좌우 광대뼈가 코를 향해 모이는 듯한 형상이 좋은 것이고, 서로 등을 돌리듯이 밖으로 향하는 깃은 좋지 않은 모습이다. 또한 이마가 뼁뼁하거나 붕긋하게 나온 것과 턱이 약간 앞으로 나오는 형상과 귀의 위치가 높은 것도 조응이 되는 것이다. 귀의 귓불이 앞을 향해 약간 들린 듯한 것도 조응의 형태이다.

◐ 묵직함과 가벼움

앉은 자세가 묵직한 것이 좋다. 앉은 자세가 묵직하지 못하고 가볍게 동요하는 것은 좋지 않다. 걸음걸이도 묵직하면서 날렵한 면이 있어야 한다. 걸음이 급하고 가볍게 튀는 맛이 있으면 좋지 않다. 또 전체적인 분위기가 묵직한 것이 좋다. 반대로 전체적인 느낌이 가볍고 안정됨이 부족한 것은 좋지 않다. 그런데 이러한 것도 오행형에 따라 판단을 달리한다. 예를 든다면 화형의 걸음은 가볍게 튀는 듯한 느낌이 든다. 화형이 이런 걸음걸이를 한다면 화형의 격에 맞는 것으로 본다. 수형의 걸음은 종종거리며 빠른 듯한 걸음을 걸어야 수형에 합치된다.

● 완급

사람의 동작이 느리고 빠른가도 관찰해야 한다. 걸음걸이나 식사하는 모든 동작들이 너무 급한 것은 좋지 못하다. 느긋하고 여유 있는 것이 좋다. 또 말이나 의사표현 등도 급한 것은 좋지 않다. 앉아 있거나 누워 있을 때에도 느긋하고 오랫동안 안정된 자세를 유지하는 것을 좋은 상으로 여긴다.

● 전체적인 기세와 위엄

관상의 관인팔법觀人八法은 사람의 기세를 관찰하는 여덟 가지 방법이다. 이는 전체적인 느낌까지도 관찰해야 된다는 것을 말한다. 위엄이 있고 사나워 보이는 위맹지상威猛之相, 후독하고 온화해 보이는 후중지상厚重之相, 깨끗하고 고결해 보이는 청수지상淸秀之相, 골격이 괴이하게 생겼어도 속되거나 천박하지 않은 고괴지상古怪之相은 좋다. 반면 쓸쓸하고 가난해 보이는 고한지상孤寒之相, 굳세지 못하고 여려 보이는 박약지상薄弱之相, 억세게 고집스러워 보이는 완악지상頑惡之相, 속되고 흐려 보이는 속탁지상俗濁之相은 좋지 않다.

○ 균형과 조화

얼굴과 신체가 전체적으로 균형이 맞는 것이 좋다. 얼굴에서 어느 한 곳만 너무 크거나 작은 것과 어느 한 쪽이 높거나 낮은 것과 넓거나 좁거나 한 것은 모두 균형이 깨진 것으로 좋은 것이 못된다. 관상을 보는 것은 한 곳만 보고 좋다거나 나쁘다고 하는 것이 아니다. 전체적으로 먼저 보고 각 부위가 상대적으로 어떻다는 것을 판단한다. 균형과 조화가 이루어진 것만큼 복록福祿이 갖추어진 것이다.

○ 기색

기색氣色은 그때그때의 상황 판단에 매우 중요하다. 기색은 얼굴에 나타나는 기와 색의 변화를 관찰하는 것으로 피부의 색과는 다른 것이다. 기색을 보고 좋고 나쁜 일이 발생하였는지를 알 수 있다. 계절에 따라 기색이 달라진다는 것을 유념해야 한다. 그리고 기체氣滯(얼굴의 특정 부위가 색이 어둡게 가라앉는 것)가 되면 길게는 10여 년 동안 어려움을 겪기도 한다. '십대천라十大天羅'는 나쁜 기색의 대표적인 것들이다.

십대천라는 얼굴 전체적으로 나타나는 기색에 따라 무슨 일이 발생하는지를 10가지로 정리한 것이다. 이런 얼굴의 기색이 나타나면 마치 하늘이 펼쳐 놓은 그물과 같이 빠져나갈 수 없다는 의미를 지닌 말이다.

십대천라

1. 사망천라死亡天羅: 얼굴 가득히 검은 기색이 나타나면 본인이 죽게 된다.

2. 상곡천라喪哭天羅: 얼굴 가득히 하얀 기색이 나타나면 가까운 친척이 상을 당한다.

3. 우체천라憂滯天羅: 얼굴 가득히 검푸른 기색이 나타나면, 근심거리가 생

기고 일이 막혀 잘 풀리지 않게 된다.

4. 질병천라疾病天羅: 얼굴 가득히 노란기색이 나타나면 병에 걸려 고통스
   럽게 된다.

5. 허화천라虛花天羅: 얼굴 가득히 개기름이 낀 것 같으면 모든 일이 꽃이
   지는 듯 허사가 된다.

6. 간음천라姦淫天羅: 눈빛을 흘기고 시선이 급히 움직이면 간음지사가 발
   생한다.

7. 형옥천라刑獄天羅: 얼굴의 색이 마치 술에 취한 것 같으면 벌을 받아 감
   옥에 가게 된다.

8. 관사천라官司天羅: 얼굴 전체가 불에 그을린 듯하면 관재수가 생긴다.

9. 고형천라孤刑天羅: 목소리가 예쁘장하면서 교태로우면 외롭게 되고 벌
   을 받게 된다.

10. 퇴패천라(퇴폐천라): 콧머리鼻頭에 반점이 먼지가 낀 것처럼 생기면 직
    업이나 직급이 물러서게 되고 실패를 하게 된다.

기색을 정확히 판단하기 위해서는 전체적인 골상과 유년운기流年運氣를 복합적으로 살펴야 한다. 또한 기색을 관찰하는 환경이 중요하다. 『수경집』「기색편」을 살펴보면 기색은 촛불 아래서 관찰하라고 하였다. 이를 현대에 사용하는 조명기구의 색온도와 스펙트럼을 고려하면 가장 좋은 조명 기구는 백열전구이다. 관찰하는 시간도 중요하게 여긴다. 가장 정확하게 판단하자면 아침에 잠에서 깨어나 과도한 동작이나 움직임이 없는 상태에서 봐야 한다. 그리고 식사하기 전, 용변도 보지 않은 상태에서 얼굴을 관찰하여 얼굴에 나타나는 색을 구별하는 것이 제일 정확하다.

기: 피부의 안쪽에 나타나는 색으로 청룡지기青龍之氣·구진지기勾陳之氣·현무지기玄武之氣·주작지기朱雀之氣·등사지기螣蛇之氣·백호지기白虎之氣의 육기六氣가 있다.

색: 피부의 겉면에 나타나는 색을 말하는 것이다. 황·적·청·흑·백의 다섯 가지 색이 있고 적색에는 적색·자색·홍색이 있다. 기색을 활용하는 동색·수색·산색·취색 등의 분류도 있고, 색이 어떤 영향에 있는지에 따라 해색·건체색 등의 분류도 한다. 색이 나타나는 상태에 따라 활염색·광부색 등으로 나누기도 한다. 기색이 얼굴에 강하게 나타나는 것으로는 십대천라十大天羅가 있다.『계왕씨비전상법』에는 '십이궁기색'이라고 하여 십이궁과 관련해서 기색을 논하기도 한다.

○ 언행 태도

관상에서는 음성자체뿐만 아니라, 언어의 사용 습관이나 어조 등도 중요하게 본다. 걷고 서고 앉고 눕는 동작과 태도도 중요한 판단 기준이다. 서양에서 근래에 '키네식스Kinesics'란 학문이 개발되고 있다. 이는 바디랭귀지body language라고 불리기도 한다. 관상에는 벌써 오래전에 이런 부분이 포함되어 있었다. 예를 들자면 곁눈으로 보면 투기를 잘한다. 가까이 가서 엿보면 총명에 반하는 것이다. 위를 보는 사람은 귀하고 높은 벼슬을 할 수 있고 항상 밑을 보는 사람은 남모르는 독함이 있다. 높은 곳을 보는 사람은 마음에 물결이 부닥치는 것처럼 격돌하는 것이며, 낮은 곳을 보는 사람은 모질다. 기울게 보는 사람은 도적질하는 것이며, 어지럽게 보는 것은 음란하다. 노려보거나 용맹스럽게 보는 사람은 사나우며, 멀리 내다보는 사람은 목적한 뜻이 많은 사람이다. 밑을 보는 사람은 꾀를 많이 부리는 사람이고, 높은 곳을 보는 사람은 정직한 사람이 많다.

◐ 안신

안신眼神은 눈빛을 이야기하는 것이다. 눈빛은 그 사람의 운이 좋고 나쁨을 판단하는 데 매우 중요한 단서가 된다. 제일 좋은 눈빛은 신장神藏이다. 아울러 눈빛의 좋고 나쁨을 볼 때 강약만이 아니라 눈빛에 측은지심이 있는가를 반드시 살펴야 한다. 안신 십법을 살펴보면 아래와 같다.

신장神藏은 눈빛을 갈무리한 것이고, 신로神露는 눈빛이 드러난 것이고, 신정神靜은 눈빛이 고요한 것이다. 신급神急은 움직이고 멈추는 사이에도 모두 급한 것이다. 신위神威는 눈빛에 위엄이 있는 것이다. 신혼神昏은 양 눈동자가 클지라도 빛이 없고 망연한 것이다. 신화神和는 눈이 고요하고 스스로 밝은 것이다. 신경神驚이란 놀란 것 같이 겁먹은 눈빛이다. 신취神醉는 눈이 취한 사람과 같아, 눈동자를 굴리고 의심스러운 듯 지친 듯이 흘겨보는 것이다. 신탈神脫은 항상 보이던 눈빛이 갑자기 보이지 않는 것이다.

◐ 정기신精氣神

생명의 근원이 되는 정精과 활동력의 근원이 되는 기氣와 사람의 정신인 신神의 남고 부족함을 잘 살펴야 한다. 외모·행위·태도·눈빛을 잘 살펴보면 정기신에 여유가 있는지를 알 수 있다. 정기신에 대한 내용이 고서에 많지 않아도 깊이 연구를 해야 한다.

◐ 심상

관상에서 골상骨相보다 심상心相이 더 중요하다고 말한다. 그러나 심상에 대한 내용은 많지 않다. 『상리형진』의 「진희이선생 심상편」에 '마음은 외모의 뿌리이다. 마음을 자세히 살펴보면 선악이 스스로 나타날 것이다. 말과 행위는 마음이 겉으로 드러나는 것이다. 그러므로 행동을 관찰하면 재앙이 있을지 복이 있을지 알 수 있다.心者貌之根. 審心而善惡自見. 行者心之表. 觀行而禍福可知.'라고 하였다. 이는 심상 자체를 직접 보는 것을 말하는 것이 아니라, 사람의 형태를 보고 심상을 간접적으로 파악할 수 있음을 말한다. 또 사람의 태도에 대하여 많이 논하고 있음을 알 수 있다. 마음 속에 아무리 좋은 생각이 있더라도 실제로 마음을 그렇게 쓰지 않는다면 소용이 없다. 마음속의 생각이 성실하고 또 그 마음이 행동으로까지 나타날 때에 진정한 복록이 있는 것이다. 그래서 골상보다 심상이 중요하고 심상보다 심술이 중요하다고 한 것이다.

○ 맑고 탁함

청탁淸濁은 무척 중요하다. 맑고 밝은 것은 좋고, 탁하고 어두운 것은 좋지 않다. 피부와 털이 맑은 것은 좋고, 탁한 것은 좋지 않다. 눈빛이 맑은 것은 좋고, 눈빛이 탁한 것은 좋지 않다. 음성이 맑은 것은 좋고, 탁한 깃은 나쁘다. 눈썹 털이 너무 굵으면서 많아서 숯 검댕이 같이 보이는 것도 탁한 것으로 본다. 일반적으로 기색이 맑은 것이 좋고 탁한 것은 좋지 않다. 또한 더욱 판단에 신중을 기해야 할 것은 너무 청한 것은 오히려 마이너스 요인이 될 수 있다. 그리고 탁한 가운데 청한 것은 좋아도 청한 가운데 탁한 것은 나쁘다. 전체적으로 맑은 기를 많이 받은 사람이 복록福祿이 있고 수명壽命이 길고, 탁한 기운이 많으면 그렇지 않다.

3. 적용 방법과 범위

1) 단식 판단

관상 서적에 눈이 어떻게 생기면 복이 있고 없다는 것과 같은 내용이 많은 것을 볼 수 있다. 이는 어떤 부위의 형상을 보고 다른 부위와의 상관관계를 따지지 않고 단순히 논하는 것이다. 관상을 할 때 먼저 전체적인 기량과 운을 판단한 후에 단식판단을 하는 것이 바른 순서이다.

2) 복합 판단

관상에서 각 부위의 단식 판단의 단점을 보완하는 방법이 여러 가지 있다. 격국론格局論이나 오행형五行形, 그리고 물형론物形論이나 십자면도十字面圖 등으로 한 부위만 살피는 것이 아니라 전체적인 균형과 조화를 보는 방법이다. 이는 여러 요소를 복합적으로 보는 판단법이라 할 수 있다. 12궁론 역시 복합적으로 판단하는 방법인 것이다.

○ 격국

관상에는 52금수형 외에도 삼첨·오장·오단·오로·오소·오극·오합·육해·육악·육천·육극·팔대·팔소 등의 얼굴과 몸에서 서로 배합이 잘 되는 것을 살펴보는 격국론이 있다. 격국론을 잘 살펴보면 전체적인 균형이 맞는지 안 맞는지 알 수 있게 된다. 균형이 잘 맞는 사람은 신분도 높아지고 부자가 되기도 쉽다.

○ 오행형

오행형을 논할 때 어떤 오행형이 있는 가운데 다시 오행의 상생상극의 국局이 있다. 여러 형을 겸한 경우가 많아서 한 가지 오행형으로 참되기가 어렵다. 그러므로 오행 가운데 그 하나의 참된 형을 얻으면 크게 귀해진다. 만약 두 가지 이상의 형을 겸하고 있다면 여러 오행 중에 가장 주된 형을 취한다. 그런 후 상생하고 상극하는 것이 무엇인지 정한다. 상생하는 것에서는 수가 금을 띠는 것이 마땅하고, 목은 수를 띠는 것이, 화는 목을 띠는 것이 그리고 토는 화를 띠는 것이 마땅하다. 상극하는 것에서는 금이 목을 겸하는 것이 마땅치 못하고, 목이 토를 겸하는 것, 토가 수를 겸하는 것, 수가 화를 겸하는 것 그리고 화가 금을 겸하는 것이 마땅치 못한 것이다.

① 목형은 마르고 곧다. 머리 얼굴 골격이 여위었다. 또한 살이나 근육이 불거져 나오는 것과 뼈가 드러나거나 머리가 뾰족해서는 안 되는 것이다. 기본 성격이 착하고, 기획력이 뛰어나다.

② 화형은 위가 좁고 아래는 넓다. 행동이 조급하고 머리카락과 수염은 붉으면서 숱이 적다. 오로五露를 다 갖추지 못하면 위치가 기운다. 몸집은 살이 거칠고 또 밖은 가늘다. 활동적이고 예의를 중시한다.

③ 토형은 돈후하고 살쪄 뼈가 무겁고 살은 실하다. 신의信義가 두터운 사람이다. 등이 풍성하며 허리가 두텁고 색은 노란색이다. 얼굴이 두껍고 뼈가 묵직하면 신용이 두텁고 부富가 차고 성실하고 빈말을 하지 않는다.

④ 금형은 네모 바르다. 단정한 네모 형태를 이루며, 색이 희고 기는 맑아야 한다. 의리가 많고 개혁적인 성향이다.

⑤ 수형은 둥글게 살이 쪘다. 색이 검고 기가 정靜한 것이 참된 수형이

다. 색은 검되 윤이 나야 한다. 수형은 지혜로움을 추구한다.

○ 물형론

『신상전편』과 『상리형진』의 「인상금수형人像禽獸形」은 사람의 형상을 52종의 짐승이나 새의 형상에 비유하여 말하고 있다. 형상이 특정한 형태인 것도 중요하다. 그러나 언행·성품 등과 종합적으로 살펴봐야 한다.

3) 일정시기의 운을 보는 법

일정시기의 운세를 판단하는 것으로 운한運限이 있다. 예를 들면 오관의 한 부위로 10년 동안의 운이 좋고 나쁨을 판단한다. 또 어떤 부위를 보고 짧게는 2~3년의 운세를 보고, 길게는 삼정과 같이 초년·중년·말년의 운세가 좋고 나쁨을 판단한다. 또한 얼굴에 드러나는 기색氣色으로 그때그때 무슨 일이 있을지를 판단한다. 관상에서 나이별로 그 해의 운세가 좋고 나쁜 것을 판단하는 방법이 유년운기流年運氣법이다. 유년운기법은 여러 가지가 있는데, 가장 널리 사용되는 것은 『마의상법』의 유년운기이다. 나이에 따라 얼굴의 각 부위를 정하여 그 해의 운세가 좋은지 나쁜지를 판단한다. 각 부위는 아래와 같다. 더욱 발전된 방법은 『면상비급』에 있다. 각 부위를 관찰할 때 그 부위만이 아닌 연관된 다른 부위를 같이 관찰하여 운의 좋고 나쁨을 판단하는 방법이 어떤 한 부위만 보는 것보다 정확도가 높다.

기색은 유년운기와 더불어 관상의 핵심으로 일컬어진다. 기색으로 알 수 있는 것은 상당히 광범위하다. 일 년 중에 매월의 운세가 좋고 나쁨을 판단할 때 기색으로 판단한다. 얼굴 12지의 기색의 좋고 나쁨에

유년운기표 (『마의상법』 기준)

1,2 천륜	3,4 천성	5~7 천곽	8,9 천륜	10,11 인륜
12~14 지륜	15 화성	16 천중	17 일각	18 월각
19 천정	20 左 보각	21 보각	22 사공	23 左 변성
24 右 변성	25 중정	26 구릉	27 총묘	28 인당
29 左 산림	30 右 산림	31 능운	32 자기	33 번하
34 채운	35 태양	36 태음	37 중양	38 중음
39 소양	40 소음	41 산근	42 정사	43 광전
44 연상	45 수상	46 左 관골	47 右 관골	48 준두
49 난대	50 정위	51 인중	52 左 선고	53 右 선고
54 식창	55 녹창	56 左 법령	57 右 법령	58 左 호이
59 右 호이	60 수성	61 승장	62 左 지고	63 右 지고
64 피지	65 아압	66 左 금루	67 右 금루	68 左 귀래
69 右 귀래	70 송당	71 지각	72 左 노복	73 右 노복
74 左 시골	75 右 시골	76,77 子	78,79 丑	80,81 寅
82,83 卯	84,85 辰	86,87 巳	88,89 午	90,91 未
92,93 申	94,95 由	96,97 戌	98,99 亥	1살 부위로

따라 각 달의 운세가 좋고 나쁨을 판단한다. 또 얼굴 각 부위에 나타나는 기색으로 짧으면 몇 시간에서 길면 십여 년 간의 길흉을 알 수 있다.

4) 전체적인 판단

관상을 하는 순서를 살펴보면 다음과 같다. 우선 사람들 처음 볼 때 걸음걸이와 첫 대면에서의 담대한지 유약한지를 살펴본다. 안신을 살펴보고 전체적인 기세도 파악한다. 한동안 편안하게 앉아 있도록 하여 자세가 안정되었는지를 살펴본다. 다과 등을 함께 하며 먹고 마시는 동작이나 자세를 살펴본다. 가벼운 대화를 하여 나이를 알아두고 음성을 들어본다.

안정이 된 상태에서 얼굴의 기색을 살펴보아 지금 현재의 시급한 일이 무엇인지 판단한다. 얼굴과 신체의 각 부위를 살펴보고 격국·물형론·오행형 등으로 전체적인 빈부귀천수요 등과 성취도에 대하여 판단한다. 오관과 학당을 살펴보아서 성격과 머리가 좋고 나쁜지와 적성을 파악한다. 십이궁을 살펴보아서 부모형제·상사·부하·친구 등 인간관계와 재복 등을 판단한다. 그리고 얼굴의 각 부위를 살펴보고 운한과 유년운기를 판단한다. 손의 형태와 주름 등을 살펴본다. 이렇게 종합적으로 관찰하고 판단하여 상담을 한다. 피상담자의 고향 등 살아온 환경을 알 수 있다면 더욱 정확한 판단을 할 수 있다.

4. 한계와 문제점

1) 관상에 대한 학습과 이해의 어려움

첫째, 관련서적을 구입하는 것이 어렵다. 시중에 관상서는 많다. 그러나 우리 글로 된 서적 중에 관상을 체계적으로 학습할 수 있는 서적은 드물다. 관상에 대해 심도 있는 연구를 하려면 고서나 대만에서 발행되는 서적들을 보아야 한다.

둘째, 동양 문화와 사상에 대한 이해가 부족하다. 관상을 보기 위해서는 수십 종에 이르는 고서를 학습해야 한다. 한글로 완역이 된 책은 근래에 출판된 몇 종에 불과하다. 고서를 공부하는 것만으로 충분하지 않다. 고서가 기록된 시기의 과학·문화·사회적 관습 등 많은 부분이 지금과는 차이가 있다. 현재의 교육과정이나 생활방식으로는 음양오행 등의 동양의 사상·철학·동양적 가치관·전래되어온 많은 경험 등을 알기 어렵다. 당시에는 평상생활에서 당연히 알고 있던 기본적인 지식이 지금까지 전승되지 않기 때문에 고서를 이해하는 데 어려움이 있다. 한문과 한자에 대한 지식이 부족한 것도 문제가 된다. 설령 한문과 한자에 대한 지식이 있더라도 관상 분야에서 사용되는 용어를 알지 못한다면 관상서를 정확히 이해기가 어렵다.

셋째, 전수체계가 미비하다. 우리나라에서 관상을 배울 수 있는 곳은 많지 않다. 문화센터나 개인적 전수를 통해 배우지 않으면 서적을 통해 독학할 수밖에 없었다. 개인적으로 배우더라도 직업 관상가들이 많았기에 직업적인 비결^{秘訣}로 여겨졌다. 그러니 체계적인 학술이나 실제로 적용할 때의 노하우가 정리되어 전수될 수가 없었던 상황이었다. 학습이나 전수의 체계가 제대로 갖추어지지 않은 상태이다.

2) 적용 시 확률에 대한 통계 문제

얼마 전까지 관상뿐 이니라 역학과 역술은 제도권에서 소외된 하술이었다. 학교나 연구원 등에서 연구되지 않고 개인적인 연구로 맥이 이어져 왔다. 그러다 보니 명확한 확률 통계가 이뤄진 적이 없다.

개인적으로는 상담을 하면서, 관상을 봐준 내용이 맞다는 긍정적인 말을 틀렸다는 부정적인 말보다 많이 들은 편이기에 여러 해에 걸쳐 관상을 연구해 왔지만, 통계학적인 표본을 추출한 것도 아니고 관상의 방대한 내용에 대한 개별적인 정확도에 대한 수치를 현재로선 제시할 수도 없다.

그러나 사송령謝松齡이 "운명을 헤아릴 때 상술이 어느 정도 충분한 경험적 사실을 근거로 하지 않았다면 수천 년을 거쳐 오면서 쇠퇴하지 않을 수 없었을 것이다"라고 논한 것처럼, 관상은 오랜 세월 동안 많은 사람들에게 버림받지 않고 이어져 내려오면서 경험이 축적된 사람의 운명과 사람 됨됨이를 알아보는 비결임이 틀림이 없다.

3) 관상은 직접 대면해야 하는 어려움이 있다

관상의 가장 큰 한계는 사람을 직접 만나야 한다는 것이다. 관상은 얼굴의 형태만 보는 것이 아니다. 사진만 보고서는 현재의 기색·음성·언행·태도·자세 등을 관찰할 수 없다. 확연히 나타나는 기색은 텔레비전을 통해서 어느 정도 볼 수 있으나, 두터운 화장을 하였을 경우에는 기색을 판단하기 어렵다. 또 기색의 미세한 변화를 정확하게 판단하는 것은 무리가 있다. 조명에 따라서 광선의 색이 달라지고, 칼라 밸런스 조정에 따라서 차이가 나기 때문이다. 현재 보급되고 있는 PC 카메라는 렌즈의 성능·해상도·사용 환경 등이 관상을 자세하게 할 수 있을 정도로 정밀하지 못하다.

4) 개인적 체험

부유하고 가난한 정도를 상중하로 크게 구별하는 것은 용이하나 구체적인 수치까지 판단하는 것은 어렵다. 또한 현대사회의 수많은 직업이나 직종에 대하여 정확하게 논할 수는 없었다. 피상담자의 현우賢愚와 성격·적성 등을 현재의 직업이나 직종에 잘 부합되는지 간접적으로 판단할 수밖에 없었다. 유년운기의 경우 전체적인 흐름을 판단하는 것은 비교적 정확도가 높다. 그러나 구체적으로 무슨 일이 일어나는지에 대해 그 내용까지 상세히 아는 경우는 사주·명리보다는 적었다. 이를 보완하는 기색은 사례도 비교적 풍부하고 적중률이 상당히 높은 편이다. 그러나 기색이 나타나는 시기와 일이 발생하는 시기에 차이가 있는 경우 얼굴에서 기색을 볼 수 없는 경우가 있었다.

5. 결론 및 전망

사송령은 사람의 상에 "상술은 형·신·성·명 등에 대해 심각하고도 정밀한 관찰을 통해 얻은 매우 풍부한 체험을 담고 있다. 그러므로 그중 대부분이 경험적 사실에 기초한다는 것을 부인할 수 없다. 운명을 헤아리는 것 외에 상술은 모두 사람의 자태·용모·행위·경향·심리상태 및 행위의 특징 건강과 질병의 관계에 관한 것으로서 현대 의학과 심리학의 중요한 내용이기도 하다. 그러나 이것에 대해서는 지면의 한계 때문에 일일이 열서할 수는 있다. 이성적인 측면에서 보면 이러한 내용은 잃어버려서는 안 될 의학과 심리학(혹은 행동 과학)의 극히 중요한 유산이다."라고 하였다. 이와 같이 관상은 관상 자체가 가지고 있는 운명 판단법이나 사람을 파악하는 방법으로써도 효용가치가 크다.

대만에는 관상과 중의학中醫學과 연계하여 체계적으로 비교·정리한 책자도 있다. 관상을 한의학과 연계하여 연구한다면 한의사의 진료에 도움이 될 것이다. 심리학과 연계하여 상담에 활용할 수도 있다. 또 사람의 채용과 인사배치에 활용할 수도 있다. 학생들의 진로 진학 상담에 응용하는 것도 가능하다.

문화적인 측면에서도 관상을 활용할 수 있는 분야는 많다. 관상은 균형과 조화를 이루는 것을 기본으로 하므로 미학적인 요소를 미용이나 성형에서도 활용할 수 있다. 관상서는 시대별로 사람이 살아가는 모습·인간관·인생관·관습 등의 체험적 기록이다. 이는 문화인류학적인 측면에서 연구될 수 있다.

게임이나 애니메이션을 개발할 때, 주인공의 성격·성품·적성·인생 여정 등이 설정된 후 이에 맞추어 관상학적 지식을 이용하여 외모·동작·태도 등을 만들어내면 사실적인 느낌을 주는 개성 있는 캐릭터가 창출될 수 있다. 소설에서도 주인공의 묘사에 활용하는 것도 현실감 있는 묘사에 도움이 될 것이다.

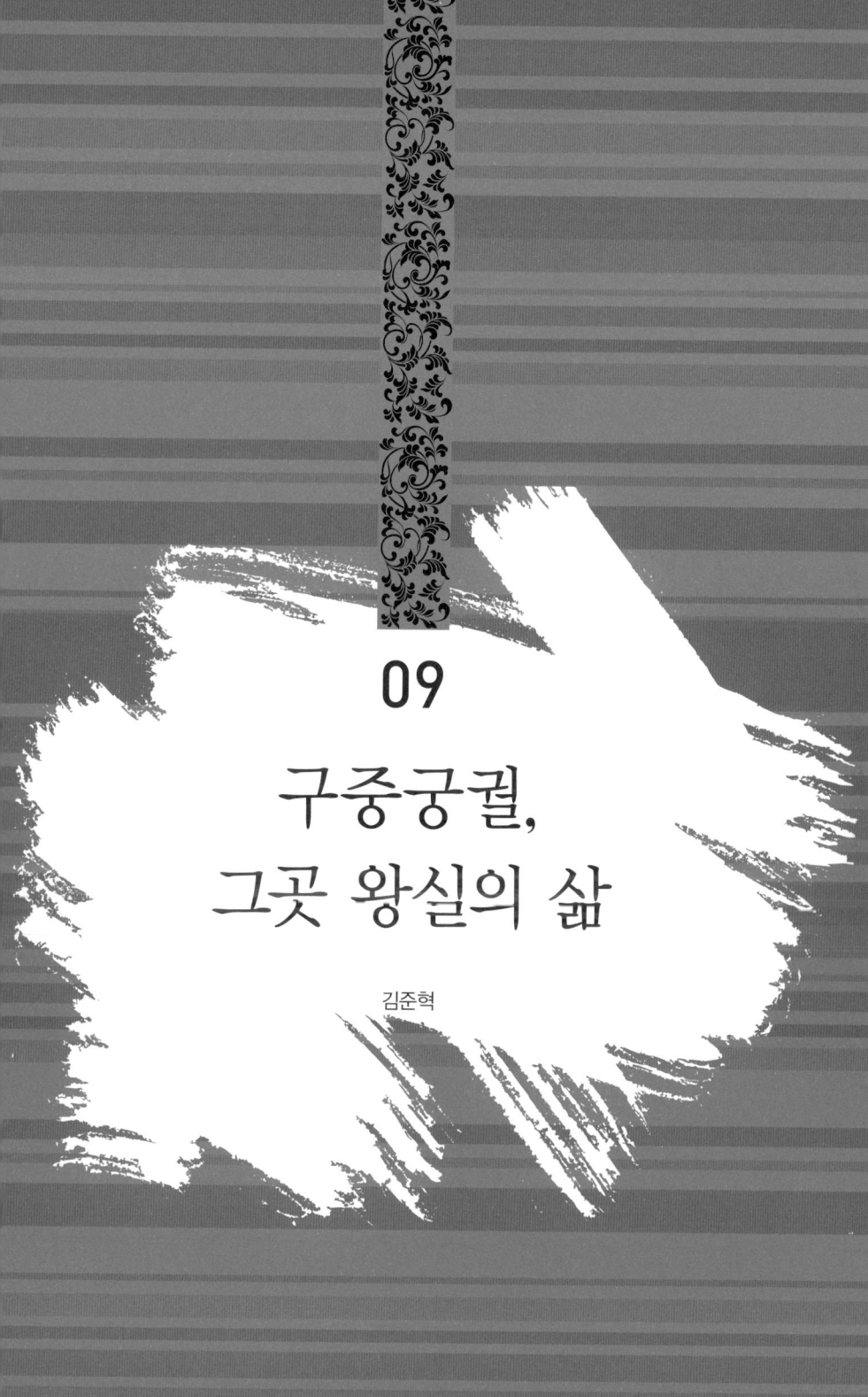

09

구중궁궐,
그곳 왕실의 삶

김준혁

1. 궁궐

지난 왕조시대 궁궐은 깊고 깊은 지존의 내밀한 처소요, 나라의 일과 사건이 점철되었던 역사의 현장이기도 하다. 이 땅에 살던 백성들에게 임금이 살고 있는 대궐은 존엄과 숭앙의 대상이었으며, 대궐을 보는 것이 평생소원이기도 했다.

궁궐은 당대 최고의 석공과 목공들의 손으로 지어졌고, 숱한 전殿과 각閣과 문門은 치밀하게 계획된 공간구성으로 이루어졌을 뿐만 아니라 하나의 나무나 돌계단에조차 심오한 의미와 상징을 부여했다. 그냥 단순하게 이루어진 것은 아무것도 없다. 그러한 무수한 암시와 의미를 지닌 심오한 상징의 세계가 곧 전체의 궁궐을 만들어냈던 것이다. 따라서 그 신비한 표상表象을 읽어내는 것은 곧 그 시대 사람들의 의식세계를 읽는 셈이 된다.

또한 궁궐은 왕조시대 영광과 기쁨, 치욕과 반전을 보여주는 역사의 현장이다. 온 나라 사람들이 기뻐하고 경하할 일이 있기도 했고, 슬픔에 찬 눈물을 머금었던 때도 있었으며, 임금이 등극하기도 하고 쫓겨나기도 했다. 더욱이 전란과 화재로 무수한 전각이 불타고 다시 고통에 찬 작업으로 재건한 그 기나긴 과정이 궁궐의 숱한 전각과 각종 문에 배어 있다. 웃음과 한숨과 눈물을 함께 했던 그것들을 그래서 허투루 볼 수 없는 것이니, 조선 500년의 길고 긴 영욕을 간직하고 있음에랴.

궁궐이란 용어는 궁宮과 궐闕의 합성어로 궁이란 천자나 제왕, 왕족들이 사는 규모가 큰 건물을 의미하고, 궐이란 본래 궁의 출입문 좌우에 설치된 망루를 지칭하는 것으로, 제왕이 살고 있는 건축물이 병존하고 있어서 궁궐이라 일컫게 되었다.

궁의 공간을 나누어보면 관청들이 배치되는 외조 공간外朝空間, 왕이 정치를 하는 치조 공간治朝空間, 왕과 왕비 등이 생활하는 연조 공간燕朝空間, 휴식·수학受學·연회하는 유원 공간囿苑空間으로 구성된다. 이들 네 공간은 시대와 지형상의 차이에 따라 차이가 있으나, 일반적으로 한 궁장宮牆 구역 안에서 유기적으로 배치시켜 건물과 건물 사이가 단절되지 않도록 구성하였다. 배치형식은 고대로부터 근세에 이르기까지 정사를 목적으로 하는 건물들을 앞에 배치시키고, 일상생활에 필요한 건물들을 뒤편에 배치하는 전조후침前朝後寢의 배치형식이 통례로 되어 있었으며, 이러한 배치법은 중국이나 일본의 궁궐배치에서도 일반적으로 사용되었다.

궁궐의 구성요소에는 궁궐을 둘러싸는 방형方形이나 장방형長方形의 외벽 설비가 있었고, 이 외벽은 높고 넓은 석담이나 토담으로 둘러쳐져 있으며, 외벽의 네 곳에 궁문을 설치하였다.

조선시대 이전의 궁궐은 지상건축물이 현존하지 않아 자세한 내용은 알 수 없으나, 문헌에 나타난 궁궐의 관계 자료와 그들 유지에서 밝혀진 조사내용을 통해 당시 궁궐의 실상을 알 수 있다.

● 고구려

고구려의 궁궐은 만주 통구의 국내성과 평양의 안학궁安鶴宮 터에서 그 옛 모습을 찾아볼 수 있다. 국내성의 경우에는 일부 초석이나 기와 조각만으로는 궁궐자리의 내용을 알 수 없고, 평양의 안학궁은 근년 발굴된 조사 내용으로 배치 형식을 알 수 있다. 『삼국사기』에 의하면 고구려 궁궐에 대한 기록이 동명성왕·유리왕·봉상왕·광개토왕·평원왕조에 보이고 있으며, 그 기록은 궁궐과 이궁을 건설하거나 중축·수리하였다는 내용이고, 봉상왕조에는 특히 '임금이란 백성이 우러러보는 바이니, 궁전이 장엄하고 화려하지 못하면 어떻게 위엄을 보일 수 있겠는가'라는 구절이 있어 궁궐의 규모와 내용이 장엄하고 화려하였음을 알 수 있다.

○ 백제

『삼국사기』에 온조왕 15년(B.C.4)에 한도漢都에 세웠던 신궁新宮이 '검소하면서도 누추하지 않고, 화려하면서도 사치스럽지 않았다.'라는 기사가 있다. 이로 미루어 백제 초창기의 궁궐은 소박하였음을 알 수 있다. 그러나 진사왕 7년(391)에 궁전을 수리하고 연못을 파서 그 속에 산을 만들고 기이한 금수와 초목을 길렀다는 기사를 보면 그 당시 궁궐의 화려함과 조경술의 수준을 알 수 있다.

웅진으로 수도를 옮긴 뒤에는 궁궐 동쪽에 임류각臨流閣을 지었는데, 높이가 50여 척이었다고 하며, 연못을 파고 기이한 새들을 기르게 하므로 신하들이 상소로 항의하였으나 왕은 회답하지 않고 오히려 궁문을 닫기까지 하였다는 것을 보면, 궁궐의 화려함과 사치스러움을 알 수 있다. 또한 성왕 16년(538)에는 사비(오늘의 부여)로 수도를 옮겼는데, 도성 안에는 사비궁泗沘宮·망해궁望海宮·황화궁皇華宮 등이 있었다고 하나 현재 그 실상은 알 수 없다. 그러나 『삼국사기』에 무왕 35년(634) '궁궐 남쪽에 땅을 파고 20여 리의 거리에서 물을 끌어들이고 연못 연안에는 나무를 심었으며, 못 안에는 섬을 만들었다'는 기록을 통하여 백제의 궁궐도 고구려의 궁궐에 뒤떨어지지 않는 권위와 장엄함, 그리고 호사함을 갖춘 궁궐이었다고 볼 수 있다.

268

○ 신라

신라시대에 궁궐은 박혁거세가 처음 왕위에 올랐을 때, 궁궐을 남산 서쪽 기슭의 고허촌高墟村에 만들고, 혁거세 21년(B.C.37)에는 금성金城 안에 궁궐을 지었다고 한다. 진덕왕 5년(651)에는 조원전朝元殿에서 왕이 백관의 하례를 받았다고 『삼국사기』에 기록되어 있어, 중요한 의식행사를 하던 궁궐이 있었음을 알 수 있다.

○ 남북국시대

남북국시대의 신라는 삼국을 통일한 국가답게 더욱 융성하게 발전되었다. 『삼국사기』에 의하면 문무왕 14년(674)에 '궁내에 못을 파고 산을 만들고 화초를 심고 진귀한 동물을 길렀다'고 하며 679년에는 궁궐을 중수하였는데 매우 아름다웠다고 한다. 그러나 이때 만들어진 궁궐들은 현재 남아 있지 않으며, 궁궐터로 확인된 것은 1975년 발굴 조사된 안압지雁鴨池 주변 유적뿐이다. 안압지 주변 건물터에서는 총 30개소의 건물터가 확인되었고, 건물의 배치는 남북 중심축을 기준으로 하여 좌우 대칭의 배치 형식인데, 연못변의 건물터는 연못과의 조화를 위하여 다소 내칭을 변형시키고 있는 특징을 가지고 있으나 궁궐배치의 좌우대칭 기본형에서는 크게 벗어나지 않는다.

○ 고려

『고려도경』에 의하면, 궁궐은 송악松嶽에 의지하여 고목이 우거져 악묘嶽廟나 산사山寺에 가까운 감이 있고, 담담한 아름다움이 있으며, 또한 궁성 주위에는 13개의 문이 있어 광화문廣化門이 정동의 문으로 긴거리에 통하고 있으며, 전문殿門은 15개인데 신봉문神鳳門이 가장 화려하고,

외전의 중심건물인 회경전을 비롯하여 장화전長和殿·원덕전元德殿 등이 있다. 만월대의 궁궐 특징은 평지가 아닌 구릉 지대에 건물을 배치한 점이며, 궁궐의 중심이 되는 외전·내전·침전 등의 건물군이 남북의 동일 중심축에 배치되지 않은 점이다. 즉 회경전을 중심으로 한 외전 일곽과 장화전을 중심으로 한 내전 일곽 및 뒤편의 침전 일곽이 지형에 맞추어 축을 달리한다. 각 건물에는 단청이 되어 있고, 구리로 꽃무늬를 만들어 웅장하고 화려하였다고 한다. 후원의 조경도 괴석을 모아 선산仙山을 만들고, 물을 끌어들여 샘과 연못을 만들었으며, 아름다운 꽃과 기이한 나무를 심어 매우 아름다운 정원을 만들었다.

◐ 조선

조선시대 궁궐로 대표적인 것은 경복궁·창덕궁·창경궁·덕수궁 등이다.

① 경복궁

경복궁은 1392년 개성 수창궁에서 조선을 건국한 태조 이성계가 1394년에 민심의 수습과 조선 왕실의 정통성을 세우기 위해 천도를 결정하고 역사를 시작하여, 이듬해 완공된 한양에 세운 정궁이다. 경복景福이란 말은 시경詩經에 나오는 '이미 술에 취하고 이미 덕에 배부르니 군자만년 그대의 큰 복을 도우리라旣醉以酒 旣飽以德 君子萬年 介爾景福'라는 글귀에서 뒤의 두 글자를 따서 지은 것이다.

서울은 북악산과 남산 사이의 터전에 있어, 주위 산의 능선에 성벽을 쌓고 그 중앙 평지에 시가지를 조성한 도시이다, 도시의 남북에 중심선을 긋는다면 지금의 경복궁은 동서의 길이가 똑같은 중앙에 있는 것이 아니라 서편으로 많이 기울어져 있다. 백악산(북악)으로 해서 도시계획의 기본형이라는 바둑판 도로망의 형성을 포기하고, 신비한 산 아래에 모여 신의 섭리에 따라 도리 있는 정치구현에 이바지할 목표를 지향하면서 경복궁을 지었고, 근정전을 그 핵심 위에 자리 잡았다.

처음 경복궁을 세웠을 때는 390여 간으로 그리 큰 규모는 아니었다. 왕실의 규모가 커서는 안 된다는 당시 집권층의 생각 때문이었다. 태종 재위 시에 궁궐을 늘리기 시작하여 조금 더 큰 규모의 궁으로 바뀌어 나가기 시작했다. 물론 중간에 화재로 인해 전각에 피해가 있었다. 임진왜란 당시 도성을 버리고 도망간 임금에 대한 분노로 백성들에 의해 불태워져 이후 270여 년간 폐허로 남아 있었다. 이후 1865년 흥선대원군 이하응은 공전의 대공사를 일으켰으나 그도 잠시였다. 흥선대원군은 천하의 백성들로 하여금 왕가의 존재를 알게 하고 왕권에 복종케 하기 위하여 대공사를 시작하여 40개월의 공사기간으로 7,225간 반의 규모로 경복궁을 완성하고, 1868년 왕은 창덕궁에서 경복궁으로 이어하게 되었다.

1910년 한일합방으로 국권을 잃게 되자 일본인들은 궁 안의 전殿·당堂·누각 등 4천여 간의 건물을 헐어서 민간에 방매했다. 이로 인해 경복궁의 선삭들이 현새 일본에 상당數가 있다. 1917년 창덕궁의 내전에 화재가 발생하자 경복궁의 교태전·강녕전·동행각·서행각·흠경전·만경전 외 다수의 전각을 철거하여 그 재목으로 창덕궁의 대조전·희정당 등의 내전을 지었다. 궁전 안에는 근정전·사정전·수정전·경회루 등과 근정문 등 몇 개의 문만이 남게 되어 경복궁의 제 모습은 완전히 사라지게 되었다.

② 창덕궁

창덕궁은 조선시대의 궁궐 중에서 가장 원형이 잘 보존되어 있는 별궁이다. 처음에는 이궁으로 창건되었으나 임진왜란 때 정궁인 경복궁이 소실되어 조선 말기에 경복궁이 복원될 때까지 약 300여 년간 창덕궁에서 정사를 봄으로써 본궁의 구실을 하였다. 경복궁의 동쪽에 있다고 해서 '동관대궐' 또는 '동궐東闕'이라고 하였다.

창덕궁이 창건된 것은 조선 초기에 한양천도가 있던 때로 태종이 즉위하여 도성을 한양으로 다시 옮기면서 동시에 이궁의 조성을 명하여 1405년(태종 5)에 이루어졌다. 이때 도성에는 이미 종묘宗廟와 사직社稷과 더불어 정궁인 경복궁이 조성되어 있었으므로 이 궁의 조성은 하나의 별궁을 도성 내에 두기 위하여 창건한 것으로 보인다.

궁이 완성되고 궁 이름을 창덕궁으로 정하였으나 이때에는 아직 궁궐로서의 여러 시설들이 갖추어지지 못하여, 태종 연간에는 계속하여 건물이 완성되었다. 즉, 궁내에 누각과 연못 등이 조성되고 석교를 만들었으며, 1412년에는 궁의 정문인 돈화문敦化門이 비로소 세워지게 되다. 세조가 즉위하고서는 정전인 인정전仁政殿을 다시 짓고 궁내의 각 건물들의 명칭을 고쳤는데, 이때 고쳐진 전각들의 명칭은 대체로 오늘날까지 이어져 오고 있다. 창덕궁은 조선 초기에는 임금들이 경복궁에서 정사를 보았으므로 크게 이용되지는 않은 듯하다. 그러나 성종이 즉위하고부터는 왕이 창덕궁에 머물면서 정사를 보는 일이 많아졌다. 특히 연산군은 재위 중 주로 이 궁에서 정사를 보면서 많은 실정을 거듭하였다. 당시 왕들은 이 궁의 정전에서 외국사절을 접견하는 일이 많았다. 임진왜란으로 전소되었다가 1609년(광해군 1)에 중건되었다.

창덕궁은 다른 궁궐과는 대조적으로 자연적인 지형과 산세에 따라

272

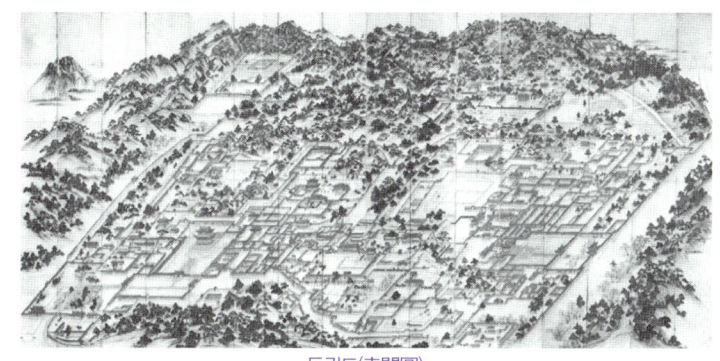

동궐도(東闕圖)

전각을 배치하고 자연과 인공의 융합을 무리 없이 조화시킨 점에 그 특징이 있다. 궁궐 정문인 돈화문에 들어서면 동북쪽으로 정전인 인정전 일곽이 있고, 이 일곽 동서양쪽에는 비대칭으로 선정전宣政殿과 선원전을 배치시키고, 침전은 인정전 일곽의 중심축과 다른 보조축을 만들어 선정전 동북쪽에 배치하였다. 그러나 중심축과 보조축의 결합은 합리적으로 조화되었으며, 동선상의 무리가 없도록 하였다. 특히 후원의 누각들은 자연경관과 조화를 이루며 선경에 가까운 비경祕景으로 만들어 자연순응의 법칙을 최대한 발휘한 조선 궁궐의 대표적인 정원이다.

③ 창경궁

창경궁은 원래 수강궁壽康宮이 있었던 곳이다. 1418년에 세종이 왕위에 오르면서 상왕인 태종을 모시기 위해 지었다. 그러나 세종 이후로는 이 궁의 존재가 미미하였고 차츰 퇴락하여 갔다. 그 후 성종 13년(1482) 당시 생존하고 있던 세조비 정희왕후 윤씨·어머니인 덕종비 소혜왕후 한씨·양모인 예종비 안순왕후 한씨를 위하여 수강궁 터에다 창경궁을 건조하기로 하고 수리도감修理都監을 설치했다. 옛터를 그대로 두고 보수만 할 것인지, 모두 철거하고 다시 지을 것인지를 의논한 결과 '궁실은 마땅히 작아야 하고 사용하는데 편리하며 그리 높거나 크지 않아야 한다'고 결정되었다. 창경궁 공역은 성종 14년부터 시작되어 그 해 3월 세조비가 승하하여 일시 중단되었다가 이듬해에 명정전明政殿, 문정전文政殿, 환경전歡慶殿, 경춘전景春殿, 인양전仁陽殿, 통명전通明殿, 양화당養和堂, 여휘당麗暉堂, 사성각思誠閣 등을 건축했다.

임진왜란 때에 소실되었다가 광해군 8년(1616)에 명정전·문정전·환경전 등을 비롯한 주요 건물들이 중수되었다. 그러나 인조 2년(1624)에 이괄의 난과 순조 30년(1830)에 환경전에서 화재가 발생하여 경춘전·숭문당·양화당 등 내전의 건물이 불타버렸다. 순조 34년에 소실된 여러 전각들을 대대적으로 복원하고, 그전에 불타버렸던 통명전도 이때 복원하였다. 그러나 1909년에 일제에 의해 동물원과 식물원이 개원되면서 전각이 하나 둘 헐리고, 1911년에는 이름마저 창경원으로 격하되어 불리게 되었다.

창경궁의 정전인 명정전은 동향으로 건립되어 있다. 이는 풍수지리설에 의한 자연의 지세를 존중한 결과이다. 뒤에 산을 등지고 북쪽에서 흘러내리는 계류가 정전의 문 앞을 지나서 남으로 흘러간다. 이는 풍수이론으로 보면 왼쪽에서 일어나 오른쪽으로 가는左發右行 양수陽水가 되어 사내아이를 많이 낳고, 밖에서 흘러들어 외당 앞을 돌아가는 회류수廻流水가 되어 극히 길吉한 명당수가 된다. 이 명당수 위에는 옥천교玉泉橋가 설치되어 있다.

창경궁은 창덕궁의 동쪽과 연결되고 동향이기 때문에 궁의 정문인 홍화문弘化門: 東門만 있고, 남문·북문·서문이 없다. 다만 협문으로 선인문宣仁門·월근문月勤門 등이 있다. 신하들이 활동하던 외조外朝 공간은 홍

창경궁 전경

화문-명정전 사이와 궁의 남북쪽 공간에 위치하는데, 승정원·홍문관·
주자소·사옹원·사복시·오위도총부·수문장청 등이 있었다. 왕이 정치
를 하는 치조治朝는 명정전-문정전의 공간인데, 행각行閣으로 둘러싸여
있다. 왕비의 생활공간인 연조燕朝는 빈양문賓陽門 안의 서북쪽 공간으로
침전인 통명전·경춘전·양화당·환경전·집복헌의 건물이 남아 있다. 이
곳 전각들은 자연의 지형에 따라 남향이나 동향으로 배치되어 있다. 침
전 중에 왕비가 서처하는 곳이 통명전이며, 이 정침 주위에 다섯 개의 소
침小寢이 있다. 정침 동쪽에 대비가 거처하는 자전慈殿이 있는 것이 상례
이다. 통명전 북쪽 후원에는 성종 때는 환취정環翠亭이 있었으며, 정조 때
는 혜경궁 홍씨를 위한 자경전慈慶殿이 있었다. 그리고 효종 때는 영춘헌
동쪽에 공주들이 살던 요화당瑤華堂, 난향각蘭香閣, 계월각桂月閣이 있었다.
　궁의 유원(새와 짐승을 기를 수 있는 동산)은 왕과 왕비의 생활공간 뒷면
에 있는 것이 통례이며, 통명전 북쪽 언덕과 지금의 춘당지春塘池 주위이
다. 춘당지 주위는 창덕궁의 후원과 통하여 별도의 경계 담장이 없었으

나, 지금은 창덕궁과 별개의 궁궐로 나누어져 있다. 창경궁은 정궁이 아닌 이궁이므로 왕궁의 모습을 모두 갖추지는 않았다.

④ 덕수궁

덕수궁은 본래 정릉동(현재의 정동) 월산대군의 옛집에 건립되었던 것으로, 원래 주인은 월산대군이었다. 이 월산대군의 옛집이 궁궐이 된 것은 임진왜란이라는 조선 최대의 전란 때문이었다. 선조 26년(1593) 10월에 7년 동안의 전쟁이 끝난 후 왕이 서울로 되돌아왔다. 그러나 이미 경복궁을 비롯한 모든 궁궐이 불타 버려 거처할 곳이 없었다. 그리하여 규모가 크고 다행히 불타지 않은 월산대군의 집을 임시 행궁으로 삼았다. 임진왜란 이후 창덕궁이 중창될 때까지 이곳은 한동안 조선의 중심적인 궁궐 역할을 하였다. 광해군 3년(1611) 10월에 이곳을 경운궁慶雲宮이라 명명하였다. 광해군 7년(1615) 4월에 광해군이 창덕궁으로 거처를 옮겨 경운궁의 중심역할은 끝났다.

이때 경운궁의 정문은 인화문이었다. 고종 39년(1902)에 법전을 중화전으로, 전前의 중화전을 즉조당으로 개칭하였다. 당시 경운궁은 가장 큰 어려움이 직면하게 되는데, 고종 41년(1904) 4월에 함녕전에 큰불이 나서 중화전·즉조당·석어당·경효전·흠문각 등이 모두 불타버린 것이다.

이 해 다시 즉조당·석어당·경효전·흠문각을 중건하고, 12월에 정문을 대안문大安門으로 개칭하였다. 1906년 1월에 중화전이 준공되고, 4월에는 대안문을 대한문大漢門으로 개칭하였다. 이후 1907년 7월에 고종은 순종에게 왕위를 물려주고 이곳에 칩거하면서 이름뿐인 태황제가 되었다. 경운궁의 이름 또한 덕수궁德壽宮으로 개칭되었다. 그리고 보면 덕수궁의 명칭은 서울에 있는 궁궐 가운데 가장 세월이 짧다.

그 밖에 조선시대의 궁궐로는 경희궁이 있다. 현재는 그 터만 남아 있고 광대한 궁궐터는 완전히 변하여 서울시립박물관이 들어섰으며, 궁의 석축과 계단 일부가 남아 있다.

2. 왕실 생활

궁중에서 상주하는 사람은 왕과 그의 가족, 궁녀 내시들이다. 왕을 중심으로 그의 가족과 이들의 사생활을 돕는 여인 집단인 궁녀들로 이루어진다. 왕의 가족은 왕의 배우자와 직계 존·비속으로 이루어진다.

즉 왕비와 대비·왕대비·대왕대비 등 현재와 과거의 왕비들과 왕의 자손 및 그 배우자들이다. 단 배우자는 장래의 왕통을 이을 장자와 장손의 배우자에 한한다. 일반 왕자녀(대군·군·공주·옹주)들과 세손을 제외한 세자의 자녀(대군·군·군주·현주)는 계례笄禮 전의 미성년자만이 함께 생활한다. 이밖에 후궁이 있는데, 이들은 왕비 이외의 복수의 부인들로 내명부에 속한다. 일반 왕자녀와 왕손들이 궁궐 안에 상주하는 기간은 계례 전에 한하는데 남자들은 그보다 빨라서 10세 미만까지이며, 여자들은 혼례 전(약 13세 이전)까지이다. 계례는 13~14세 때 치르지만 남자는 왕과 세자·세손을 제외하고는 10세가 되면 궁궐에서 잠을 잘 수 없기 때문에 대대로 8세 무렵부터 저택을 마련해서 보모상궁과 소종의 궁녀를 딸려 독립시킨다.

궁중의 사람들은 일반 사람들과는 다른 형태의 삶을 살았는데 그 삶을 알아보도록 하자.

왕실가족

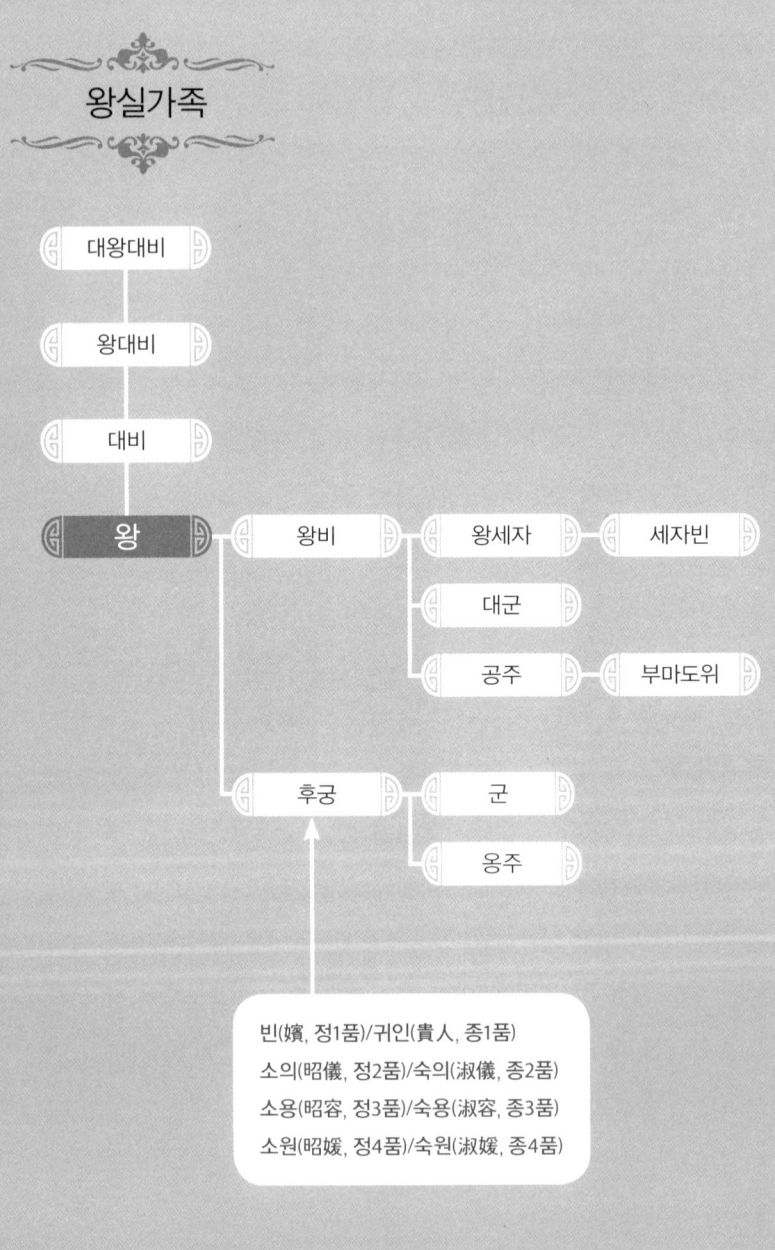

대왕대비

왕대비

대비

왕

왕비

왕세자

세자빈

대군

공주

부마도위

후궁

군

옹주

빈(嬪, 정1품)/귀인(貴人, 종1품)
소의(昭儀, 정2품)/숙의(淑儀, 종2품)
소용(昭容, 정3품)/숙용(淑容, 종3품)
소원(昭媛, 정4품)/숙원(淑媛, 종4품)

1) 왕실의 하루 일과

● 왕의 일과

왕의 생활은 공사公私의 두 가지 측면에서 볼 수 있으며 처리하는 군국 기무는 만 가지나 되기 때문에 왕의 집무를 일러 만기萬機라 부른다. 왕 은 만민의 위에서 가장 모범을 보여야 하는 공인이므로 그 생활은 상상 하는 것 같이 사치하고 편하고 재미있는 것이 아니다. 왕의 하루 일과는 아침·낮·저녁·밤의 네 단계로 구분된다. 이것을 왕의 사시四時라 했다. 아침에는 신료들로부터 정치를 듣고, 낮에는 왕을 찾아오는 방문객을 만 나며, 저녁에는 조정의 법령을 검토하고, 밤에는 자신의 몸을 닦는다.

왕이 기상시간은 해가 뜨기 이전이라야 한다. 일어나서 글을 읽고 아 침 식사 전에 왕대비나 대왕대비 등 위에 문안인사를 보내고 자신도 아 랫사람으로부터 온 문안인사를 접전한다. 해가 뜰 무렵인 평명平明에는 학문토론 및 정치토론을 위해 경연에 참석한다. 경연이 끝나면 아침 수 라를 들고 나서 외전에 나가 정사를 본다. 의정부의 세 정승과 육조의 판 서 그리고 사간원까지 합석하는 정식 시무는 한 달에 여섯 번이지만 대 신들과 만나는 날이 많다.

정오가 되기 전에 점심을 간단히 하고, 정오가 되면 주강에 참여해서 학문을 익힌다. 주강이 끝나면 다시 관료들을 만나 업무를 보고, 오후 3 시에서 5시 사이에는 야간에 대궐의 호위를 맡을 군사들 및 장교들과 숙직관료들의 명단을 확인하고 암호를 정해준다. 저녁에도 자리에 들 때 까지 늦도록 독서를 한다. 이외에도 가끔 대비나 왕대비 등에게 올라가 직접 문안을 드리고 수라를 드는 곁에서 지켜봐 주는 시선視膳도 해야 한 다. 또 왕대비나 대왕대비가 병중이 들면 왕이 직접 약과 미음을 받들어

권한다. 종기가 나면 고약까지도 붙여주는 효의 시범도 보여야 한다.

왕이 내전에 있을 때는 안사랑을 쓰며 그 곁에는 내관과 시녀상궁과 대전상궁들이 모시고 있다. 신하를 대할 때는 바깥사랑으로 나아가는데, 절대 혼자 만나지 않으며 사관과 함께 만난다. 사관 없이 만나는 것을 사적私覿이라 하는데 오해를 받기 쉬워 몹시 삼간다. 비록 장인이라도 사적을 피하는 것이 궁중의 법도이다. 왕은 버선을 한 켤레씩 갈아 신었으나 사복으로 입는 두루마기는 몇 조각 기워서 입을 정도로 검소함을 보였다.

○ 비빈의 일과

왕비나 세자빈으로 대표되는 궁중의 귀인들은 비교적 한가한 생활을 보냈다. 그러나 새벽 문안에서부터 시작되는 효와 돈목敦睦의 실천은 실상화 되어 있었다. 문안은 해가 뜨기 전인 식전에 하는 법이므로 어린 비빈들은 그 전날 밤에 잠을 마음 놓고 못 잤다는 고백이 있다. 문안 이외에 왕보다도 더 간병·시선·탕약시중과 같은 효의 실천이 요구되었다.

그런 일과 이외에도 궁중에는 관혼상제를 비롯한 종친·외척의 빈가에서 들어오는 손님접대, 벼슬아치 부인들의 초대 등으로 일 년 내내 조용한 날이 없다. 더욱이 왕족들의 5개월 장례에서부터 3개월 장례의 풍속은 어느 때는 궁궐 안에서 두 건의 국상이 겹치는 경우도 있어 비빈을 비롯한 궁녀들의 노고가 컸다.

하루에 여섯 번의 곡과 조석제전의 주다례의 참례는 복중이나 엄동에는 더욱 어려웠다. 왕비의 임무는 민간에서 맏며느리가 제사를 받드는 총책임자인 것 같이, 궐내의 약식 사당인 선원전의 차례, 4대조까지의 봉제사 등이 다 왕비의 책임이었다. 앞치마를 두르고 직접 제물을 감선하고 사배를 드렸다고 한다. 그러므로 아무 일도 없이 한가한 날이라고는 별로 없었다.

모처럼 중요한 날이면 비빈은 궁녀들을 거느리고 후원에 나가 꽃구경이나 단풍구경을 하기도 하는데, 후원에 나갈 때는 간단한 가마를 탄다. 후원뿐이 아니라 비빈들은 같은 궁내에서 다른 전각으로 갈 때도 걷는 법이 없다. 가마는 세수간의 나인들이 멘다.

이외에 궁중오락으로는 투호와 윷놀이가 있다. 투호는 특히 정월에 많이 하던 놀이로 비빈들도 참여한 놀이인 데 비하여 윷놀이는 궁녀들이 많이 하던 놀이이다.

● 세자의 일과

예비 왕이라는 찬란한 미래에도 불구하고 세자의 역할은 단순하다. 열심히 공부하고 아침저녁으로 부모에게 문안인사를 하는 것이 고작이다. 세자의 일과는 부모에게 문안 인사하는 것에서부터 시작한다. 아침에 일어나면 의관을 정제하고 부모에게 문안인사를 가는데, 밤새 안녕하셨는지 여쭙는다.

문안인사를 하고 오면 아침식사를 하고 바로 오전 공부를 시작한다. 아침공부는 조강朝講이라 하는데, 세자시강원의 관료들이 지도한다. 먼저 지난번에 배운 것을 확인하는 절차가 있다. 이때 세자는 책을 덮고 배운 것을 암송해야 한다. 만약 세자가 제대로 암송을 못 하면 호된 질책이 따르게 마련이다. 이어서 교수관이 일과에 따라 교재의 본문에 나오는 글자의 음과 뜻을 풀어주고 그 문장의 의미를 해설한다. 세자는 의문이나 잘 모르는 사항이 있으면 질문을 하고, 교수관이 여기에 답한다.

아침공부가 끝나면 간단히 점심을 하고 낮공부를 시작하는데, 이를 주강晝講이라 한다. 수업방식은 조강과 같다. 낮공부가 끝나면 이어서 저녁 공부인 석강夕講에 들어간다. 석강이 끝나면 저녁식사를 하고 잠자리에 들기 전에 부모의 잠자리를 보살펴야 한다. 이것이 공식적인 세자의 하루 일과다. 세자의 일과는 특별한 사정이 없는 한 변화 없이 계속 반복된다.

○ 궁녀의 일과

지밀을 제외하고는 격일제로 근무하였다. 지밀소속의 궁녀는 하루를 상·하번으로 나누어 낮과 밤으로 교대하였다. 상번은 아침 8시에 근무를 시작하여 오후 3시에 하번과 교대하는 형식이다. 하번의 임무는 그 전궁 주인의 저녁 수라의 시중·잠자기 전의 시중, 말동무·침실의 자리 펴기·야참시중 등을 맡고, 주인이 침실에 들면 그 외곽 방에서 신변보호의 뜻으로 직숙하였다.

단 노쇠한 궁녀와 아기나인은 밤근무를 하지 않았다. 왕의 침전의 직숙은 왕의 유모나 보모·원로 상궁 등 4~5인이 맡았다. 왕의 침실은 정자형井字形으로 장지로 칸을 막은 9개의 방으로 되어 있다. 중앙의 큰 방에서 왕이 잠들면 둘레의 작은 방에서 한 사람씩 숙직을 하였다. 숙직하는 상궁들은 서로 보이도록 장지를 열어놓고 자는 것이 궁중의 법이다. 숙직하는 상궁들에게는 이부자리 같은 것은 아예 없고 딱딱한 목침만이 있었다. 그러나 이 목침을 베면 소라껍질 같은 조진머리의 쪽이 닿기 때문에 아파서 잘 수가 없어 실제로는 거의 잠을 자지 않고 침실을 지켰다.

지밀을 제외한 다른 처소의 내인들은 밤을 새우는 근무를 하지 않았다. 다만 소주방과 생과방 등의 음식과 관계있는 처소는 야참대기를 위하여 늦도록 남아 있었다. 비번날에는 교양과 성격에 따라 다른 처소에 놀러 가서 잡담과 '담배잡히기' 등으로 시간을 보내거나, 소주방·생과방 등에 가서 떡을 만드는 것을 도와주기도 하고, 또 침방·수방에 가서 그들의 기술을 배우기도 한다. 이밖에 궁체宮體를 연습하거나 친정에 문안편지를 쓰고, 이야기책을 빌려다 읽으며 소일했다.

지밀에서는 '다회짜기'를 많이 하였다고 한다. 다회란 비단실로 짠 끈으로 넓이에 따라 주머니끈에서 도포끈인 세조대細條帶, 대려복이나 적의翟衣의 대로 쓰는 광다회가 있다.

궁녀들은 아기나인일 때는 선배 상궁의 방에서 훈련을 받지만 계례를 치르고 정식 나인이 되면 마음에 맞는 친구와 함께 따로 방을 꾸며 한 가정을 가지게 된다. 그래서 비번 날에는 비자에게 취사·청소·빨래 등 가사를 맡기고 독립생계를 영위한다. 물론 당번일 때는 소속 처소에서 식사를 한다. 상궁은 비자와 침모를 각각 한 명씩 두고 그 밖에 손님이라 하여 친척 중에 가정부같이 살림을 맡아주는 여인도 있다.

2) 왕실의 복식服式

○ 왕복王服

왕복의 종류가 뚜렷이 나타나는 조선시대의 왕복은 조근·봉사지복朝槿奉祀之服이라 하여 종묘·사직 등에 참예하는 대례·제복祭服인 면복冕服과 조복에 해당하는 원유관遠遊冠·강사포絳紗袍와 공복公服·상복常服으로써의 익선관과 곤룡포 및 관례 전에 착용하는 책복幘服이 있다. 또한 국난을 당하여서는 전립戰笠에 융복戎服을 착용하기도 하였다.

왕복은 군왕의 표신이기 때문에 신하들의 복장과는 달랐다. 『당서唐書』「동이전」에 옛 고구려의 왕복은 '오채복五彩服'이고, 그 관은 금테를 두른 백라관이고, 여기에 금테로 장식한 혁대를 띠었다.'라고 하고, 또 백제의 왕복은 '큰 수를 놓은 자주색 옷에 청색과 금색의 혁대를 했으며 까마귀 가죽의 신과 까마귀 깃털의 관을 썼다'라고 되어 있다. 신라의 왕복은 문헌에 기록된 바 없으나 금관총·서봉총·천마총 등에서 발굴된 금관·요패·과대·금동리 등으로 미루어 백제 왕복 이상으로 호화찬란하였음을 추측할 수 있다.

서긍의 『고려도경』「관복조」에 보면 고려의 왕복은 '평상복에는 오사고모烏紗高帽에 착수상포窄袖緗袍를 입고 금벽金碧으로 수를 놓은 자라늑건紫羅勒巾을 띠었다. 나라의 관원과 백성들이 모였을 때는 복두를 쓰고 속대를 띠었다. 제사를 지낼 때는 면류관을 쓰고 규圭를 들었다. 중국 사신이 오면 자라공복紫羅公服에 옥대를 띠고 상홀象笏을 들었다.'고 되어 있다.

조선시대의 왕복 중 면복은 제3대 태종 3년(1403)에 명나라 성조로부터 받은 것을 시작으로 하여 명나라가 멸망하는 제16대 인조 대까지 왕이 바뀔 때마다 받았다. 왕의 익선관과 곤룡포도 세종 이후 명나라에서 보내오고 있다. 조선시대 면복은 9류면·9장복이었는데, 제26대 고종이 대한제국 황제 위에 오르면서 면복은 12류면·12장복으로, 원유관은 통천관通天冠으로, 익선관·곤룡포는 대홍색에서 황색으로 바뀌었으며 서구식 예복을 착용하기도 하였다.

○ **왕비복**王妃服

왕비는 왕의 신분에 준하기 때문에 왕비가 입는 옷은 제도적으로 정해진다. 삼국시대를 전후해서 국가의 제도가 정비되었고 의관제도도 정비되었으므로 왕비복도 그 당시부터 입혀진 것으로 추측된다.

삼국시대의 왕비복은 금실로 수를 놓아 화려하게 만들었으며 직선의 여밈깃이 있는 직령에 요대를 매었다. 고려시대에는 왕의 제복인 곤면복이 제정되었으므로 왕비복에도 적의翟衣가 제정되었다고 본다. 그것이 그대로 조선에 전해졌는데 조선 중기의 기록에는 적의에 대해 상세히 기록되어 있다. 대왕대비는 자색의 적의를 입고, 왕비는 다홍색의 향직鄕織으로 만들고 이금泥金으로 꿩을 그린 적의를 입었다. 내의도 다홍색 향직으로 만들었고 폐슬은 다홍색 향직에 5색의 다회를 달아서 썼다. 이것은 조선 말기에 왕비의 제복으로 전하는 아청색鴉靑色의 천으로 만든 적의와는 그 유례가 다르다.

왕비가 국혼國婚에 입는 적의는 법복法服이라 하는데, 이에는 패옥佩玉을 달고 백옥의 규圭를 들며 대帶를 띤다. 흉배는 전후좌우에 다는데 하나는 반대방향으로 만들어야 좌우의 어깨에 맞는다. 신은 적석赤舃을 신고, 버선도 붉은색으로 된 것을 신는다. 이 적의는 왕비의 대례복이고 소례복은 다홍색의 원삼이다. 조선시대 왕비의 원삼은 직금단으로 홍색의 용무늬 스란치마와 같이 입는데 앞에는 청색의 스란 웃치마를 입는다. 오아비의 원삼은 소매가 길고 넓으며 소매 끝단에는 넓은 한삼이 봉새되어 있다.

평상 예복에는 당의를 입는데 양옆이 터지고 길이는 엉덩이 정도로 평상복 저고리와 유사한 형태이다. 조선 말기에 왕비가 입는 당의는 원삼과 같이 직금 문양을 넣고 짠 것이 있지만, 평상복은 일반 서민의 복식과 거의 같되 색이나 직물에만 차이를 두고 만들었다고 볼 수 있다. 왕비의 의복도 일반 의복과 마찬가지로 시대에 따라 세부적인 형태가 변해왔는데 그 유행은 왕비복이 다소 앞선 것으로 평가받고 있다.

○ 세자복世子服

왕세자의 정복은 조선시대 이전의 것은 알 수 없고, 조선시대의 세자복은 대례·제복인 면복과 조복에 해당하는 원유관·강사포와 공복·상복으로써의 익선관과 곤룡포 및 관례 전에 착용하는 책복이 있다.

면복은 1445년(세종 27)과 1449년에 왕세자 면복을 명나라에 청하였으나, 명나라에서는 1450년(문종 즉위년)에 가서야 세자의 면복을 입게 해주었다. 세자의 면복은 왕의 것과 같은데, 다만 8류旒로서 유마다 주朱·백白·창蒼의 3채옥 8개를 펜다고 한다.

조복은 1408년(태종 8)에 당시 세자였던 양녕대군이 명나라에 갔을 때 당시 황제가 조복을 지어 세자에게 하사하였다. 조복 역시 왕의 조복과 동일하고 3채옥이 8개씩 되어 있다.

공복으로 익선관은 왕의 것과 같으나, 곤룡포는 흑단으로 짓고 포의 전후와 좌우 어깨에 금색의 사조원룡보四爪圓龍補를 달고 있었으며, 금색 그림을 그렸다. 그리고 신은 검은색의 노루가죽신인 흑궤자피화黑麂子皮靴를 신었다.

3) 궁중음식宮中飮食

○ 궁중의 일상식

왕족은 전근대사회에서는 특권계급으로 군림하였기 때문에 궁중의 식생활 양식 및 제도는 가장 발달되고 엄격하였다. 궁중에서는 음식을 한 곳에서 만드는 것이 아니라 중궁전·대비전·동궁전 등의 각 전각마다 주방상궁이 딸려서 각각 음식을 만들었다. 각 전각의 음식은 생과방生果房과 소주방燒廚房에서 담당하였고, 특별한 잔치가 있을 때에는 숙설

소熟設所를 설치하여 운영하였다. 궁중의 일상 음식은 다음과 같다.

① 초조반: 새벽에 탕약이 없는 날에는 죽상을 차린다. 죽은 계절에 따라 여러 가지 부재료를 넣고 끓이는데, 왼죽粒粥·흰죽·전복죽·원미죽·장국죽·버섯죽·잣죽·깨죽 등이 있다. 죽에 따르는 반찬은 젓국조치와 동치미·나박김치·마른찬·간장·소금 등으로 간단하게 차린다. 죽은 병자 음식이 아니라 몸을 보하는 음식으로 중요한 것이다.

② 수라상: 왕과 왕비가 평소에 아침·저녁으로 받는 밥상의 이름으로, 아침 수라는 10시경, 저녁 수라는 오후 6~7시경에 받는다. 수라상은 12가지 반찬으로 정해져 있으며, 그 반찬의 내용은 계절에 따라 바뀐다. 수라상차림은 기본 음식과 반찬으로 나눌 수 있다.

기본음식에는 밥·국·찌개·찜·전골·김치·장이 있으며, 반찬은 12가지를 올린다. 밥은 흰쌀밥과 팥밥 두 가지를 올린다. 팥밥은 붉은팥 삶

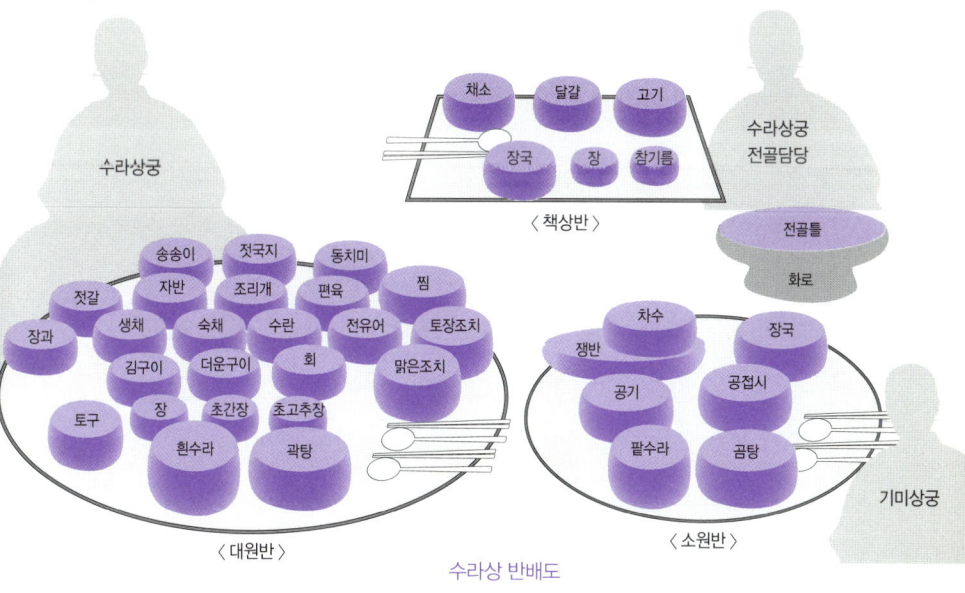

수라상 반배도

은 물을 밥물로 하여 지은 것으로 홍반이라 한다. 밥은 왕과 왕비용으로 곱돌솥에 안쳐서 화로에 참숯을 피워 짓는다. 국은 흰수라에는 미역국, 팥수라에는 곰탕을 끓여 국그릇에 담는다. 수라상 원반에는 흰밥과 미역국을 짝으로 올리고, 팥밥과 곰탕은 책상반에 놓았다가 원하면 바꾸어 올린다. 찌개는 맑은 조치와 토장 조치의 두 가지를 작은 뚝배기에 끓여서 그대로, 또는 조치보에 옮겨 담아 올린다. 찜은 한 가지만 만들고, 전골은 즉석에서 볶아서 익혀서 먹는 음식이므로 반드시 화로나 풍로에 숯불을 피우고 전골틀 또는 남비를 준비하여 요리한다.

김치는 동치미·배추김치·깍두기 등 세 가지를 차리며, 계절에 따라 재료와 김치종류도 바꾸어 만든다. 장류는 필요한 종류를 종지에 여러 개 담아서 놓는데 간장·초장·초고추장·새우젓국 등이다. 숭늉이나 오곡차를 대접하고, 반찬은 조리법과 재료가 겹치지 않게 12가지를 만든다. 그 12가지는 고기·생선·산적·누름적 등 더운 구이, 김·더덕·북어 등 찬구이, 전유어·쇠고기나 돼지고기의 편육·나물·생채·조림·젓갈·장아찌 등 마른찬과 수란·회·강회 등의 별찬이다.

수라상은 왕과 왕비가 같은 온돌방에서 각각 받는데, 동쪽에 왕, 서쪽에 왕비가 앉는다. 왕과 왕비는 겸상을 하지 않고 각각 상을 받으며, 시중을 드는 수라상궁도 각각 세 사람씩 대령한다. 수라상은 붉은 옻칠을 한 크고 작은 원반 두 개와 책상반 하나로 이루어진다. 큰원반은 왕이나 왕비 앞에 놓이고, 그 오른쪽에 작은 원반이 놓이며, 그 뒤로 책상반이 놓인다. 큰원반에는 대전이 쓸 은제 잎사시(수저) 두벌을 오른쪽으로 나란히 놓고, 왼쪽에는 토구 또는 비아통이라는 그릇을 놓는다. 궁중에서는 오월 단오부터 팔월 추석 전까지는 자기를 쓰고, 가을·겨울에는 은그릇이나 유기를 쓴다.

각 상 앞에는 상궁이 한 사람씩 앉아서 시중을 드는데, 작은 원반 앞에는 노상궁이 기미상궁으로 앉아서 왕이 음식을 들기 전에 먼저 검식檢食을 한다. 기미상궁은 왕이나 왕비를 어릴 적부터 모셔온 사람이 맡는다. 왕비의 기미상궁은 보통 시집오는 날 친정에서 함께 들어온 상궁이 맡는다. 큰원반의 곁에는 수라상궁이 왕과 마주 앉아서 수라상 식기의 뚜껑을 열어주고 시중을 든다. 수라시중을 드는 순서는 처음에 수라휘건(수건)을 앞에 대어드리고 고정시켜준다. 반상기 뚜껑은 종지부터 찬그릇·김치그릇·더운 음식의 순서로 연다. 책상반 앞에 앉은 수라 상궁은 풍로에 전골틀을 얹어놓고 전골을 볶아서 올리고, 더운 음식을 받아놓았다가 원반으로 옮기는 일을 한다.

식사법은 먼저 동치미 국물을 한 수저 떠 마신 다음, 밥을 한 술 떠 넣고 국을 한 술 떠서 같이 먹는다. 다음부터는 밥을 한 술 떠 넣고, 수저는 밥그릇에 걸쳐놓은 채 젓가락을 들고 반찬 한 가지를 집어넣고 씹어서 삼키고, 젓가락은 다시 상에 놓는다. 국에는 밥을 조금 말아서 다 먹고 나면 그 국그릇과 지금 사용한 수저 한 벌은 내린 뒤 다른 한 벌의 수저를 사용한다. 이번에는 밥과 반찬을 계속 먹다가 끝날 때 숭늉대접을 국그릇 자리에 올리면 밥을 한 술 말아서 개운하게 먹고 수저를 제지리에 내려놓는다.

③ 낮것상: 점심을 궁중에서는 낮것이라 한다. 평일에는 과일·과자·떡·화채 등 다과반 차림을 하거나 미음·응이를 차린다. 종친이나 외척의 방문이 있을 때는 장국상을 차린다. 장국상에는 온면과 편육·전유어·배추김치 등을 간단하게 차린다. 장국상을 물리면 반드시 다과상을 올리는데, 보통 떡·과자·과일과 음료로는 따뜻한 차나 화채·수정과·식혜 등을 계절에 따라 변화 있게 마련한다.

④ 면상: 탄일이나 명절에는 면상인 장국상을 차려서 손님을 대접한다. 진찬이나 진연 등 궁중의 큰 잔치 때는 병과·생실과·찬물 등을 고루 갖추어 높이 고이는 '고임상'을 차린다. 실제로 드시는 것은 '입매상'으로 주로 국수와 찬물을 차린다.

○ 궁중의 연회식

궁중에 대규모의 행사가 있을 때, 즉 왕·왕비·대비의 회갑·탄신·사순四旬·오순五旬·육순六旬 등의 특별 기념일이나, 이들이 존호를 받을 때, 또는 왕이 기로소耆老所에 들어갔을 때, 왕의 윤허를 받아 연희를 베풀었다. 진연·진찬 때는 도당에서 모든 절차를 계획하여 필요한 물자를 조달하고, 의식절차와 무용, 음악 등을 여러 차례 예행 연습한다. 연회음식에 관하여는 연회일자별로 차리는 음식의 규모·종류·이름을 적은 찬품단자를 만든다. 음식을 차리는 데 필요한 상·기명·조리기구를 점검하여 부족한 것은 새로 마련한다. 필요한 식품재료를 품의하여 잔칫날에 맞추어 미리미리 준비한다. 연회음식의 준비는 규모에 따라 적당한 인원의 숙수熟手를 동원하여 만든다.

궁중연회에서는 왕과 왕족에게는 고임상을 올리고, 친척·내외명부·여러 신하 등 손님에게는 사찬상을 내린다. 고임상은 음식의 가지 수도 많고 높이도 높게 차린다. 특별히 잔칫날에 왕이 받는 상은 '진어상進御床' 또는 '어상御床'이라 한다.

궁중 연회가 끝나면 음식을 물린 뒤 고배高排음식을 종친이나 신하 집으로 골고루 나누어 보낸다. 이 같은 풍습으로 궁중음식이 대궐 밖으로 나가 양반집에서 궁중 음식을 접하게 됨에 따라 자연히 고관대작의 집에서도 그 솜씨를 모방하여 사치스러운 음식이 늘어나게 되었다.

3. 궁녀宮女

1) 궁녀의 범위

◐ 내명부內命婦와 궁녀

궁녀란 궁중여관宮中女官의 다른 이름으로 상궁 이하의 궁인직을 말한다. 넓은 의미에서는 이들도 내명부에 총괄되나, 사실상 내명부란 외명부에 대칭이며, 종4품 숙원叔媛 이상의 품계를 받은 후궁이 핵심이다. 그들은 일단 후궁에 참예하게 되면 일정한 직분이 없는 까닭에 궁녀의 범주에서 제외된다. 궁녀는 정5품 상궁을 최고로 최하 4~5세의 어린 견습 내인까지 있으며, 각기 소속된 처소에 따라, 직분에 따라, 신분에 따라 다른 명칭이 있다. 말하자면 궁녀는 왕의 사생활이 영위되는 구중궁궐 깊숙한 곳에서 의·식·주에 사역되는 여성들이며, 공적인 제향, 축의 등에도 관련하는 중요한 임무를 맡은 여인집단이다.

동궁의 궁녀들은 규모도 작을 뿐더러 대전大殿에 소속된 궁녀보다 등급도 낮으며, 종5품 승훈承訓 이상의 내명부들은 제외되고, 종6품 이하의 수규守閨·수칙守則부터가 궁인직에 속한다.

'內人'은 '내인'이 정음이다. '나인'과 공용된 것은 궁녀 중에 서민이 많았음을 알려준다. 왕족은 물론 궁녀 중에 양반이라는 지밀·침방·솟방에서는 쓰지 않았다. 또 외부인들은 궁녀를 통틀어 '內人'이라고 할 경우가 많지만, 그들 자신은 반드시 '상궁'과 '내인'을 구별하여 쓴다.

또 한편 궁녀는 왕이 계신 대전 외에도 왕대비·대왕대비·동궁·그 밖의 왕자·공주궁 또 후궁과 각 별궁에 소속된 여인들까지 연장되며, 더욱이 왕의 사친의 사당을 지키는 여인들까지도 포함된다.

왕의 후궁 중에는 승은내인이라는 여인이 있다. 승은이란 왕의 손이 닿은 것을 의미한다. 자녀를 낳지 못한 경우 '특별상궁'이라는 지위에 머물게 마련이다. 그 대신 일정한 직책 없이 왕의 곁에서 다른 후궁들과 같이 모시기만 하면 된다. 역대 왕들의 측근에서 높게는 제조상궁 또는 지밀상궁으로서 권력을 쥐기도 하고, 왕의 총애를 입은 여인 중에서 승은내인이 많이 나오게 된다.

○ 무수리水賜 · 비자婢子 · 의녀醫女

① 무수리: 각 처소에는 한두 명 정도씩 잡역을 맡은 여인이 있다. 그들의 임무는 물긷기, 불때기 등의 하역이다. 옛날 궁중에는 전각마다 밖에 우물이 있어서 물을 길어대는 일은 큰일이었다. 물긷기 외에도 각기 그 처소의 담당 업무의 성격에 따라 아래치의 막일은 전부 이들이 맡았다. 무명에 아청색 물을 들여 아래위를 똑같은 색으로 입었기 때문에 우중충한 차림이었다. 거기에 머리를 방석같이 둥글게 틀어 올리고 치마 중간에 같은 감으로 널찍한 허리띠를 매고 앞에는 패를 찼다. 이 패는 아침 · 저녁으로 대궐 통근과 각 별궁간의 심부름으로 무상출입하는 신분증과 같은 것이다. 그리고 특이한 것은 저고리의 길이다. 이 당시 내인들이나 양반 부녀 복색에 '동그래 저고리'라 하여 저고리의 길이가 몹시 짧았는데, 그들의 저고리는 머슴의 옷같이 긴 것이 특색이다.

이들은 선출의 여부도 없이 민간의 아낙네들 중에서 내인들의 소개로 통근했다. 이들 모두는 대부분이 기혼자였다.

② 비자: 무수리는 아침저녁 통근을 하는 가정을 가진 여성인 데 비해, 비자는 붙박이로 각 처소 혹은 상궁의 살림집에 소속된 하녀를 일컫는다. 비자에는 글월비자와 각심이가 있다.

글월비자는 빛장내인의 아랫일을 하는 사람으로 궁 밖에 문안편지를 배달하는 것을 도맡는다. 검푸른색의 옷을 입고 있다.

각심이(손님·방자·방아이)는 비자의 일종이지만 상궁의 살림집의 가정부격 여인이다. 이들은 궁이나 내인들의 친족 간에 채용하는데, 일단 결혼한 경력이 있어도 독신이고 성격이 착하면 자격이 있다. 이들 복색은 보통의 여염부녀와 다름이 없다. 평복에 쪽을 찌었으나, 민옥색 저고리와 노랑 저고리, 다홍치마는 입을 수 없다. 민옥색과 흑색과 백색은 기복忌服 혹은 상복이기 때문이고, 노랑·다홍·자주 등은 비빈妃嬪이나 왕녀의 복색이기 때문이다. 이들의 연령은 모두 가사를 도맡을 능력이 있어야 되므로 17~40세 정도, 식모와 침모를 겸할 경우가 많기 때문에 일을 감당할 만해야 한다.

③ 의녀: 의녀란 일명 여의女醫라고도 한다. 여러 고을의 비婢 중에서 뽑아 간단한 진맥을 하도록 가르친 여인들이다. 3년마다 150명을 뽑아서 간단한 의술을 가르쳐서 그 중 연소자 중에서 10명은 궁중연희에, 70명은 내의원에 두고 나머지는 기술을 습득시킨 후 본 고을로 돌려보낸다. 따라서 궁중 소속의 의녀는 일명 '약방기생'이라고 불리며, 한말까지도 약 80명이 있었다고 한다. 이들은 비빈들의 출산 때 조산원 역할도 하고 궁녀들에게 침을 놓아주기도 한다. 원래 신분이 기생이라 궁중 안의 크고 작은 잔치 때에는 본연의 자세로 돌아가 원삼에 화관을 쓰고 춤을 추는 무희로 변한다. 복색은 보통 내인들과 같이 옥색 삼회장저고리에 남치마를 입었으나 같은 의복이라도 기생이라 역시 멋을 부렸다.

2) 궁녀의 계급과 직분

● 소속과 임무

궁녀들이 소속되어 있는 곳은 왕 내외의 거실 및 침전을 첫째로 하여, 의·식·주에 관련한 부서로 나뉘는데 관련한 부서는 ①지밀至密, ②침방針房, ③수방繡房, ④세수간洗手間, ⑤소주방燒廚房, ⑥세답방洗踏房으로 나뉜다.

지밀에는 퇴선간退膳間이 딸려 있고, 소주방은 안소주방과 밖소주방으로 갈린다. 여기에 소속되어 있는 궁녀들의 직책을 보면 다음과 같다.

① 지밀: 이는 그 명칭이 나타내듯이 대궐에서 이른바 '금중禁中'으로 가장 지엄하고 중요하여 말 한마디 새어나가지 못한다는 뜻이다. 왕 내외가 거처하는 구중궁궐 중에서도 가장 깊은 곳, 침전을 말한다. 우선 왕과 왕비의 신변 보호 및 잠자리, 입을 거리에 이르기까지 일체의 시중과 내전의 물품 관리 및 내시부·내의원·전선사들과의 중요한 교섭을 담당한다. 한편 궁중의 크고 작은 잔치인 혼사·회갑 같은 잔치 및 제례 때 위를 시위하고 이끌어나가는 것이 임무이다.

② 침방: 왕·왕비의 옷을 위시하여 왕궁에서 소요되는 각종 의복을 제조한다.

③ 수방: 궁중에서 소요되는 복식 또는 장식물에 수를 놓는 부서이다. 예컨대 대궐에서 보통 용금치龍金赤라 일컫는 소위 용포에 다는 용흉배 및 각종 주머니·병풍 등에 이르기까지 모든 수를 놓는 곳이다.

④ 세수간: 조석으로 왕·왕비 등의 세숫물과 목욕물을 대령하는 부서이다. 목욕탕이 없던 옛날에는 옻칠을 한 함지에 더운물을 담고 작은 대야를 한데 받쳐 올린다. 지(요강)·타구·매우틀(변기) 등의 시중도 이곳

에서 한다. 그 밖에 수건·그릇 등의 세탁과 세척을 담당하며 내전곳간_內殿庫間에도 이들이 출입한다.

⑤ 생과방: 평상시 왕의 조석 식사 이외에 음료 및 과자를 만드는 것을 담당한다. 여름에 청량음료로 드셨다는 제호탕醍醐湯·잣죽·응이죽(율무죽)·흑임자죽(깨죽) 등과 식혜·다식·떡 등을 만드는 곳이다. 잔치 음식도 다과류는 이곳에서 담당한다.

⑥ 소주방: 안소주방과 밖소주방으로 나뉜다. 안소주방은 조석 수라를 관장하는 곳이며 주식에 따른 각종 찬품을 맡아 한다. 식전의 자리기·야참 같은 간식은 생과방의 협조를 얻어 같이 올린다. 외소주방은 잔치음식을 만들어 올리는 곳으로 내소주방이 평상시 음식을 만들어 올리는 것과 대조적이다.

⑦ 세답방: 세답은 고어로 빨래라는 뜻이다. 빨래만이 아니라 뒷손질까지가 다 세답방 내인들의 직무이다. 왕과 왕비의 의복 세탁·다듬이질·염색까지도 담당한다. 대비전이나 다른 전궁에도 그곳에 따로 세답방이 있다.

위의 7개 부처는 왕이 계시는 전殿 외에 대왕대비·왕대비 전 등에도 동일하게 있다. 처소별 이 같은 순위는 곧바로 그곳에 소속되어 있는 궁녀의 격을 나타내어 주는 것이다. 가장 격이 높고 내인 중에서 양반이라 할 수 있는 곳이 첫 번째 지밀, 그다음이 침방과 수방이다.

○ 직분 및 신분별 명칭

궁녀의 신분별 귀천은 그 품계와 소속 부처에 따라 다르다. 그 직위를 살펴보면 다음과 같다.

① 제조상궁提調尙宮: 일면 큰방상궁이라고도 하며, 수백 궁녀의 장長

이다. 그러므로 그 권세나 이에 따른 권위는 영의정이 부럽지 않을 때가 있었다. 이들은 왕을 가까이 모시는 까닭에 역사상 정치의 이면에서 주역을 맡은 경우가 허다하다

제조상궁은 한 사람뿐이며, 그 자격은 궁녀 중에서 가장 고참에 속하며 위인이 출중해야 한다. 학식이 많고 또 수백 궁녀를 통솔할 만한 영도력이 있어야 하고, 인물도 훤출해야 한다. 제조상궁의 임무는 대전 어명을 받들고, 내전의 대소치산大小治産을 주관하는 일이다.

② 부제조상궁副提調尙宮: 제조상궁의 차석이며 일명 아리고阿里庫 상궁이라고도 한다. 아리고란 내전 곳간을 의미하는 것으로 이 곳간 속에는 왕의 사유 재산 목록에 들어가는 귀중품이 들어 있다. 의·식·주에 걸친 귀중품들, 왕의 반상기용인 은그릇이며, 자기 및 유기와 각색 비단이며, 보석이 들어 있다. 이런 물품들은 모두 아리고 상궁의 손을 거쳐 출납된다.

③ 대령상궁待令尙宮: 일명 지밀상궁至密尙宮이라고도 하며 잠시도 왕의 곁을 떠나지 않고 어명을 받들 자세로 대기하고 있기 때문에 그 이름이 나왔다.

④ 보모상궁保姆尙宮: 왕자녀의 양육을 맡은 내인 중 총책임자이다. 이는 동궁에는 둘, 그 밖의 왕자녀 궁에는 한 명씩이다. 왕자녀는 어릴 때 이들을 '아지阿只'라고 부른다.

⑤ 시녀상궁侍女尙宮: 시녀상궁의 임무는 여러 가지가 있으나 궁중 지밀에 항상 봉사하여 서적 등을 관장하고 혹은 의식 때 글을 낭독하고 글의 필사를 맡는 일을 한다. 또한 각 종실과 외척들의 집에 내리는 하사품에 관한 업무를 관장하고 왕비와 왕대비의 특사로 친정 큰일에 어명을 받들고 나간다. 이때에는 사인교를 타고 그 집에 가서 봉명상궁奉命

尚宮이라 하여 칙사대접을 받는다.

⑥ 감찰상궁監察尚宮: 궁녀들의 소행 등을 감시 평가하는 임무를 맡고 있다. 그 대상은 원로상궁을 제외한 젊은 내인들과 소녀 견습내인들이며, 가볍게는 종아리형으로부터 중형의 경우는 귀양까지 가게 된다. 궁내에서 왕족들은 각기 독립 세대이므로 각 전궁에 감찰상궁은 2명씩 있다.

⑦ 승은상궁承恩尚宮: 일명 특별상궁이라고도 하며 특별한 직책이 없이 왕을 시위한다.

⑧ 일반상궁一般尚宮: 아무 직함도 붙지 않는 일반상궁들이 각 처소마다 7, 8명씩 있어 그 아래 내인을 총괄하고 그 처소 소관의 모든 업무의 책임을 맡는다. 이들 상궁들의 존칭은 '마마님'이다.

⑨ 내인內人: 관례를 치르고 성인이 된 궁녀는 '내인'이라고 한다. 관례는 원칙적으로 견습여관으로 들어와서 15년이 경과되어야 할 수 있다. 그러나 15년은 가장 이른 4세 입궁을 기준으로 한 것이고 대개 18~9세가 되면 치른다. 소녀내인이나 아래 하녀(각심이, 비자, 무수리 등)들은 이들 일반내인들을 '항아님姮娥님'이라 높인다.

⑩ 생각시: 생각시란 명칭은 소녀내인들이 머리를 생머리로 빗었기 때문에 나온 말이다. 소녀내인이라 해도 아무 치소나 생을 맬 수는 없었다. 따라서 생각시란 명칭도 지밀과 침방 그리고 수방 내인에게서만 나온다. 지밀이 4~5세부터, 침·수방은 6~7세부터 선입되면 그로부터 15년 후에라야 관례를 하게 되고 정식 내인 행세를 하게 된다. 관례 전의 명칭은 생을 매는 부서는 '생각시', 기타 땋아 늘인 머리로 빗는 부서는 그냥 각시이다.

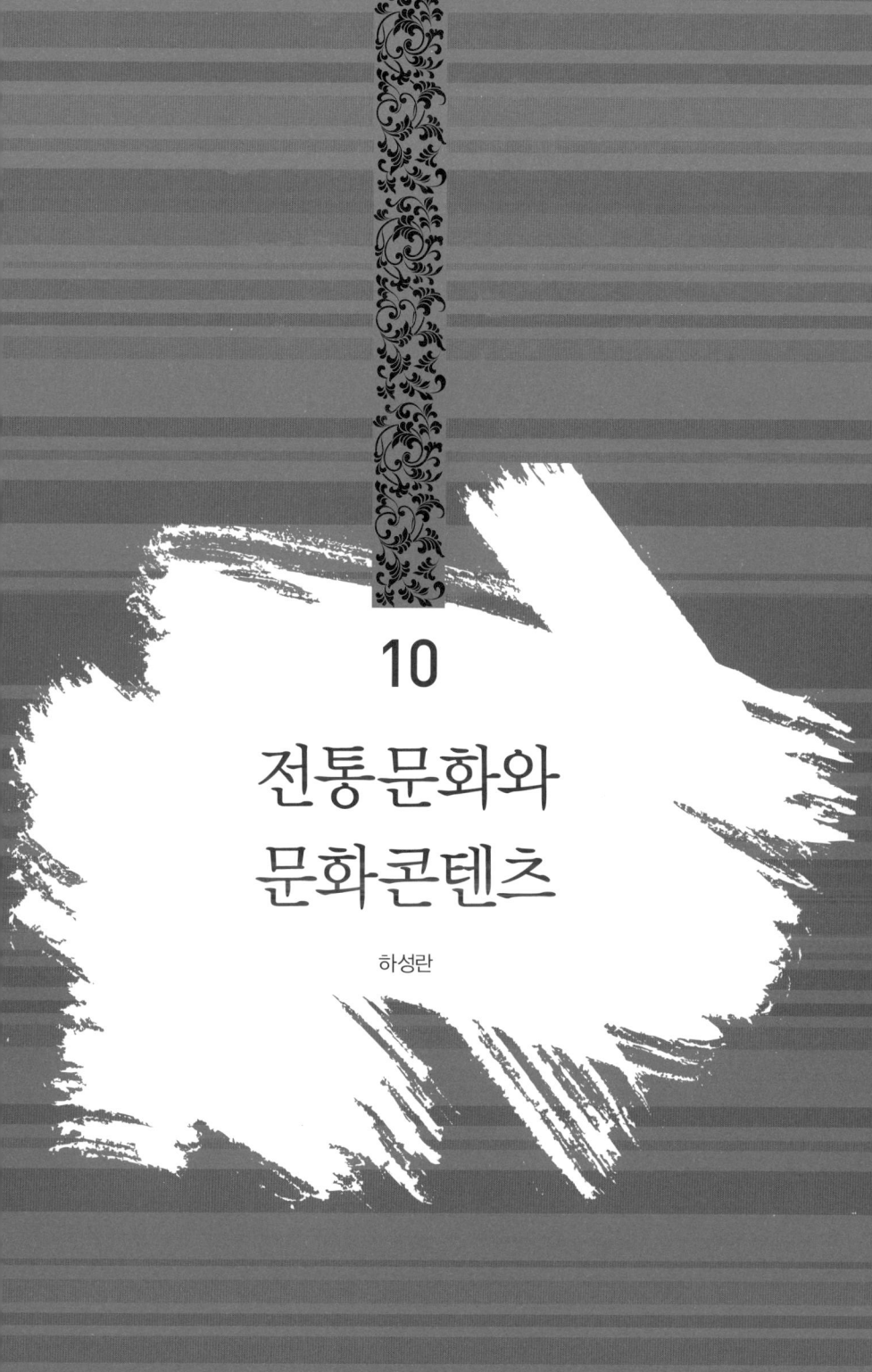

10

전통문화와
문화콘텐츠

하성란

전통문화라고 하면 케케묵고 뽀얀 먼지 더미 속에 있는 낡은 것이나 민속촌·박물관을 상상하며 구리텁텁한 것으로 취급하고 제대로 대접을 하지 않던 시절이 있었다. 지금도 일부 그런 인식이 남아 있어 학교 숙제를 위해 억지로 1년에 한 번 정도 박물관이나 다녀오는 것으로 여기기도 한다.

그러던 전통문화가 새삼 관심의 대상이 되고 있다. 아마도 문화콘텐츠산업이 발달함에 따라 황금알을 낳는 거위로 인식되었기 때문이 아닌가 한다. '궁중 문화'와 '궁중음식'을 소재로 한 〈대장금〉(2003)은 한류의 중심에 우뚝 섰으며, '광대놀음'이라는 전통연희를 소재로 삼아 만든 〈왕의 남자〉(2005)는 천만 명 이상의 관객을 끌어모으며 폭발적인 인기를 누렸고, 전통음악을 현대적으로 재해석한 공연으로 유명한 〈난타〉는 한국의 대표적 문화공연으로 자리 잡았다. 이 작품들은 우리의 전통문화를 소재로 대중적인 문화산업과 잘 연결해 국내외에서 큰 인기를 얻음으로써 전통문화의 상품 가능성을 인정받게 하는 계기를 마련하였다.

이처럼 온고지신溫故知新과 법고창신法古創新의 정신을 발휘하여 전통문화를 오늘날의 시각으로 새롭게 해석하고 현대적 의미를 부여하려는 노력은 끊임없이 이뤄지고 있다.

1. 문화콘텐츠란?

문화콘텐츠는 한자어인 문화文化와 외래어인 콘텐츠contents라는 이질적 단어가 결합되어 만들어진 신조어이다. 이 어색하기 짝이 없는 신조

어는 10여 년 전부터 신문·잡지·방송 등 각종 문화 관련 프로그램이나 경제·국제 뉴스에서 가끔 오르내리기 시작하더니, 지금은 학문·산업·경제는 물론 사람들의 일상생활의 패턴 및 패러다임_{paradigm}까지 바꾸어 놓고 있다. 이처럼 문화콘텐츠는 이미 우리의 삶에 깊이 들어와 있으나, 아직 개념에 대한 학술적 정의가 명확히 내려지지는 못하였다. 단기적으로 폭발적인 관심을 받은 탓이기도 하지만, 기존 학계에서 문화콘텐츠를 학문적으로 다뤄야 할 대상으로 인정하지 않고 사업이나 산업으로 여겨 관심을 두지 않은 탓도 있다. 그렇다고 개념 정리를 하지 않고 넘어갈 수는 없고, 그간 논의된 것들을 바탕으로 문화·콘텐츠·문화콘텐츠에 대해 간단히 살펴보자.

◑ 문화와 전통문화

문화란 본래 문치교화文治敎化의 준말로 '문덕으로 백성을 다스리고 계도하여 이상사회를 만들어 가는 것'을 뜻하였다. 하지만 지금은 이런 동양적 의미로 쓰이지는 않는다. 서양의 culture에 대응하는 번역어로 쓰인다. 서양에서 culture는 라틴어의 cultura에서 파생된 것으로 본래 '땅을 갈아 작물을 재배하고 키우는 일' 즉 경작耕作이나 재배栽培라는 의미를 가진 단어였다. 이후 정신적인 영역으로 확대되어 '가치를 창조한다'라는 의미를 가지게 되었고 교양·예술 등을 포함한 개념이 되었다.

영국의 인류학자 에드워드 타일러Edward B .Tylor는 『원시문화Primitive Culture』(1871)에서 문화란 '한 사회의 구성원이 갖는 지식·신앙·법·도덕·신념·예술 등 여러 행동양식의 총체'라고 정의를 내렸다. 즉, 문화는 일정한 목적 또는 생활 이상을 실현하고자, 인간의 공통 사회가 이룩하여 그 구성원이 습득·공유·전달하는 행동양식이나 생활양식 및 정신적·

물질적 소득을 통틀어 이르는 말로서, 의식주를 비롯하여 언어·풍습·제도·학문·경제·종교·예술 등을 모두 포함한다.

범위를 좁혀 전통문화란 하나의 민족이 오랜 세월을 지내오면서 만들고 정착시킨 문화로서, 그 민족만이 가지고 있는 독특한 생활상이나 사상·유적·유물 등을 의미한다. 이러한 전통문화는 다음의 세 가지로 나누어 볼 수 있다.

① 무형 문화: 연극·무용·음악·공예기술技術 따위의 비물질적 소산으로 역사적·예술적으로 가치가 있는 것들을 의미한다. 탈춤·판소리·범패·승무·무술·공예기술처럼 몸짓이나 소리로 표현할 수 있는 것들이 포함된다.

② 유형 문화: 형상·색감·질감 등의 형체가 있는 물질적 소산으로 역사적·예술적으로 가치가 높은 물건들을 가리킨다. 궁궐과 종묘·수원화성·한옥 등의 건축물을 비롯하여 탑·비석·부도와 장신구·회화·불쌍 등 미술 작품 등이 여기에 해당된다. 훈민정음·조선왕조실록·승정원일기·지방 문집 관련 전적류·문서 등의 기록자료와 사상과 설화를 채록한 구비문학 자료도 여기에 포함시킬 수 있다.

③ 민속 문화: 각종 의식주·습관·음식·복식·신앙·전설·기술·연중행사·민속놀이·명절·24절기의 세시풍속·더불어 사는 삶 등의 풍습과 관습을 총칭한다.

❍ 콘텐츠와 문화콘텐츠 Culture Content

콘텐트는 라틴어 'contentum'에서 유래된 단어로 '담겨 있는 것' 또는 '내용물thing cintained'이라는 의미를 가진 단어이다. 좁게는 서적·논문 등의 내용이나 목차를 일컫는 말이지만, 넓게 보면 그림·음악·춤 등의 각종 작품들이 콘텐트이다. 21세기 디지털 시대가 되면서 콘텐트의 의미에 변화가 생겼다. 테크놀로지technology의 상대 개념으로서 문자·부호·음성·음향·이미지·영상 등이 디지털 방식으로 처리되어 인터넷이나 컴퓨터 통신 등을 통해 제공되는 각종 정보나 내용물을 의미하기 시작하였고, 복수형인 콘텐츠contents로 쓰인다. 즉 콘텐츠란 없던 것이나 현상이 새롭게 생긴 것이 아니라, 우리의 삶 속에서 만들고 사용하고 공유하고 있는 모든 유무형의 자산을 의미하며 그 중 디지털이라는 새로운 방식으로 처리한 것을 주목한 개념이다.

디지털 방식으로 처리된 자료는 무한한 복제·변형·전달이 용이하다는 특성이 있다. 따라서 콘텐츠는 활용의 폭이 넓고 파급력도 막강하다. 각 장르 사이의 벽을 무너트리고 매체 간 이동이 용이하여 하나의 소재one source로 다양한 상품multi-use을 개발할 수 있다.

문화콘텐츠를 바탕으로 하는 산업을 육성하고 발전의 기반을 조성하고 경쟁력을 강화하기 위해 문화산업진흥기본법이 제정되었다. 이 문화산업진흥기본법 제2조 3의 2호에서는 문화콘텐츠를 '문화적 요소文化的要素가 체화된 콘텐츠'라고 정의하고 있다. 여기서 문화적 요소는 과거의 것에서부터 현재까지의 모든 유무형의 생활양식·예술·이야기·개인의 경험 등을 의미한다. 이러한 문화적 요소에 창의력과 상상력을 더하고 기술을 접목시켜 경제적 부가가치를 창출할 수 있도록 만든 것이 문화콘텐츠이다.

문화콘텐츠는 무한한 시장 확대 가능성을 지녔다. 역사적 기록·유물이나 전통 음식·음악·복식·디자인 등은 이미지·동영상·소리·2D·3D 등 다양한 유형의 콘텐츠로 만들어지며, 이는 다시 소설·영화·만화·애니메이션·PC게임·아케이드게임·캐릭터·음악·디자인·

패션·공예·에듀테인먼트콘텐츠 등으로 새롭게 태어날 수 있게 한다.

문화콘텐츠에는 예술성·창의성·오락성·대중성·전통성·역사성·지역성 등의 특성을 갖는다. 그중에서 문화콘텐츠의 핵심은 상업성·오락성·대중성에 있다. 문화콘텐츠란 개념은 근래에 들어 생긴 것이지만 문화콘텐츠 자체는 없던 것이 어느 날 갑자기 나타난 것이 아니다. 아주 오래전부터 우리 주변에 늘 있어왔던 것이다. 그러한 것들에 상업성이 강조되면서 관심의 대상이 되었고, 문화콘텐츠라 불리게 되었다. 그만큼 상업성은 문화콘텐츠를 규정하는 데 매우 중요하다. 경제적 가치를 창출하지 못하는 것은 순수예술이나 순수 창작물로 여길 뿐 문화콘텐츠로 보지 않는다. 상업성을 획득하기 위해서는 예술성을 바탕으로 오락성과 대중성이 확보되어야 한다. 재미가 없고 대중이 호응해주지 않는 것이 상업성을 가질 수는 없는 노릇이다. 즉 문화콘텐츠는 예술성·오락성·대중성·상업성이 있는 문화 예술이다.

○ 문화콘텐츠의 중요성

현대는 산업화·정보화 시대를 지나 감성과 문화의 시대에 접어들었다. 산업화 시대에는 기술이, 정보화 시대에는 지식과 정보가 중심 가치로 작용하였다면, 문화 시대에서는 창의성과 문화적 감수성이 가치의 중심에 있으며 가치 창출의 원천이 되고 있다. 경제적으로 여유가 생기고 주5일근무제로 인해 여가 시간이 늘어나면서, 사람들은 자기계발을 하기 위해 투자하거나 문화생활을 하는 등 높은 삶의 질을 추구하는 경향을 가지게 되었다. 거기에 인터넷 등의 각종 정보통신 매체가 발달하여 각자의 취향과 목적에 맞는 양질의 다양한 정보를 공유할 수 있는 환경이 조성되자, 사람들은 각자의 정보를 적극적으로 공유하면서 문화를 소비하고 그 안에서 즐거움과 재미를 찾고 있다. 즉, 감성적·감각적인 소비를 하는 문화가 형성되었다. 이러한 사람들의 욕구 및 수요를 충족시키기 위해서는, 새롭고 감각적인 것을 더 많이 찾아내야 한다. 그렇기 때문에 사람들에게 재미와 감동을 주는 상품이나 콘텐츠를 만드는 것은 매우 중요하게 되었다.

또한 문화콘텐츠는 '굴뚝없는 산업'으로 미래형 고부가가치 산업이다. 우리나라는 천연자원이 절대적으로 부족하고 땅덩어리가 작다. 이런 상황에서 문화콘텐츠는 우수한 인적 자원과 기술력으로 엄청난 부가가치를 창출할 수 있는 주요 자원이 되고 있다. 예를 들어, 조앤 롤링Joanne K. Rowling이 쓴 판타지 소설 「해리포터」는 전 세계적으로 1억 2천만 부 이상 판매되었고, 영화·게임·캐릭터 등으로 개발되어 20억 달러 이상의 수익을 올린 것으로 알려졌다. 국내에서도 1999년에 개봉된 영화 〈쉬리〉는 직간접 매출액이 1천 1백억 원이나 되는 것으로 알려졌는데, 이는 소나타 1만 2천대 분량의 생산·수출 효과와 맞먹는다고 한다. 이처럼 잘 된 문화콘텐츠 하나는 고용을 창출하고 생산을 유발하는 직접적인 효과를 낼 뿐만 아니라, 관련 문화예술 인프라를 구축하고 다양한 문화상품을 양산하는 등의 엄청난 파급효과를 낼 수 있다.

문화콘텐츠는 국가 및 지역의 이미지 및 브랜드 가치를 상승시켜주는 역할을 한다. 한류 열풍이 불면서 해외에서 한국에 대해 갖는 관심도와 호감도가 높아진 것은 익히 알려진 바이다. 아시아인들은 배용준·이병헌 등이 나오는 드라마나 영화를 보면서 한국의 문화·경제적 수준과 라이프스타일, 환경 등에 대한 정보를 얻게 되고, 한국에 대한 긍정적 이미지를 갖거나 한국을 동경하게 되었다. 이는 작게는 문화콘텐츠 관련 한국 상품을 구매하고 한국으로 관광여행을 오는 현상을 불러일으

컸고, 크게는 한국에 대한 긍정적 이미지를 심어주고 국가 브랜드가치를 상승시켜 기업들이 해외활동을 하거나 정부나 개인이 외교활동을 할 때 긍정적 영향을 줬다.

2. 문화콘텐츠 계발 단계 :
구슬이 서 말이라도 꿰어야 보배다

아무리 문화콘텐츠의 중요성을 알고 개발의 의지가 있어도 참신하고 독창적인 소재를 얻지 못하면 아무 소용이 없다. 예를 들면, 방송 콘텐츠는 늘 식상함의 문제에 직면한다. 소비자들의 눈은 높아지고 취향은 까다로워지고 트렌드의 변화 주기도 짧아지는데, 새로운 소재는 찾기 어렵기 때문이다. 그러다 보니 어쩌다 소비자들의 입맛에 맞는 소재나 구성을 잡게 되면 그것을 반복 재생산하는 경향이 있다. 다시 말해, 단기적인 성과에만 집착하여 소위 '잘 나가는'·'뜬' 소재나 구성(재벌 2세·출생의 비밀·삼각관계·불치병·기억 상실 등)과 같은 흥행코드를 되풀이한다. 그러한 반복은 식상함을 낳고 식상함은 대중들의 외면을 낳기 시작하였다.

이에 참신하면서도 대중들의 눈높이에 맞는 퀄리티 있는 소재를 확보하기 위한 노력이 끊임없이 시도되었다. 이때 가능성의 길을 열어준 작품이 바로 드라마 〈다모〉·〈대장금〉·〈태왕사신기〉·〈추노〉·〈동이〉, 영화 〈왕의 남자〉·〈방자전〉 등이었다. 이들 작품은 우리 역사나 전통문화에서 주목받지 못했던 소재나 비주류였던 인물들을 새롭게 발굴하여, 현대적 감각에 맞게 새롭게 해석했다는 공통점을 가지고 있다. 이처럼 우리만의 독창성과 전통이 있는 고유문화를 찾아내어 창의적인 아이디어와 결합시켜 되살리는 일이 중요하다.

◐ 문화콘텐츠 계발 단계와 현황

우리의 전통문화 속에는 원천 자원이 무궁무진하다. 다만, 그러한 원천 자료에 쉽게 접근할 수 없었기 때문에 부분적으로 소개되고 활용되었을 뿐이다. 그렇다면, 문화콘텐츠로 활용할 수 있는 우리의 문화자원을 찾아 정리하여 누구나 쉽게 접근하고 활용할 수 있는 환경을 조성하는 것이 필요하다.

이러한 환경이 전혀 조성되지 않았던 것은 아니다. 주로 학술적 차원에서 진행되었거나, 자료들을 손쉽게 활용할 수 있도록 지원할 기술이 발전하지 못하여 활용되지 못하였을 뿐이다. 예를 들어, 잊히고 사라질 우리의 민담·전설 등을 녹음하고 채록하여 『구비문학대계』를 만들었고, 『조선왕조실록』이나 각 개인의 문집을 번역 및 영인하는 작업을 진행하였고, 국립중앙박물관을 비롯하여 민속박물관·생활사박물관·장신구박물관·솟대 박물관 등의 다양한 박물관을 지어 역사·예술·민속 자료들을 수집·보관·진열하였다.

그러나 이러한 자료에 접근하는 데에는 한계가 있었다. 시간적·경제적 투자를 해서 찾아가야 하는 번잡함이 있었으며, 고서일 경우에는 일반인들이 쉽게 접근하기 어려웠다. 물리적으로 접근하더라도 기록 자료의 경우에는 한문으로 기록되어 있는 경우가 많았고, 이를 해석하기 위해서는 고도의 한문 실력을 가져야만 하니 이 또한 쉽지 않았다. 무엇보다도 큰 문제는 자료에 접근하고 해독할 능력이 있어도, 한 개인이 그 방대한 자료를 하나하나 읽어나가면서 원하는 자료를 찾는 것은 때로는 불가능에 가깝다는 점이다.

이후 기술이 발전함에 따라 접근성의 문제를 해결할 수 있는 방법이 생겼다. 즉, 전산화 작업을 하고 CD로 제작해 많은 양의 정보를 개인이 싼 가격에 접근할 수 있게 되었다. 예를 들어, 영인본으로만 접할 수 있었던 『조선왕조실록』을 CD로 제작하여 보급한 적이 있었다. 이 CD에는 원문과 번역본을 모두 검색할 수 있는 기능이 있어, 영인본 단계보다는 쉽게 자료를 활용할 수 있었다. 그러나 100만 원 내외의 가격을 형성하고 있어 일반인들이 쉽게 소장하고 활용할 수는 없었다.

인터넷이 널리 보급되면서 집에서도 원하는 자료를 찾을 수 있는 길이 열렸다. 국사편찬위원회에서 운영하는 '조선왕조실록 사이트(http://sillok.history.go)'를 통해 조선왕조실록의 원문 및 번역문이 무료로 제공되기 시작하였다. 검색어를 입력하기만 하면 원하는 자료를 쉽게 찾을 수 있다. 이러한 사항은 박물관이나 도서관 자료도 마찬가지이다. 대부분의 문헌자료는 이미지 파일이나 디지털 텍스트의 형식으로 제공이 되고 있다. 박물관도 직접 가지 않더라도 홈페이지의 '가상체험'프로그램 및 2D · 3D 텍스트text 자료를 통해 접근할 수 있게 되었다.

국가지식포털 https://www.knowledge.go.kr

국가문화유산 http://www.heritage.go.kr

국가기록유산 http://www.memorykorea.go.kr

한국역사정보통합시스템 http://www.koreanhistory.or.kr

승정원일기 http://sjw.history.go.kr/main/main.jsp

한국고전종합DB http://db.itkc.or.kr

한국고전적종합목록시스템 http://www.nl.go.kr

한국사데이터베이스 http://db.history.go.kr/

전문가와 학자들의 노력 덕분에 방대한 자료가 수집·정리·번역되었고, 기술이 발달함에 따라 원하는 자료를 쉽게 찾아 활용할 수 있는 환경이 조성되었다. 그러나 이러한 시스템은 원형 그대로 축적하고 그에 준해 활용되는 데 집중되어 있어 학자들이나 전문가들이 활용하기에는 더없이 좋지만, 일반인들이 활용하기에는 다소 불편하고 아쉬운 점들이 있다. 대부분의 자료가 텍스트나 이미지의 형태로만 존재하거나, 자료가 단순히 나열식으로 되어 있고, 검색 기능이 다양하거나 세분화되지 못하여 자료를 일일이 찾아봐야 하는 수고로움을 가져야 하기 때문이다.

이러한 단점을 보완 극복하기 위하여 진행되고 있는 다양한 사업 중에 하나가 '문화원형 디지털콘텐츠화 사업'이다.

○ 문화원형 디지털콘텐츠화 사업

풍부한 전통문화유산은 문화콘텐츠 창작을 위한 핵심소재이자 21세기 지식산업사회의 새로운 자원이다. 전통문화유산을 창조적으로 발현하고 산업적으로 활용하기 위하여 문화관광부와 한국문화콘텐츠진흥원에서는 2002년부터 순수예술 및 인문학에 바탕을 둔 문화원형 디지털콘텐츠화 산업을 추신하었나. 이 사업은 전통문화 요소 중에 대중문화산업으로 활용이 가능한 '문화원형'을 발굴하고, 이에 창의력과 기술 Culture Technology을 결합시켜 체계적으로 구성하고 디지털 콘텐츠화로 만들어, 21세기 문화경쟁에서 선도적 역할을 할 수 있는 산업적 효용가치를 끌어내는 데 목적이 있다.

기존의 시스템이 전문성을 바탕으로 자료를 축적하는 것에 치중한 반면, 이 사업은 원천 자료를 수요자가 쉽게 접근하고 이해할 수 있도록 가공하여 제시하는 데 초점을 두고 있다. 텍스트 자료는 현대어로 쉽게

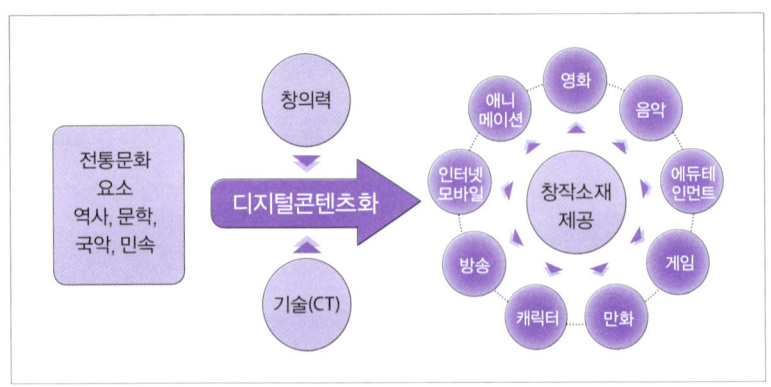

문화원형사업의 산업적 활용 개념도

풀어 제시하고, 가능한 2D·3D 이미지나 동영상의 시각화 작업을 하였다. 각각의 자료는 다양한 검색어 및 분류 방법으로 원하는 자료에 쉽게 접근할 수 있도록 하였다. 일부 자료는 시나리오 및 동영상 등 1차 가공물로 만들어 제공하였다.

2002년부터 2006년까지 5년 동안 1단계 사업을 추진하고, 2007년부터 5년 동안 2단계 사업을 진행하고 있다. 디지털로 개발된 문화원형 콘텐츠는 2009년 현재 의식주·역사·민속·이야기·건축·예술·문학·과학기술 등 총 176개의 테마, 25만 7천 건이 있다. 이렇게 개발된 콘텐츠들은 한국문화콘텐츠진흥원이 운영하고 있는 문화콘텐츠닷컴(www.culturecontent.com)과 다음(www.daum.net)의 '백과사전·문화원형'을 통해 기업이나 일반인들에게 제공되고 있다.

개발된 콘텐츠의 일부를 소개하면 다음과 같다. 조선시대 궁중의 국상의례·가례 등의 의례와 인물과 도구 등의 요소를 2D와 3D 그래픽으로 재구성한 '조선왕조 궁중 통과의례 원형', 조선시대 기녀의 일대기 및 에피소드를 시나리오와 동영상·캐릭터 등으로 제작한 '조선시대 기녀

문화', 제주도의 300여종에 달하는 신화와 전설을 애니메이션·게임·모바일 등에 접목시켜 디지털콘텐츠화한 '신화의 섬, 디지털 제주 21', 한국과 중국의 용과 용궁 관련 이야기와 인물 등을 2D·3D 및 캐릭터로 제공한 '바다 속 상상세계 용궁', 한옥을 3D로 구성해 영상·게임·가상현실 등에 다양하게 활용할 수 있도록 한 '사이버 전통 한옥마을 세트 개발사업', 18세기 우리 선조들이 생활했던 한양의 주요 공간을 디지털로 복원한 '디지털 한양', 치우천왕·삼신 등 우리나라의 전통 신을 캐릭터로 만든 '오방대제五方大帝와 한국의 신', 가야·신라의 배와 토기에서부터 근대시대의 황포돛배까지 잊혀 가는 한선韓船을 시뮬레이션으로 복원한 '한국의 배' 등 매우 다양한 주제로 개발되고 있다.

전통머리모양새와 치레거리 홈페이지

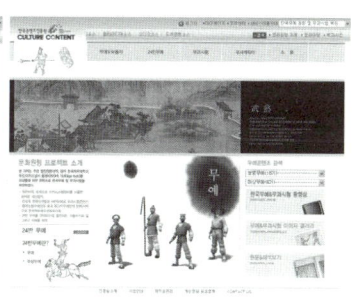
한국무예원형 및 무과시험 복원 홈페이지

이들 자료 중 전통복식이나 한옥 등은 드라마·영화·애니메이션 등에서 쉽게 사용될 수 있는 참고자료가 됐으며, 흥미로운 설화나 신화와 전설 등은 사람들의 정서에 맞게 재구성돼 게임·영화·애니메이션 등으로 활용되고 있다. 드라마 '한국 기녀 문화'는 드라마 〈황진이〉에 활용됐으며, 영화 〈왕의 남자〉의 화려한 경복궁 장면은 문화원형 콘텐츠로 완성됐다. 이 외에도 문화원형 사업의 주요한 사업화 사례는 다음과 같다.

전통문화와 문화콘텐츠

장르	사례	활용과제	활용기관	활용효과
영화	왕의 남자	조선후기 한양도성 조선후기 궁궐	㈜이글픽쳐스	관객 1230만명
드라마	주몽	고대국가의 건국설화 고구려 고분벽화	㈜올리브나인	시청률 30%
	황진이	조선시대 기녀문화의 디지털 콘텐츠 개발 한국의 전통 장신구: 산업적 활용을 위한 라이브러리 개발	㈜올리브나인	시청률 23%
캐릭터	뿌까, 모&가	자수문양 능화문	㈜부즈	해외수출 350만 달러 (상담실적)
디자인	섬유디자인개발	단청문양 – 자수문양 능화문 – 궁중문양	대구경북섬유산업협회	수출92만 달러 계약 (600만 달러 예상)
	연하장 제작	자수문양	㈜바른손카드	30만장 판매
게임	온라인게임 (RPG)거상	선사에서 조선까지 해상선박 및 해전 등	㈜조이온	400만명 (회원수)
공공 분야	국사교과서	신여성교육 등 26개 자료 활용	국사편찬위원회	연간 60만권 (5년간, 총300만권)
	국사교과서 e–러닝 부교재	해동성국 발해, 한국의 암각화 등 약 1750개 콘텐츠 활용	국사편찬위원회	2007년 1학기 전국 초중 고등학교 배포
	영문홈페이지	우리음악의 원형, 한국의 고인돌문화, 사이버 전통 한옥마을 등 총 33개	국회	국회공식 영문홈페이지 적용
	조계종 템플스테이	사찰건축 등	조계종	홈페이지 활용
	상장표지	한국고서능화문(연당초문)	문화관광부	상장 및 표지
지자체	강릉단오제	강릉단오제 개발	강릉시	지역축제 활용 (캐릭터 등)
	남사당 바우덕이축제	유랑연예인집단 남사당	안성시	지역축제 활용 (플래쉬애니 등)
	경주–앙코르 엑스포전시	문화원형 사업 결과물 전반	경주문화엑스포	2006년 11월 경주–앙코르엑스포활용 예정

산업장르별 활용사례 주요 내용(문화관광부, 『2006 문화산업백서』, 150쪽 참조)

3. 다양한 전통문화의 활용 현황

문화원형 디지털콘텐츠화 사업의 예에서도 알 수 있듯이 콘텐츠로 개발할 수 있는 전통문화는 무궁무진하며, 그것을 활용할 수 있는 분야는 영화·드라마·교육·게임·애니메이션·관광 레저 등 다양하다. 각각의 콘텐츠는 영화나 게임의 세트장 복원 등 배경을 묘사하는 데 근거 자료로 사용될 수 있고, 새로운 인물이나 캐릭터 개발에도 활용될 수 있다.

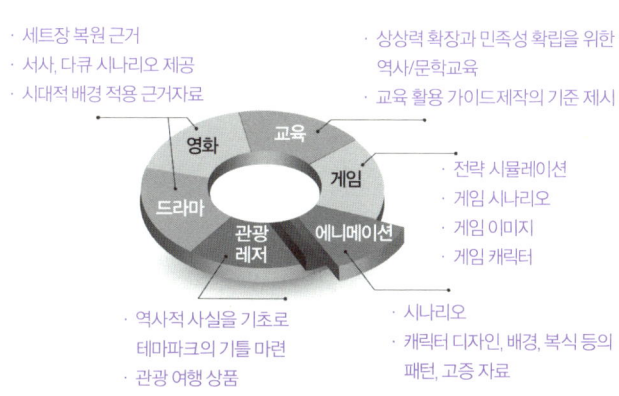

- 세트장 복원 근거
- 서사, 다큐 시나리오 제공
- 시대적 배경 적용 근거자료

- 상상력 확장과 민족성 확립을 위한 역사/문학교육
- 교육 활용 가이드제작의 기준 제시

- 전략 시뮬레이션
- 게임 시나리오
- 게임 이미지
- 게임 캐릭터

- 시나리오
- 캐릭터 디자인, 배경, 복식 등의 패턴, 고증 자료

- 역사적 사실을 기초로 테마파크의 기틀 마련
- 관광 여행 상품

영화 / 교육 / 게임 / 에니메이션 / 관광 레저 / 드라마

개별 콘텐츠는 개별 단위로 활용되기도 했고, 복합적으로 활용되어 파급력 있는 문화 상품으로 재탄생하기도 하였다.

◐ 역사

우리의 역사적 사건과 인물은 예전부터 주요한 문화콘텐츠로 사랑을 받았다. 그러나 대부분 조선시대를 배경으로 궁중 인물이나 양반들에 대한 이야기를 주로 다루고 있어 풍부한 콘텐츠에 비하여 활용의 폭은

좁은 편이었다. 광해군·장희빈과 인현왕후·영조와 사도세자 등 몇몇 사건과 인물들만이 반복 재생산되었다. 최근에는 이러한 경향에서 벗어난 작품들이 속속 나타나고 있다.

먼저, 조선시대를 탈피한 작품들이 대거 등장하였다. 드라마 〈태조 왕건〉·〈주몽〉·〈연개소문〉·〈태왕사신기〉, 영화 〈무사〉 등이 그 예이다. 그동안 조선시대 이전의 작품이 드물었던 것은 역사 기록이 풍부하지 못하여 고증의 문제가 있었기 때문이다. 지금은 이 시대에 대한 연구가 진전되면서 자료가 풍부해지기도 하였지만, 무엇보다도 역사를 바라보는 시각이 달라졌다. 즉 역사를 사실 그대로 재연해야 한다는 데 중심을 두던 관념에서 벗어나 풍부한 상상력으로 이야기를 만들기 시작하였다.

관심 인물이 주류에서 비주류로 이동하였다. 동일시대의 이야기를 과거에는 왕인 연산군 중심으로 이끌어갔다면 영화 〈왕의 남자〉에서는 광대를 중심으로 이끌어 갔고, 장희빈과 인현왕후의 대결을 중심으로 궁중여인들의 암투를 비중 있게 다루었다면, 드라마 〈동이〉(2010)에서는 숙빈 최씨를 전면에 내세우고 감찰상궁들을 중심으로 이야기를 이끌어 나갔다. 또한 이순신과 같은 상층 남성 장군을 주목하는가 하면, 천민 여성인 다모를 소재로 한 〈다모〉(2003)라는 작품이 나오기도 하였다. 같은 시대를 다루더라도 누구나 주목했던 인물이 아닌 비주류를 중심에 놓고 이야기를 전개시킴으로써 흥미로운 결과물들을 만들어낼 수 있었다.

더 나아가 퓨전 사극이라 하여 우리의 신화·역사적 사건·인물들을 재조명하여 새롭게 만들기도 한다. 단군신화와 광개토대왕의 이야기를 판타지로 풀어낸 〈태왕사신기〉·노비와 추노꾼의 이야기를 다룬 〈추노〉 등이 대표적인 사례이다.

◐ 문학

우리의 문학 중 가장 대중적 사랑을 받으며 왕성한 생명력을 과시하고 있는 것은 〈춘향전〉이다. 판소리로서도 가장 큰 사랑을 받았을 뿐만 아니라 창극·영화·드라마·연극·뮤지컬·마당놀이·발레·현대무용·오페라 등의 다양한 장르로 표현됐다. 특히 영화 부분에서 춘향전은 늘 새롭게 해석되고 재탄생되었다.

1923년에 일본인 하야카와 고수란早川孤舟이 〈춘향전〉을 만들어 12월에 황금관에서 개봉한 이래 최초의 발성영화 〈춘향전〉(1935)·〈그 李道令〉(1936)·〈춘향전〉(1955)·〈탈선춘향전〉(1960)·〈춘향전〉(1961)·〈성춘향〉(1961)·〈한양에서 돌아온 성춘향〉(1963)·〈춘향〉(1968)·〈춘향전〉(1771)·〈방자와 향단이〉(1972)·〈성춘향전〉(1976)·〈성춘향〉(1987)·〈탈선춘향전〉(1997) 등이 제작되었다. 1999년에는 임권택 감독이 판소리와 영상을 결합하여 〈춘향뎐〉(1999)을 만들어 예술적 성과에 대한 찬사를 받았다. 또한 1999년에 멀티미디어 시대를 맞이하여 국내 최초의 2D디지털 애니메이션 〈성춘향전〉이 제작되었다.

다양한 장르로 재탄생하면서 국민적 사랑을 받았던 '춘향전'에 대한 관심이 2000년대에 들어서 시들해지기 시작하였다. 뻔한 이야기만으로는 늘 새로운 것을 추구하는 수요자들의 입맛을 맞출 수 없었기 때문이다. 이때 원천에 충실했던 과거와는 전혀 다른 '춘향전'이 만들어져 큰 반향을 불러일으켰다. 2005년에 KBS에서 방송된 미니시리즈 〈쾌걸 춘향〉은 춘향전에서 기본 인물 구도만을 빌려 와 현대식으로 각색한 작품으로 마지막회에는 시청률 30%를 돌파하며 사랑을 받았다. 이몽룡과 춘향 중심의 애정 구도에서 벗어나 방자의 시각에서 새롭게 재해석한 영화 〈방자전〉은 300만 명 이상의 관객을 모았다.

춘향전 이외에도 영화 〈전우치전〉(2010), 드라마 〈구미호 누이뎐〉(2010)도 새로운 이야기 구성과 기술이 잘 조합된 작품으로 우리의 이야기를 현대화한 좋은 예라 할 수 있다. 비록 원전을 손상시켰다는 비판을 받기는 하지만, 이러한 작업이야말로 우리 고전 작품에 새로운 생명을 불어넣는 좋은 시도로 볼 수 있다. 우리 고전 소설이나 민담·전설 등에는 풍부한 상상력이 녹아 있는 작품들이 많다. 영웅소설은 지금의 판타지 소설과 견주어도 손색이 없다. 천상계와 지상계를 이원적으로 다룬 적강소설이나 지하계나 저승계를 다룬 민담에서 소재를 얻고 거기에 창의력을 더하고 현대의 기술을 접목한다면, 훌륭한 문화콘텐츠를 뽑아낼 수 있다.

○ 음식

늘 우리가 먹고 마시는 음식도 하나의 콘텐츠로 각광을 받고 있다. 와인은 프랑스, 초밥(스시)는 일본, 스파게티는 이탈리아를 떠올리게 한다. 이처럼 하나의 음식이 국가의 이미지를 정하고 국가를 대표하기도 한다. 세계적으로 슬로우푸드slow food · 웰빙well-being 식단에 대한 관심이 높아지면서 '한식'도 세계적 관심을 받기 시작하였다. 예전엔 김치·불고기 등 몇몇 음식만이 부분적으로 알려졌다면, 지금은 한국음식 전반에 대한 관심이 일고 있는 것이다.

그러나 음식 자체만으로는 폭발력 있는 문화콘텐츠가 되기 어렵다. 프랑스의 와인이 세계적인 명품 술로 대접받는 배경에는 와인을 만드는 각 지방마다의 고유문화를 이야깃거리로 만들어 전파한 전략이 있었음은 익히 알려진 바이다. 우리도 '궁중음식'을 소재로 만든 드라마 〈대장금〉이 한류의 중심에 떠오르면서 동시에 '한식'에 대한 국내외 사람들의 관심이 폭증한 것을 경험한 바 있다. 우리의 전통 음식에 다양한 이야기를 결합시킬 수만 있다면 음식은 생활이 아니라 문화가 될 수 있다. 그런 의미에서 허영만의 만화 〈식객〉과 그것을 영화 〈식객〉과 드라마 〈식객〉으로 만들어 낸 것은 매우 의미가 있다.

○ 민속

사물놀이는 사물(꽹과리·장구·징·북)을 중심으로 연주하는 풍물에서 취한 가락을 토대로 발전시킨 국악이다. 1978년 김덕수를 중심으로 창단된 '사물놀이'패에서 기존의 풍물놀이를 실내 연주에 적합하게 재구성하여 연주를 한 것이 사물놀이의 시작이다. 전통적이지만 새롭게 창안된 음악답게 사물놀이는 관현악단과 협연하거나 재즈 밴드와 함께 공연되기도 하였다.

사물놀이에 창의력이 더해져서 진화된 것이 〈난타〉이다. 〈난타〉는 요리사들이 정해진 시간까지 결혼식 피로연에 쓸 음식을 준비하는 상황과 갖가지 에피소드를 엮어서 하나의 이야기를 전개해 나가는 작품이다. 사물놀이와 유사한 우리의 전통 리듬을 냄비·프라이팬·칼·도마 같은 수방용품을 사용하여 연주한 것이다. 우리가 뛰어난 전통문화를 가지고 있음에도 불구하고 언어의 장벽으로 인해 세계화에 어려움을 겪는 상황에서 비언어극을 통해 새로운 시장을 개척했다는 의의가 있다.

○ 전통무예

태권도 하면 한국, 한국하면 태권도를 연상하는 외국인이 적지 않다. 그러나 스포츠나 정신 수양의 방법으로만 여겨졌기 때문에 소수의 사람들만이 관심을 보였지 대중화가 되기에는 한계가 있었다. 최근 이러한 한계를 넘어서 대중적 사랑을 받을 수 있었던 것은 태권도가 공연예술로 새롭게 탄생했기 때문이다. 태권도와 태껸을 중심으로 동양무술과 아크로바틱acrobatic 등을 접목하여 유쾌한 코미디로 만들어낸 〈점프〉, 태권도의 대표 동작인 품새·격파·겨루기를 기본으로 사물놀이 등 국악 연주에 감각적인 댄스를 접목해 버라이어티 쇼처럼 꾸민 〈쇼 태권〉, 사물놀이와 록음악을 배경으로 태권도와 댄스를 결합시켜 전 세계인이 공감할 수 있도록 만든 〈태권 금강〉이 있다.

● 지역문화

1999년 지방자치제가 실시된 이래 지역발전에 대한 관심이 고조되면서 지역축제가 급속히 증가하여 현재 천여 개가 넘는 축제가 열리고 있다. 이중 일부는 그 지역의 전통문화를 발굴하고 개발하여 특화시킨 것이다. 전통문화에 기반을 둔 축제는 지역의 정체성을 지킬 수 있으면서도 지역 경제발전을 도모할 수 있고 주민들의 참여를 통해 응집력을 유도할 수 있다. 더불어 관광객을 유치할 수 있다는 장점을 가지고 있다. 가장 대표적이면서도 모범적인 사례로 안동국제탈춤페스티벌과 강릉단오제를 들 수 있다.

안동국제탈춤페스티벌은 우리나라 국보 제121호인 하회탈과 하회별신굿탈놀이의 본고장인 안동시에서 국내외 전통탈춤을 한 자리에 모아 벌이는 탈춤 한마당이다. 하회별신굿탈놀이를 중심으로 한국 전통탈춤·창작탈춤·인형극·세계 각국의 탈춤 등의 공연과 행사로 이루어졌다. 매해 100만 명 이상이 방문하는 축제로 발돋움했다.

강릉단오제는 강원도 강릉에서 단옷날(음력 5월 5일)을 전후하여 풍년을 빌고 재앙을 쫓기 위해 마을 수호신에게 지내던 동제洞祭였다. 1967년에 중요무형문화재 제13호로 등록되어 전통민속축제의 원형성을 간직한 고유의 가치를 인정받고, 2005년에는 유네스코에 의해 '인류 구전 및 무형유산걸작'에 선정되기도 하였다. 지금은 강릉지역민들만의 제의식에서 벗어나 우리나라를 대표하고 외국인들이 찾아오는 축제로 변모하고 있다.

4. 나오는 말

불과 몇 년 전만 해도 와인은 일반인들에게 특별한 술이 아니었다. 연말 파티나 모임 같이 특별한 날에나 분위기 있게 한잔하는 술이었다. 고급스러운 술의 이미지를 갖은 술로서 대중과는 거리가 있던 이 와인이 대중적 이미지를 얻는 데에는 마케팅 전략과 매체의 역할이 컸다. 몇 년 전 일부 매체에서 중년층에서 와인을 마시는 문화가 형성되었다는 기사와 함께 부부가 분위기 있는 장소에서 다정히 와인을 마시는 사진을 반복적으로 내보냈었다. 그리고 특별한 세대 명칭이 없었던 45세에서 60세까지의 기성세대를 '포도주가 인고의 시기를 거쳐 숙성된 와인으로 다시 태어난 것'에 비유하여 '와인세대'라 칭하였다. 그 기사를 본 대다수의 독자들은 와인을 마셔야만 행복하고 여유 있는 삶을 누리는 중산층에 편입될 수 있다는 환상을 갖게 되었다. 와인이라는 술에 문화를 입힌 것이다. 그러자 4~50대에서 와인을 마시는 바람이 일었고 와인은 특정 세대를 넘어 대중적 사랑을 받는 술이 되었다.

우리가 이렇게 외국 술에 열광하고 와인을 마시는 것을 우리가 늘 즐겨왔던 문화처럼 여기고 있을 때, 우리의 전통주들은 관심의 대상조차

되지 못하였다. 막걸리는 싸구려로 홀대받았고, 몇몇 전통주들은 제사 때나 사용되었다. 우리의 술이 맛이 없거나 질적으로 문제가 있었던 것은 아니었다. 다만 우리의 것에 대한 이해가 부족하였고 그것을 포장할 이야기들이 없었다. 와인이 '와인세대'라는 용어와 '성공한 사람들이 여유롭게 즐기는 술'이라는 이미지를 통해 대중화가 된 것과 같이 우리도 우리만의 문화를 이야기할 것들이 필요하다.

그러기 위해서는 우리 전통문화에 대해 충분히 알고 그것을 인정하는 것이 선행되어야 한다. 최근 막걸리 열풍이 불었다. 복고주의·웰빙·친환경 트렌드가 확산되면서 전통의 가치가 재조명되면서 젊은이들도 다시 막걸리를 찾고 있다. 이제라도 이런 바람이 분다는 것은 매우 다행스러운 일이다. 그러나 이러한 막걸리 열풍을 우리 스스로가 만들어낸 것이 아니라는 것은 매우 아쉬운 점이다. 우리의 막걸리를 먼저 알아보고 열풍을 일으킨 것은 일본이었다. 일본에서 막걸리 열풍이 일고, 막걸리를 마시러 한국으로 오는 일본인이 늘어나자, 이를 취재하여 2009년 SBS스페셜 '막걸리'(1부 당신에게 막걸리는 무엇입니까 / 2부 막걸리 와인을 꿈꾸다)가 방송되었다. 이후 국내에서도 막걸리에 대한 관심도가 높아졌다.

이러한 것은 와인과 막걸리만의 문제는 아닐 것이다. 문화콘텐츠라는 특별한 명칭을 붙이는 것이 중요한 것이 아니다. 우리의 것, 우리의 옛 문화. 늘 우리의 곁에 있기 때문에 소홀히 대하고 있는 것들 그것을 찾아 우리만의 이야기를 만들고 문화를 형성하는 것이 필요하다.

참고문헌

『相書抄』, 국립중앙도서관 고전운영실 소장.

강무학, 『한국세시풍속기』, 집문당, 1990.

강재철, 「통과의례에 나타난 제습속의 상징성 고찰」, 『국문학논집』 제15집, 단국대 국문과, 1997.

구미래, 『한국인의 상징체계』, 교보문고, 1992.

김광언, 『민속놀이』, 대원사, 1989.

_____, 『우리문화가 온 길』, 민속원, 1998.

_____, 『한국의 민속놀이』, 인하대학교출판부, 1982.

_____, 『한국의 주거민속지』, 민음사, 1988.

김동욱 외, 『한국민속학』, 새문사, 1983.

김선호, 『왕초보자미두수』, 동학사, 2000.

김수남 · 황루시, 『장승제』, 평민사, 1986.

김의숙, 『한국민속제의와 음양오행』, 집문당, 1993.

김철안, 『관상보감』, 대문사, 1956.

김태곤, 『동신당』, 대원사, 1992.

_____, 『한국민간신앙연구』, 집문당, 1983.

데이코 D&S, 『한국축제연감』, 진한M&B, 2006.

문화관광부, 『2006 문화산업백서』.

민속학회, 『한국민속학의 이해』, 문화아카데미, 1994.

박계홍, 『증보 한국민속학 개론』, 형설출판사, 1997.

_____, 『한국민속학개론』, 형설출판사, 1983.

박순호 · 최길성, 『한국민간신앙연구』, 계명대출판부, 1989.

박장순, 『문화 콘텐츠 해외 마케팅』, 커뮤티케이션북스, 2005.

박재복, 『한류, 글로벌 시대의 문화경쟁력』, 삼성경제연구소, 2005.

박전열, 「정월대보름의 민속놀이」, 『문학사상』 13호, 문화사상사, 1982.

박혜인, 『한국의 전통혼례연구』, 고려대민족문화연구소, 1988.

사송령, 『음양오행이란 무엇인가?』, 김홍경 · 신하령 공역, 연암출판사 1995.

송찬식, 『족보』(한국문화시리즈 6), 시사영어사, 1982.

순자, 『순자』, 정장철 역, 혜원출판사, 1999.

신석호, 『한국인의 족보』, 일신각, 1977.

심우성, 『민속문화론서설』, 동문선, 1988.

연성수, 『공동체놀이』, 동녘, 1987.

왕충, 『논형』, 이주행 역, 소나무 1996.

유소, 『인물지』, 이승환 역, 홍익출판사, 1996.

윤광봉, 『한국의 연희』, 반도출판사, 1992.

윤병준, 『한국씨족항렬고』, 회상사, 1987.

은진송씨대종중, 『우리의 전통예절』(덕은 총서3), 1994.

_____, 『은진송씨의 뿌리와 전통』(덕은 총서 1), 1993.

이광규, 『한국인의 일생』, 형설출판사, 1985.

이두현 외, 『한국민속학개설』, 일조각, 1983

이두현, 『한국민속학논고』, 학연사, 1984.

이상일, 『한국의 장승』, 열화당, 1969.

이승우, 『한국인의 성씨』, 창조사, 1977.

이종철, 『서낭당』, 대원사, 1994.

_____, 『장승』, 열화당, 1993.

이필영, 『솟대』, 대원사, 1990.

_____, 『충남지방의 장승·솟대신앙』, 국립중앙박물관, 1991.

인병선, 『우리가 정말 알아야 할 우리 짚풀문화』, 현암사, 1995.

임경환, 『한국민속학의 새로운 인식과 과제』, 집문당, 1996.

임동권 외 2인, 『민속놀이론』, 민속원, 1977.

임동권, 『한국민속문화론』, 집문당, 1983.

_____, 『한국세시풍속연구』, 집문당, 1985.

임재해, 『민속문화론』, 문학과 지성사, 1986.

장정룡, 『한중세시풍속 및 가요연구』, 집문당, 1988.

장주근, 『한국의 세시풍속』, 형설출판사, 1984.

_____, 『한국의 향토신앙』, 을유문화사, 1976.

전례연구위원회, 『우리의 생활예절』, 성균관, 1992.

정병호, 『농악』, 열화당, 1986.

정연학, 「측소여민속」, 『민간문학논단』 제76기, 1997.

_____, 『이천시장호원읍 민속자료조사보고서』, 강남대 인문과학연구소·이천시문화원, 1999.

정창권, 『문화콘텐츠학 강의(깊이이해하기)』. 커뮤티케이션북스, 2007.

조완묵, 『우리민족의 놀이문화』, 정신세계사, 1995.

주강현, 『굿의 사회사』, 웅진출판, 1992.

줄리어스 파스트,『바디 랭귀지』, 이수일 역, 한마음사, 1992.

진담야,『상리형진』, 무진미래연구원 역, 황금시대, 1998.

陳淳,『北溪字義』, 김영민 역, 예문서원 1995.

陳希夷·袁柳莊,『(증광) 신상전편』, 정민현 역, 삼원문화사, 1998.

村山智順,『조선의 점복과 예언』, 김희경 역, 동문선 1991.

최길성,「민간신앙」,『한국민족문화대백과사전』8, 한국정신문화연구원, 1991.

_____,『한국무속의 연구』, 아세아문화사, 1978.

최덕원,『남도민속고』, 삼성출판사, 1990.

최상수,『한국민속놀이의 연구』, 성문각, 1985.

최어중,『산』, 1986.

최운식 외 4인,『한국민속학개론』, 민속원, 1998.

최재석,『한국가족제도사』, 일지사, 1983.

최창조 외,『풍수, 그 삶의 지리 생명의 지리』, 푸른나무, 1993.

최창조,「양적 풍수와 음양오행 사상」,『청림』27, 한남대 교지편찬위원회, 1985.

한국문화상징사전편찬위원회,『한국문화상징사전』, 동아출판사, 1992.

한국문화콘텐츠진흥원,『2004 문화원형 콘텐츠 총람』.

한국민족사연구회,『족보편람』, 청하, 1989.

한국역사연구회,『조선시대 사람들은 어떻게 살았을까』, 청년사학연구소, 1996.

한규성,『역학원리강화』, 동방문화, 1987.

한동석,『우주변화의 원리』, 행림출판, 1985.

홍순석 외,『한국인명자호사전』, 계명문화사, 1988.

_____,『한국문화와 콘텐츠』, 채륜, 2009.

『황제내경 영추해석』, 홍원식 역, 고문사, 1994.

우리의 옛 문화와 소통하기

1판 1쇄 인쇄 2010년 08월 20일
1판 1쇄 발행 2010년 08월 30일

지은이 송재용, 홍순석, 정연학, 천진기
  정종수, 이문학, 김준혁, 하성란
펴낸이 서채윤
펴낸곳 채륜
표지·본문디자인 Design窓 (66605700@hanmail.net)

등록 2007년 6월 25일(제25100-2007-000025호)
주소 서울 광진구 군자동 229
대표전화 02-6080-8778 | **팩스** 02-6080-0707
E-mail chaeryunbook@naver.com
Homepage www.chaeryun.com

책값은 뒤표지에 있습니다.
ISBN 978-89-93799-20-0 03800